ENGELENSTEM

Werk van Arnaldur Indriðason in vertaling

Maandagskinderen
Grafteken
Noorderveen
Moordkuil
Koudegolf
Winternacht
Onderkoeld
Onderstroom
Doodskap
Verdwijnpunt

ARNALDUR INDRIÐASON

Engelenstem

Vertaald door Paula Vermeyden

AMSTERDAM · ANTWERPEN
2013

Eerste druk, 2005; tweede druk, 2008;
derde druk (e-book), 2011; vierde druk, 2012; vijfde druk, 2013

Q is een imprint van Em. Querido's Uitgeverij BV, Amsterdam

Oorspronkelijke titel *Röddin*
Published by agreement with Forlagið, www.forlagid.is

Omslag Wil Immink Design
Omslagbeeld Christophe Dessaigne / Trevillion Images
Foto auteur Ralf Baumgarten

ISBN 978 90 214 4717 9 / NUR 305
www.uitgeverijQ.nl

Dit verhaal is verzonnen. Namen, personen en gebeurtenissen zijn volledig aan de fantasie van de schrijver ontsproten en elke overeenstemming met de werkelijkheid berust op louter toeval.

Aanspreekvormen
Hoewel het IJslands de beleefdheidsvorm 'u' wel kent, wordt deze zelden gebruikt. Iedereen, met uitzondering van de president en enkele hoge functionarissen, wordt met de voornaam of 'je' aangesproken. Daarom is in dit boek gekozen voor de laatste aanspreekvorm.

Uitspraak van þ, ð en æ
De IJslandse þ wordt ongeveer uitgesproken als de Engelse stemloze th (bijvoorbeeld in *think*). De IJslandse ð, die nooit aan het begin van een woord voorkomt, is de stemhebbende variant: als in het Engelse *that*. De IJslandse æ wordt uitgesproken als *ai*.

Weh mir, wo nehm ich, wenn
Es Winter ist, die Blumen, und wo
Den Sonnenschein,
Und Schatten der Erde? Die Mauern stehn
Sprachlos und kalt, im Winde
Klirren die Fahnen.

Wee mij, waar neem ik, nu
Het winter wordt, de bloemen, en waar
De zonneschijn
En schaduw der aarde? De muren staan
Zwijgend en koud, in de wind
Knersen de weerhanen.

Uit: *Hälfte des Lebens* van Friedrich Hölderlin
Vertaling: Ad den Besten

Eindelijk was het zover. Het gordijn werd opengetrokken en de zaal lag voor hem. Hij voelde zich fantastisch toen hij alle mensen naar hem zag kijken en zijn zenuwen waren in één klap verdwenen. Hij zag een paar kinderen van school en de onderwijzers, en daar zag hij ook het hoofd van de school en het leek wel of hij hem welwillend toeknikte. Maar eigenlijk kende hij bijna niemand. Al die mensen waren gekomen om te luisteren naar hem en naar de mooie stem die zelfs over de grens de aandacht had getrokken.

Van lieverlee verstomden de gesprekken en aller ogen richtten zich vol verwachting op hem.

Hij zag zijn vader in het midden van de eerste rij met over elkaar geslagen benen, zijn dikke zwarte hoornen bril op de neus en zijn hoed op de knieën. Hij zag hoe hij door zijn brillenglazen naar hem keek en hem bemoedigend toelachte. Dit was het grote moment in hun leven. Vanaf vandaag zou niets meer als vroeger zijn.

De koordirigent hief zijn handen. Stilte viel in de zaal.

En hij begon te zingen met de mooie, heldere stem die zijn vader hemels noemde.

De eerste dag

1

Elínborg wachtte hen in het hotel op.

In de foyer stond een grote kerstboom en overal waren kerstversieringen aangebracht, dennentakken en glinsterende kerstboomballen. Uit onzichtbare luidsprekers klonk een kerstlied. Voor het hotel stonden grote bussen en mensen stroomden naar binnen naar de balie van de receptie. Buitenlanders die het kerstfeest en de jaarwisseling op IJsland wilden doorbrengen, omdat IJsland naar hun idee opwindend en spannend was. Ze waren net geland en het zag ernaar uit dat velen al IJslandse wollen truien hadden gekocht en zich nu enthousiast in dit onbekende winterland inschreven. Erlendur sloeg de natte sneeuw van zijn jas. Sigurður Óli liet zijn blikken over de foyer gaan en zag Elínborg bij de liften staan. Hij stootte Erlendur aan en ze liepen naar haar toe. Zij had de plaats van het delict bekeken. De agenten die er als eersten waren verschenen, hadden ervoor gezorgd dat er niets werd verstoord.

De directeur van het hotel had hun verzocht om geen onrust te zaaien. Dat waren de woorden die hij gebruikte toen hij belde. Dit was een hotel en hotels moesten het van een goede naam hebben en hij verzocht hun daar rekening mee te houden. Daarom klonken er buiten geen sirenes en waren er geen agenten in uniform die door de hal naar binnen stormden. De directeur zei dat men de gasten van het hotel in geen geval van streek mocht maken.

IJsland mocht niet té spannend en opwindend worden.

Nu stond hij naast Elínborg en begroette Erlendur en Sigurður met een handdruk. Hij was zo dik dat hij bijna uit zijn pak barstte. Het jasje was met één knoop over zijn maag dichtgeknoopt en die knoop stond op het punt het te begeven. De broekband verdween onder een enorme buik, die onder het jasje uitpuilde, en de man zweette zo vreselijk dat hij niet zonder de grote, witte zakdoek kon waarmee hij zijn voorhoofd en nek regelmatig afveegde. De witte boord van zijn overhemd was nat van het zweet. Erlendur drukte zijn klamme hand.

'Dank jullie wel,' zei de directeur, als een walvis blazend over zijn problemen. Hij had dit hotel nu ongeveer twintig jaar geleid en zoiets was hem nog nooit overkomen.

'En dat midden in de kerstdrukte,' zuchtte hij. 'Ik snap niet hoe zoiets kon gebeuren! Hoe kan zoiets gebeuren?' herhaalde hij, en het ontging hun niet dat hij volkomen radeloos was.

'Is hij boven of beneden?' vroeg Erlendur.

'Boven of beneden?' blies de directeur. 'Bedoel je of hij naar de hemel is?'

'Ja,' zei Erlendur. 'Dat moeten we weten.'

'Nemen we de lift naar boven?' vroeg Sigurður Óli.

'Nee,' zei de directeur en hij keek geïrriteerd naar Erlendur, 'hij is hier beneden in het souterrain. Heeft daar een kamertje. We hebben hem er niet uit willen gooien. En dan krijg je zoiets!'

'Waarom hadden jullie hem eruit willen gooien?' vroeg Elínborg.

De directeur keek haar aan maar gaf geen antwoord.

Ze liepen langzaam een trap naast de liften af. De directeur ging voorop. Het was een hele inspanning voor hem om de trap af te lopen en Erlendur vroeg zich af hoe hij weer naar boven dacht te komen.

Ze hadden erin toegestemd om tot op zekere hoogte rekening met het hotel te houden, alleen Erlendur niet. Probeerden het onderzoek in het hotel zo discreet mogelijk aan te pakken. Aan de achterkant stonden drie politieauto's en een ambulance. De politie en de mannen van de ambulance waren door de achterdeur naar binnen gegaan. De districtsarts kwam eraan. Hij zou de dood vaststellen en voor de lijkwagen bellen.

Ze liepen door een lange gang met de blazende walvis voor hen uit. Agenten in uniform groetten hen. Naarmate ze de gang verder in kwamen werd het er donkerder, omdat de lampen aan het plafond kapot waren en niemand de moeite had genomen ze te vervangen. Ten slotte kwamen ze in het donker bij de openstaande deur van een klein kamertje. Het had meer weg van een berghok dan van een woonruimte, maar toch stonden er een smal bed en een klein bureau, en op de grond lag op vuile tegels een armoedig kleedje. Boven bij het plafond zat een klein raam.

De man zat op het bed met zijn rug tegen de muur. Hij had een mooi rood kerstmannenpak aan. De bijbehorende muts zat nog op zijn hoofd, maar was omlaag gezakt over zijn gezicht, dat achter de grote witte baard van de kerstman schuilging. Hij had een brede riem om zijn buik losgemaakt en zijn jas opengeknoopt. Daaronder droeg hij alleen een wit hemd. Op de plaats van zijn hart zat een fatale steekwond. De romp toonde nog meer verwondingen, maar de steek in het hart had de doorslag gegeven. Op zijn handen zaten snijwonden alsof hij geprobeerd had zich tegen de aanval te verweren.

Zijn broek was afgestroopt. Aan zijn lid hing een condoom.

'...uit de bergen komt er de kerstman aan,' neuriede Sigurður Óli terwijl hij op het lijk neerkeek.

Elínborg bracht hem met een 'Ssst!' tot zwijgen.

In de kamer stond een kleine klerenkast, open. Er lagen opgevouwen broeken en truien in, gestreken overhemden, ondergoed en sokken. Op een hanger hing een uniform, donkerblauw met met goud afgezette epauletten en glimmende koperen knopen. Glanzend gepoetste, zwarte leren schoenen stonden naast de kast.

Op de grond lagen kranten en tijdschriften. Naast het bed stond een nachtkastje met een lamp erop. Op het nachtkastje één boek: *A History of the Vienna Boys' Choir.*

'Woonde die man hier?' vroeg Erlendur, om zich heen kijkend. Elínborg en hij waren de kamer binnengegaan. Sigurður Óli en de directeur van het hotel stonden buiten op de gang. In de kamer was voor hen geen plaats.

'We hebben hem toegestaan hier te blijven,' zei de directeur wat gegeneerd, terwijl hij het zweet van zijn voorhoofd veegde.

'Hij werkte al lang bij ons. Al voor ik hier kwam. Als portier.'

'Stond de deur open toen hij gevonden werd?' vroeg Sigurður Óli. Hij probeerde een officiële toon aan te slaan, alsof hij zijn geneurie goed wilde maken.

'Ik heb haar gevraagd om op jullie te wachten,' zei de directeur. 'Het meisje dat hem gevonden heeft. Ze zit in de personeelskantine. Zoals jullie je kunnen voorstellen is ze nogal van haar stuk geraakt, de ziel.' De directeur vermeed het om de kamer in te kijken.

Erlendur ging naar het lijk toe en bekeek de wond in het hart nauwkeurig. Hij kon er zich geen voorstelling van maken wat voor een mes de man had gedood. Hij keek op. Boven het bed hing een oude, vergeelde bioscoopposter met Shirley Temple erop, aan de hoeken met plakband bevestigd. Erlendur kende de film niet, *The Little Princess.* De poster was de enige versiering in de kamer.

'Wie is dat?' vroeg Sigurður Óli vanuit de deuropening. Hij keek naar de poster.

'Dat staat daar,' zei Erlendur. 'Shirley Temple.'

'Wie was dat ook alweer? Is ze dood?'

'Wie Shirley Temple was?' zei Elínborg, stomverbaasd over het gebrek aan kennis van Sigurður Óli. 'Weet jij niet wie dat was? Heb jij niet in Amerika gestudeerd?'

'Was het een filmster?' vroeg Sigurður Óli, naar de poster kijkend.

'Het was een kindsterretje,' zei Erlendur onbehouwen. 'Ze is dus al een behoorlijk lange tijd dood, zelfs als ze misschien nog leeft.'

'Wat?' zei Sigurður Óli, die er geen moer van begreep.

'Een kindsterretje,' zei Elínborg. 'Ik geloof dat ze nog leeft. Ik weet het niet zeker. Geloof dat ze iets bij de Verenigde Naties doet.'

Het drong tot Erlendur door dat er verder geen persoonlijke bezittingen in de kamer waren. Hij keek om zich heen en zag nergens een boekenplank of cd's of een computer, geen radio of televisietoestel. Alleen een bureau met een stoel ervoor en een bed met een armzalig kussen en een vuil dekbedovertrek. Het hokje deed hem aan een cel denken.

Hij ging de gang op en tuurde naar het einde ervan waar het donker was. Hij ving een zwakke brandlucht op alsof iemand daar in het donker met lucifers bezig was geweest, ofwel voor de grap of om wat licht te hebben.

'Wat is daar aan het einde?' vroeg hij de directeur.

'Niets,' zei deze met een blik op het plafond. 'Het is gewoon het einde van de gang. Er ontbreken een paar lampen, dat zal ik in orde laten maken.'

'Hoe lang heeft de man hier gewoond?' vroeg Erlendur terwijl hij de kamer weer binnenging.

'Dat weet ik niet, al voor mijn tijd.'

'Was hij hier al toen jij hier directeur werd?'

'Ja.'

'Wil je me vertellen dat hij twintig jaar lang in dit hok heeft gewoond?'

'Ja.'

Elínborg keek naar het condoom.

'Hij heeft het in elk geval veilig gedaan,' zei ze.

'Niet veilig genoeg,' zei Sigurður Óli.

Op dat moment verscheen de districtsarts met een personeelslid van het hotel, dat meteen weer terugliep. De arts was heel erg dik, al haalde hij het in dat opzicht niet bij de directeur van het hotel. Hij perste zich de kamer in. Elínborg zag dat er weinig plaats voor haar zou overblijven en schoot de gang op.

'Dag Erlendur,' zei de districtsarts.

'Waar ziet dit naar uit?' vroeg Erlendur.

'Naar een hartaanval, maar dat zou ik wat nader moeten onderzoeken,' zei de arts, die bekendstond om zijn zonderlinge gevoel voor humor.

Erlendur keek naar Sigurður Óli en Elínborg, die allebei breed glimlachten.

'Weet je wanneer dit gebeurd is?' vroeg Erlendur.

'Het kan niet heel lang geleden zijn. Ergens gedurende de laatste twee uren. Hij is nog maar net gaan afkoelen. Hebben jullie zijn rendieren gevonden?'

Erlendur zuchtte.

De districtsarts liet de hand van het lijk los.

'Ik schrijf de verklaring,' zei de arts. 'Daarna sturen jullie hem naar de Barónsstígur en daar maken ze hem open. Ze zeggen wel eens dat klaarkomen iets van sterven heeft,' voegde hij eraan toe, op het lijk neerkijkend. 'Voor hem was het dubbelop.'

'Dubbelop?' Erlendur begreep hem niet.

'Het klaarkomen, bedoel ik,' zei de arts. 'Jullie maken toch foto's, nietwaar?'

'Ja zeker,' zei Erlendur.

'Die zullen goed in zijn familiealbum staan.'

'Ik krijg de indruk dat hij geen familie heeft,' zei Erlendur, om zich heen kijkend. 'Ben je hier voorlopig klaar?' vroeg hij de arts, in de hoop van zijn humor af te komen.

De districtsarts knikte, wrong zich weer de kamer uit en verdween de gang in.

'Moeten we het hotel niet sluiten?' vroeg Elínborg. Ze zag de directeur van het hotel naar adem happen. 'Iedereen die naar binnen of naar buiten wil tegenhouden. Alle gasten en alle personeelsleden ondervragen. De vliegvelden sluiten. Het scheepsverkeer naar het buitenland stilleggen...'

'In godsnaam,' zuchtte de directeur, die zijn zakdoek verfrommelde en een smekende blik op Erlendur wierp, 'het is de portier maar!'

Jozef en Maria zouden hier nooit een kamer gekregen hebben, dacht Erlendur bij zichzelf.

'Deze... deze... smerigheid heeft niets met mijn gasten van doen,' zei de directeur, die bijna stikte van verontwaardiging.

'Verreweg de meesten zijn buitenlanders en er zijn ook bemiddelde IJslanders uit andere delen van het land, reders en dergelijke. Niemand die ook maar iets met de portier te maken heeft. Niemand. Dit is het op een na grootste hotel van Reykjavík. Het is overvol tijdens de feestdagen. Jullie kunnen het niet zomaar sluiten! Dat kunnen jullie gewoon niet doen!'

'Dat zouden we best kunnen doen, maar we doen het niet,' zei Erlendur in een poging de directeur gerust te stellen. 'We moeten misschien een paar gasten ondervragen en het grootste gedeelte van het personeel, denk ik.'

'Godzijdank,' zei de directeur, die weer tot bedaren kwam.

'Hoe heette deze man?'

'Guðlaugur,' zei de directeur. 'Ik denk dat hij ergens rond de vijftig is. En wat zijn familie betreft, denk ik dat je gelijk hebt, ik denk dat hij die niet heeft.'

'Wie kwamen er hier bij hem op bezoek?'

'Daar heb ik gewoon geen flauw idee van,' snoof de directeur.

'Is er wel eens iets ongewoons in dit hotel gebeurd dat met deze man in verband gebracht kan worden?'

'Nee.'

'Diefstal?'

'Nee, er is niets gebeurd.'

'Klachten?'

'Nee.'

'Is hij nooit in iets beland dat dit hier kan verklaren?'

'Nee, voorzover ik weet niet.'

'Had hij moeilijkheden met iemand hier in het hotel?'

'Niet dat ik weet.'

'Buiten het hotel?'

'Voorzover ik weet niet, maar ik ken hem niet erg goed. Kende,' corrigeerde de directeur zichzelf.

'Niet na twintig jaar?'

'Nee, eigenlijk niet. Hij had het niet erg op mensen, denk ik. Bleef zo veel mogelijk op zichzelf.'

'Vind je een hotel de juiste plaats voor mensen als hij?'

'Vind ik? Ik weet nie... Hij was altijd heel beleefd en er waren nooit klachten over hem of zo.'

'Of zo?'

'Nee, er waren nooit klachten over hem. Hij was in feite geen slechte kracht.'

'Waar is de kantine?' vroeg Erlendur.

'Ik zal je erheen brengen.' De directeur wiste het zweet van zijn gezicht, blij dat ze het hotel niet zouden sluiten.

'Kreeg hij regelmatig bezoek?' vroeg Erlendur.

'Wat?' zei de directeur.

'Bezoek,' herhaalde Erlendur. 'Hier is iemand geweest die hij kende, denk je ook niet?'

De directeur keek naar het lijk en zijn ogen bleven op het condoom gevestigd.

'Ik weet niets over zijn vriendinnen,' zei hij. 'Niets.'

'Je weet niet veel over deze man,' zei Erlendur.

'Hij is portier hier,' zei de directeur, die vond dat die verklaring afdoende voor Erlendur zou moeten zijn.

Ze liepen de gang in. De mannen van de Technische Recherche kwamen eraan met hun apparatuur en achter hen verschenen nog meer politiemannen. Het kostte hun enige moeite om zich langs de directeur te wringen. Erlendur beval hun de gang zorgvuldig te onderzoeken, ook het donkere stuk aan het einde.

Sigurður Óli en Elínborg stonden in het kleine kamertje naar het lijk te kijken.

'Zo zou ik niet gevonden willen worden,' zei Sigurður Óli.

'Hem raakt het niet meer,' zei Elínborg.

'Nee, waarschijnlijk niet,' zei Sigurður Óli.

'Zit er wat in?' vroeg Elínborg. Ze pakte een zakje gezouten noten uit haar zak. Ze moest eeuwig en altijd iets te knabbelen hebben. Sigurður Óli vond haar in dat opzicht neurotisch.

'Erin?' vroeg hij.

Ze maakte een hoofdbeweging naar het lijk. Sigurður Óli keek een ogenblik naar haar en realiseerde zich toen wat ze bedoelde.

Hij aarzelde, maar knielde toen bij de dode neer en staarde naar het condoom.

'Nee,' zei hij. 'Niets. Het is leeg.'

'Dan heeft ze hem vermoord voor hij klaarkwam,' zei Elínborg. 'De dokter dacht...'

'Ze?' bauwde Sigurður Óli haar na.

'Ja, is dat niet duidelijk?' vroeg Elínborg terwijl ze een handjevol zoute noten in haar mond stopte. Ze bood ze Sigurður Óli aan, maar hij bedankte. 'Zit er niet een hoerenluchtje aan deze zaak? Hij heeft hier een vrouw binnen gehad,' zei ze. 'Of niet soms?'

'Dat is de meest simpele theorie,' zei Sigurður Óli, en hij kwam overeind.

'Denk je van niet?' vroeg Elínborg.

'Ik weet het niet. Heb geen flauw vermoeden.'

2

De personeelskantine vertoonde weinig overeenkomsten met de schitterende hal en de fraai ingerichte kamers van het hotel. Geen enkele kerstversiering, geen kerstmuziek, alleen een paar schamele keukentafels en stoelen, linoleum op de grond, op één plaats gescheurd, en in de hoek een klein keukentje met kastjes, een koffiemachine en een ijskast. Het zag eruit alsof niemand er ooit schoonmaakte. Op de tafels lag gemorste koffie en er stonden hier en daar vuile kopjes. De vermoeide koffiemachine stond aan en boerde water.

Enkele personeelsleden van het hotel stonden in een halve cirkel om een jong meisje, dat nog niet bekomen was van het vinden van het lijk. Ze had gehuild en de zwarte mascara was over haar wangen uitgelopen. Ze keek op toen Erlendur en de directeur van het hotel binnenkwamen.

'Daar is ze,' zei de directeur op een toon alsof het haar schuld was dat de vrede van Kerstmis verstoord was, en hij stuurde het personeel naar buiten. Erlendur duwde hem achter de anderen aan met de woorden dat hij in alle rust met het meisje wilde praten. De directeur keek hem verbaasd aan, maar stribbelde niet tegen, zei dat hij genoeg te doen had. Erlendur deed de deur achter hem dicht.

Het meisje veegde de mascara van haar wangen en keek Erlendur aan, niet-wetend wat haar te wachten stond. Erlendur glimlachte, pakte een stoel en kwam tegenover haar zitten. Ze was van ongeveer dezelfde leeftijd als zijn dochter, even boven de twintig, onzeker en nog steeds geschokt door wat ze had gezien. Ze was slank, had zwart haar, en ze droeg een lichtblauw jasschort, de werkkleding van de kamermeisjes van het hotel. Op haar borstzakje hing een naamkaartje. Ösp.

‘Werk je hier al lang?’ vroeg Erlendur.

‘Binnenkort een jaar,’ antwoordde Ösp met zachte stem en ze keek hem aan. Het zag er niet naar uit dat hij haar iets wilde aandoen. Ze haalde haar neus op en ging wat rechter op haar stoel zitten. Het vinden van het lijk had haar duidelijk heel erg aangegrepen. Ze beefde een beetje. De naam paste goed bij haar, dacht Erlendur bij zichzelf. Ösp, esp. Ze leek wel een twijgje in de wind.

‘En vind je het leuk om hier te werken?’ vroeg Erlendur.

‘Nee,’ zei ze.

‘Waarom doe je het dan?’

‘Een mens moet nou eenmaal werken.’

‘Wat is er zo vervelend aan?’

Ze keek hem aan alsof het een onzinnige vraag was.

‘Ik verwissel het beddengoed,’ zei ze. ‘Maak de toiletten schoon. Stofzuig. Het is in elk geval beter dan de supermarkt.’

‘En de mensen?’

‘De directeur is een engerd.’

‘Net een lekkende brandkraan,’ zei Erlendur. Ösp glimlachte.

‘En sommige gasten denken dat je hier werkt om je door hen te laten betasten.’

‘Waarom ging je naar het souterrain?’ vroeg Erlendur.

‘Om de kerstman te halen. De kinderen zaten op hem te wachten.’

‘De kinderen?’

‘Op het kerstfeest. We hebben een kerstfeestje voor het personeel van het hotel. Voor hun kinderen en ook voor de kinderen die in het hotel logeren, en hij was de kerstman. Toen hij niet verscheen, werd ik gestuurd om hem te halen.’

‘Dat is niet erg aangenaam geweest.’

‘Ik heb nog nooit een lijk gezien. En dan dat condoom...’ Ösp probeerde het beeld van zich af te zetten.

‘Had hij vriendinnen hier in het hotel?’

'Niet dat ik weet.'

'Weet je of er mensen buiten het hotel waren met wie hij contact had?'

'Ik weet niets van die man en ik heb meer van hem gezien dan ik zin aan had.'

'Zin in,' verbeterde Erlendur.

'Hè?'

'Je moet 'ik heb zin in' zeggen en niet 'ik heb zin aan'.'

Ze keek hem aan alsof hij niet helemaal goed snik was.

'Vind je dat van belang?'

'Ja,' zei Erlendur.

Ze schudde haar hoofd, de blik op oneindig.

'En je weet niets over zijn bezoekers?' vroeg Erlendur om het gesprek over de juiste voorzetsels te beëindigen.

'Nee,' zei Ösp.

'Was de deur open toen je hem vond?' Ösp dacht even na.

'Nee, ik heb de deur opengedaan. Ik klopte aan en kreeg geen antwoord, wachtte en wilde weer weggaan, toen ik bedacht dat ik de deur kon proberen. Ik dacht dat hij op slot zou zitten, maar hij ging plotseling open en daar zat hij, poedelnaakt met een condoom om...'

'Waarom dacht je dat de deur op slot zat?' haastte Erlendur zich in te grijpen.

'Gewoon. Ik wist dat het zijn kamer was.'

'Ben je iemand tegengekomen toen je naar beneden ging?'

'Nee, niemand.'

'Hij was dus klaar voor het kerstfeestje, maar toen is er iemand gekomen die hem heeft opgehouden. Hij had zijn kerstmannenpak al aan.'

Ösp haalde haar schouders op.

'Wie verschoonde zijn beddengoed?'

'Wat bedoel je?'

'Zijn beddengoed. Dat was al heel lang niet meer verschoond.'

'Dat weet ik niet. Dat heeft hij vast zelf gedaan.'

'Je zult wel geschrokken zijn.'

'Het was smerig om te zien,' zei Ösp.

'Ik weet het,' zei Erlendur. 'Je moest het maar zo snel mogelijk vergeten. Als je dat kunt. Was hij een goede kerstman?'

Het meisje keek hem aan.

'Wat is er?' vroeg Erlendur.

'Ik geloof niet in de kerstman.'

De vrouw die het kerstfeestje had georganiseerd, was netjes gekleed, klein en rond de dertig, dacht Erlendur. Ze zei dat ze de marketing en pr van het hotel verzorgde, maar Erlendur had geen zin om daar verder op in te gaan; de meeste mensen die hij dezer dagen ontmoette, deden iets op het gebied van marketing. Ze had haar kantoor op de parterre en daar trof Erlendur haar aan de telefoon. De media waren erachter gekomen dat er iets in het hotel aan de hand was en Erlendur stelde zich voor dat ze bezig was een journalist iets voor te liegen. Het gesprek eindigde heel abrupt. De vrouw liet de beller weten dat hij niets van wat ze gezegd had mocht citeren en gooide de hoorn op de haak.

Erlendur stelde zich voor en drukte haar droge hand. Toen vroeg hij wanneer ze het laatst had gesproken met, ahum, de man in het souterrain. Hij wist niet of hij portier of kerstman moest zeggen en hij was zijn naam vergeten. 'Gulli?' zei ze, en daarmee loste ze Erlendurs probleem op.

'Vanochtend nog, om hem aan het kerstfeest te herinneren. Ik trof hem bij de hoofdingang. Hij was aan het werk. Zoals je misschien weet, was hij portier hier in het hotel. In feite meer dan portier, eigenlijk huismeester. Repareerde van alles en nog wat.'

'Was hij gemakkelijk?' vroeg Erlendur.

'Wat?'

'Behulpzaam, gewillig, hoefde men hem niet echt tot werken aan te zetten?'

'Dat weet ik niet. Is het van belang? Voor mij heeft hij nooit iets gedaan. Of anders gezegd, ik heb hem nooit nodig gehad.'

'Waarom was hij de kerstman? Hield hij veel van kinderen? Was hij geestig? Leuk?'

'Het was iets van voor mijn tijd. Ik werk hier nu drie jaar en dit is het derde kerstfeest dat ik verzorg. Hij heeft beide andere keren eveneens voor kerstman gespeeld, en daarvoor deed hij dat ook al. Hij was oké. Als kerstman. De kinderen vonden hem leuk.'

Het zag er niet naar uit dat de dood van Guðlaugur de vrouw ook maar iets had gedaan. Hij was niet van belang voor haar. De moord was alleen maar een tijdelijke verstoring van marketing en pr en Erlendur vroeg zich af hoe het mogelijk was dat mensen zo gevoelsarm en onaangenaam konden zijn.

'En wat voor iemand was hij?'

'Dat weet ik niet,' zei ze. 'Ik heb hem niet nader leren kennen. Hij was portier hier. En kerstman. Het waren eigenlijk de enige keren dat ik met hem gesproken heb. Als hij de kerstman was.'

'Wat is er van het kerstfeest geworden, toen bleek dat de kerstman dood was?'

'Het feest werd afgeblazen. We konden niets anders doen. En natuurlijk ook uit respect voor hem,' voegde ze eraan toe als om eindelijk een greintje gevoel te tonen. Tevergeefs. Erlendur kon aan alles zien dat de dode in het souterrain haar volkomen koud liet.

'Wie heeft deze man het best gekend?' vroeg hij. 'Ik bedoel, hier in het hotel.'

'Dat weet ik echt niet. Probeer maar eens met het hoofd van de receptie te praten. De portier viel onder hem.'

De telefoon op haar bureau rinkelde en ze nam op. Ze wierp een blik op Erlendur alsof hij haar in de weg stond. Hij stond op en ging de kamer uit, en hij dacht bij zichzelf dat ze niet eeuwig door de telefoon kon blijven liegen.

Het hoofd van de receptie had absoluut geen tijd om Erlendur te woord te staan. Hele drommen reizigers drongen op naar de balie en hij schreef hen in met de hulp van drie andere personeelsleden van het hotel, maar ze konden de drukte nauwelijks aan. Erlendur keek toe hoe ze de gasten inschreven, paspoorten bekeken, sleutels overhandigden, glimlachten en de volgende gast hielpen. Het was één groot gewoel tot aan de ingang. Door de deur heen zag Erlendur nog een bus voor het hotel stilhouden.

Politiemensen, de meesten niet in uniform, waren overal in het gebouw personeelsleden aan het ondervragen. In de koffiekamer in het souterrain was een soort centrale politiepost ingericht van waaruit het onderzoek werd geleid.

Erlendur bekeek de kerstversiering in de foyer. Uit de luidsprekers klonk nu een Amerikaans kerstlied. Hij liep een grote eetzaal binnen, die achter de foyer lag. Daar waren de eerste gasten een plaatsje voor een schitterend buffet aan het zoeken. Erlendur liep langs de tafel en keek naar de haring en het gerookte schapenvlees, de koude ham, de rundertong en alles wat erbij hoorde, en de verrukkelijke toetjes, ijs en roomtaarten en chocolademousse of wat het ook maar was.

Het water liep hem in de mond. Hij had de hele dag vrijwel niets gegeten.

Hij keek om zich heen en bliksemsnel stak hij een plak smakelijke tong in zijn mond. Hij dacht dat niemand het gezien had en zijn hart sloeg over toen hij een scherpe stem achter zich hoorde.

'Nee zeg, hoor eens even, dit kan echt niet. Zoiets kun je niet maken!'

Erlendur draaide zich om en zag een man met een hoge koksmuts en een barse uitdrukking op zijn gezicht op zich afkomen.

'Hoe haal je het in je hoofd om het eten zo in je mond te

stoppen? Wat zijn dat eigenlijk voor manieren?'

'Hou je maar kalm,' zei Erlendur, en hij pakte een bord. Hij begon er allerlei heerlijkheden op te laden alsof het altijd al zijn bedoeling was geweest van het buffet gebruik te maken.

'Heb je de kerstman gekend?' vroeg hij om verder praten over de tong onmogelijk te maken.

'De kerstman?' vroeg de kok. 'Welke kerstman? Ik wil je vriendelijk verzoeken niet met je vingers aan het voedsel te komen. Dat is niet...'

'Guðlaugur,' viel Erlendur hem in de rede. 'Heb je hem gekend? Hij was ook portier en een soort manusje-van-alles hier in het hotel, voorzover ik heb begrepen.'

'Bedoel je Gulli?'

'Ja, Gulli,' zei Erlendur. Hij legde een flinke plak ham op zijn bord en deed er een klein beetje yoghurtsaus overheen. Vroeg zich af of hij Elínborg niet moest roepen om het buffet te beoordelen. Ze was dol op lekker eten en al jaren bezig met het samenstellen van een kookboek.

'Nee, ik... Wat bedoel je eigenlijk met "heb je hem gekend"?' vroeg de kok.

'Heb je het dan niet gehoord?'

'Wat? Is er iets gebeurd?'

'Hij is overleden. Vermoord. Is dat nieuws nog niet bekend in het hotel?'

'Vermoord?' zuchtte de kok. 'Vermoord! Wat? Hier in het hotel? Wie ben je eigenlijk?'

'In zijn kamertje beneden in het souterrain. Ik ben van de politie.'

Erlendur bleef lekkere hapjes op zijn bord leggen. De kok was de tong vergeten.

'Hoe is hij vermoord?'

'Het is beter om zo min mogelijk te zeggen.'

'Hier in het hotel?'

'Ja.'

De kok keek om zich heen.

'Ik kan het gewoon niet geloven. Zal dit niet alles hier op zijn kop zetten?'

'Ja,' zei Erlendur. 'Alles gaat op zijn kop.'

Hij wist dat het hotel nooit van de moord af zou komen. Het zou dat stempel nooit meer kwijt kunnen raken. Het zou vanaf nu altijd het hotel zijn waar de kerstman dood werd aangetroffen met aan zijn lid een condoom.

'Heb je Gulli gekend?' vroeg Erlendur.

'Nee, nauwelijks. Hij was hier portier en fikste van alles en nog wat.'

'Fikste?'

'Repareerde. Ik kende hem helemaal niet.'

'Weet je wie hem hier in het hotel het best heeft gekend?'

'Nee,' zei de kok. 'Ik weet niets van die man. Wie zou hem vermoord kunnen hebben? Hier in het hotel? Goeie god!'

Erlendur hoorde dat hij zich meer zorgen maakte over het hotel dan over de vermoorde man. Hij had hem bijna verteld dat de moord wel eens gasten zou kunnen aantrekken. Zo dachten mensen tegenwoordig. Ze zouden zelfs met de moord kunnen adverteren: het hotel waar zich een moord had afgespeeld. Of een in misdaad gespecialiseerde toeristenservice opzetten. Maar hij zei er niets over, verlangde ernaar om met zijn bord te gaan zitten en zich te goed te doen aan het voedsel. Even met rust gelaten te worden.

Op dat moment kwam Sigurður Óli eraan.

'Hebben jullie iets gevonden?' vroeg Erlendur.

'Nee,' zei Sigurður Óli met een blik op de kok, die zich met het nieuws de keuken in haastte.

'Ga jij nou zitten eten?' voegde hij er zeer afkeurend aan toe.

'Ga nou alsjeblieft geen preek afsteken. Ik had hier even een probleempje.'

'De man bezat helemaal niets en als hij al iets heeft bezeten, dan bewaarde hij dat niet in zijn kamertje,' zei Sigurður Óli. 'Elínborg heeft wat oude grammofoonplaten in zijn klerenkast gevonden. Dat was alles. Moeten we het hotel niet sluiten?'

'Het hotel sluiten, wat is dat voor onzin?' vroeg Erlendur. 'Hoe wil je het trouwens aanpakken om zo'n hotel te sluiten? En hoe lang zou je dat willen doen? Wil je elke kamer met je mannen doorzoeken?'

'Nee, maar de moordenaar zou een van de hotelgasten kunnen zijn. Daar kun je niet aan voorbijgaan.'

'Dat is helemaal niet zeker. Er zijn twee mogelijkheden. Ofwel zit hij hier in het hotel, als gast of als personeelslid, of hij heeft niets met het hotel te maken. Wat wij moeten doen, is praten met alle personeelsleden en met alle gasten die zich de komende dagen uitschrijven en wel in het bijzonder met de gasten die zich voortijdig uitschrijven, hoewel ik betwijfel of degene die dit gedaan heeft de aandacht op deze manier direct op zich zou proberen te vestigen.'

'Nee, precies. Ik heb aan het condoom zitten denken,' zei Sigurður Óli.

Erlendur zocht naar een vrije tafel, vond er een en ging zitten. Sigurður Óli kwam bij hem zitten, keek naar het volgeladen bord en het water liep ook hem in de mond.

'Het condoom kan ons vertellen dat hij die, die... persoon met wie hij in zijn kamer was, niet goed kende. Het is een vluchtig contact geweest. Als hij haar goed had gekend, had hij misschien geen condoom gebruikt.'

'We moeten er ook aan denken dat het condoom niet uitsluit dat hij misschien samen met een man was,' zei Erlendur, en hij proefde van de lichtgerookte ham.

'Wat voor mes zou het kunnen zijn? Het moordwapen?'

'We zullen zien wat de sectie oplevert. Het is natuurlijk helemaal niet moeilijk om hier in het hotel aan een mes te komen, als het tenminste iemand van het hotel geweest is die hem heeft aangevallen.'

'Is het lekker?' vroeg Sigurður Óli. Hij had zitten kijken hoe Erlendur zich aan de gerechten te goed deed en was er bijna toe overgegaan om zelf ook iets te gaan halen, maar hij vreesde dat hij dan een nog groter schandaal zou veroorzaken: twee politiemannen die met een moordonderzoek in het hotel bezig waren, maar aan het buffet deelnamen alsof er niets aan de hand was.

'Ik ben vergeten te kijken of er iets in zat,' zei Erlendur tussen twee happen door.

'Vind je het wel passend om zo op de plaats van het misdrijf te zitten eten?'

'Het is hier een hotel.'

'Ja, maar...'

'Ik heb je toch gezegd dat ik wat moeilijkheden had. Op een andere manier kon ik ze niet oplossen. Zat er iets in? In het condoom?'

'Leeg,' zei Sigurður Óli.

'De districtsarts dacht dat hij was klaargekomen. Zelfs tweemaal, maar dat begreep ik niet.'

'Ik ken niemand die hem begrijpt.'

'De moord is dus tijdens het spel gepleegd.'

'Ja, alles verloopt naar wens en dan gaat er plotseling iets mis.'

'Als alles naar wens verliep, waarom was er dan een mes?'

'Misschien hoorde het bij het spel.'

'Welk spel?'

'Het seksleven is tegenwoordig veel ingewikkelder dan alleende oude missionarispositie,' zei Sigurður Óli. 'Het kan dus wie dan ook zijn geweest.'

'Wie dan ook,' zei Erlendur. 'Waarom hebben ze het toch altijd over een missionarispositie? Over wat voor missie gaat het eigenlijk?'

'Dat weet ik niet,' zei Sigurður Óli met een diepe zucht.

Erlendur stelde soms vragen die hem irriteerden omdat ze zo simpel waren en toch zo vreselijk ingewikkeld en vervelend.

'Heeft het iets met Afrika van doen?'

'Of met het katholicisme,' zei Sigurður Óli.

'Waarom missionarissen?'

'Dat weet ik niet.'

'Het condoom sluit het andere geslacht niet uit,' zei Erlendur. 'Laat ons dat duidelijk zijn. Je kunt met dit condoom niets uitsluiten. Heb je de directeur gevraagd waarom hij de kerstman weg wilde hebben?'

'Nee. Wilde hij de kerstman weg hebben?'

'Dat zei hij, maar hij gaf er geen uitleg bij. We moeten weten wat hij bedoelde.'

'Ik noteer het,' zei Sigurður Óli, die altijd een notitieblokje en een potlood bij zich had.

'En dan is er één groep die meer condooms gebruikt dan anderen.'

'O ja?' zei Sigurður Óli, zijn gezicht één groot vraagteken.

'Hoeren.'

'Hoeren?' herhaalde Sigurður Óli. 'Prostituees? Denk je dat die hier rondlopen?'

Erlendur knikte bevestigend.

'Ze missioneren ijverig in de hotels.'

Sigurður Óli stond op, maar bleef nog wat aarzelend bij Erlendur staan, die zijn bord had leeggegeten en weer begerige blikken op het buffet wierp.

'Eh, waar ben je met Kerstmis?' vroeg Sigurður Óli ten slotte wat ongemakkelijk.

'Met Kerstmis?' vroeg Erlendur. 'Ik ben... Wat bedoel je eigenlijk met die vraag? Waar zou ik met Kerstmis moeten zijn? Wat gaat jou dat aan?'

Sigurður Óli aarzelde, maar zei toen toch wat hij op het hart had.

'Bergþóra vroeg zich af of je alleen zou zijn.'

'Eva Lind heeft wat plannen. Wat bedoelt Bergþóra? Dat ik naar jullie toe kom?'

'Ach, ik weet het niet,' zei Sigurður Óli. 'Vrouwen! Wie kan ze begrijpen?' En toen beende hij weg van de tafel, de trap af en het souterrain in.

Toen Sigurður Óli de donkere gang in kwam lopen, stond Elínborg voor de kamer van de vermoorde man naar de bezigheden van de Technische Recherche te kijken.

'Waar is Erlendur?' vroeg ze, en ze verfrommelde haar lege notenzakje.

'Bij het buffet,' snauwde Sigurður Óli.

Het voorlopig onderzoek dat later die avond werd gedaan, wees uit dat het condoom onder het speeksel zat.

3

De Technische Recherche nam contact op met Erlendur zodra het biologisch materiaal was gevonden. Hij was toen nog steeds in het hotel. Het toneel van de misdaad had een tijdlang veel weg van het atelier van een fotograaf. Flitslicht verlichtte met regelmatige tussenpozen de duistere gang. Het lijk werd van alle kanten gefotografeerd, evenals alles wat er in de kamer van Guðlaugur werd aangetroffen. Daarna werd de overledene naar het mortuarium aan de Barónsstígur overgebracht, waar de officiële sectie zou plaatsvinden. De rechercheurs hadden naar vingerafdrukken in de kamer van de portier gezocht en er massa's gevonden, die allemaal werden vergeleken met de vingerafdrukken die bij de politie geregistreerd stonden. Er werden vingerafdrukken van alle personeelsleden van het hotel genomen en dankzij de ontdekking van de technisch rechercheurs moesten nu ook speekselproeven worden genomen.

'Maar hoe zit het met de hotelgasten?' vroeg Elínborg. 'Zouden we het ook niet bij hen moeten doen?'

Ze wilde dolgraag naar huis en het speet haar dat ze het had gevraagd; ze wilde haar dienst beëindigen. Elínborg nam het kerstfeest zeer ernstig en ze miste haar gezin. Ze versierde haar huis met dennentakken en allerlei kerstspulletjes. Ze bakte lekkere koekjes, die ze in tupperwaredozen bewaarde, waarop ze zorgvuldig noteerde wat erin zat. Ze kookte zo'n verrukkelijk kerstdiner dat het vermaard was, zelfs buiten haar familie. Elke kerst was het hoofdgerecht een Zweedse ham, die ze twaalf dagen lang in de pekel op haar balkon bewaarde en liefdevol verzorgde als was hij het kerstkindje in de windselen.

'Ik denk dat we er in eerste instantie van uit moeten gaan dat de moordenaar een IJslander is,' zei Erlendur. 'Laten we de hotelgasten tot het laatst bewaren. Het hotel loopt nu tijdens de feestdagen vol en er zijn er maar weinigen die zich uitschrijven. We praten met de mensen die dat doen, nemen van hen een speekselproef en vingerafdrukken af. We kunnen niet beletten dat ze het land verlaten. Als we dat doen moet er wel een heel sterke verdenking op hen vallen. Ook moeten we een lijst krijgen van alle buitenlandse gasten die in het hotel waren in de tijd dat de moord werd gepleegd. Laten we proberen het eenvoudig te houden.'

'Maar als het niet zo eenvoudig is?' vroeg Elínborg.

'Ik denk niet dat iemand van de hotelgasten weet dat er een moord is gepleegd,' zei Sigurður Óli, die ook naar huis wilde. Zijn vrouw Bergþóra had hem tegen de avond opgebeld en gevraagd of hij er nog niet aan kwam. Het was nu precies het goede moment en ze wachtte op hem. Sigurður Óli wist meteen wat ze met het goede moment bedoelde. Ze probeerden een kind te krijgen, maar niets lukte en Sigurður Óli had Erlendur verteld dat ze over een in-vitrobevruchting waren gaan denken.

'Moet je dan zo'n potje afgeven?' vroeg Erlendur.

'Potje?' vroeg Sigurður Óli.

'Zo'n reageerbuisje. 's Ochtends.'

Sigurður Óli keek hem aan, tot het plotseling tot hem doordrong wat Erlendur bedoelde.

'Ik had het je nooit moeten vertellen,' explodeerde hij. Erlendur nam een teug vies smakende koffie. Ze zaten met zijn drieën in de personeelskantine in het souterrain. De drukte was voorbij, de politiemannen en de Technische Recherche verdwenen, de kamer werd verzegeld. Erlendur had helemaal geen haast. Hij had niets om naartoe te gaan, alleen zijn eigen donkere flatwoning. Kerstmis liet hem koud. Hij kreeg een paar vrije dagen waarmee hij niets wist te beginnen. Misschien kwam zijn dochter op bezoek en dan zouden ze gerookt schapenvlees koken. Een enkele maal kwam haar broer met haar mee. En Erlendur zat te lezen, maar dat deed hij toch al altijd.

'Jullie moesten maar naar huis gaan,' zei hij. 'Ik blijf hier nog wat rondhangen. Eens kijken of ik dat hoofd van de receptie, dat nooit ergens tijd voor heeft, niet te spreken kan krijgen.'

Elínborg en Sigurður Óli stonden op.

'Red je het wel?' vroeg Elínborg. 'Zou je niet ook naar huis gaan? Het kerstfeest komt eraan en...'

'Wat hebben jij en Sigurður Óli toch? Waarom laten jullie me niet met rust?'

'Het is Kerstmis,' zei Elínborg met een zucht. Ze aarzelde.

'Vergeet het maar,' zei ze toen. Sigurður Óli en zij draaiden zich om en verlieten de koffiekamer.

Erlendur zat een hele tijd in gedachten. Hij stond stil bij de vraag van Sigurður Óli waar hij met Kerstmis zou zijn, en hij dacht na over Elínborgs attente houding. Hij zag zijn flatje voor zich, zijn luie stoel, de krakkemikkige tv en de boeken langs alle wanden.

Soms kocht hij een fles chartreuse met Kerstmis en zat met een glas naast zich te lezen over ontberingen en sterfgevallen in de tijd dat mensen overal te voet naartoe gingen en de kersttijd een gevaarlijke tijd was. Mensen lieten zich door niets van een bezoek aan hun geliefden afhouden en gingen de strijd met het natuurgeweld aan, verdwaalden en kwamen om, en bij hen thuis werd de geboorte van de Verlosser een nachtmerrie. Sommigen werden gevonden. Anderen niet. Zij werden nooit gevonden.

Dat waren Erlendurs kerstverhalen.

Het hoofd van de receptie had net het uniformjasje van het hotel uitgetrokken en stond zijn jas aan te trekken toen Erlendur hem in de garderobe te pakken kreeg. De man zei dat hij doodmoe was en net als andere mensen naar huis en zijn gezin wilde. Hij had over de moord gehoord, ja, een vreselijke gebeurtenis, maar hij wist niet hoe hij van dienst zou kunnen zijn.

'Ik heb begrepen dat jij hem hier in het hotel zo ongeveer het best hebt gekend,' zei Erlendur.

'Nee, ik denk niet dat dat klopt,' zei de receptionist en hij sloeg een dikke das om. 'Wie heeft je dat verteld?'

'Hij viel toch onder jou, of niet soms?' zei Erlendur zonder op de vraag te reageren.

'Viel onder mij, ja, waarschijnlijk wel. Hij was portier, ik doe de receptie, de inschrijving, dat weet je misschien. Weet jij tot hoe laat de winkels vanavond open zijn?'

Het leek of Erlendur en zijn vragen hem niet veel konden schelen en dat begon Erlendur op zijn zenuwen te werken. En het werkte hem ook op de zenuwen dat het wel leek of het lot van de man in de kelder iedereen koud liet.

'De klok rond, weet ik veel. Wie heeft jouw portier overhoop willen steken?'

'Mijn? Hij was mijn portier helemaal niet. Hij was de portier van het hotel.'

'En waarom had hij zijn broek afgestroopt en een condoom aan zijn pik? Wie is er bij hem geweest? Wie kwamen hem eigenlijk opzoeken? Wie waren zijn vrienden hier in het hotel? Wie waren zijn vijanden? Waarom woonde hij hier in het hotel? Wat voor overeenkomst is dat geweest? Wat heb je te verbergen? Waarom kun je me niet als een gewoon mens antwoord geven?'

'Hoor eens, ik, wat...?' De receptionist zweeg. 'Ik wil alleen maar heel graag naar huis,' zei hij ten slotte. 'Ik heb geen antwoord op al die vragen. Het wordt Kerstmis. Kunnen we morgen niet praten? Ik heb de hele dag nog geen seconde rust gehad.'

Erlendur keek hem aan.

'Goed, dan praten we morgen,' zei hij. Hij verliet de garderobe en herinnerde zich plotseling de vraag die hem al sinds hij de directeur had ontmoet door het hoofd had gespeeld. Hij draaide zich om. De receptionist ging juist de deur uit toen Erlendur hem riep.

'Waarom wilden jullie hem kwijt?'

'Wat?'

'Jullie wilden hem kwijt. De kerstman. Waarom?' De receptionist aarzelde.

'Ze hadden hem ontslagen,' zei hij toen.

Toen Erlendur de directeur van het hotel vond, zat deze te eten. Hij zat aan een grote tafel in de keuken, had een koksschort voorgedaan en stopte zich vol met het voedsel op de halflege schalen die van het buffet naar de keuken waren gebracht.

'Je kunt je niet voorstellen hoe graag ik eet,' zei hij, zijn mond afvegend toen hij merkte dat Erlendur hem aanstaarde. 'In alle rust,' voegde hij eraan toe.

'Ik weet precies wat je bedoelt,' zei Erlendur.

Ze waren alleen in de grote, glimmend schoongepoetste keuken. Erlendur kon niet anders dan hem bewonderen. Hij at snel maar heel netjes en zonder gulzigheid. De bewegingen van zijn handen hadden bijna iets elegants. De ene hap na de andere ging bij hem naar binnen, zonder enige haast en met duidelijk genoegen.

Sinds het lijk uit het hotel was afgevoerd en de politie en de journalisten die buiten voor het hotel hadden gestaan waren vertrokken, was hij heel wat rustiger. De politie had verordonneerd dat de journalisten het hotel niet in mochten omdat het hele gebouw als het toneel van een misdaad werd beschouwd. In het hotel ging alles weer bijna zijn gewone gangetje. Maar heel weinig buitenlandse gasten wisten van het lijk in de kelder. Toch hadden velen gemerkt dat er nogal wat politiemannen rondliepen en gevraagd wat er aan de hand was. De directeur had zijn personeel opgedragen te zeggen dat het om een oude man ging die een hartaanval had gekregen.

'Ik weet wat je denkt, je vindt me een varken, waar of niet?' zei hij. Hij hield op met eten om een slokje rode wijn te nemen. Een kleine vinger met het formaat van een worstje schoot recht omhoog.

'Nee, maar ik begrijp wel waarom je een hotel wilt leiden,' zei Erlendur. Maar toen had hij er geen zin meer in. 'Je eet jezelf dood, dat weet je best,' zei hij grof.

'Ik weeg 180 kilo,' zei de directeur. 'Mestvarkens worden niet veel zwaarder. Ik ben altijd dik geweest. Heb nooit iets anders gekend. Heb nooit aan vermageren gedaan. Heb me nooit kunnen voorstellen dat ik mijn leefstijl zou veranderen, zoals ze dat noemen. Ik voel me goed. Beter dan jij, lijkt me,' voegde hij eraan toe.

Erlendur herinnerde zich dat hij over dikke mensen had horen vertellen dat ze een opgewekter karakter hadden dan de magere bonenstaken. Zelf geloofde hij daar niets van.

'Beter dan ik?' vroeg Erlendur met een flauwe glimlach. 'Wat weet jij daar nou van? Waarom heb je de portier ontslagen?'

De directeur was weer gaan eten en het duurde een tijdje voor hij mes en vork neerlegde. Erlendur wachtte geduldig. Hij zag dat de directeur zat te bedenken wat het beste antwoord was, hoe hij het onder woorden moest brengen, nu Erlendur achter het ontslag was gekomen.

'Het gaat niet echt goed met het hotel,' zei hij ten slotte. "s Zomers zijn we overboekt en rond kerst en de jaarwisseling wordt het elk jaar drukker, maar daartussen liggen stille tijden en die kunnen echt moeilijk zijn. De eigenaren zeiden dat we moesten inkrimpen. Met minder personeel toekomen. Ik vond het niet nodig om het hele jaar door een portier op een volledig salaris te hebben.'

'Maar voorzover ik heb begrepen was hij veel meer dan alleen portier. Kerstman, bijvoorbeeld. Een soort manusje-van-alles. Een handige kerel die van alles repareerde. Meer iets als een huismeester.'

De directeur was weer begonnen het voedsel naar binnen te werken en er viel opnieuw een pauze in het gesprek. Erlendur keek om zich heen. De politie had de personeelsleden die hun dienst hadden beëindigd naar huis laten gaan nadat ze hun naam en adres hadden opgegeven. Het was nog steeds niet bekend wie als laatste met de overledene had gepraat en hoe zijn laatste dag er had uitgezien. Niemand was in verband met de kerstman iets bijzonders opgevallen. Niemand had iemand het souterrain in zien gaan. Niemand wist of de kerstman daar ooit bezoek ontving. Slechts een enkeling wist dat hij daar woonde, dat het kamertje echt zijn thuis was, en het leek wel of ze zo min mogelijk met hem te maken hadden willen hebben. Er waren maar een paar mensen die zeiden dat ze hem kenden en hij leek daar in het hotel geen enkele vriend gehad te hebben. Het personeel wist ook niets van vrienden buiten het hotel.

Wat je noemt een eenling, dacht Erlendur bij zichzelf.

'Niemand is onmisbaar,' zei de directeur en hij stak zijn dikke vingertje in de lucht terwijl hij van zijn rode wijn nipte. 'Het is natuurlijk nooit leuk om iemand te ontslaan, maar we kunnen ons niet het hele jaar een portier permitteren. Daarom hebben we hem ontslagen. Nergens anders om. Zoveel stelde dat portierschap nou ook weer niet voor. Hij trok zijn uniform aan als er filmsterren of buitenlandse regeringsleiders kwamen en hij gooide er mensen uit die hier niet welkom waren.'

'Vatte hij het zwaar op? Zijn ontslag?'

'Ik denk dat hij het wel kon begrijpen.'

'Ontbreken er messen hier in de keuken?' vroeg Erlendur.

'Dat weet ik niet. Er verdwijnt hier elk jaar voor vele duizenden aan messen, vorken en glazen. Ook handdoeken en... Denk je dat hij met een mes uit het hotel is neergestoken?'

'Dat weet ik niet.'

Erlendur keek naar de etende directeur.

'Hij heeft hier twintig jaar gewerkt en niemand kende hem. Vind je dat niet ongewoon?'

'Personeel komt en gaat,' zei de directeur schouderophalend. 'In een bedrijf als dit wisselt de bezetting nogal eens. Ik denk wel dat de mensen van zijn bestaan hebben geweten, maar wie kent nou een ander? Dat weet ik niet. Ik ken niemand hier erg goed.'

'Jij bent tijdens al die wisselingen altijd blijven zitten.'

'Het is moeilijk om mij van mijn plaats te krijgen.'

'Waarom heb je gezegd dat je hem eruit ging smijten?'

'Heb ik dat gezegd?'

'Ja.'

'Dat heb ik dan zomaar gezegd. Ik heb er niets speciaals mee bedoeld.'

'Maar je had hem ontslagen en je zou hem eruit smijten,' zei Erlendur, 'en dan komt er iemand die hem vermoordt. Hij heeft de laatste tijd niet wat je noemt zonnige dagen beleefd.'

De directeur deed net of Erlendur er niet was, terwijl hij zich met de elegante bewegingen van de fijnproever te goed deed aan stukken taart en mousse en probeerde van de lekkernijen te genieten.

'Waarom was hij nog niet weg, hoewel je hem ontslagen had?'

'Hij had al aan het einde van de vorige maand weg moeten zijn. Ik heb hem achter de vodden gezeten, maar niet al te hard. Dat had ik wel moeten doen. Dan zou ik nu deze ellende niet hebben gehad.'

Erlendur keek zwijgend toe hoe de directeur het voedsel naar binnen werkte. Misschien was het het buffet. Misschien ook zijn donkere flatje. Misschien dit jaargetijde. De kant-en-klaarmaaltijden die hem thuis wachtten. Het eenzame kerstfeest. Erlendur wist het niet. Voor hij het wist was de vraag eruit.

'Een kamer?' vroeg de directeur alsof hij niet begreep waar Erlendur het over had.

'Hoeft niets bijzonders te zijn,' zei Erlendur.

'Je bedoelt voor jou?'

'Een eenpersoonskamer,' zei Erlendur. 'Hoeft geen tv te hebben.'

'We zitten helemaal vol. Helaas.' De directeur van het hotel staarde Erlendur aan. Hij was niet van plan om de politieman dag en nacht om zich heen te hebben.

'Het hoofd van de receptie zei dat er een kamer vrij was,' loog Erlendur, nu vastbeslotener. 'Hij zei dat het geen probleem was, als ik maar wel even met jou praatte.'

De directeur staarde hem aan, keek toen naar de mousse die nog op zijn bord lag. Schoof zijn bord van zich af, al zijn eetlust was verdwenen.

Het was koud in de kamer. Erlendur stond bij het raam en keek naar buiten, maar in de donkere ruit zag hij slechts zijn eigen spiegelbeeld. Hij had al een tijdlang niet meer oog in oog met deze man gestaan en zag dat hij daar in het donker oud begon te worden. Achter hem en overal om hem heen vielen sneeuwvlokken zachtjes naar de aarde, alsof de hemelen waren opengebarsten en hun stof over de wereld werd uitgestrooid.

Er kwam hem een klein dichtbundeltje voor de geest dat hij in zijn bezit had, zeldzaam verzorgde vertalingen van enkele gedichten van Hölderlin. Hij liet zijn geest doelloos langs de gedichten dwalen tot hij bij een regel bleef hangen die voor zijn gevoel op de man sloeg die hem vanuit het raam in de ogen keek.

De muren staan
Zwijgend en koud, in de wind
Knersen de weerhanen.

4

Hij stond op het punt in te slapen toen er zacht op zijn deur werd geklopt en hij zijn naam hoorde fluisteren.

Hij wist meteen wie het was. Toen hij de deur opendeed, zag hij zijn dochter Eva Lind op de gang staan. Ze keken elkaar aan en ze glimlachte hem toe en wrong zich langs hem heen de kamer in. Hij deed de deur dicht. Ze ging aan het bureautje zitten en haalde een pakje sigaretten tevoorschijn.

'Ik geloof dat je hier niet mag roken,' zei Erlendur, die zich aan het rookverbod had gehouden.

'Ja,' zei Eva Lind, en diepte een sigaret uit het pakje op.

'Waarom is het hier zo koud?'

'Volgens mij is de radiator kapot.'

Erlendur ging op de rand van zijn bed zitten. Hij had alleen zijn onderbroek aan en trok het dekbed als een soort berenvel over zijn hoofd en schouders.

'Waar ben je eigenlijk mee bezig?' vroeg Eva Lind.

'Ik heb het koud,' zei Erlendur.

'Ik bedoel die hotelkamer, waarom ga je niet gewoon naar huis?' Ze zoog de rook tot diep in haar longen op, waarbij bijna een derde van de sigaret opbrandde, en toen blies ze uit, zodat de kamer in een oogwenk vol rook stond.

'Ik weet niet. Ik heb...' Erlendur zweeg.

'Geen zin meer om naar huis te gaan?'

'Ik vond het op de een of andere manier passend. Er is vandaag hier in het hotel een man vermoord, had je dat gehoord?'

'Een of andere kerstman of zo? Is hij vermoord?'

'De portier. Moest kerstman spelen op een feestje voor de kinderen in het hotel. Hoe gaat het met je?'

'Goed,' zei Eva Lind.

'Werk je nog?'

'Ja.'

Erlendur keek naar haar. Ze zag er beter uit. Ze was nog steeds even mager, maar de kringen onder haar mooie blauwe ogen waren lichter geworden en ze had niet meer zulke ingevallen wangen als vroeger. Volgens hem had ze nu al bijna acht maanden geen drugs meer aangeraakt. Niet sinds ze haar ongeboren kind had verloren en in het ziekenhuis bewusteloos tussen leven en dood zweefde. Toen ze uit het ziekenhuis kwam, was ze bij hem ingetrokken. Ze had een halfjaar bij hem gewoond en vast werk aangenomen, wat ze al twee jaar lang niet had gedaan. De laatste maanden had ze een kamer in het centrum gehuurd.

'Hoe heb je me gevonden?' vroeg Erlendur.

'Ik kon je niet op je mobieltje bereiken en heb toen naar het bureau gebeld. Daar vertelden ze me dat je hier was. Toen ik naar je vroeg, hoorde ik dat je je in het hotel had ingeschreven. Wat is er aan de hand? Waarom ga je niet naar huis?'

'Ik weet niet precies wat ik aan het doen ben,' zei Erlendur. 'De kersttijd is een rare tijd.'

'Ja,' zei Eva Lind, en toen zwegen ze.

'Heb je iets van je broer gehoord?' vroeg Erlendur.

'Sindri werkt nog steeds op het platteland,' zei Eva Lind, en haar sigaret siste toen ze hem tot aan het filter oprookte. As viel op de grond. Ze zocht een asbak, maar kon er geen vinden en liet toen haar sigaret tijdens het doven rechtop op het bureau staan.

'En je moeder?' vroeg Erlendur. Het waren altijd dezelfde vragen en de antwoorden waren over het algemeen ook dezelfde.

'Oké. Beult zich af als altijd.'

Erlendur zweeg onder zijn dekbed. Eva Lind keek naar de blauwe sigarettenrook die van de tafel omhoogkringelde.

'Ik weet niet of ik het nog langer volhoud,' zei ze, naar de rook starend.

Vanonder zijn dekbed wierp Erlendur een blik op haar.

Op dat moment werd er op de deur geklopt en ze keken elkaar vragend aan. Eva stond op en deed de deur open. Op de gang stond een personeelslid van het hotel, gekleed in een uniformjasje. Hij zei dat hij bij de receptie werkte.

'Het is verboden hierbinnen te roken,' was het eerste wat hij zei toen hij de kamer in keek.

'Ik heb haar gevraagd om haar sigaret te doven,' zei Erlendur in onderbroek onder het dekbed. 'Ze heeft nog nooit naar me geluisterd.'

'Het is verboden meisjes op de kamer te hebben,' zei de man. 'Vanwege wat er gebeurd is.'

Eva Lind glimlachte flauwtjes en keek naar haar vader. Erlendur keek op naar zijn dochter en daarna naar de man.

'Er is ons gemeld dat er een meisje hiernaartoe was gegaan,' vervolgde de man. 'Dat mag niet. Je moet gaan. Nu!'

Hij stond in de deuropening te wachten tot Eva Lind met hem meekwam. Erlendur stond op, nog steeds met het dekbed om zijn schouders, en liep op de man toe.

'Ze is mijn dochter,' zei hij.

'Ja, dat zal wel,' zei de man van de receptie alsof het hem verder niets aanging.

'Echt,' zei Eva Lind.

De man keek hen beurtelings aan.

'Ik wil geen gedonder,' zei hij.

'Donder dan op en laat ons met rust,' zei Eva Lind.

Hij bleef staan kijken naar Eva Lind en naar Erlendur, die in zijn onderbroek onder het dekbed achter haar stond, en verroerde zich niet.

'Er is iets mis met de radiator hier,' zei Erlendur. 'Hij wordt niet warm.'

'Ze moet met me meekomen,' zei de man.

Eva Lind keek naar haar vader en haalde haar schouders op.

'We praten later wel,' zei ze. 'Ik heb geen zin in dit gezever.'

'Wat bedoel je als je zegt dat je het niet langer uithoudt?' vroeg Erlendur.

'We praten later wel,' zei Eva, en ze ging de kamer uit. De man glimlachte naar Erlendur.

'Ga je iets aan de radiator hier doen?' vroeg Erlendur.

'Ik zal het doorgeven,' zei hij en hij deed de deur dicht. Erlendur ging weer op de rand van het bed zitten. Eva Lind en Sindri Snær waren de kinderen uit een mislukt huwelijk, dat meer dan twee decennia geleden was beëindigd. Na de scheiding had Erlendur vrijwel geen contact met zijn kinderen gehad. Daar had zijn ex-vrouw Halldóra voor gezorgd. Ze voelde zich bedrogen en gebruikte de kinderen om zich op hem te wreken. Erlendur had zich daarbij neergelegd. Later had hij het altijd betreurd dat hij niet hardnekkiger had geprobeerd met zijn kinderen te mogen omgaan, had het betreurd dat hij Halldóra de vrije hand had gelaten. Toen zijn kinderen ouder werden, zochten ze hem zelf op. Zijn dochter was toen al aan de drugs. Zijn zoon dronk en had al enkele ontwenningskuren achter de rug.

Hij wist wat Eva bedoelde toen ze zei dat ze niet wist of ze het volhield. Zij was niet in behandeling gegaan. Had geen enkele instelling bezocht om hulp bij haar probleem te krijgen, had het zelf en helemaal alleen aangepakt. Ze was altijd moeilijk en gesloten geweest en dwars als haar leefwijze ter sprake kwam. Ondanks het feit dat ze zwanger was, lukte het haar niet met gebruiken op te houden. Ze deed een paar pogingen en hield er een tijdje mee op, maar ze had niet genoeg doorzettingsvermogen om er voorgoed mee te stoppen. Ze probeerde het en Erlendur wist dat het haar ernst was, maar het ging haar boven haar krachten en ze viel telkens in oude patronen terug. Hij wist niet waardoor ze zo verslaafd was geraakt aan het gif dat ze het boven alles in het leven verkoos.

Kende de oorzaken van deze zelfvernietiging niet, maar hij wist dat hij op de een of andere manier tegenover haar tekort was geschoten, dat hij op de een of andere manier ook schuld aan haar toestand had.

Toen Eva Lind in het ziekenhuis in coma lag, had hij bij haar gezeten en tegen haar gepraat, omdat de dokter had gezegd dat ze zijn stem misschien kon horen, zelfs zijn nabijheid misschien kon voelen. Een paar dagen later kwam ze bij bewustzijn en het eerste waar ze om vroeg was of ze haar vader mocht zien. Ze was zo zwak dat ze bijna niet kon spreken. Toen hij bij haar kwam, lag ze te slapen en hij ging naast haar zitten en wachtte tot ze wakker werd.

Toen ze eindelijk haar ogen opendeed en hem zag, leek het of ze probeerde te glimlachen, maar ze begon te huilen en hij stond op en omhelsde haar. Ze beefde in zijn armen en hij probeerde haar te kalmeren, legde haar terug op het kussen en veegde de tranen uit haar ogen.

'Waar ben je al deze lange dagen geweest?' vroeg hij, en hij streelde haar over haar wang en probeerde bemoedigend te glimlachen.

'Waar is het kind?' vroeg ze.

'Hebben ze niet verteld wat er is gebeurd?'

'Ik heb het verloren, maar ze hebben me niet verteld waar het is. Ik heb het niet te zien gekregen. Ze vertrouwen me niet...'

'Het scheelde niet veel of ik had jou verloren.'

'Waar is het?'

Erlendur was op de afdeling Chirurgie naar het dode kindje gaan kijken, een meisje dat misschien de naam Auður zou hebben gekregen.

'Wil je het kind zien?' vroeg hij.

'Vergeef me,' zei Eva zachtjes.

'Wat?'

'Hoe ik ben. Hoe het kind...'

'Ik hoef je helemaal niet te vergeven voor hoe je bent, Eva. Je moet geen vergiffenis vragen voor hoe je bent.'

'Jawel.'

'Je hebt je lot niet alleen in handen.'

'Wil je...?'

Eva Lind zweeg en lag uitgeput in het bed. Erlendur wachtte zwijgend terwijl ze haar krachten verzamelde. Een lange tijd verliep. Toen keek ze eindelijk haar vader aan.

'Wil je me helpen haar te begraven?' vroeg ze.

'Natuurlijk,' zei hij.

'Ik wil haar zien,' zei Eva.

'Denk je dat...?'

'Ik wil haar zien,' herhaalde ze. 'Doe het. Laat me haar alsjeblieft zien.'

Erlendur aarzelde, maar ging toen naar het lijkenhuis en haalde het lijkje van het meisje dat hij in gedachten Auður noemde, omdat hij niet wilde dat ze naamloos zou blijven. Hij droeg het in een witte handdoek door de gangen van het ziekenhuis omdat Eva te zwak was om zich te bewegen en hij bracht het haar op de intensive care. Eva hield haar kind vast en keek ernaar, keek toen op naar haar vader.

'Dit is mijn schuld,' zei ze zacht.

Erlendur dacht dat ze in tranen zou uitbarsten en verbaasde zich erover toen ze dat niet deed. Er lag een zekere rust over haar, die de afkeer die ze van zichzelf had, verhulde.

'Het kan helemaal geen kwaad als je huilt,' zei hij. Eva keek hem aan.

'Ik heb het niet verdiend om te huilen,' zei ze.

Ze had in een rolstoel op het kerkhof in Fossvogur zitten toekijken hoe de dominee drie scheppen aarde over de kist uitstrooide en er lag een verbeten, harde uitdrukking op haar gezicht. Ze stond met moeite uit de stoel op en toen Erlendur haar wilde helpen, wuifde ze hem weg. Ze maakte een kruisteken boven het graf van haar dochter en haar lippen bewogen, maar Erlendur wist niet of ze tegen haar tranen vocht of in stilte een gebed uitsprak.

Het was een mooie lentedag, de zon glinsterde op het oppervlak van de zee in de baai en in Nauthólsvík kon je mensen in het mooie weer langs het water zien wandelen. Halldóra stond wat ter zijde en Sindri Snær aan de rand van het graf, maar ver van zijn vader. Ze hadden nauwelijks op grotere afstand van elkaar kunnen staan, een van elkaar vervreemd groepje mensen, die niets met elkaar gemeen hadden dan een ongelukkig levenslot. Erlendur dacht bij zichzelf dat het gezin al bijna vijfentwintig jaar niet meer bij elkaar was geweest. Hij wierp een blik op Halldóra, die het vermeed om naar hem te kijken. Hij sprak haar niet aan en zij hem niet.

Eva Lind liet zich weer in de rolstoel vallen en Erlendur hielp haar en hoorde haar kreunen: 'Wat een rotleven.'

Erlendur schrok op uit zijn gedachten toen hij zich plotseling herinnerde dat de man van de receptie iets had gezegd waarvoor hij een verklaring had willen vragen, maar dat was hij vergeten te doen. Hij stond op, liep de gang in en zag de man een lift in gaan. Eva was nergens te zien. Hij riep de man en die zette de liftdeur vast, kwam de lift uit en wierp een kritische blik op Erlendur, die op zijn blote voeten en in zijn onderbroek voor hem stond, nog steeds met het dekbed omgeslagen.

'Wat bedoelde je eigenlijk toen je zei "Vanwege wat er gebeurd is"?' vroeg Erlendur.

'"Vanwege wat er gebeurd is?"' herhaalde de man met een vragende uitdrukking op zijn gezicht.

'Je zei dat ik geen meisje bij me op de kamer mocht hebben, vanwege wat er gebeurd was.'

'Ja.'

'Je bedoelt: vanwege wat er met de kerstman in de kelder gebeurd is.'

'Ja. Wat weet jij er...?'

Erlendur keek naar zijn onderbroek en hij aarzelde even.

'Ik neem deel aan het onderzoek,' zei hij. 'Het politieonderzoek.'

De man keek hem aan met een overduidelijke uitdrukking van ongeloof op zijn gezicht.

'Waarom heb je die twee zaken met elkaar in verband gebracht?' haastte Erlendur zich te zeggen.

'Ik begrijp niet wat je bedoelt,' zei de man en hij stond wat onrustig voor hem.

'Het klonk net of iemand best een meisje op zijn kamer had mogen hebben als de kerstman niet vermoord was. Zo heb je het gezegd. Begrijp je wat ik bedoel?'

'Nee,' zei de man. 'Heb ik gezegd "Vanwege wat er gebeurd is"? Dat kan ik me niet herinneren.'

'Dat heb je gezegd. Het meisje mocht niet hier in de kamer zijn vanwege wat er gebeurd was. Je dacht dat mijn dochter...' Erlendur probeerde het netjes onder woorden te brengen, maar het lukte hem niet. 'Je dacht dat mijn dochter een hoer was en je kwam om haar weg te sturen omdat de kerstman vermoord was. Als dat niet was gebeurd, had iemand rustig een meisje op zijn kamer mogen hebben. Staan jullie meisjes op de kamers toe? Als alles zijn gewone gangetje gaat?'

De man keek Erlendur aan.

'Wat bedoel je met meisjes?'

'Hoeren,' zei Erlendur. 'Zwerven er hier hoertjes door het hotel die de kamers in schieten, en knijpen jullie een oogje dicht behalve nu, vanwege wat er gebeurd is? Wat had de kerstman ermee te maken? Was hij er op de een of andere manier bij betrokken?'

'Ik weet absoluut niet waar je het over hebt,' zei de man van de receptie.

Erlendur veranderde zijn tactiek.

'Ik kan begrijpen dat jullie geen risico's willen lopen als er een moord in het hotel is gepleegd. Jullie willen de aandacht niet op iets onregelmatigs of onnatuurlijks vestigen, zelfs als het op zichzelf onschuldig is en er niets tegen valt te zeggen. De mensen kunnen wat mij betreft doen wat ze willen en ervoor betalen. Wat ik moet weten is of de kerstman bij prostitutie hier in het hotel betrokken was.'

'Ik weet helemaal niets van prostitutie,' zei de man. 'Zoals je gezien hebt, houden we een oogje in het zeil als meisjes hier alleen naar boven gaan. Was het echt je dochter?'

'Ja,' zei Erlendur.

'Ze zei tegen me dat ik naar de duivel kon lopen.'

'Klopt helemaal.'

Erlendur deed de deur van de kamer achter zich dicht, ging in bed liggen en sliep al snel in, en hij droomde dat de hemelen zich over hem uitstortten en dat hij het knersen van de weerhanen kon horen.

De tweede dag

5

Toen Erlendur de volgende ochtend naar beneden kwam en bij de receptie naar de hoofdreceptionist vroeg, bleek dat hij niet op zijn werk verschenen was. Hij had geen enkele verklaring voor zijn afwezigheid gegeven, had niet gebeld met de mededeling dat hij ziek was of die dag vrij moest nemen omdat hij een en ander te doen had. Een vrouw van in de dertig die aan de balie werkte, zei tegen Erlendur dat het beslist ongewoon was dat het hoofd van de receptie niet op de vastgestelde tijd op zijn werk verschenen was, de man was altijd vreselijk punctueel en het was onbegrijpelijk dat hij geen contact opgenomen had als hij een vrije dag had willen hebben.

Ze vertelde dit met onderbrekingen aan Erlendur, terwijl een laborant van de afdeling Pathologie van het Rijksziekenhuis haar een speekselproef afnam. Drie personeelsleden van deze afdeling verzamelden speekselproeven van de werknemers van het hotel. Een andere groep bezocht de werknemers die vrij hadden thuis. Al snel zouden de laboranten speekselproeven van alle huidige personeelsleden van het hotel verzameld hebben, die dan vergeleken zouden worden met het speeksel op het condoom van de kerstman.

Onderzoeksrechercheurs ondervroegen de personeelsleden: of ze Guðlaugur hadden gekend en waar ze gisteren in de namiddag waren geweest. Zolang men inlichtingen en bewijsstukken verzamelde, nam de hele afdeling deel aan het onderzoek.

'Hoe zit het met de mensen die hier onlangs met werken zijn opgehouden of hier een jaar geleden of zo hebben gewerkt en de kerstman hebben gekend?' vroeg Sigurður Óli. Hij kwam bij Erlendur in de eetzaal zitten en keek toe hoe deze zich te goed deed aan haring en roggebrood, koude ham, geroosterd brood en gloeiend hete koffie.

'We zullen zien wat we uit de eerste gegevens kunnen opmaken,' zei Erlendur, zijn hete koffie slurpend. 'Ben je nog iets over die Guðlaugur te weten gekomen?'

'Niet veel. Er lijkt heel weinig over hem te vertellen te zijn. Hij was achtenveertig jaar, ongehuwd en kinderloos. Had de afgelopen twintig jaar of zo hier in het hotel gewerkt. Voorzover ik begrepen heb, heeft hij jarenlang in dat kamertje beneden gewoond. Het had indertijd alleen een tijdelijke oplossing moeten zijn, heb ik van de dikke directeur begrepen. Maar hij zegt wel dat hij het fijne van de zaak niet weet. Gaf ons de suggestie om te gaan praten met de directeur die hier voor hem was. Dat was de man die de overeenkomst met de kerstman had gesloten. De dikzak dacht dat men Guðlaugur indertijd de huur had opgezegd en dat hij toen toestemming gekregen had om zijn spullen in het kamertje te bewaren, maar dat de zaken zo waren gelopen dat hij er nooit meer uit is vertrokken.'

Sigurður Óli zweeg even.

'Elínborg vertelde me dat je vannacht in het hotel hebt overnacht,' zei hij toen.

'Ik kan het niet echt aanbevelen. Het is koud in mijn kamer en het personeel laat me niet met rust. Maar het eten is goed. Waar is Elínborg?'

Het was erg druk in de eetzaal en er klonk een aanhoudend geroezemoes van de hotelgasten die zich te goed deden aan het ontbijtbuffet. De meesten van hen waren buitenlanders in

IJslandse truien, op bergschoenen en in dikke winterkleding, zelfs al wilden ze niet verder dan naar het centrum, dat op tien minuten loopafstand lag. Obers letten erop dat er genoeg koffie in de kopjes zat en haalden de gebruikte borden weg. Uit de luidsprekers kwam de zachte klank van kerstliederen.

'De behandeling van de zaak begint vandaag. Dat wist je toch?' zei Sigurður Óli.

'Ja.'

'Elínborg is erbij. Hoe denk je dat het afloopt?'

'Hij krijgt waarschijnlijk een paar maanden voorwaardelijk. Net als altijd bij die stomme rechters.'

'Hij zal de jongen toch niet mogen houden.'

'Dat weet ik niet,' zei Erlendur.

'Die verdomde rotzak,' zei Sigurður Óli. 'Ze zouden hem op Lækjartorg in het blok moeten slaan.'

Elínborg had het onderzoek geleid. Een acht jaar oude jongen was na een ernstige mishandeling in het ziekenhuis opgenomen. Men had hem er niet toe kunnen bewegen iets over de mishandeling te vertellen. Aanvankelijk nam men aan dat oudere leerlingen hem buiten school hadden overvallen en zo hard hadden geslagen dat hij een arm had gebroken en een scheurtje in zijn jukbeen had gekregen; in zijn bovenkaak waren twee tanden los komen zitten. Hij had zich met moeite naar huis gesleept. Toen zijn vader niet zo lang daarna was thuisgekomen, waarschuwde hij de politie. Een ambulance bracht de jongen naar de eerstehulp.

De jongen was enig kind. Toen deze gebeurtenis plaatsvond, was zijn moeder opgenomen op een van de afdelingen van het psychiatrisch ziekenhuis Kleppur. Hij woonde met zijn vader, manager en eigenaar van een internetbedrijf, in de wijk Breiðholt in een mooie eengezinswoning met een prachtig uitzicht. De vader was vanzelfsprekend erg aangeslagen door de aanval op zijn zoon en sprak erover dat hij zich op de jongens wilde wreken die zijn zoon op zo'n vreselijke manier hadden toegetakeld. Hij eiste dat Elínborg ze te pakken zou krijgen.

Elínborg zou misschien nooit achter de waarheid zijn gekomen als het geen huis met een verdieping was geweest, met de kamer van de jongen op de bovenverdieping.

'Ze trekt zich deze zaak heel erg aan,' zei Sigurður Óli. 'Elínborg heeft zelf een zoontje van die leeftijd.'

'Je mag je door zoiets niet te veel laten beïnvloeden,' antwoordde Erlendur afwezig.

'Zegt wie?'

De rust aan de ontbijttafel werd verstoord door een enorm lawaai in de keuken. De gasten hieven het hoofd en keken elkaar aan. Er stond een man met een luide stem ruzie te maken en te schelden, waarover was niet zo gemakkelijk vast te stellen. Erlendur en Sigurður Óli stonden op en liepen de keuken in. De stem behoorde toe aan de kok die Erlendur op het pikken van de tong betrapt had. Hij schold de laborante die een speekselproef van hem wilde nemen, de huid vol.

'...en scheer je weg van hier met dat verdomde wattenstaafje!' schreeuwde de kok tegen een vrouw van ongeveer vijftig met een klein monsterkoffertje, dat open op een tafel stond. Ondanks de enorme woede van de man bleef ze beleefd aanhouden, wat zijn opgewonden stemming er niet beter op maakte.

Toen hij Erlendur en Sigurður Óli zag, werd hij nog twee keer zo boos.

'Zijn jullie nou helemaal gek geworden?' schreeuwde hij. Denken jullie dat ik beneden bij Gulli geweest ben om een condoom om zijn pik te schuiven? Zijn jullie wel helemaal goed bij je hoofd?! Verdomd stelletje idioten! Ik wil hier niets van weten. Wil er gewoon niets van weten. Het laat me verdomme koud wat jullie zeggen! Jullie mogen me in de nor stoppen en de sleutel weggooien, maar ik doe niet mee aan die verdomde nonsens. Knoop dat in je oren! Stelletje verdomde idioten!'

Hij beende de keuken uit, een en al agressieve mannelijkheid, die echter door de hoge koksmuts aanzienlijk werd afgezwakt, en er verscheen een glimlach op het gezicht van Erlendur. Hij keek naar de laborante, die terugglimlachte en toen begon te lachen. De spanning in de keuken nam af. De koks en obers die waren komen kijken barstten in lachen uit.

'Gaat het zo moeilijk?' vroeg Erlendur de laborante.

'Nee, helemaal niet,' zei ze. 'Ze tonen eigenlijk allemaal veel begrip. Dit is de eerste die vindt dat dit werkelijk beneden alle peil is.'

Ze glimlachte en Erlendur vond dat ze een lieve glimlach had. Ze was ongeveer even lang als hij, met kortgeknipt dik, blond haar, gekleed in een kleurig gebreid vest. Onder het vest was een witte blouse te zien. Ze droeg jeans en mooie zwarte leren schoenen.

'Ik heet Erlendur,' zei hij bijna onwillekeurig, en hij stak zijn hand uit.

Ze leek een beetje te schrikken.

'Ja,' zei ze, en ze gaf hem een hand. 'Ik heet Valgerður.'

'Valgerður?' herhaalde hij. Hij zag geen trouwring. Zijn mobiele telefoon begon in zijn zak te rinkelen.

'Neem me niet kwalijk,' zei hij, en hij zette de telefoon aan.

Hij hoorde een welbekende stem naar hem vragen.

'Ben jij dat?' vroeg de stem.

'Ja, ik ben het,' zei Erlendur.

'Ik snap niets van die mobiele telefoons,' zei de stem op de lijn. 'Waar ben je eigenlijk? In het hotel? Van hot naar her aan het rennen? In een lift?'

'Ik ben in het hotel.' Erlendur hield zijn hand voor het mondstuk, vroeg Valgerður of ze even wilde wachten en liep door de eetzaal terug naar de hal. Hij had Marion Briem aan de lijn.

'Slaap je in het hotel?' vroeg Marion. 'Is er iets met je? Waarom ga je niet gewoon naar huis?'

Marion Briem was jarenlang bij de rijksrecherche geweest en had er met Erlendur samengewerkt. Ze was al in functie toen Erlendur er begon en ze leerde hem de fijne kneepjes van het rechercheurswerk. Marion belde Erlendur zo nu en dan op en klaagde er dan over dat hij haar nooit eens opzocht. Erlendur had nooit veel opgehad met deze oudere superieur en collega en voelde geen enkele speciale behoefte om Marion op zijn oude dag te bezoeken. Misschien wel omdat er te veel overeenkomsten tussen hen beiden waren. Misschien ook omdat hij in Marion zijn eigen toekomst zag en die wilde vermijden. Marion leidde een eenzaam bestaan en verveelde zich op haar oude dag.

'Waarom bel je me op?' vroeg Erlendur.

'Er zijn nog steeds mensen die me toestaan een beetje bij te blijven, ook al doe jij dat niet,' zei Marion.

Erlendur wilde het gesprek meteen beëindigen, maar hij aarzelde. Marion had hem al eerder geholpen zonder dat hij erom gevraagd had. Hij kon niet al te onbeschoft zijn.

'Kan ik je ergens mee helpen?' vroeg hij.

'Geef me de naam van die man. Ik zou iets over hem kunnen ontdekken dat jullie niet hebben gezien.'

'Je kunt er niet mee ophouden.'

'Ik verveel me,' zei Marion. 'Je kunt je niet voorstellen hoe enorm ik me verveel. Ik ben bijna tien jaar geleden met pensioen gegaan en ik kan je zeggen dat elke dag in deze hel als een hele eeuwigheid is. Elke dag is als duizend jaar.'

'Er wordt van alles voor oudere burgers gedaan,' zei Erlendur. 'Wat dacht je van bingo?'

'Bingo,' spuwde Marion bijna uit.

Erlendur gaf haar Guðlaugurs naam. Hij stelde Marion beknopt op de hoogte van de voornaamste feiten in de zaak en sloot toen het gesprek af zonder al te onbeschoft te lijken. De telefoon ging bijna meteen opnieuw.

'Ja,' zei Erlendur.

'We hebben een briefje in de kamer van de man gevonden,' zei een stem op de lijn. Het was de chef van de Technische Recherche.

'Een briefje?'

'Er staat op: HENRY 18.30 UUR.'

'Henry? Wacht eens even, hoe laat heeft het meisje de kerstman gevonden?'

'Om een uur of zeven.'

'Zou deze Henry dus bij hem in de kamer geweest kunnen zijn toen hij werd vermoord?'

'Dat weet ik niet. En er is nog iets.'

'Ja.'

'Het is mogelijk dat het condoom van de kerstman zelf was. In de zak van het portiersuniform zat een pakje condooms. Het is een pakje van tien stuks en er ontbreken er drie.'

'Nog meer?'

'Nee, alleen een portefeuille met een biljet van vijfhonderd kronen, een oud identiteitsbewijs en een kassabon van eergisteren uit de supermarkt. O ja, en een sleutelhanger met twee sleutels.'

'Wat voor sleutels?'

'Een ervan lijkt me een huissleutel en de ander zou de sleutel van een kast of iets dergelijks kunnen zijn. Hij is veel kleiner.'

Ze namen afscheid van elkaar en Erlendur keek of hij de laborante nog ergens zag, maar ze was verdwenen.

Onder de buitenlandse gasten van het hotel waren er twee met de voornaam Henry. De een was een man die Henry Bartlet heette en uit Amerika kwam, de ander was Henry Wapshott, een Brit. Laatstgenoemde nam de telefoon in zijn kamer niet op, maar Bartlet was aanwezig. Hij reageerde verbaasd op de mededeling dat de IJslandse politie hem wilde spreken. Het verhaal van de directeur van het hotel dat de portier een hartaanval had gehad, was duidelijk overtuigend overgekomen.

Erlendur nam Sigurður Óli mee bij het bezoekje aan Henry Bartlet; Sigurður Óli had in Amerika criminologie gestudeerd en was daar heel trots op. Sprak de taal als een ingeborene en hoewel Erlendur een enorme hekel had aan het lijzige Amerikaanse accent, legde hij zich er toch bij neer.

Op weg naar boven vertelde Sigurður Óli Erlendur dat er was gepraat met bijna alle personeelsleden van het hotel die tijdens de aanval op Guðlaugur dienst hadden gehad, en ze hadden allemaal kunnen zeggen waar ze waren geweest en mensen kunnen noemen die hun verklaring konden onderschrijven.

Bartlet was een man van een jaar of dertig, een effectenhandelaar uit Colorado. Zijn vrouw en hij hadden een paar jaar geleden op de Amerikaanse ochtendtelevisie een documentaire over IJsland gezien en toen het indrukwekkende natuurschoon en de Blue Lagoon bewonderd, ze waren er al driemaal naartoe geweest. Ze hadden besloten een droom in vervulling te laten gaan en kerst en nieuwjaar in dit verre winterrijk door te gaan brengen. Ze waren verrukt over de schoonheid van het land, maar vonden de prijzen in de restaurants en cafés in de stad schandalig hoog.

Sigurður Óli knikte. In zijn ogen waren de Verenigde Staten een droomrijk op aarde en hij genoot van de ontmoeting met het echtpaar en zat met hen over baseball en de Amerikaanse voorbereiding op het kerstfeest te praten tot Erlendur er genoeg van kreeg en hem aanstootte.

Sigurður Óli zette de omstandigheden rond de dood van de portier uiteen en vertelde over het briefje in zijn kamer. Henry Bartlet en zijn vrouw staarden de politiemannen aan alsof ze plotseling bezoekers van een andere planeet waren geworden.

'Jullie hebben de portier niet gekend, of wel?' zei Sigurður Óli toen hij hun stomverbaasde gezichten zag.

'Een moord?' zuchtte Henry. 'Hier in het hotel?'

'Oh, my god,' zei zijn vrouw en ze ging op de lits-jumeaux zitten.

Sigurður Óli besloot het condoom niet te noemen. Hij legde uit dat het briefje erop wees dat Guðlaugur een man met de naam Henry zou treffen, maar dat ze niet wisten op welke dag, of de ontmoeting al had plaatsgevonden of misschien pas over twee dagen, een week of tien dagen had moeten zijn.

Henry Bartlet en zijn vrouw ontkenden in alle toonaarden dat ze de portier kenden. Ze hadden hem niet eens opgemerkt toen ze vier dagen geleden in het hotel kwamen. Erlendur en Sigurður Óli hadden hen duidelijk van hun stuk gebracht.

'*Jesus*,' zuchtte Henry. 'Een moord!'

'You have murders in Iceland?' vroeg de vrouw met een blik op het reisgidsje van de IJslandse vliegmaatschappij op het nachtkastje. 'Cindy,' had ze bij de begroeting tegen Sigurður Óli gezegd.

'Rarely,' zei hij en hij probeerde te glimlachen.

'Die Henry hoeft niet per se een hotelgast te zijn,' zei Sigurður Óli terwijl ze op de lift naar beneden stonden te wachten. 'Hoeft zelfs geen buitenlander te zijn. Er zijn ook IJslanders die Henry heten.'

'Precies,' zei Erlendur. 'Hij behoort natuurlijk tot het geslacht Strókahlíð.'

6

Sigurður Óli had de vorige directeur van het hotel weten op te sporen en toen ze beneden in de foyer kwamen, nam hij afscheid van Erlendur en ging naar de man toe. Erlendur informeerde naar het hoofd van de receptie, maar de man was nog niet op zijn werk verschenen en had ook niets van zich laten horen. Henry Wapshott had de sleutel van zijn kamer 's morgens vroeg op de balie van de receptie achtergelaten zonder dat iemand hem had opgemerkt. Hij had bijna een week in het hotel doorgebracht en zou nog twee dagen blijven. Erlendur vroeg of men hem wilde waarschuwen zodra Wapshott weer bij de receptie verscheen.

De directeur van het hotel waggelde moeizaam langs Erlendur.

'Je valt hopelijk mijn gasten niet lastig,' zei hij.

Erlendur trok hem een eindje opzij tot onder de kerstboom in de foyer.

'Welke regels hanteert het hotel met betrekking tot prostitutie?' vroeg Erlendur zonder omwegen.

'Prostitutie? Waar heb je het over?' De directeur slaakte een diepe zucht en veegde zijn hals droog met zijn verfrommelde zakdoek.

Erlendur keek hem afwachtend aan.

'Haal nou alsjeblieft niet van die verdomde onzin bij deze zaak,' zei de directeur.

'Had de portier soms iets met hoeren van doen?'

'Doe niet zo idioot,' zei de directeur. 'Er zijn geen hoe... is geen prostitutie in dit hotel.'

'Er is prostitutie in alle hotels.'

'Zo?' zei de directeur. 'Heb je daar ervaring mee?' Erlendur gaf hem geen antwoord.

'Wil je beweren dat de portier voor hoeren heeft bemiddeld?' zei de directeur op geschokte toon. 'Ik heb in mijn hele leven nog niet zo'n onzin gehoord. Het is hier geen bordeel. Dit is het op een na grootste hotel van Reykjavík!'

'Helemaal geen vrouwen in de bars of in de receptie die het op de mannen voorzien hebben? Met hen mee naar hun kamer gaan?'

De directeur aarzelde. Naar het scheen, kreeg hij Erlendur liever niet tegen zich.

'Dit is een groot hotel,' zei hij ten slotte. 'We kunnen niet alles wat er gebeurt in de gaten houden. Als er duidelijk sprake is van prostitutie en er geen twijfel mogelijk is, proberen we er iets aan te doen, maar het is moeilijk aan te pakken. Als we iets zien dat niet klopt, bemoeien we ons ermee. Verder zijn de gasten vrij in wat ze in hun kamers doen.'

'Buitenlanders en reders uit heel IJsland, was dat niet wat je zei?'

'Ja, en natuurlijk nog veel meer. Maar dit is geen goedkoop hotel. Het is een klassehotel en de gasten kunnen zich het logies over het algemeen goed permitteren. Hier vinden geen smerige zaken plaats en hoed je er in godsnaam voor om zo'n verhaal in omloop te brengen. De concurrentie is al zwaar genoeg en het is werkelijk vreselijk om met deze moord opgezadeld te worden.'

De directeur zweeg.

'Ben je van plan om hier in het hotel te blijven slapen?' vroeg hij. 'Is dat niet heel erg ongewoon?'

'Het enige dat ongewoon is, is een dode kerstman in je souterrain,' zei Erlendur glimlachend.

Hij zag de laborante die hij in de keuken had ontmoet uit de bar op de parterre komen met haar monsterkoffertje in de hand. Hij knikte de directeur toe en ging op haar af. Ze liep in de richting van de garderobe naast de zijdeur van het hotel.

'Hoe gaat het?' vroeg Erlendur.

Ze draaide zich om, herkende hem meteen, maar bleef doorlopen.

'Ben jij de leider van het onderzoek?' vroeg ze, en ze ging de garderobe binnen en pakte er een jas van een hanger. Ze vroeg of Erlendur haar koffertje even wilde vasthouden.

'Ik mag meedoen,' zei Erlendur.

'Niet iedereen was enthousiast over dat idee van de speekselproeven,' zei ze, 'en dan heb ik het niet alleen over de kok.'

'We proberen allereerst het personeel uit te sluiten om ons op andere dingen te kunnen richten, ik dacht dat jullie was gezegd dit als verklaring te geven.'

'Het hielp niet echt. Hebben jullie nog iets anders?'

'Valgerður is een oude IJslandse naam, nietwaar?' zei Erlendur zonder haar antwoord te geven.

Ze glimlachte.

'Mag je niet over het onderzoek praten?'

'Nee.'

'Vind je het maar niets als Valgerður een oude naam is?'

'Ik? Nee, ik...' Erlendur aarzelde.

'Had je nog iets bijzonders?' vroeg Valgerður, en ze stak haar hand naar het monsterkoffertje uit. Ze glimlachte naar de man die in zijn dichtgeknoopte gebreide vest onder een armzalig jasje met versleten elleboogstukken voor haar stond en haar met droeve ogen aankeek. Ze waren van ongeveer dezelfde leeftijd, maar hij leek wel tien jaar ouder dan zij.

Voor Erlendur zich realiseerde wat hij aan het doen was, had hij het gezegd. Die vrouw had iets.

En hij zag geen trouwring.

'Ik zou graag willen weten of ik je hier vanavond voor het buffet zou mogen uitnodigen, het is voortreffelijk.'

Hij zei het zonder iets van haar te weten, alsof hij geen enkele kans op een positief antwoord had, maar hij zei het toch en nu wachtte hij af. Hij dacht bij zichzelf dat ze waarschijnlijk zou gaan lachen, een man had en vier kinderen, een eengezinswoning en een zomerhuis, confirmatie en eindexamenfeestjes en het oudste kind al getrouwd, en nu hoopte om in alle rust samen met haar geliefde echtgenoot oud te worden.

'Dank je wel,' zei ze. 'Aardig dat je me uitnodigt. Maar... helaas. Ik kan niet. Maar toch bedankt voor de uitnodiging.'

Ze nam het koffertje van hem over, aarzelde even en keek hem aan, maar toen vertrok ze en liep het hotel uit. Erlendur bleef half versuft in de garderobe staan. Hij had al jaren geen vrouw meer uit gevraagd. Zijn mobiele telefoon begon in zijn jaszak te rinkelen en na een tijdje haalde hij hem tevoorschijn, met zijn gedachten ergens anders, en zette hem aan. Het was Elínborg.

'Hij komt nu de rechtszaal binnen,' zei ze, en ze fluisterde bijna in de telefoon.

'Hè?' zei Erlendur.

'De vader, hij komt hier met zijn twee advocaten binnen. Dat is ook wel het minste dat nodig is om zijn onschuld aan te tonen.'

'Zijn er veel mensen?' vroeg Erlendur.

'Nee, heel weinig. Ik denk dat het de familie van de moeder van de jongen is en dan zijn er nog wat journalisten.'

'Hoe ziet hij eruit?'

'Volkomen op zijn gemak, net als anders, keurig in het pak en met een das om alsof hij naar een feestelijke bijeenkomst gaat. Hij heeft geen geweten.'

'O ja,' zei Erlendur. 'Hij heeft zeker een geweten.'

Erlendur was met Elínborg naar het ziekenhuis geweest om met de jongen te praten zodra de artsen dat goedvonden. De operatie was achter de rug en hij lag nu tussen andere kinderen op de kinderafdeling. Er hingen tekeningen aan de muren, er lag speelgoed in de bedden en ernaast zaten ouders, die er na slapeloze nachten vermoeid uitzagen, oneindig bezorgd om hun kinderen.

Elínborg ging naast de jongen zitten. Hij had een groot verband om zijn hoofd zodat zijn gezicht bijna niet te zien was, op zijn mond en ogen na, die vol wantrouwen naar de rechercheurs keken. Zijn arm zat in het gips en was opgehangen aan een kleine haak. Onder het dekbed tekenden zich zwachtels af. Ze waren erin geslaagd zijn milt te redden. De arts zei dat ze best met de jongen mochten praten, maar of de jongen ook met hen wilde praten, dat was een andere zaak.

Elínborg begon iets over zichzelf te vertellen, wie ze was en wat ze bij de politie deed en dat ze de personen die hem zo hadden behandeld wilde oppakken. Erlendur stond er op een afstandje naar te luisteren. De jongen staarde Elínborg aan. Ze wist dat ze niet met hem mocht praten tenzij er een ouder aanwezig was. Ze hadden met de vader afgesproken hem in het ziekenhuis te treffen, maar er was al een halfuur verstreken en hij had zich niet laten zien.

'Wie waren het?' vroeg Elínborg ten slotte toen ze dacht dat ze wel ter zake kon komen.

De jongen keek haar aan en zei geen woord.

'Wie hebben je zo mishandeld? Je kunt het me rustig zeggen. Ze zullen geen kans krijgen om je nog eens aan te vallen. Dat beloof ik je.'

De jongen liet zijn blik naar Erlendur gaan.

'Waren het de jongens van school?' vroeg Elínborg. 'De grote knullen? We weten nu dat twee van de knapen van wie we denken dat ze je misschien hebben aangevallen, echte lastpakken zijn. Ze hebben al eerder kinderen zoals jij aangevallen, maar niet zo agressief. Ze zeggen dat ze je niets hebben gedaan, maar we weten dat ze op school waren toen de aanval op jou plaatsvond. Ze gingen pas weg na het laatste uur.'

Terwijl Elínborg sprak keek de jongen haar zwijgend aan. Ze was naar de school gegaan en had met het hoofd en de onderwijzers gepraat en ze was bij de twee jongens thuis geweest, had zich van hun leefomstandigheden op de hoogte gesteld en had hen horen ontkennen dat ze de jongen iets hadden aangedaan. De vader van een van hen zat in de gevangenis.

Op dat moment kwam er een kinderarts de kamer binnen. Hij zei hun dat de jongen rust nodig had en dat ze later maar terug moesten komen. Elínborg knikte en ze namen afscheid.

Later diezelfde dag ging Erlendur ook met Elínborg mee om de vader van de jongen thuis te ontmoeten. De vader gaf als verklaring voor het feit dat hij niet was komen opdagen dat hij aan een belangrijke telefoonconferentie met collega's in Duitsland en de Verenigde Staten had moeten deelnemen en daarom niet naar het ziekenhuis had kunnen komen. Het was volkomen onverwacht, zei hij. Toen hij zich eindelijk vrij had kunnen maken, hadden zij het ziekenhuis juist verlaten.

Terwijl hij dit zei, viel de winterzon opeens de kamer binnen en deed de marmeren vloer en het tapijt op de trap naar de eerste verdieping oplichten. Elínborg stond naar hem te luisteren toen ze de vlek op de traptrede zag verschijnen en toen nog een vlek op de trede erboven.

Kleine vlekken, bijna onzichtbaar als daar niet die winterse zon was geweest.

Vlekken die ze bijna uit het tapijt hadden kunnen verwijderen en die zo op het eerste gezicht in het kleed thuis leken te horen.

Vlekken die kleine voetafdrukken bleken te zijn.

'Ben je daar nog?' zei Elínborg in de telefoon. 'Erlendur, ben je daar nog?'

Erlendur kwam weer tot zichzelf.

'Laat me weten hoe het gaat,' zei hij, en ze verbraken de verbinding.

De eerste kelner was een man van rond de veertig, zeer slank, gekleed in een zwart pak en zwarte, fraai glimmende lakschoenen. In een klein hoekje naast de eetzaal zat hij de lijst van de reserveringen voor die avond door te nemen. Toen Erlendur zich voorstelde en vroeg of hij hem even mocht storen, keek hij op uit het beduimelde reserveringsboek en daarmee kwam een keurig zwart snorretje in zicht, donkere baardstoppels die hij natuurlijk tweemaal per dag moest scheren, een lichtbruine huidskleur en een paar bruine ogen.

'Ik heb Gulli eigenlijk helemaal niet gekend,' zei de man, die Rósant heette. 'Vreselijk, hoe het met hem is gelopen. Weten jullie al wat meer?'

'Niets,' zei Erlendur kortaf. Hij zat met zijn gedachten bij de laborante en bij de vader die zijn eigen zoon aanviel en hij dacht aan zijn dochter Eva Lind, die gezegd had dat ze het niet langer kon volhouden. Hij wist wat dat betekende, hoewel hij met heel zijn hart hoopte dat hij zich vergiste. 'Veel te doen tijdens de feestdagen, nietwaar?' zei Erlendur.

'We proberen er zo veel mogelijk uit te halen. Proberen elke stoel voor het buffet tot driemaal toe te reserveren en dat kan heel moeilijk zijn, omdat sommige mensen denken dat ze het halve buffet mee naar huis kunnen nemen als ze ervoor hebben betaald. De moord in het souterrain helpt ook niet echt.'

'Nee,' zei Erlendur zonder al te veel belangstelling. 'Aangezien je Guðlaugur niet gekend hebt, werk je hier dus nog niet lang.'

'Nee, pas twee jaar. Ik had niet veel met hem te maken.'

'Wie heeft hem volgens jou hier in het hotel het best gekend? Of überhaupt in het leven?'

'Dat weet ik werkelijk niet,' zei de eerste kelner en hij streek met zijn wijsvinger over het zwarte snorretje op zijn bovenlip. 'Ik weet niets over die man. De schoonmakers misschien wel. Wanneer komen we de uitslag van de speekselproeven te weten?'

'Wat voor uitslag?'

'Wie er bij hem was. Is dat zo'n DNA-proef?'

'Ja.'

'Moeten jullie die naar het buitenland sturen?' Erlendur knikte bevestigend.

'Weet je ook of hij daar in het souterrain bezoek ontving? Mensen die niets met het hotel te maken hebben?'

'Er komen hier zoveel mensen voorbij. Zo zijn hotels nou eenmaal. Ze gaan hier als mieren naar binnen en weer naar buiten, naar boven en naar beneden, nooit is er rust. Op de hotelschool werd ons gezegd dat een hotel niet in de eerste plaats een gebouw is of een kamer of service, maar mensen. Een hotel, dat zijn gewoon mensen. Niets anders. Wij moeten ervoor zorgen dat ze het naar hun zin hebben. Zich thuis voelen. Dat zijn hotels.'

'Ik zal proberen om het te onthouden,' zei Erlendur en hij bedankte hem.

Hij ging na of Henry Wapshott al in het hotel terug was, maar dat was hij niet. De chef van de receptie daarentegen was op zijn werk verschenen en groette Erlendur. Er was al weer een bus vol toeristen voor het hotel gestopt, die zich in de hal naar binnen drongen. De receptionist glimlachte wat timide naar Erlendur en haalde zijn schouders op alsof hij daarmee wilde aangeven dat het niet zijn schuld was dat ze niet met elkaar konden praten en dat ze een geschikter ogenblik zouden moeten afwachten.

7

Guðlaugur Egilsson begon zijn werk bij het hotel in het jaar 1982. Hij was toen 28 jaar oud. Hij had verschillende baantjes gehad, het laatste als nachtwaker bij het ministerie van Buitenlandse Zaken. Toen er besloten was een portier in vaste dienst bij het hotel aan te stellen, kreeg hij de baan. In die tijd zat het toerisme in de lift; het hotel was uitgebreid en er was meer personeel aangenomen. De vroegere directeur kon zich niet precies meer herinneren waarom Guðlaugur was aangesteld. Herinnerde zich wel dat er niet veel sollicitanten voor de baan waren geweest.

Hij had een uitstekende indruk op de directeur gemaakt. Hij leek voorkomend, beleefd en zeer hulpvaardig. In de loop van de tijd bleek hij een goede kracht. Een gezin had hij niet, geen vrouw en geen kinderen, iets dat de directeur wel zorgen baarde omdat vaak gebleken was dat mensen met een gezin betrouwbaarder krachten waren. Guðlaugur vertelde overigens niet erg veel over zichzelf en zijn verleden.

Kort nadat hij met zijn werkzaamheden begonnen was, kwam hij bij de directeur en vroeg of er misschien ergens in het hotel een ruimte was die hij zou kunnen gebruiken terwijl hij naar een nieuw onderkomen op zoek was. Ze hadden hem op korte termijn de huur opgezegd; hij stond op straat en wist zich geen raad. Hij wees de directeur erop dat er helemaal aan het eind van een gang in het souterrain een kamertje was, waar hij naar hij dacht heel goed zou kunnen wonen tot hij een kamer had gevonden. Ze gingen naar het kamertje kijken. Er was allerlei rommel in ondergebracht, maar Guðlaugur zei dat hij wel een plek wist waar je die rommel kon opslaan, het meeste kon trouwens gewoon worden weggegooid.

En zo gebeurde het dat Guðlaugur, portier en later ook kerstman, het kleine kamertje betrok en er tot aan zijn dood woonde.

De directeur dacht dat hij hoogstens een paar weken in het kamertje zou blijven. Dat had Guðlaugur gezegd en het kamertje was ook niet iets waarin iemand langere tijd zou willen wonen. Maar het kwam er maar niet van dat hij een behoorlijk onderkomen vond en algauw werd het een vanzelfsprekende zaak dat Guðlaugur in het hotel woonde, vooral toen zijn werk meer op dat van een huismeester dan op dat van een eenvoudige portier ging lijken. En mettertijd vond men het wel makkelijk om hem zowel 's nachts als overdag in het hotel bij de hand te hebben als er iets misliep dat om een handige man vroeg.

'Korte tijd nadat Guðlaugur in het kamertje was ingetrokken hield de oude directeur ermee op,' zei Sigurður Óli, die boven bij Erlendur in zijn kamer zat en over zijn ontmoeting met de vorige directeur vertelde. De dag was vergevorderd en de avond begon te vallen.

'Weet je waarom?' vroeg Erlendur. Hij lag op zijn rug op het bed en keek naar het plafond. 'Het hotel was net uitgebreid, er was een heleboel personeel in dienst genomen en dan houdt hij er even later mee op. Vind je dat niet gek?'

'Ik ben daar niet verder op ingegaan. Ik zal zien wat hij zegt, als jij denkt dat het ook maar enigszins van belang is. Hij wist niet dat Guðlaugur voor kerstman had gespeeld. Dat gebeurde na zijn tijd en hij was werkelijk aangedaan over het feit dat hij vermoord in zijn kamertje was aangetroffen.'

Sigurður Óli keek om zich heen in de kale kamer.

'Ben je van plan om de kerst hier door te brengen?' vroeg hij. Erlendur gaf hem geen antwoord.

'Waarom ga je niet naar huis?'

Stilte.

'De uitnodiging is nog van kracht.'

'Dank je wel en doe de groeten aan Bergþóra,' zei Erlendur nadenkend.

'Waar ben je eigenlijk mee bezig?'

'Niets dat jou aangaat, als ik al ergens mee bezig ben,' zei Erlendur. 'Ik houd niet van Kerstmis.'

'Ik wil in elk geval nu naar huis gaan,' zei Sigurður Óli.

'Hoe staat het met het kinderen krijgen?'

'Niet erg goed.'

'Is het jouw probleem of is het iets van jullie beiden?'

'Dat weet ik niet. We hebben ons nog niet laten onderzoeken. Bergþóra is er wel over gaan denken.'

'Wil je wel een kind hebben?'

'Ja. Ik weet het niet. Ik weet helemaal niet wat ik wil.'

'Hoe laat is het?'

'Het is over halfzeven.'

'Ga jij maar naar huis,' zei Erlendur. 'Ik ga eens kijken hoe het met die Henry van ons staat.'

Henry Wapshott was weer terug in het hotel, maar hij was niet op zijn kamer. Erlendur liet hem door de receptie bellen, ging naar zijn verdieping en klopte bij hem aan, maar er kwam geen enkele reactie. Hij vroeg zich af of hij de directeur ertoe zou kunnen bewegen de deur voor hem open te maken, maar daar had hij eerst een speciaal huiszoekingsbevel van de rechter voor nodig en het zou wel eens tot diep in de nacht kunnen duren voor hij dat had. Daarbij was het lang niet zeker of Henry Wapshott wel de Henry was waarmee Guðlaugur om 18.30 uur een afspraak had.

Erlendur stond nog op de gang te overwegen welke mogelijkheden hij zoal had toen er een man van tussen de vijftig en zestig jaar de hoek om kwam en in zijn richting liep. Hij droeg een versleten bruin tweedjasje, een groene kaki broek en een blauw overhemd met een felrode das. Zijn grijzende haar was zorgvuldig over zijn kalende schedel gekamd.

‘Ben jij de man die me zoekt?’ zei hij in het Engels toen hij Erlendur bereikt had. ‘Ze vertelden me dat er een man naar mij gevraagd had. Een IJslander. Ben je een verzamelaar? Wilde jij me spreken?’

‘Heet je Wapshott?’ vroeg Erlendur. ‘Henry Wapshott?’ Zijn Engels was niet goed. Hij verstond het tegenwoordig heel aardig, maar hij sprak het slecht. Het feit dat het criminele milieu steeds internationaler werd, was voor de politie aanleiding geweest om speciale cursussen Engels te organiseren. Erlendur had eraan meegedaan en hij had er plezier in gehad. Hij was boeken in het Engels gaan lezen.

‘Ik heet Henry Wapshott,’ zei de man. ‘Wat wil je van me?’

‘We zouden misschien niet hier op de gang moeten staan,’ zei Erlendur. ‘Kunnen we je kamer in gaan? Of...?’

Wapshott keek naar de deur van zijn kamer en toen weer naar Erlendur.

‘Misschien moesten we maar naar de foyer gaan,’ zei hij.

‘Wat wil je van me? Wie ben je?’

‘We gaan naar beneden,’ zei Erlendur.

Henry Wapshott volgde hem aarzelend naar de liften. Toen ze beneden in de foyer kwamen, liep Erlendur naar een wat terzijde gelegen zithoek in de buurt van de eetzaal, waar gerookt mocht worden, en daar gingen ze zitten. Er verscheen meteen een serveerster. Er waren alweer mensen gaan zitten voor het buffet, dat er in Erlendurs ogen niet minder aanlokkelijk uitzag dan de vorige dag. Ze bestelden koffie.

‘It’s very odd,’ zei Wapshott. ‘Ik had een halfuur geleden precies op deze plaats een afspraak, maar de man is niet komen opdagen. Hij heeft me geen boodschap gestuurd en dan sta jij opeens voor mijn deur en gaat hier weer met me naartoe.’

‘Wie zou je hier ontmoeten?’

‘Een IJslander, werkt hier in het hotel. Hij heet Guðlaugur.’

‘En zou je hem hier vandaag om halfzeven ontmoeten?’

‘Precies,’ zei Wapshott. ‘Wat...? Wie ben jij?’

Erlendur zei hem dat hij van de politie was en vertelde over de dood van Guðlaugur en dat ze een briefje in zijn kamer hadden gevonden dat naar een ontmoeting met een zekere Henry verwees en duidelijk op hem sloeg. De politie wilde weten waarom ze elkaar zouden treffen. Erlendur zei niet dat hij aannam dat Wapshott wel eens in het kamertje van de kerstman had kunnen zijn toen deze werd vermoord. Hij zei alleen maar dat Guðlaugur twintig jaar bij het hotel had gewerkt.

Wapshott staarde Erlendur aan terwijl deze zijn verhaal deed en schudde ongelovig zijn hoofd alsof hij niet echt kon begrijpen wat hij hoorde.

'Is hij dood?'

'Ja.'

'Vermoord?!'

'Ja.'

'Goeie god,' zuchtte Wapshott.

'Hoe heb je Guðlaugur leren kennen?' vroeg Erlendur. Wapshott leek ver weg met zijn gedachten en Erlendur herhaalde zijn vraag.

'Ik ken hem al jaren,' zei Wapshott ten slotte met een glimlach waardoor kleine tanden zichtbaar werden, bruin verkleurd door het roken, in de onderkaak enkele met een zwarte vulling. Erlendur dacht dat hij waarschijnlijk pijp rookte.

'Wanneer hebben jullie elkaar voor het eerst ontmoet?' vroeg Erlendur.

'We hebben elkaar nog nooit ontmoet,' zei Wapshott. 'Ik heb hem nog nooit gezien. Ik zou hem vandaag voor de eerste maal ontmoeten. Daarvoor ben ik naar IJsland gekomen.'

'Ben je naar IJsland gekomen om hem te ontmoeten?'

'Ja, onder andere.'

'Maar hoe kende je hem dan? Als jullie elkaar nooit ontmoet hebben, hoe zat het dan met het contact tussen jullie tweeën?'

'Er was helemaal geen contact,' zei Wapshott.

'Ik begrijp je niet,' zei Erlendur.

'Er is nooit enig contact geweest,' herhaalde Wapshott, en met zijn vingers maakte hij aanhalingstekens om het woord contact.

'Wat dan?' vroeg Erlendur.

'Alleen verering van één kant,' zei Wapshott. 'Van mijn kant.'

Erlendur vroeg hem die laatste woorden te herhalen. Hij begreep niet hoe deze man die helemaal uit Engeland was gekomen en Guðlaugur nog nooit had ontmoet, hem kon vereren. Een portier in een hotel. Een man die in een hokje in het souterrain van het hotel woonde en dood werd aangetroffen met afgestroopte broek en een messteek in zijn hart. Hoe het zat met die verering van één kant. Een man die op het kinderkerstfeest van het hotel voor kerstman speelde.

'Ik weet niet waar je het over hebt,' zei Erlendur. Toen herinnerde hij zich dat Wapshott hem boven in de gang had gevraagd of hij een verzamelaar was. 'Waarom wilde je weten of ik een verzamelaar was?' vroeg hij. 'Wat voor soort verzamelaar? Wat bedoel je eigenlijk?'

'Ik dacht dat je een platenverzamelaar was,' zei Wapshott. 'Net als ik.'

'Wat voor platenverzamelaar? Platen? Bedoel je...?'

'Ik verzamel oude platen,' zei Wapshott. 'Oude grammofoonplaten. Vinylplaten. Zo ken ik Guðlaugur. Ik zou hem daarnet gaan ontmoeten en verheugde me er intens op en dus zul je wel begrijpen dat het nogal een schok is om te horen dat hij dood is. Vermoord! Wie heeft hem willen vermoorden?'

Zijn verbazing leek ongeveinsd.

'Heb je hem misschien gisteren ontmoet?' vroeg Erlendur.

Wapshott realiseerde zich aanvankelijk niet wat Erlendur bedoelde, maar toen drong het tot hem door en hij staarde de politieman aan.

'Bedoel je... denk je dat ik tegen je zit te liegen? Ben ik...?

Wil je me vertellen dat ik verdacht word? Denk je dat ik bij zijn dood betrokken was?'

Erlendur keek hem zwijgend aan.

'Maar dat is ongerijmd!' zei Wapshott en hij verhief zijn stem. 'Ik heb deze man al heel erg lang willen ontmoeten. Al jaren. Dit kun je niet menen.'

'Waar was je gisteren om deze tijd?' vroeg Erlendur.

'In de stad,' zei Wapshott. 'Ik was in de stad. Ik was in een platenantiquariaat aan de belangrijkste winkelstraat en daarna heb ik in een Indiaas restaurant daar niet ver vandaan gegeten.'

'Je was al een paar dagen in het hotel. Waarom had je Guðlaugur dan nog niet ontmoet?'

'Maar... heb je me niet net verteld dat hij dood was? Wat bedoel je?'

'Wilde je hem dan niet ontmoeten zodra je je hier had ingeschreven? Je wilde hem heel graag ontmoeten, zei je. Waarom heb je er zo lang mee gewacht?'

'Hij stelde tijd en plaats vast. Grote god, waar ben ik in beland?'

'Hoe heb je contact met hem gemaakt? En wat bedoel je met die verering van één kant?'

Henry Wapshott keek hem aan.

'Ik bedoel...' begon Wapshott, maar Erlendur liet hem zijn zin niet afmaken.

'Wist je dat hij hier in het hotel werkte?'

'Ja.'

'Hoe?'

'Dat had ik uitgezocht. Ik doe mijn best om de objecten van mijn belangstelling als verzamelaar goed te leren kennen.'

'En daarom logeerde je in dit hotel?'

'Ja.'

'Heb je platen van hem gekocht?' vervolgde Erlendur. 'Hebben jullie elkaar zo leren kennen? Twee verzamelaars met een zelfde belangstelling?'

'Zoals ik al zei, ik kende hem niet, maar ik wilde persoonlijk kennis met hem maken.'

'Wat bedoel je?'

'Je hebt er geen idee van wie hij was, waar of niet?' zei Wapshott, en het leek wel of hij stomverbaasd was dat Erlendur Guðlaugur Egilsson niet kende.

'Hij was huismeester of portier, en kerstman,' zei Erlendur. 'Is er nog iets anders dat ik moet weten?'

'Weet je waarin ik gespecialiseerd ben?' vroeg Wapshott. 'Ik weet niet hoeveel je over verzamelaars in het algemeen weet en over platenverzamelaars in het bijzonder, maar de meeste verzamelaars specialiseren zich op een bepaald gebied. Op dat terrein kunnen mensen behoorlijk eigenaardig worden. Het is ongelofelijk wat mensen al niet verzamelen. Ik heb over een man gehoord die de kotszakjes van bijna alle vliegmaatschappijen van de wereld bezit. Ik weet ook dat er een vrouw is die het haar van Barbiepoppen verzamelt.'

Wapshott keek Erlendur aan.

'Weet je waarin ik gespecialiseerd ben?' herhaalde hij. Erlendur schudde het hoofd. Hij was er niet helemaal zeker van of hij dat van die kotszakjes wel goed begrepen had. En hoe zat het met de Barbiepoppen?

'Ik ben gespecialiseerd in jongenskoren,' zei Wapshott.

'Jongenskoren?'

'Niet alleen jongenskoren. Mijn belangstelling gaat vooral uit naar de koorknapen.'

Erlendur aarzelde, wist niet of hij de man nu verkeerd begreep of niet.

'Koorknapen?'

'Ja.'

'Verzamel je platen met koorknapen?'

'Ja. Ik verzamel natuurlijk ook andere platen, maar koorknapen zijn – hoe zal ik het zeggen – een hartstocht van me.'

'Wat heeft dat met Guðlaugur te maken?'

Henry Wapshott glimlachte. Hij strekte zijn hand uit naar een zwarte leren aktetas die hij bij zich had. Hij deed de tas open en pakte er het hoesje van een 45-toerenplaatje uit.

Hij haalde een bril uit zijn borstzakje en Erlendur zag een wit vel papier op de grond vallen. Hij greep het en zag de naam Brenner's, in groene letters gedrukt.

'Dank je wel,' zei Wapshott. 'Een servetje van een hotel in Duitsland. Verzamelen is een verslaving,' zei hij verontschuldigend.

Erlendur knikte.

'Ik wilde hem vragen of hij de hoes voor me wilde signeren,' zei Wapshott en hij overhandigde Erlendur de grammofoonplaat.

Voor op de hoes stond in een boogje de naam 'Guðlaugur Egilsson' in vergulde letters en daarbij de zwartwitfoto van een jongen met wat sproeten en zorgvuldig gekamde haren, niet veel ouder dan een jaar of twaalf, die Erlendur toelachte.

'Hij had een bijzonder gevoelige stem,' zei Wapshott. 'Maar dan komt de puberteit en...' Hij haalde zijn schouders wat mistroostig op. In zijn stem klonken droefenis en spijt door. 'Ik vind het wonderlijk dat je niet van hem hebt gehoord of weet wie hij was als je bezig bent met een onderzoek naar zijn dood. Hij moet in zijn tijd een nogal bekende naam zijn geweest. Volgens mijn inlichtingen kun je zeggen dat hij een bekend kindsterretje is geweest.'

De blik van Erlendur gleed van de hoes naar Wapshott.

'Kindsterretje?'

'Er zijn twee platen met hem uitgebracht, één waarop hij solo zingt en één waarop hij met kerkkoren zingt. Hij moet hier in dit land een bekende naam zijn geweest. In zijn tijd.'

'Een kindsterretje,' herhaalde Erlendur. 'Bedoel je zoiets als Shirley Temple? Zo een?'

'Waarschijnlijk, naar jullie maatstaven, ik bedoel hier op IJsland, een dunbevolkt land ver van de rest van de wereld.

Hij moet tamelijk bekend geweest zijn, ook al lijkt hij nu vergeten. Shirley Temple was natuurlijk...'

'De kleine prinses,' zei Erlendur zachtjes bij zichzelf.

'Wat?'

'Ik wist niet dat hij een kindsterretje geweest was.'

'Het is heel wat jaren geleden.'

'En wat deed hij dan? Dus er zijn platen met hem gemaakt?'

'Ja.'

'Die jij verzamelt?'

'Ik probeer exemplaren te bemachtigen. Ik ben gespecialiseerd in koorknapen als hij. Hij had een unieke jongensstem.'

'Een koorknaap?' zei Erlendur alsof hij het tegen zichzelf had. Hij zag de poster met de kleine prinses voor zich en wilde Wapshott verder naar het kindsterretje Guðlaugur vragen, toen hij gestoord werd.

'Hier ben je dus,' hoorde hij boven zijn hoofd zeggen, en hij keek op. Valgerður stond glimlachend achter hem. Ze had nu geen monsterkoffertje in haar hand. Ze droeg een dunne zwarte leren jas die tot op haar knieën viel, met eronder een mooie rode trui, en ze had zich zo discreet opgemaakt dat je het bijna niet kon zien. 'Is de uitnodiging nog van kracht?' vroeg ze.

Erlendur vloog overeind. Maar Wapshott was nog voor hem opgestaan.

'Neem me niet kwalijk,' zei Erlendur, 'ik realiseerde me niet... Maar natuurlijk!' Hij glimlachte. Vanzelfsprekend!'

8

Toen ze zich aan het buffet te goed hadden gedaan en koffie na gedronken hadden, verhuisden ze naar de bar naast de eetzaal. Erlendur kocht een drankje voor hen en ze gingen wat achteraf in een hoekje zitten. Ze zei dat ze niet heel lang zou kunnen blijven en Erlendur interpreteerde dat als een beleefde waarschuwing. Niet dat hij haar op zijn kamer wilde uitnodigen, dat kwam niet in zijn hoofd op en dat wist ze ook wel, maar hij merkte dat ze wat onzeker was. Hij voelde eenzelfde soort verdedigingsmuren als die hij aantrof bij de mensen die door hem verhoord moesten worden. Misschien wist ze zelf niet waar ze mee bezig was.

Zij vond het interessant om met een rechercheur te praten en ze wilde alles over het werk en over misdaden weten en hoe men het aanpakte om misdadigers te pakken te krijgen. Erlendur zei haar dat het hoofdzakelijk vervelend administratief werk was.

'Maar misdaden zijn tegenwoordig veel gewelddadiger,' zei ze. 'Dat lees je in de kranten. Smeriger misdaden.'

'Dat weet ik niet,' zei Erlendur. 'Misdaden zijn altijd smerig.'

'Je hoort tegenwoordig altijd verhalen uit de drugsscene over incasseerders, hoe zij de jongeren aanvallen die geld voor de drugs schuldig zijn, en als die kinderen niet kunnen betalen worden hun families lastiggevallen.'

'Ja,' zei Erlendur, die zich soms precies om deze reden zorgen over Eva Lind maakte. 'De wereld is heel erg veranderd. Het geweld is grover.'

Ze zwegen.

Erlendur probeerde een geschikt gespreksonderwerp te vinden, maar hij wist helemaal niets van vrouwen. De vrouwen met wie hij omging konden hem niet voorbereiden op een avond als deze, die je romantisch zou kunnen noemen. Elínborg en hij waren goede vrienden en collega's en tussen hen bestond een genegenheid die in jaren van samenwerking en gezamenlijke ervaringen was gegroeid. Eva Lind was zijn kind, over wie hij voortdurend inzat. Halldóra was de vrouw die hij een mensenleven geleden getrouwd had en van wie hij gescheiden was; de scheiding had hem alleen maar haat opgeleverd. Dat waren de vrouwen in zijn leven, afgezien van een paar vluchtige verhoudingen die niets anders hadden gebracht dan onrust en teleurstelling.

'Hoe zit het met jou?' vroeg hij toen ze in hun hoekje zaten. 'Waarom ben je van mening veranderd?'

'Dat weet ik niet,' zei ze. 'Ik heb al heel lang niet zo'n uitnodiging gehad. Hoe kreeg jij het in je hoofd om me uit te vragen?'

'Ik heb geen idee. Die uitnodiging voor het buffet vloog er gek genoeg gewoon uit. Ik heb dit ook al tijden niet gedaan.'

Ze glimlachten allebei.

Hij vertelde haar over Eva Lind en over zijn zoon Sindri en zij vertelde hem dat ze twee zonen had, ook al volwassen. Hij merkte dat ze niet al te veel over zichzelf en haar levensomstandigheden wilde vertellen en dat vond hij prima. Hij wilde niet in haar leven zitten wroeten.

'Weten jullie al wat meer over de man die vermoord is?'

'Nee, eigenlijk niet. De man met wie ik hier in de hal zat te praten...'

'Heb ik jullie gestoord? Ik wist niet dat hij bij het onderzoek betrokken was.'

'Het gaf niet,' zei Erlendur. 'Hij verzamelt platen, grammofoonplaten, en nu blijkt dat de man in de kelder een kindsterretje is geweest. Lang geleden.'

'Een kindsterretje?'

'Hij zong en er zijn platen met hem gemaakt.'

'Ik zou me kunnen voorstellen dat het moeilijk is om een kindsterretje te zijn,' zei Valgerður. 'Je bent nog maar jong, met allerlei dromen en verwachtingen, en het wordt maar hoogst zelden echt wat. En wat komt er daarna?'

'Je begraaft je in een klein hok en hoopt dat niemand zich jou herinnert.'

'Denk je dat?'

'Ik weet het niet. Misschien zijn er een paar mensen die zich hem herinneren.'

'Denk je dat het iets met de moord te maken heeft?'

'Wat?'

'Dat hij een kindsterretje was.'

Erlendur had geprobeerd zo min mogelijk over het onderzoek te vertellen zonder een onaangename indruk te maken. Hij had geen tijd gehad om over deze vraag na te denken en wist niet of hij van belang was.

'Dat weten we niet,' zei hij. 'Dat moet nog blijken.'

Ze zwegen.

'Jij bent vast geen kindsterretje geweest,' zei ze glimlachend.

'Nee,' zei Erlendur. 'Onbegaafd op elk terrein.'

'Geldt ook voor mij,' zei Valgerður. 'Ik teken nog steeds als een driejarig kind.'

'Wat doe je als je niet aan het werk bent?' vroeg ze na een korte stilte.

Erlendur was niet op die vraag voorbereid en bleef aarzelen tot ze begon te glimlachen.

'Ik wilde je hier helemaal niet mee overvallen,' zei ze toen hij geen antwoord gaf.

'Nee, dit... ik ben het niet gewend om over mezelf te vertellen,' zei Erlendur.

Hij kon haar niet zeggen dat hij golf speelde of een andere sport beoefende. Ooit had hij belangstelling voor boksen gehad, maar die belangstelling was weggeëbd. Hij ging nooit naar de bioscoop en keek zelden tv, ging niet naar de schouwburg. Reisde 's zomers alleen het land rond, maar daar was de laatste jaren de klad in gekomen. Wat deed hij eigenlijk wanneer hij niet aan het werk was? Hij wist het zelf niet. Meestal was hij met zichzelf alleen.

'Ik lees veel,' zei hij plotseling.

'En wat lees je?' vroeg ze.

Hij aarzelde nog steeds en ze glimlachte weer.

'Is het zo moeilijk?' vroeg ze.

'Over dodelijke ongelukken en ontberingen. Dood in de bergen. Mensen die buiten omkomen. Er zijn hele series over. Ze zijn ooit populair geweest.'

'Dodelijke ongelukken en ontberingen?' vroeg ze.

'Natuurlijk ook allerlei andere dingen. Ik lees veel. Geschiedenis. Historische verhalen. Annalen.'

'Alles wat oud en voorbij is,' zei ze.

Hij knikte.

'Het verleden is iets dat een mens in de hand heeft,' zei hij. 'Al kan het ook gelogen zijn.'

'Maar waarom dodelijke ongevallen? Mensen die in de bergen omkomen? Is dat geen vreselijke lectuur?'

Erlendur glimlachte bij zichzelf.

'Je zou bij de politie moeten zijn,' zei hij.

Ze was deze avond in korte tijd doorgedrongen tot een plaats in zijn gedachten die zorgvuldig was afgezet en afgesloten, zelfs voor hemzelf. Hij wilde er niet over praten. Eva Lind wist ervan, maar ze wist het niet precies en bracht het niet speciaal in verband met zijn belangstelling voor dodelijke ongevallen. Hij zat lang te zwijgen.

'Het is gewoon zo gegroeid met de jaren,' zei hij, en hij had meteen spijt van die leugen. 'Hoe zit het met jou? Wat doe jij als je geen wattenstaafjes in mensen steekt?'

Hij probeerde het gesprek van het onderwerp weg te sturen door een luchtige toon aan te slaan, maar het contact tussen hen was verbroken en dat was zijn schuld.

'Ik heb eigenlijk nooit tijd voor iets anders gehad dan voor werk,' zei ze. Ze voelde dat ze zonder het te weten iets had aangeroerd waarover hij niet wilde praten, en ze wist niet wat het was. Ze begon zich ongemakkelijk te voelen en dat merkte hij.

'Ik vind dat we dit gauw zouden moeten herhalen,' zei hij om er een eind aan te maken. De leugen ging boven zijn krachten.

'Beslist,' zei ze. 'Om je de waarheid te zeggen, voelde ik nogal wat aarzeling, maar ik heb er geen spijt van. Ik wil dat je dat weet.'

'Ik ook niet,' zei hij.

'Goed. Hartelijk bedankt voor alles. Dank voor de drambuie,' zei ze en ze dronk het glas leeg. Om haar gezelschap te houden had hij ook drambuie genomen, maar hij had de likeur niet aangeraakt.

Erlendur lag in zijn hotelkamer in bed en keek naar het plafond. Het was nog steeds koud in de kamer en hij had zijn kleren aangehouden. Buiten sneeuwde het. Het was donzige, vriendelijke, mooie sneeuw, die zachtjes op de aarde viel en meteen smolt. Niet koud en hard en zonder erbarmen als de sneeuw die doodde en verminkte.

'Wat zijn dat voor vlekken?' vroeg Elínborg de vader.

'Vlekken?' zei hij. 'Wat voor vlekken?'

'Hier in het kleed,' zei Erlendur. Elínborg en hij waren net uit het ziekenhuis gekomen, waar ze de jongen hadden bezocht. De winterse zon wierp licht op het kleed op de trap die naar de bovenverdieping voerde waar de kamer van de jongen was, en hij zag er vlekken in.

'Ik zie helemaal geen vlekken,' zei de vader. Hij boog zich voorover en tuurde naar het kleed op de trap.

'Ze zijn tamelijk duidelijk in dit licht,' zei Elínborg, en ze keek door het raam van de kamer naar de zon die laag aan de hemel stond en de ogen verblindde. Ze keek naar de beige marmeren tegels op de vloer, die leken te gloeien. Niet ver van de trap stond een mooie drankkast. Er stonden sterkedranken in, dure likeuren. Flessen rode en witte wijn lagen met de hals omlaag in rekken. De kast had twee glazen deuren en op een van de ruiten zag Erlendur een onduidelijke veeg. Aan de kant van de kast die naar de trap wees, hing een druppeltje dat ongeveer anderhalve centimeter omlaag gelekt was. Elínborg zette haar vinger in de druppel en het topje werd kleverig.

'Is er hier bij de kast iets gebeurd?' vroeg Erlendur. De vader keek hem aan.

'Waar heb je het over?'

'Het lijkt wel of er iets tegenaan is gespetterd. Je hebt hem niet zo lang geleden schoongemaakt.

'Nee,' zei de vader. 'Dat klopt niet.'

'Die voetsporen op de trap,' zei Elínborg. 'Ik heb het gevoel dat ze van een kind zijn. Vergis ik me?'

'Ik zie helemaal geen voetsporen op de trap,' zei de vader. 'Zojuist had je het over vlekken. Nu zijn het voetsporen. Wat probeer je nu eigenlijk te zeggen?'

'Was je thuis toen de jongen werd aangevallen?'

De vader zweeg.

'De aanval vond plaats op school,' vervolgde Elínborg. 'De school was uit en hij was aan het voetballen en toen hij naar huis wilde gaan, hebben ze hem aangevallen. Dit is wat wij denken dat er gebeurd is. Hij heeft niet met jou kunnen praten en evenmin met ons. Ik denk dat hij het niet wil. Het niet durft. Misschien omdat de jongens hebben gezegd dat ze hem zullen vermoorden als hij tegen de politie kletst. Misschien omdat iemand anders gezegd heeft dat hij hem zou vermoorden als hij met ons praatte.'

'Waar wil je eigenlijk naartoe?'

'Waarom ben je die dag vroeg van je werk thuisgekomen? Je kwam midden op de dag thuis. Hij heeft zich naar huis en naar boven naar zijn kamer gesleept en jij bent niet lang daarna gekomen en hebt de politie en een ambulance gebeld.'

Elínborg had zich al eerder afgevraagd wat de vader in een gewone werkweek midden op de dag thuis deed, maar ze had hem er nog niet eerder naar gevraagd.

'Niemand heeft hem uit school zien komen,' zei Erlendur.

'Je wilt toch niet suggereren dat ik... dat ik mijn jongen op deze manier zou hebben aangevallen? Dat suggereer je toch niet?'

'Wat vind je ervan als we wat monsters van het tapijt nemen?'

'Ik denk dat jullie maar eens moesten ophoepelen,' zei de vader.

'Ik wil niets suggereren,' zei Erlendur. 'De jongen zal te zijner tijd vertellen wat er gebeurd is. Misschien niet nu en niet na een week of na een maand, misschien zelfs niet na een jaar, maar hij zal het vertellen.'

'Eruit,' zei de vader, die nu bijna barstte van woede en verontwaardiging. 'Je kunt je niet permitteren... jullie kunnen je niet permitteren om... Jullie moeten vertrekken. Donder op! Eruit met jullie!'

Elínborg ging regelrecht terug naar het ziekenhuis en naar de kinderafdeling. De jongen lag in zijn bed te slapen, zijn hand hangend aan de haak. Ze ging bij hem zitten en wachtte tot hij wakker werd. Ze had vijftien minuten aan zijn bed gezeten toen de jongen zijn ogen opendeed en de vermoeid uitziende politievrouw zag zitten, maar de man met de treurige ogen in het gebreide vest die eerder die dag bij haar was geweest, zag hij nergens. Ze keken elkaar in de ogen en Elínborg glimlachte en stelde haar vraag zo vriendelijk en behoedzaam mogelijk.

'Was het je vader?'

Tegen de avond ging ze terug naar het huis van vader en zoon met een huiszoekingsbevel en mannen van de Technische Recherche. Ze bekeken de vlekken in het tapijt. Ze bekeken de marmeren vloer en de drankkast. Ze namen monsters, zogen pluisjes van het marmer op, peuterden aan de druppel op de kast. Ze gingen de trap op naar de kamer van de jongen en namen monsters van het hoofdeinde van het bed. Ze gingen de waskeuken in en onderzochten vaatdoeken en handdoeken. Ze bekeken het vuile wasgoed. Ze maakten de stofzuiger open. Ze namen monsters van een bezem. Ze gingen naar de vuilnisbak en rommelden in het afval. In de vuilnisbak vonden ze sokken van de jongen.

De vader stond in de keuken. Zodra de Technische Recherche verscheen, belde hij een advocaat, een vriend van hem. De advocaat kwam er meteen aan en bestudeerde de stukken van de rechter. Hij gaf zijn cliënt de raad niet met de politie te praten.

Erlendur en Elínborg keken toe bij de werkzaamheden van de Technische Recherche. Elínborg wierp stekende blikken op de vader, die zijn hoofd schudde en een andere kant op keek.

'Ik snap niet wat jullie willen,' zei hij. 'Snap het niet.'

De jongen had zijn vader niet genoemd. Toen Elínborg haar vraag stelde, toonde hij geen andere reactie dan dat zijn ogen zich met tranen vulden.

Het hoofd van de Technische Recherche belde twee dagen later.

'Het gaat over de vlekken in het kleed,' zei hij.

'Ja,' zei Elínborg.

'Drambuie.'

'Drambuie? De likeur?'

'Overal in de kamer zijn er resten van en er is een heel spoor in het tapijt tot in de kamer van de jongen boven.'

Erlendur staarde nog steeds naar het plafond toen hij op de deur hoorde kloppen. Hij stond op en deed de deur open. Eva Lind schoot de kamer binnen. Erlendur keek de gang in en deed de deur achter haar dicht.

'Niemand heeft me gezien,' zei Eva. 'Het zou makkelijker zijn als je gewoon thuis zou willen zijn. Ik snap niet wat je aan het doen bent.'

'Ik kom heus wel weer thuis,' zei Erlendur. 'Maak je daar maar geen zorgen over. En waarom ben jij zo aan het rondzwerven? Heb je iets nodig?'

'Moet ik een bijzondere reden hebben om je te willen zien?' vroeg Eva, en ze ging aan het bureautje zitten en haalde een pakje sigaretten tevoorschijn. Ze gooide een plastic zak op de grond en knikte hem toe. 'Ik heb wat kleren voor je meegebracht,' zei ze. 'Als je dan zo nodig in dit hotel moet rondhangen, moet je van kleren kunnen wisselen.'

'Dankjewel,' zei Erlendur en hij ging tegenover haar op het bed zitten. Hij kreeg een sigaret van haar en Eva stak beide sigaretten aan.

'Fijn je te zien,' zei hij, een rookwolk uitblazend.

'Hoe staat het met de kerstman?'

'Zachtjes aan. Wat kun jij over jezelf melden?'

'Niets.'

'Heb je je moeder gezien?'

'Ja. Altijd hetzelfde. Er gebeurt helemaal niets in haar leven. Werk en televisie en slaap. Werk, televisie, slaap. Werk, televisie, slaap. Is dat alles wat een mens te wachten staat? Probeert een mens op het rechte pad te blijven alleen maar om te sloven tot hij erbij neervalt? En kijk eens naar jezelf! Hangt als een idioot in een hotelkamer rond in plaats van nou eindelijk eens naar huis te gaan.'

Erlendur zoog de rook in en blies de rookwolk uit door zijn neus.

'Ik was niet van plan om...'

'Nee, dat weet ik,' viel Eva Lind hem in de rede.

'Ga je het opgeven?' vroeg hij. 'Toen je gisteren kwam...'

'Ik weet niet of ik dit volhoud.'

'Welk dit?'

'Dit rotte leven!'

Ze zaten te roken en de tijd verstreek.

'Denk je nog vaak aan het kind?' vroeg Erlendur ten slotte. Eva was in haar zevende maand toen ze het kind verloor en toen ze na het verblijf in het ziekenhuis bij hem introk, raakte ze in een diepe depressie. Erlendur wist dat ze die depressie nog bij lange na niet te boven was. Ze gaf zichzelf de schuld van de dood van het kind. Op de avond dat het gebeurde, zond ze hem een noodkreet, en toen hij haar eindelijk vond, lag ze badend in haar bloed buiten voor het Rijksziekenhuis. Ze was op weg naar de kraamafdeling in elkaar gezakt. Het scheelde niet veel of ze had zelf het leven verloren.

'Dat rotte leven!' zei ze nog eens en ze drukte haar sigaret op het bureaublad uit.

Toen Eva Lind was vertrokken en Erlendur in bed was gekropen, rinkelde de telefoon op het nachtkastje. Het was Marion Briem.

'Weet je wel hoe laat het is?' vroeg Erlendur, op zijn horloge kijkend. Het was voorbij middernacht.

'Nee,' zei Marion. 'Ik zat aan het speeksel te denken.'

'Het speeksel op het condoom?' vroeg Erlendur. Hij had er geen zin in om zich op te winden.

'Ze komen er natuurlijk zelf wel achter, maar het kan misschien geen kwaad om ze aan het cortisol te herinneren.'

'Ik moet nog met de Technische Recherche praten. Zij zullen ons ongetwijfeld iets over het cortisol vertellen.'

'Je kunt er het een en ander mee berekenen, zien wat er zich in dat hokje in het souterrain heeft afgespeeld.'

'Ik weet het, Marion. Nog iets?'

'Ik wilde je alleen maar aan het cortisol herinneren.'

'Welterusten, Marion.'

'Welterusten.'

De derde dag

9

Erlendur, Sigurður Óli en Elínborg vergaderden de volgende ochtend vroeg in het hotel. Ze gingen wat ter zijde aan een kleine ronde tafel zitten en haalden ontbijt bij het buffet. Het had 's nachts gesneeuwd, maar nu was het weer wat warmer en er was geen sneeuw op de straten te bespeuren. Het meteorologisch instituut zei dat het ernaar uitzag dat het een groene kerst zou worden. De kerstdrukte had bijna zijn hoogtepunt bereikt. Bij elk kruispunt stonden lange files en in de hele stad wemelde het van de mensen.

'Die Wapshott,' zei Sigurður Óli. 'Wie is dat?'

Veel drukte om niets, dacht Erlendur bij zichzelf; hij nam een slokje van zijn koffie en keek door het raam naar buiten. Een wonderlijke plek, zo'n hotel. Hij vond het een leuke afwisseling om eens in een hotel te logeren, maar het was wel een raar gevoel dat iemand in zijn afwezigheid zijn kamer binnenkwam en alles keurig in orde maakte. Hij verliet 's ochtends zijn kamer en als hij er de volgende keer inkwam, was er iemand binnen geweest die alles in de oude toestand had teruggebracht: het bed was opgemaakt, er hingen schone handdoeken, er lag nieuwe zeep op de wastafel. Hij kon de nabijheid van de persoon die zijn kamer op orde bracht voelen, maar hij zag hem niet, wist niet wie zijn leven reguleerde.

Toen hij 's ochtends beneden kwam, ging hij naar de receptie en vroeg of ze zijn kamer niet meer wilden doen.

Wapshott zou hem later die ochtend opnieuw ontmoeten en hem dan meer over zijn platenverzameling en de zangcarrière van Guðlaugur Egilsson vertellen. Toen Valgerður hen de vorige avond had gestoord, hadden ze met een handdruk afscheid van elkaar genomen. Wapshott had er kaarsrecht op staan wachten dat Erlendur hem aan de vrouw zou voorstellen, maar toen er niets van dien aard gebeurde, stak hij zijn hand uit en stelde zichzelf met een buiging voor. Daarna vroeg hij of ze hem wilden verontschuldigen, hij was moe en had honger en wilde naar zijn kamer om nog het een en ander af te handelen voor hij ging eten en daarna slapen.

Ze zagen hem niet in de eetzaal verschijnen, waar zij zaten te eten, en ze vroegen zich af of hij misschien iets op zijn kamer had laten bezorgen. Valgerður merkte op dat hij er vermoeid had uitgezien.

Erlendur was met haar mee naar de garderobe gegaan, had haar in haar mooie leren jas geholpen en was toen met haar naar de hoofdingang gelopen, waar ze nog even hadden staan praten voor ze naar buiten ging, de sneeuwbui in. Toen hij na het vertrek van Eva Lind in slaap was gevallen, nam hij de glimlach van Valgerður en een zwak vleugje van haar parfum dat sinds hun afscheid aan zijn hand was blijven hangen, mee de slaap in.

'Erlendur?' zei Sigurður Óli. 'Hallo! Wie is die Wapshott?'

'Het enige dat ik weet is dat het een Britse platenverzamelaar is,' zei Erlendur, die hen op de hoogte had gesteld van zijn gesprek met Henry Wapshott. 'En hij vertrekt morgen uit dit hotel. Je moest maar eens naar Engeland bellen om inlichtingen over hem in te winnen. Voor het middaguur zullen Wapshott en ik elkaar nog eens treffen en dan hoop ik wat meer over hem te weten te komen.'

'Een koorknaap?' zei Elínborg. 'Wie heeft er nou een koorknaap willen vermoorden?'

‘Hij was natuurlijk allang geen koorknaap meer,’ zei Sigurður Óli.

‘Hij is ooit beroemd geweest,’ zei Erlendur. ‘Er zijn platen uitgebracht, die vandaag de dag duidelijk gezocht en uniek zijn. Henry Wapshott komt voor die platen en voor hem uit Engeland hiernaartoe. Hij heeft zich in koorknapen en knapenkoren uit de hele wereld gespecialiseerd.’

‘Het enige koor dat ik ken zijn de Wiener Sängerknaben,’ zei Sigurður Óli.

‘Specialiseert zich in jongens,’ zei Elínborg. ‘Wat voor soort man verzamelt er nu grammofoonplaten van koorknapen? Moeten we daar niet eens over nadenken? Is er niet iets mis met zo’n man?’

Erlendur en Sigurður Óli keken haar aan.

‘Wat bedoel je?’ vroeg Erlendur.

‘Wat?’ Elínborg zette een verbaasd gezicht.

‘Vind je dat er iets mis is met het verzamelen van grammofoonplaten?’

‘Geen grammofoonplaten, koorknapen!’ zei Elínborg. ‘Koorknapen op grammofoonplaten. Dat maakt nogal wat verschil, vind ik. Zien jullie daar niets ongewoons aan?’ Ze keek hen om de beurt aan.

‘Ik heb gewoon jouw smerige fantasie niet,’ zei Sigurður Óli met een blik op Erlendur.

‘Smerige fantasie! Heb ik me die kerstman in een ellendig hokje met afgestroopte broek en een condoom aan zijn jongeheer soms verbeeld? Had ik daar veel fantasie voor nodig? En dan blijkt ook nog dat er hier in het hotel een man is die de kerstman vereert, zij het toen hij twaalf jaar oud was of zo, en die uit Engeland komt om hem te ontmoeten. Zijn jullie wel helemaal lekker?’

‘Probeer je dit in een seksuele context te plaatsen?’ vroeg Erlendur.

Elínborg sloeg haar ogen ten hemel.

'Jullie lijken wel twee monniken!'
'De man is gewoon een platenverzamelaar,' zei Sigurður Óli. 'Zoals Erlendur al zei verzamelen sommige mensen kotszakjes uit vliegtuigen. Wat voor soort seksleven hebben zulke lui als je van jouw theorieën uitgaat?'
'Ik snap niet dat jullie zo blind zijn. Of zo geremd. Waarom zijn mannen toch altijd zo geremd?'
'Hè, begin daar nou niet over,' zei Sigurður Óli. 'Waarom hebben vrouwen het er altijd over hoe geremd mannen zijn? Alsof vrouwen dat niet in ongeveer alles zijn, o, ik kan mijn lippenstift niet vinden, en...'
'Blinde, geremde monniken,' zei Elínborg.
'Wat betekent het om een verzamelaar te zijn?' vroeg Erlendur. 'Waarom willen mensen bepaalde dingen om zich heen verzamelen en waarom zien ze het ene voorwerp als waardevol en het andere niet?'
'Sommige dingen zijn kostbaarder dan andere,' zei Sigurður Óli.
'Ze moeten op zoek zijn naar iets dat uniek en bijzonder is,' zei Erlendur, 'iets dat niemand anders bezit. Is dat niet het uiteindelijke doel? Een kostbaar stuk te bezitten dat niemand anders in de hele wereld heeft?'
'Zijn het niet vaak tamelijk wonderlijke klanten?' zei Elínborg.
'Wonderlijk?'
'Van die eenlingen. Waar of niet? Zonderlingen?'
'Jij hebt platen in een kast bij Guðlaugur gevonden,' zei Erlendur tegen haar. 'Wat heb je ermee gedaan? Heb je ze ook bekeken?'
'Ik heb ze daar alleen maar in de kast zien liggen,' zei Elínborg. 'Heb ze niet aangeraakt, maar als je ze wilt bekijken, dan liggen ze daar.' Ze ging verder: 'Hoe komt een verzamelaar als Wapshott in contact met een man als Guðlaugur? Hoe heeft hij over hem gehoord? Zijn er soms tussenpersonen? Wat

weet hij over de productie van IJslandse koorplaten in de jaren zeventig? Over een jongen die meer dan dertig jaar geleden hier in IJsland solo zong?'

'Tijdschriften?' zei Sigurður Óli. 'Internet? De telefoon? Andere verzamelaars?'

'Weten we al wat meer over Guðlaugur?' vroeg Erlendur.

'Hij had een zus,' zei Elínborg. 'En hij had een vader die nog in leven is. Zijn dood is vanzelfsprekend aan hen gemeld. Zijn zus heeft hem geïdentificeerd.'

'We moeten toch in elk geval een speekselproef van Wapshott nemen?' vroeg Sigurður Óli.

'Ja, ik zal ervoor zorgen,' zei Erlendur.

Sigurður Óli vertrok om inlichtingen over Henry Wapshott in te winnen. Elínborg zou een ontmoeting met de vader en de zus van Guðlaugur regelen en Erlendur ging op weg naar het kamertje van de portier in het souterrain. Hij liep langs de receptie en zag dat het hoofd van de receptie weer op zijn werk was verschenen. Erlendur nam zich voor om later met hem te gaan praten.

Hij vond de grammofoonplaten in Guðlaugurs kast. Het waren twee kleine plaatjes. Voor op de ene stond: *Guðlaugur zingt het* Ave Maria *van Schubert*. Het was dezelfde plaat als de plaat die Henry Wapshott aan Erlendur had laten zien. Op de andere plaat stond de koorknaap voor een klein kinderkoor. De dirigent, een jonge man, stond ernaast. Dwars over de hoes stond in grote letters: *Solist Guðlaugur Egilsson.*

Achter op de hoes van de plaat werd een korte karakteristiek van de piepjonge, veelbelovende zanger gegeven.

> *Guðlaugur Egilsson heeft grote en welverdiende aandacht getrokken met het Kinderkoor van Hafnarfjörður en we kunnen zonder meer zeggen dat deze twaalf jaar oude zanger een grote toekomst voor zich heeft. Dit*

is zijn tweede plaat; hierop zingt hij met zijn mooie heldere stem en met een bijzonder inlevingsvermogen onder leiding van Gabríel Hermannsson, de dirigent van het Kinderkoor van Hafnarfjörður. Een plaat die iedereen die van mooie muziek houdt in zijn bezit zou moeten hebben, want het lijdt geen twijfel dat de zanger Guðlaugur Egilsson hier laat horen dat hij een klasse apart is. Binnenkort zal hij een concertreis door Scandinavië maken.

Kindsterretje, dacht Erlendur, en hij keek naar de filmposter van de kleine prinses, Shirley Temple.

Wat doe jij eigenlijk hier? vroeg hij de poster. Waarom heeft hij je bewaard? Waarom ben jij het enige dat hij nalaat?

Hij pakte zijn mobiele telefoon op.

'Marion,' zei hij toen er werd opgenomen.

'Ja,' zei de stem in de telefoon. 'Ben jij dat?'

'Heb je iets te melden?'

'Wist je dat die Guðlaugur als kind op grammofoonplaten zong?'

'Daar ben ik net achter gekomen,' zei Erlendur.

'De platenmaatschappij ging ongeveer twintig jaar geleden over de kop en er is helemaal niets meer van over. Een zekere Gunnar Hansen bezat het bedrijf en runde het. Het heette GHplaten. Bracht allerlei rotzooi uit in de tijd van de Beatles en de hippies, maar zijn hele zaak ging naar de haaien.'

'Weet je wat er met de voorraad gebeurd is?'

'De voorraad?' vroeg Marion Briem.

'De platen.'

'Die zijn natuurlijk gebruikt om de schulden mee af te lossen. Zo gaat het toch altijd? Ik heb met zijn verwanten gepraat, Gunnars verwanten, twee zonen. Het bedrijf heeft nooit grote oplagen verzorgd en om je de waarheid te zeggen, wisten ze vrijwel niets toen ik hun ernaar begon te vragen. Hadden er al decennialang niet meer over horen spreken. Gunnar stierf omstreeks het midden van de jaren tachtig en ze zeiden dat hij alleen een berg schulden had nagelaten.'

'Er is hier een man in het hotel die platen van koren verzamelt, knapenkoren of koorknapen. Hij zou Guðlaugur ontmoeten, maar daar is niets van gekomen. Ik vroeg me af of die platen van hem iets waard zijn. Hoe kom ik daarachter?'

'Je gaat met verzamelaars praten,' zei Marion. 'Wil je dat ik erachteraan ga?'

'En dan is er nog iets. Zou je een man kunnen achterhalen die Gabríel Hermannsson heet en in de jaren zestig koordirigent in Hafnarfjörður was? Het zou kunnen zijn dat hij Guðlaugur les heeft gegeven. Ik heb hier een hoes van een grammofoonplaat waar hij op staat en hij lijkt me daar tussen de twintig en de dertig. Als hij overleden is, dan houdt het natuurlijk op.'

'Dat is doorgaans het geval.'

'Wat?'

'Als een mens dood is, dan houdt alles op.'

'Precies.' Erlendur aarzelde. 'Waarom heb je het over de dood?'

'Zomaar.'

'Het gaat toch wel goed?'

'Bedankt voor het toewerpen van de brokken,' zei Marion.

'Dat was toch wat je wilde? Nog het een en ander onderzoeken op je droeve oude dag?'

'Het maakt mijn dag goed,' zei Marion. 'Heb je al uitgezocht hoe het zit met het cortisol in het speeksel?'

'Ik zal erachteraan gaan,' zei Erlendur en hij legde neer.

Het hoofd van de receptie had een klein hokje achter de receptie in de foyer en daar zat hij papieren door te nemen toen Erlendur bij hem binnenkwam en de deur achter zich dichtdeed. De man stond op en begon te protesteren, zei dat hij absoluut geen tijd had om met hem te praten, dat hij op weg naar een vergadering was, maar Erlendur ging zitten en sloeg zijn armen over elkaar.

'Waarvoor ben je op de loop?' vroeg hij.

'Wat bedoel je?'

'Je was er gisteren niet, terwijl het nota bene voor het hotel de drukste tijd is. Toen ik op de avond dat de portier vermoord is met je praatte, gedroeg je je als iemand die op de vlucht is. Ook nu lijkt het weer of je op spelden zit. In mijn gedachten sta je boven aan de lijst van verdachten. Ze hebben me gezegd dat jij Guðlaugur het best van iedereen hier in het hotel hebt gekend. Dat ontken je. Je beweert dat je niets over hem weet. Ik denk dat je zit te liegen. Hij was jouw ondergeschikte. Je zou enige bereidheid tot samenwerken moeten tonen. Het is helemaal niet leuk om tijdens de kerstdagen in het huis van bewaring te moeten zitten.'

Het hoofd van de receptie staarde Erlendur aan zonder te weten wat hij moest doen en ging toen weer langzaam op zijn stoel zitten.

'Je kan me niets maken,' zei hij. 'Het is werkelijk te gek dat je denkt dat ik zoiets met Guðlaugur zou hebben gedaan. Dat ik in zijn kamertje zou zijn geweest en... ik bedoel dat van dat condoom en zo.'

Het baarde Erlendur zorgen dat het ernaar uitzag alsof allerlei details van de zaak in het hotel bekend waren geworden en dat het personeel daar van alles uit opmaakte. De kok in de keuken wist precies waarom er speekselproeven werden genomen. De receptionist kon zich een beeld van de situatie in het kamertje van de portier vormen. Misschien had de directeur over alles gekletst, misschien het meisje dat het lijk had gevonden, misschien zelfs agenten.

'Waar was je gisteren?' vroeg Erlendur.

'Ziek,' zei de receptionist. 'Ik was de hele ochtend thuis.'

'Je hebt niemand op de hoogte gesteld. Ben je naar de dokter geweest? Heeft hij een verklaring afgegeven? Kan ik hem te spreken krijgen? Hoe heet hij?'

'Ik ben niet naar de dokter geweest. Ik heb in bed gelegen. Ik voel me nu beter.' Met moeite produceerde hij een hoestje. Erlendur glimlachte. De receptionist was de slechtste leugenaar die hij in zijn leven was tegengekomen.

'Waarom die leugens?'

'Je kan me niets maken,' herhaalde de receptionist. 'Het enige dat je kunt doen is dreigen. Ik wil dat je me met rust laat.'

'Ik kan natuurlijk ook met je vrouw gaan praten,' zei Erlendur. 'Haar vragen of ze je gisteren thee op bed heeft gebracht.'

'Je laat haar met rust!' zei de receptionist, en plotseling klonk er een harder en scherper toon door in zijn stem. Hij kreeg een rood hoofd.

'Ik laat haar helemaal niet met rust,' zei Erlendur.

De receptionist keek Erlendur fel aan.

'Je praat niet met haar,' zei hij.

'Waarom niet? Wat verberg je eigenlijk? Je roept inmiddels veel te veel raadsels op om me nog kwijt te raken.'

De receptionist staarde voor zich uit en slaakte een zucht.

'Laat me met rust. Het heeft niets met Guðlaugur te maken. Het zijn persoonlijke problemen die ik mezelf heb bezorgd en die ik nu probeer op te lossen.'

'Wat voor moeilijkheden?'

'Ik hoef je daar niets over te vertellen.'

'Laat mij dat maar beoordelen.'

'Je kunt me hier niet toe dwingen.'

'Zoals ik al zei: ik kan een verzoek indienen om je in voorlopige hechtenis te nemen en ik kan ook gewoon met je vrouw gaan praten.'

De receptionist zuchtte diep.

Hij keek Erlendur aan.

'Blijft dit onder ons?'

'Als het niets met Guðlaugur te maken heeft.'

'Het heeft niets met hem te maken.'

'Goed dan.'

'Eergisteren werd mijn vrouw opgebeld,' zei de receptionist. 'Op dezelfde dag dat jullie Guðlaugur hebben gevonden.'

Door de telefoon had een vrouwenstem geklonken die zijn vrouw niet kende, en die vroeg naar hem. Het was midden op een werkdag, maar het was helemaal niet ongewoon dat er op zo'n tijdstip thuis naar hem werd gevraagd. De mensen die hem kenden wisten dat zijn werktijden heel onregelmatig waren. Zijn vrouw, een arts, draaide avonddiensten en was door de telefoon gewekt; zij moest die avond werken. De vrouw op de lijn deed of ze de receptionist kende, maar ze was meteen op haar hoede toen zijn echtgenote wilde weten wie ze was.

'Wie ben je?' had ze gevraagd. 'Waarom bel je hiernaartoe?'

Het antwoord dat ze kreeg, riep nog meer vragen en verbazing op.

'Hij is me geld schuldig,' zei de stem op de lijn.

'Ze had gedreigd dat ze naar mijn huis zou bellen,' zei de receptionist tegen Erlendur.

'Wie was die vrouw?'

Hij was tien dagen geleden een avondje uit geweest. Zijn vrouw bezocht een artsenconferentie in Zweden en hij ging met drie vrienden uit eten. Ze amuseerden zich uitstekend, waren al jaren met elkaar bevriend, gingen na het restaurant samen stappen en eindigden in een populaire uitgaansgelegenheid in het centrum. Daar verloor hij zijn vrienden uit het oog, ging naar de bar en ontmoette er mensen die hij uit de hotelbranche kende. Hij stond bij een kleine dansvloer en keek toe bij het dansen. Hij had 'm een beetje om, maar toch niet zozeer dat hij niet meer in staat was om verstandige beslissingen te nemen. Daarom snapte hij er helemaal niets van. Hij had zoiets nog nooit eerder gedaan.

Ze kwam naar hem toe en net als in de film had ze een sigaret tussen haar vingers en vroeg hem een vuurtje. Hij rookte zelf niet, maar met het oog op zijn werk was hij gewoon altijd een aansteker bij zich te hebben. Het was een gewoonte uit de tijd dat men mocht roken waar men wilde. Ze begon een gesprek met hem, waarover was hij alweer vergeten, en toen vroeg ze of hij haar niet een drankje wilde aanbieden. Hij keek haar aan. Ja, natuurlijk. Ze stonden aan de bar, hij kocht drankjes voor hen en ze gingen aan een vrijkomend tafeltje zitten. Ze was bijzonder aantrekkelijk en flirtte wat met hem. Hij deed mee aan het spel, niet helemaal zeker van wat er eigenlijk gebeurde. Vrouwen gedroegen zich doorgaans niet op die manier tegenover hem. Ze zat dicht tegen hem aan, was vrijmoedig en zelfverzekerd. Toen hij opstond om een tweede drankje voor hen te halen, streelde ze hem over zijn dijbeen. Hij keek haar aan en ze glimlachte. Een aantrekkelijke en mooie vrouw, die wist wat ze wilde. Ze was misschien tien jaar jonger dan hij.

Toen het laat werd, vroeg ze of hij haar naar huis wilde brengen. Ze woonde vlak in de buurt en ze liepen ernaartoe, hij nog steeds onzeker en aarzelend, maar ook in gespannen verwachting. Dit alles was hem zo vreemd dat hij evengoed op de maan had kunnen zijn. Drieëntwintig jaar lang was hij zijn vrouw trouw geweest. In al die jaren had hij misschien twee- of driemaal een andere vrouw gekust, maar nooit eerder was hem iets overkomen dat hiermee te vergelijken viel.

'Ik raakte totaal in de war,' zei de receptionist tegen Erlendur. 'Een deel van mij wilde naar huis rennen en dit vergeten. En een ander deel wilde met haar mee naar binnen.'

'Ik weet welk deel dat is geweest,' zei Erlendur.

Ze stonden voor de deur van haar appartement in het trappenhuis van een tamelijk nieuw flatgebouw en ze stak de sleutel in het slot. Zelfs die handeling kreeg bij haar een zekere sensualiteit. De deur ging open en ze kwam tegen hem aan staan. 'Kom mee naar binnen,' zei ze, en ze streek met haar hand over zijn kruis.

Hij ging met haar mee naar binnen. Ze begon een drankje voor hen beiden klaar te maken. Hij ging op een bank in de kamer zitten. Zij zette muziek op en kwam glimlachend met een glas op hem toe. Achter de rode lipstick waren mooie witte tanden te zien. Ze kwam bij hem zitten, zette het glas weg, pakte zijn broekband en trok zijn ritssluiting langzaam omlaag.

'Mij is... Het was... Ze kon werkelijk de ongelofelijkste dingen,' zei de receptionist.

Erlendur keek hem zwijgend aan.

'De volgende ochtend wilde ik naar buiten sluipen, maar daar was ze op voorbereid. Ik voelde me vreselijk schuldig, voelde me een idioot dat ik mijn vrouw en mijn kinderen had bedrogen. We hebben drie kinderen. Ik wilde naar buiten gaan en dit vergeten. Wilde deze vrouw nooit meer zien. Ze was klaarwakker toen ik in het donker in de kamer rond begon te sluipen.'

Ze kwam op een elleboog overeind en deed een lampje op het nachtkastje aan. 'Ga je weg?' vroeg ze. Hij zei ja. Zei dat hij veel te laat was. Een belangrijke vergadering. Iets van dien aard.

'Was het goed vannacht?' vroeg ze.

Hij keek haar aan met zijn broek in zijn handen.

'Fantastisch,' zei hij, 'maar ik kan dit gewoon niet aan. Ik kan het niet. Neem me niet kwalijk.'

'Ik krijg tachtigduizend kronen van je,' zei ze rustig, alsof dat zo'n vanzelfsprekende zaak was dat ze het eigenlijk niet eens zou hoeven te noemen.

Hij keek haar aan alsof hij niet gehoord had wat ze zei.

'Tachtigduizend,' herhaalde ze.

'Wat bedoel je?' zei hij.

'Voor de nacht,' zei ze.

'De nacht?' zei hij. 'Wat nou, verkoop jij jezelf?'

'Wat denk je?' zei ze.

Hij begreep niet waar ze het over had.

'Denk je dat je een vrouw als ik voor niets krijgt?' zei ze.

Langzamerhand begon hij zich te realiseren wat ze bedoelde.

'Maar je hebt helemaal niets gezegd!'

'Moest ik dan iets zeggen? Betaal me die tachtigduizend en misschien mag je dan nog wel eens een keer met me mee naar huis.'

'Ik heb geweigerd om te betalen,' zei de receptionist tegen Erlendur. 'Ging naar buiten. Ze was razend. Belde me hier op mijn werk en kwam met dreigementen als ik niet zou betalen. Dreigde naar mijn huis te bellen.'

'Hoe worden ze ook alweer genoemd?' zei Erlendur. 'Een of ander Engels woord. Call. Callgirls? Was ze er zo een? Probeer je me dat te vertellen?'

'Ik weet absoluut niet wat ze was, maar zij wist heel goed wat ze deed en uiteindelijk belde ze naar mijn huis en vertelde mijn vrouw wat er gebeurd was.'

'Waarom heb je haar niet gewoon betaald? Dan zou je van haar af geweest zijn.'

'Ik ben er niet zeker van dat ik van haar af geweest zou zijn als ik haar had betaald,' zei de receptionist. 'Mijn vrouw en ik hebben de zaak gisteren besproken. Ik heb wat er gebeurd was beschreven zoals ik het nu aan jou heb beschreven. We zijn drieëntwintig jaar samen geweest en hoewel ik er geen enkele verontschuldiging voor heb, was het ook een val, zo zie ik het tenminste. Als die vrouw niet op geld uit was geweest zou dit nooit gebeurd zijn.'

'Het was dus allemaal haar schuld?'

'Nee, natuurlijk niet, maar toch... het was een val.' Ze zwegen.

'Is er hier in het hotel iets dergelijks gaande?' vroeg Erlendur. 'Callgirls?'

'Nee,' zei de receptionist.

'Zoiets zou niet aan je aandacht ontsnappen?'

'Ze hebben me verteld dat je hier vragen over stelde. Hier vindt iets dergelijks niet plaats.'

'Zo,' zei Erlendur.

'Zul je hier je mond over houden?'

'Ik wil de naam van die vrouw als je die hebt. En haar adres. Dit blijft onder ons.'

De receptionist aarzelde.

'Dat verdomde rotwijf,' zei hij, even uit zijn rol van de beleefde hotelbediende vallend.

'Ben je van plan haar te betalen?'

'Dat was één ding waar mijn vrouw en ik het over eens waren. Ze krijgt geen kroon.'

'Denk je dat dit een flauwe streek geweest kan zijn?'

'Een flauwe streek?' zei de receptionist. 'Ik begrijp je niet. Wat bedoel je?'

'Ik bedoel, is het mogelijk dat iemand die je slecht gezind is iets dergelijks heeft gearrangeerd om je in moeilijkheden te brengen? Iemand met wie je een conflict hebt gehad?'

'Zoiets komt zelfs niet in mijn hoofd op. Bedoel je dat ik vijanden heb die me zoiets zouden aandoen?'

'Het hoeven geen vijanden te zijn. Grappenmakers, je vrienden.'

'Nee, zulke vrienden heb ik niet. Daarbij is die streek dan wel heel erg ver gegaan – ver voorbij wat nog leuk is.'

'Was jij degene die de kerstman heeft ontslagen?'

'Wat bedoel je?'

'Was jij degene die hem het nieuws moest brengen? Of kreeg hij een brief, of...?'

'Ik heb het hem gezegd.'

'En hoe vatte hij het op?'

'Niet goed. Begrijpelijk. Hij had hier lang gewerkt. Veel langer dan ik, bijvoorbeeld.'

'Denk je dat hij hierachter heeft kunnen zitten, als er al iemand achter zat?'

'Guðlaugur? Nee, dat kan ik me niet voorstellen. Guðlaugur die zoiets zou doen? Dat geloof ik niet. Hij was iemand in wie helemaal geen kwaad zat. Helemaal geen kwaad.'

'Wist jij dat Guðlaugur een kindsterretje is geweest?' vroeg Erlendur.

'Een kindsterretje. Wat voor een?'

'Hij zong en daar zijn platen van gemaakt. Een koorknaap.'

'Daar weet ik niets van,' zei de receptionist.

'Ten slotte nog één ding,' zei Erlendur, terwijl hij opstond. 'Zou je me aan een grammofoon op mijn kamer kunnen helpen?' vroeg Erlendur, en hij zag dat de receptionist er geen idee van had waar hij het over had.

Toen Erlendur weer in de foyer kwam, zag hij het hoofd van de Technische Recherche de trap naar het souterrain opkomen.

'Hoe staat het met het speeksel dat jullie op het condoom hebben aangetroffen?' vroeg Erlendur. 'Hebben jullie het cortisol bekeken?'

'We zijn ermee bezig. Wat denk jij van cortisol te weten?'

'Ik weet dat het gevaarlijk kan zijn als er te veel van in het speeksel zit.'

'Sigurður Óli heeft naar het moordwapen gevraagd,' zei het hoofd. 'De patholoog-anatoom denkt dat het geen bijzonder mes is. Niet erg lang, met een smal, gekarteld lemmet.'

'Het is dus geen jachtmes of een groot vleesmes?'

'Nee, naar ik uit haar woorden heb opgemaakt is het een tamelijk gewoon voorwerp,' zei het hoofd. 'Een nogal gewoon mes.'

10

Erlendur nam de twee grammofoonplaten uit het kamertje van Guðlaugur mee naar zijn kamer, belde toen naar het ziekenhuis en vroeg naar Valgerður. Hij werd doorverbonden met haar afdeling. Een andere vrouw nam op. Hij vroeg weer naar Valgerður, de vrouw zei 'Momentje' en toen kwam Valgerður eindelijk aan de lijn.

'Heb je nog wat wattenstaafjes over?' vroeg hij.

'Gaat het over ontberingen en bergpaden?' vroeg ze. Erlendur grijnsde.

'Er is hier in het hotel een buitenlander die we nader moeten bekijken.'

'Heeft het veel haast?'

'Het zou vandaag gedaan moeten worden.'

'Ben jij er dan?'

'Ja.'

'Tot ziens dan.'

Erlendur brak het gesprek af. Ontberingen en bergpaden, dacht hij, stilletjes glimlachend. Hij had een afspraak met Henry Wapshott in de bar op de begane grond. Hij liep weer naar beneden en ging in de bar zitten wachten. Een ober vroeg of hij iets wilde hebben, maar hij bedankte. Veranderde toen van mening en riep de ober na dat hij hem een glas water moest brengen. Hij keek de bar rond, naar de wijnrekken, naar een rij drankflessen in alle kleuren van de regenboog, een rij likeuren.

Ze hadden minieme glassplintertjes op het marmer in de woonkamer gevonden. Resten drambuie op de drankkast. Drambuie in de sokken van de jongen en op de trap. Ze vonden stukjes glas in de bezem en de stofzuiger. Alles wees erop dat er een fles likeur op de marmeren vloer was gevallen. De jongen was waarschijnlijk in de plas op de grond gestapt en regelrecht de trap opgerend, zijn kamer ingerend. De vlekken in het kleed van de trap wezen erop dat hij veeleer gerend had dan gewoon gelopen. Angstige kleine voeten. Daarom namen ze aan dat de jongen de fles had gebroken, dat de vader zijn zelfbeheersing had verloren en hem een pak slaag had gegeven, met als resultaat dat de jongen in het ziekenhuis belandde.

Elínborg liet hem voor een verhoor naar het politiebureau aan de Hverfisgata komen, waar ze hem meldde wat de mannen van de Technische Recherche hadden gevonden en wat de reactie van de jongen was geweest toen ze hem gevraagd hadden of zijn vader hem zo vreselijk had geslagen. Ook zei ze hem dat ze er zeker van was dat hij de schuldige was. Erlendur was bij het verhoor aanwezig. Elínborg zei de vader dat hij als verdachte beschouwd werd en dat zijn advocaat bij het gesprek aanwezig kon zijn. Dat de advocaat er eigenlijk bij zou moeten zijn. De vader zei dat hij er momenteel geen advocaat bij wilde roepen. Hij was onschuldig en hij herhaalde dat het hem verbaasde dat de verdenking op hem viel omdat er een fles likeur op de grond was gevallen.

Erlendur zette de bandrecorder in de verhoorkamer aan.

'Wat er naar onze mening gebeurd is, is het volgende,' zei Elínborg, en ze deed alsof ze een verklaring voorlas, probeerde haar gevoelens opzij te zetten. 'De jongen kwam thuis uit school. Het was toen over drieën. Jij kwam even later. We hebben begrepen dat je die dag vroeg van je werk vertrokken bent. Misschien was je al thuis toen het gebeurde. Om de een of andere reden liet de jongen een grote fles drambuie op de grond vallen. Hij werd doodsbang en rende de trap op naar zijn kamer. Jij werd boos, zelfs erger dan dat: je verloor elke zelfbeheersing en ging naar boven om de jongen te straffen. Dat liep uit de hand en je gaf je zoon zo'n enorm pak slaag dat hij als gevolg daarvan in het ziekenhuis moest worden opgenomen.'

De vader keek Elínborg aan zonder een woord te zeggen.

'Je hebt hem geslagen met een voorwerp dat we niet hebben kunnen vinden, maar het is bol en heeft in elk geval geen scherpe kanten; het is ook mogelijk dat je hem tegen het bed aan hebt geslagen. Je hebt hem vele malen getrapt. Voordat je een ambulance belde, heb je de kamer opgeruimd. Je hebt de likeur opgeveegd met drie handdoeken, die je in de vuilnisbak naast het huis hebt gegooid. Je hebt de kleinste stukjes glas met de stofzuiger opgezogen. Ook heb je de marmeren vloer aangeveegd en haastig geschrobd. Je hebt de kast zorgvuldig schoongemaakt. Je hebt de jongen zijn sokken uitgetrokken en ze in de vuilnisbak gegooid. Voor de vlekken op de trap heb je een wasmiddel gebruikt, maar het is je niet gelukt ze helemaal kwijt te raken.'

'Je kunt niets bewijzen,' zei de vader, 'en het is werkelijk te gek om waar te zijn. De jongen heeft niets gezegd. Hij heeft geen woord over zijn aanvallers gezegd. Waarom probeer je zijn medescholieren niet te vinden?'

'Waarom heb je ons niets over de likeur verteld?'

'Die heeft hier niets mee te maken.'

'En de sokken in de vuilnisbak? De kleine voetsporen op de trap?'

'Er is inderdaad een likeurfles gebroken, maar ik was het die hem brak. Dat was twee dagen voor mijn jongen werd aangevallen. Ik was een glas voor mezelf aan het inschenken toen ik de fles op de grond liet vallen en hij in stukken sprong. Addi zag het en hij schrok. Ik zei hem dat hij uit moest kijken waar hij liep, maar toen was hij al in de plas likeur gestapt en hij rende de trap op en zijn kamer in. Dit heeft niets van doen met de aanval op hem en ik moet zeggen dat ik me zeer over deze aanklacht verbaas. Je hebt geen enkel bewijs! Heeft hij gezegd dat ik hem heb aangevallen? Dat betwijfel ik. En hij zal het nooit zeggen, omdat ik het niet geweest ben. Ik zou hem nooit iets dergelijks kunnen aandoen. Nooit.'

'Waarom heb je ons dit niet meteen verteld?'

'Meteen?'

'Toen we die vlekken hebben gevonden. Je hebt er toen niets over gezegd.'

'Omdat ik dacht dat precies dit zou gaan gebeuren. Ik wist dat jullie dit ongelukje met de aanval op Addi in verband zouden brengen. Ik wilde de zaak niet ingewikkeld maken. De jongens op school hebben het gedaan.'

'Je bedrijf staat voor een faillissement,' zei Elínborg. 'Je hebt ongeveer twintig man ontslag aangezegd en het valt te verwachten dat er meer ontslagen zullen volgen. Ik neem aan dat je onder zware druk staat. Je dreigt je huis kwijt te raken...'

'Dat is gewoon business,' zei hij.

'We denken zelfs dat je al eerder geweld tegen hem hebt gebruikt.'

'Nee, hoor eens...'

'We hebben zijn patiëntendossier bekeken. Hij heeft tweemaal binnen vier jaar een vinger gebroken.'

'Heb je zelf kinderen? Kinderen krijgen altijd ongelukjes. Dit is waanzin!'

'De specialist op het gebied van kinderziekten heeft wat aantekeningen gemaakt toen de jongen voor de tweede maal een vinger brak, en de kinderbescherming gewaarschuwd. Het was dezelfde vinger. De commissie is bij je thuis geweest en heeft de omstandigheden daar bekeken. Ze vonden niets opmerkelijks. De kinderarts vond naaldenprikken op de handrug van de jongen.'

De vader zweeg.

Elínborg kon zich niet langer beheersen.

'Jij verdomde rotzak,' siste ze hem toe.

'Ik wil met mijn advocaat spreken,' zei hij en hij wendde zijn blik af.

'I said, good morning!'

Erlendur kwam weer tot zichzelf en zag Henry Wapshott voor zich staan en goedemorgen zeggen. Hij was zo diep in gedachten verzonken over de jongen die de trap op rende, dat hij Henry niet de bar in had zien komen en niet gehoord had dat hij goedemorgen zei.

Hij vloog overeind en gaf hem een hand. Wapshott droeg dezelfde kleren als de vorige dag. Zijn haar zat slordiger en hij leek vermoeid. Hij bestelde koffie, Erlendur ook.

'We hadden het over verzamelaars,' zei Erlendur.

'Yes,' zei Wapshott, en er verscheen iets als een glimlach op zijn gezicht. *'Bunch of loners, like myself.'*

'Hoe komt een verzamelaar als jij er in Engeland achter dat er bijna veertig jaar geleden in Hafnarfjörður op IJsland een koorknaap met een mooie stem was?'

'O, veel meer dan een mooie stem,' zei Wapshott. 'Veel, veel meer dan dat. Die jongen had een unieke stem.'

'Hoe heb je over Guðlaugur Egilsson gehoord?'

'Door mensen met dezelfde belangstelling als ik. Platenverzamelaars specialiseren zich; ik geloof dat ik je dat gisteren al heb verteld. Als we alleen al naar de koormuziek kijken, kun je verzamelaars opdelen in mensen die alleen maar bepaalde stukken of zelfs alleen bepaalde bewerkingen verzamelen en mensen die bepaalde koren verzamelen. Nog anderen, zoals ik, verzamelen koorknapen. Sommigen verzamelen alleen koorknapen die op 78-toerenplaatjes werden opgenomen; de productie daarvan werd in de jaren vijftig gestopt. Anderen verzamelen 45-toerenplaten, maar dan alleen van één bepaalde producent. Er zijn oneindig veel mogelijkheden tot specialisatie. Sommige verzamelaars zoeken naar alle uitgaven van één liedje, bijvoorbeeld *Stormy Weather*, dat je natuurlijk kent. Alleen maar om je te laten begrijpen waar het over gaat. Over Guðlaugur hoorde ik via een groep of organisatie van Japanse verzamelaars, die op internet een belangrijke website op dit gebied hebben. Niemand verzamelt zoveel westerse muziek als de Japanners. Ze reizen de hele wereld af, en als stofzuigers kopen ze alles wat ze te pakken kunnen krijgen en op platen is uitgebracht. Vooral als het uit de tijd van de Beatles en de hippies is. Men kent ze op alle platenmarkten, en het mooiste is dat ze geld hebben!'

Erlendur vroeg zich af of je in de bar mocht roken en besloot het erop te wagen. Wapshott volgde zijn voorbeeld en pakte zelf een verfrommeld pakje Chesterfields zonder filter uit zijn zak. Erlendur gaf hem een vuurtje.

'Denk je dat we hier mogen roken?' vroeg Wapshott.

'Dat zal wel blijken,' zei Erlendur.

'De Japanners hadden één exemplaar van het eerste plaatje van Guðlaugur,' zei Wapshott, 'het plaatje dat ik je gisteravond heb laten zien. Ik heb het van hen gekocht. Een razend dure plaat, maar ik heb er geen spijt van. Toen ik hun vroeg waar het plaatje vandaan kwam, zeiden ze dat ze het op een platenmarkt in Liverpool van een verzamelaar uit Bergen in Noorwegen hadden gekocht. Ik heb contact gezocht met de Noorse verzamelaar en toen bleek dat hij platen uit de boedel van een overleden uitgever van platen in Trondheim had gekocht. Dit exemplaar zou hem wel eens uit IJsland toegezonden kunnen zijn, misschien zelfs door iemand die de jongen in het buitenland wilde promoten.'

'Heel wat onderzoekswerk voor een oude plaat,' zei Erlendur.

'Verzamelaars zijn net genealogen. Een deel van het plezier bestaat uit het vinden van de oorsprong. Hierna heb ik geprobeerd meer platen in mijn bezit te krijgen, maar dat bleek een onmogelijke opgave. Er zijn maar twee platen uitgebracht waarop hij zingt.'

'Je zei dat de Japanners je het exemplaar voor veel geld hebben verkocht. Zijn die platen iets waard?'

'Alleen voor verzamelaars,' zei Wapshott. 'En we hebben het niet over zeer hoge bedragen.'

'Maar kennelijk hoog genoeg om jou naar IJsland te laten komen om er meer te kopen. Daarom wilde je Guðlaugur ontmoeten. Om te zien of hij nog wat platen had.'

'Ik heb al enige tijd contact met twee of drie IJslandse verzamelaars. Dat dateert van lang voor ik belangstelling voor platen met Guðlaugur kreeg. Er bestaan helaas bijna geen platen meer van hem. De IJslandse verzamelaars hebben niets kunnen vinden. Ik kan misschien een exemplaar bemachtigen via het Duitse internet. Ik ben hierheen gekomen om die verzamelaars te treffen, om Guðlaugur te ontmoeten, omdat ik zijn zang zo bewonder, en om hier platenantiquariaten langs te gaan en de markt te onderzoeken.'

'En leef je daarvan?'

'Nee, nauwelijks,' zei Wapshott en hij nam een trekje van zijn Chesterfield, zijn vingers geel van tientallen jaren roken. 'Ik heb huizen in Londen geërfd. Ik doe het beheer ervan, maar de meeste tijd gaat toch in het verzamelen van platen zitten. Op dat gebied kun je misschien wel van hartstocht spreken.'

'Heb je op deze reis iets gevonden dat de moeite waard is?'

'Nee, niets. Men lijkt er hier niet erg in geïnteresseerd om iets te bewaren. Hier moet alles nieuw zijn. Alles wat oud is, is rommel. Niets is de moeite van het bewaren waard. Naar mijn mening springt men hier slecht met platen om. Ze worden gewoon weggegooid. Neem nou nalatenschappen. Niemand wordt erbij gehaald om de platen te bekijken. Ze worden gewoon naar de vuilnisbelt afgevoerd. Ik heb lang gedacht dat een bedrijf in Reykjavík dat Sorpa heet, een vereniging van verzamelaars was. Die naam werd keer op keer in brieven genoemd. Toen bleek dat het een recyclingbedrijf is dat in tweedehands goederen handelt. Verzamelaars hier vinden allerlei kostbare zaken in het afval en verkopen ze via internet tegen een goede prijs.'

'Is IJsland misschien van speciale betekenis voor verzamelaars?' vroeg Erlendur.

'Voor platenverzamelaars is de grootste aantrekkelijkheid van IJsland dat de markt zo klein is. Van elke plaat worden maar een paar stuks uitgebracht en het duurt niet lang voor die van de markt verdwenen zijn en voorgoed verloren gaan. Zoals de platen van Guðlaugur.'

'Het moet spannend zijn om een verzamelaar te zijn in een wereld die het niet heeft op alles wat oud en kapot is. Het moet ook een plezierig gevoel geven om jezelf te kunnen beschouwen als redder van cultuurschatten.'

'We zijn een stelletje eigenzinnige lieden die proberen de ondergang tegen te gaan,' zei Wapshott.

'En dan kun je er ook nog aan verdienen.'

'Die mogelijkheid bestaat.'

'Wat is er met Guðlaugur Egilsson gebeurd? Wat is er van het kindsterretje geworden?'

'Dat wat met alle kindsterretjes gebeurt,' zei Wapshott. 'Hij werd volwassen. Ik weet niet precies wat er met hem gebeurd is, maar hij heeft nooit als puber of als volwassen man gezongen. Zijn zangcarrière was kort maar mooi en toen ging hij weer op in de massa en was niet langer bijzonder en uniek. Niemand bewonderde hem nog en dat heeft hij natuurlijk gemist. Je hebt sterke benen nodig om op zo'n jonge leeftijd bewondering en roem te dragen, en nog sterkere benen als de mensen je de rug toekeren.'

Wapshott keek op de klok boven de bar en toen op zijn horloge en schraapte zijn keel.

'Ik wil met het avondvliegtuig naar Londen en moet voor mijn vertrek nog een paar zaken afhandelen. Wilde je nog meer van me weten?'

Erlendur keek hem aan.

'Nee, ik denk dat dit het wel is. Ik dacht dat je pas morgen naar huis ging.'

'Als er nog iets is waarmee ik je van dienst kan zijn, dan is hier mijn kaartje,' zei Wapshott, en hij haalde een klein kaartje uit zijn borstzak en reikte het Erlendur aan.

'Je hebt je vlucht omgeboekt?' zei Erlendur.

'Omdat ik Guðlaugur niet kan treffen,' zei Wapshott. 'Het meeste dat ik op deze reis wilde doen heb ik afgehandeld en ik bespaar me een nacht in het hotel.'

'Er is wel een maar,' zei Erlendur.

'Ja?'

'Er komt hier straks een analiste naartoe om een speekselproef van je te nemen, als je er geen bezwaar tegen hebt.'

'Een speekselproef?'

'Vanwege het moordonderzoek.'

'Waarom speeksel?'

'Dat kan ik je op dit moment niet zeggen.'

'Word ik verdacht?'

'We nemen een speekselproef van iedereen die Guðlaugur ook maar een beetje heeft gekend. Voor het onderzoek. Het zegt niets over jou.'

'Ik begrijp het,' zei Wapshott. 'Speeksel! Raar, hoor.'

Hij glimlachte en Erlendur zag de tanden in zijn onderkaak, zwart van de rook.

11

Ze kwamen door de hoofdingang het hotel in, hij oud en zwak in een rolstoel en zij, de stoel voor zich uit duwend, achter hem, klein en mager als de man in de stoel, met een dunne, spitse adelaarsneus en harde, stekende ogen, die door de foyer dwaalden. De vrouw was tussen de vijftig en de zestig jaar, gekleed in een dikke bruine winterjas, met hoge zwarte laarzen eronder. De man was rond de tachtig, onder de rand van zijn hoed kwamen witte haarplukken uit en zijn uitgemergelde gezicht was lijkbleek. Hij zat gebogen in de stoel, uit de mouwen van een zwarte jas staken witte, knokige handen, hij had een zwarte das om en hij droeg een dikke, zwarte hoornen bril, die zijn ogen zozeer vergrootte, dat ze aan vissenogen deden denken.

De vrouw duwde de stoel naar de balie van de receptie. Het hoofd van de receptie kwam net uit zijn kantoor en zag hen aankomen.

'Kan ik u ergens mee van dienst zijn?' vroeg hij toen ze bij de balie waren.

De man in de rolstoel keurde hem geen blik waardig, maar de vrouw vroeg naar een rechercheur die Erlendur heette. Haar was gezegd dat hij hier in het hotel aan het werk was. Erlendur kwam net met Wapshott de bar uit, toen hij hen binnen zag komen. Ze trokken meteen zijn aandacht. Ze hadden iets dat hem aan de dood deed denken.

Hij overwoog of hij Wapshott zou verbieden voorlopig naar Londen te gaan, maar vond geen enkele reden die goed genoeg was om de man vast te houden. Hij stond naar de man met de schelvisogen en de vrouw met de adelaarsneus te kijken en vroeg zich af wat dit voor mensen waren, toen de receptionist hem zag en hem wenkte. Erlendur wilde afscheid van Wapshott nemen, maar die was plotseling verdwenen.

'Ze vragen naar jou,' zei de receptionist toen Erlendur de balie naderde.

Erlendur ging naar de twee toe. De schelvisogen onder de hoed staarden hem aan.

'Ben jij Erlendur?' vroeg de man in de stoel met een oude, onheldere stem.

'Willen jullie met mij praten?' vroeg Erlendur. De adelaarsneus schoot omhoog.

'Leid jij het onderzoek hier in het hotel naar de dood van Guðlaugur Egilsson?' vroeg de vrouw.

Erlendur bevestigde dat.

'Ik ben zijn zus,' zei ze. 'En dit is onze vader. Kunnen we ergens rustig met elkaar praten?'

'Zal ik je helpen?' vroeg Erlendur, maar ze keek hem aan of hij haar had beledigd en duwde de stoel vooruit. Ze volgde Erlendur de bar in, naar de tafel waar hij met Wapshott had gezeten. Behalve zij drieën was er niemand, zelfs de ober was verdwenen. Erlendur wist niet of de bar overdag open was. Hij nam aan van wel omdat de deur niet op slot zat, maar het zag er wel naar uit dat maar weinigen dit wisten.

De vrouw duwde de rolstoel tot aan de tafel en zette de rem op de wielen. Toen ging ze tegenover Erlendur zitten.

'Ik was juist naar jullie op weg,' loog Erlendur, die Sigurður Óli en Elínborg de taak had toegedacht om met de familie van Guðlaugur te gaan praten. Hij kon zich niet herinneren of hij hun dat duidelijk had opgedragen.

'We wilden de politie liever niet bij ons in huis krijgen,' zei de vrouw. 'Dat is nog nooit gebeurd. Een vrouw heeft ons opgebeld, waarschijnlijk een collega van je, Elínborg, denk ik dat ze heeft gezegd. Ik vroeg haar wie het onderzoek leidde en mij werd gezegd dat jij dat was. Ik hoopte dat we dit zouden kunnen afsluiten, dan zouden we weer rust hebben.'

Er was geen enkel verdriet in de houding van deze mensen te bespeuren. Geen enkele droefenis om een geliefd persoon. Slechts koude afwijzing. Ze vonden dat ze bepaalde plichten moesten vervullen, vonden dat ze de politie een verklaring moesten geven, maar hadden daar duidelijk helemaal geen zin in en het liet hen koud dat ze dat toonden. Het leek wel of de dode die in het souterrain van het hotel was gevonden hun helemaal niets aanging. Alsof ze erboven verheven waren.

'Jullie weten onder welke omstandigheden Guðlaugur is gevonden,' zei Erlendur.

'We weten dat hij vermoord is,' zei de oude man. 'Neergestoken. We weten dat hij is neergestoken.'

'Weten jullie wie dat gedaan zou kunnen hebben?'

'Daar hebben we geen idee van,' zei de vrouw. 'We hadden geen enkel contact met hem. We weten niet met wie hij omging. Kenden zijn vrienden niet en evenmin zijn vijanden, als hij die al gehad heeft.'

'Wanneer hebben jullie hem voor het laatst gezien?'

Op dat moment kwam Elínborg de bar in. Ze kwam naar hen toe en ging naast Erlendur zitten. Hij stelde haar aan hen voor, maar ze toonden geen enkele reactie, beiden even vastbesloten dat niets van dit alles invloed op hen zou hebben.

'Hij was waarschijnlijk zo rond de twintig toen we hem voor het laatst hebben gezien,' zei de vrouw.

'Twintig?' Erlendur dacht dat hij het verkeerd had gehoord.

'Zoals ik al zei, er was helemaal geen contact.'

'Waarom niet?' vroeg Elínborg.

De vrouw keurde haar geen blik waardig.

'Is het niet genoeg dat we met jou praten?' vroeg ze Erlendur. 'Moet die vrouw hier ook zijn?'

Erlendur keek naar Elínborg. Het was net of hij een binnenpretje had.

'Ik kan niet zien dat jullie bedroefd zijn over zijn lot,' zei hij zonder haar te antwoorden. 'Het lot van Guðlaugur, je broer,' zei hij en hij keek de vrouw weer aan. 'Jouw zoon,' zei hij en hij keek de oude man aan. 'Waarom? Waarom hebben jullie hem al dertig jaar niet meer gezien? En zoals ik al zei: haar naam is Elínborg,' voegde hij eraan toe. 'En als je nog meer aanmerkingen hebt, nemen we jullie mee naar het bureau en zetten dit gesprek daar voort, en dan kunnen jullie een officiële klacht indienen. We hebben hier een politieauto voor de deur staan.'

De adelaarsneus kwam beledigd omhoog. De vissenogen werden samengeknepen.

'Hij leefde zijn leven,' zei ze, 'en wij het onze. Daar valt niet veel meer over te zeggen. Er was geen enkel contact. Zo was dat. Wij waren er tevreden mee. Hij ook.'

'Wil je me werkelijk vertellen dat jullie hem halverwege de jaren zeventig voor de laatste keer hebben gezien?' vroeg Erlendur.

'Er was geen enkel contact,' herhaalde ze.

'Al die tijd niet éénmaal? Zelfs geen telefoongesprek? Helemaal niets?'

'Nee,' zei de vrouw.

'Waarom niet?'

'Dat gaat alleen de familie aan,' zei de oude man. 'Heeft hier niets mee te maken. Helemaal niets. Dat is voorbij en vergeten. Wat willen jullie nog meer weten?'

'Wisten jullie dat hij hier in het hotel werkte?'

'Zo nu en dan hoorden we iets over hem,' zei de vrouw. 'We wisten dat hij hier portier was. Trok een of ander raar uniform aan en deed de deur open voor de gasten van het hotel. En voorzover ik begrijp speelde hij op kerstfeestjes voor kerstman.'

Erlendur kon zijn ogen niet van haar afhouden. Ze vertelde het alsof Guðlaugur zijn familie niet dieper had kunnen vernederen dan door halfnaakt in een hotelkamertje vermoord te worden gevonden.

'We weten niet veel over hem,' zei Erlendur. 'Hij lijkt niet veel vrienden te hebben gehad. Hij woonde hier in het hotel in een klein kamertje. De mensen leken hem wel te mogen. Hij was lief voor kinderen. Men vroeg hem om op de kerstfeestjes van het hotel voor kerstman te spelen, zoals jij ook al hebt gezegd. We hebben echter ook vernomen dat men indertijd een veelbelovende zanger in hem zag. Als jonge jongen heeft hij op platen gezongen, twee, geloof ik, maar dat weten jullie natuurlijk beter. Op een hoes die ik heb gezien, wordt gezegd dat hij naar Scandinavië zou gaan om er te zingen en dat het ernaar uitzag dat hij de wereld aan zijn voeten zou krijgen. Toen was het opeens afgelopen, lijkt het. Vandaag de dag kent niemand deze jongen meer, op een paar zonderlinge platenverzamelaars na. Wat is er gebeurd?'

De adelaarsneus was omlaag gezakt en de schelvisogen waren dof geworden terwijl Erlendur praatte. De oude man wendde zijn blik van hem af en keek op de tafel; de vrouw, die nog steeds probeerde zich achter haar hoogmoedige houding te verschuilen, leek niet langer zo zeker van haar zaak.

'Wat is er gebeurd?' herhaalde Erlendur, en hij herinnerde zich plotseling dat hij de 45-toerenplaatjes uit Guðlaugurs kamertje boven op zijn kamer had.

'Er is niets gebeurd,' zei de oude man. 'Hij raakte zijn stem kwijt. Hij kwam vroeg in de puberteit en verloor zijn stem toen hij twaalf was, en daarmee was het afgelopen.'

'Kon hij daarna helemaal niet meer zingen?' vroeg Elínborg.

'Hij kreeg een lelijke stem,' zei de oude man kwaad. 'Je kon hem helemaal niets bijbrengen. En je kon helemaal niets voor hem doen. Hij kreeg een hekel aan zingen. Hij werd boos en opstandig en hij was tegen alles. Tegen mij. Tegen zijn zus, die probeerde voor hem te doen wat ze maar kon. Hij viel me aan en gaf mij van alles de schuld.'

'Ik hoop dat dit voldoende is,' zei de vrouw, en ze keek Erlendur aan. 'Hebben we nu niet genoeg verteld? Hebben jullie niet genoeg informatie?'

'We hebben niet veel in Guðlaugurs kamertje gevonden,' zei Erlendur, en hij deed of hij haar niet had gehoord. We hebben platen gevonden waarop hij zingt en we vonden twee sleutels.'

Toen de Technische Recherche klaar was met het onderzoek van de sleutels had hij ze naar zich laten opsturen. Hij haalde ze uit zijn zak en legde ze op de tafel. Ze hingen met een klein zakmes aan een sleutelring. De zijkanten van het mes waren van roze plastic en aan een kant stond een afbeelding van een zeerover met een houten been en een lapje voor zijn oog. Onder het plaatje stond het woord PIRATE.

De vrouw keek even naar de sleutels en zei dat ze haar niet bekend voorkwamen. De oude man zette de bril op zijn neus recht, keek naar de sleutels en schudde toen zijn hoofd.

'Een van de twee is waarschijnlijk een huissleutel,' zei Erlendur. 'De andere lijkt een kastsleutel of de sleutel van een kluis.' Hij keek hen aan, maar kreeg geen enkele reactie en hij pakte de sleutels op en stak ze weer in zijn zak.

'Heb je zijn platen gevonden?' vroeg de vrouw.

'Twee,' zei Erlendur. 'Werden er nog meer platen met hem opgenomen?'

'Nee, meer waren er niet,' zei de oude man en hij keek even met samengeknepen ogen naar Erlendur, maar wendde zijn blik snel af.

'Mogen wij die platen hebben?' vroeg de vrouw.

'Ik neem aan dat jullie erven wat hij heeft nagelaten,' antwoordde Erlendur. 'Als het onderzoek naar onze mening is afgesloten, krijgen jullie alles wat hij bezat. Hij had niemand anders, of wel? Geen kinderen? We hebben niets van dien aard kunnen vinden.'

'Voorzover ik weet was hij alleenstaand,' zei de vrouw. 'Kunnen we jullie verder nog ergens mee helpen?' vroeg ze alsof ze een belangrijke bijdrage aan het onderzoek hadden geleverd door de moeite te nemen naar het hotel te komen.

'Het was niet zijn schuld dat hij in de puberteit kwam en

zijn stem verloor,' zei Erlendur. Hij kon hun onverschilligheid en hun arrogante optreden niet langer verdragen. Een zoon had het leven gelaten. Een broer was vermoord. Toch leek het of er niets gebeurd was. Alsof het niets met hen te maken had. Alsof zijn leven al heel lang geen deel meer uitmaakte van hun leven om iets waar Erlendur niet achter kon komen.

De vrouw keek Erlendur aan.

'Ik hoop dat dit voldoende is,' zei ze weer, en ze haalde de rolstoel van de rem.

'We zullen zien,' zei Erlendur.

'Je vindt dat we niet genoeg medeleven tonen,' zei ze plotseling.

'Ik vind dat jullie helemaal geen medeleven tonen,' zei Erlendur. 'Maar dat is niet mijn zaak.'

'Nee,' zei de vrouw. 'Dat is niet jouw zaak.'

'Toch zou ik graag willen weten of jullie geen enkel gevoel voor de man hadden. Hij was jouw broer.' Erlendur wendde zich tot de oude man in de rolstoel. 'En jouw zoon.'

'Hij was een onbekende voor ons,' zei de vrouw en ze stond op. De oude man trok een grimas.

'Omdat hij niet aan jullie verwachtingen beantwoordde?' Erlendur stond ook op. 'Omdat hij op zijn twaalfde tegenover jullie tekortschoot? Toen hij een kind was. Wat hebben jullie gedaan? Hebben jullie hem er uitgegooid? Hebben jullie hem op straat gezet?'

'Hoe durft u zo tegen ons te spreken,' zei de vrouw met een verbeten trek om haar mond. Ze was plotseling u tegen Erlendur gaan zeggen. 'Dat u de euvele moed hebt om dat te doen. Wie heeft u tot het geweten van de wereld benoemd?'

'Wie heeft het geweten van u weggenomen?' beet Erlendur haar toe, en hij legde een lichte nadruk op het u.

Ze staarde Erlendur boos aan. Toen leek het of ze opeens genoeg van hem had. Ze trok de rolstoel naar zich toe, draaide hem om en duwde hem voor zich uit de bar uit. Ze liep snel door de foyer naar de hoofdingang. Door de luidsprekers klonk een IJslandse operazangeres, die vol droefenis Davíð Stefánssons *Beroer mijn harp, godin* zong. Erlendur en Elínborg gingen de twee achterna en zagen hen het hotel verlaten, de vrouw kaarsrecht, de oude man nog dieper in zijn stoel weggezakt. Van hem was niet meer te zien dan een schuddend hoofd boven de rug van de stoel uit.

... en and'ren blijven kind'ren, weerloos, klein ...

12

Toen Erlendur even na het middaguur op zijn kamer kwam, had het hoofd van de receptie er een grammofoon en twee boxen neergezet. Het hotel had een paar oude platenspelers, die al enige tijd niet meer gebruikt werden. Erlendur had er zelf zo een en had niet veel tijd nodig om uit te vinden hoe deze werkte. Hij had nooit een cd-speler gehad en had al jaren geen grammofoonplaat meer gekocht. Hij luisterde niet naar moderne muziek. Op het werk had hij over hiphop horen praten en hij dacht lange tijd dat het een ander woord voor touwtjespringen was.

Elínborg was op weg naar Hafnarfjörður. Erlendur had haar gevraagd daarnaartoe te gaan en uit te zoeken waar Guðlaugur op school had gezeten. Hij had de vader en de zus ernaar willen vragen, maar er de kans niet toe gekregen toen hun gesprek zo abrupt werd afgebroken. Hij zou nog verder moeten praten met vader en dochter. Hij wilde dat Elínborg in de tussentijd mensen vond die Guðlaugur gekend hadden toen hij een kindsterretje was, en ook dat ze met zijn medescholieren praatte. Hij wilde weten welke invloed die vermeende roem op zo'n jonge jongen had gehad en hoe zijn medescholieren dat hadden opgevat. Ook vroeg hij zich af of iemand van hen zich kon herinneren wat er gebeurd was toen hij zijn stem had verloren en wat er de eerste jaren daarna van hem geworden was. En misschien was er iemand die wist of hij vijanden uit die tijd had.

Dit alles somde hij in de foyer van het hotel uitvoerig voor Elínborg op en hij zag dat ze geïrriteerd raakte, omdat ze vond dat hij haar niet alles hoefde voor te kauwen. Ze wist waar de zaak over ging en was heel goed in staat om haar eigen doelen te stellen.

'En dan mag je onderweg een ijsje kopen,' zei hij om haar nog meer op stang te jagen. Ze mopperde wat over een ouwe drammer en verdween toen naar buiten.

'Hoe weet ik wie die Wapshott is?' zei een stem achter hem, en toen hij zich omdraaide zag hij Valgerður achter zich staan met het monsterkoffertje in haar hand.

'Het is een vermoeid uitziende, kale Brit met aangebrande tanden en hij verzamelt koorknapen,' zei Erlendur. 'Je kunt hem niet missen.'

Ze glimlachte.

'Aangebrande tanden?' zei ze. 'En verzamelt koorknapen?'

'Het is een lang, lang verhaal dat ik je wel eens zal vertellen. Valt er al iets te melden op grond van al die monsters? Kost het niet eindeloos veel tijd?'

Hij was wonderlijk blij haar weer te zien. Zijn hart leek wel een slag over te slaan toen hij haar achter zich hoorde. Zijn sombere stemming week even en zijn stem werd levendig. Hij haalde diep adem.

'Ik weet niet hoe het gaat,' zei ze. 'Het zijn er ongelofelijk veel.'

'Ik, eh...' Erlendur zocht naar een mogelijkheid om zich te verontschuldigen voor wat er de vorige avond was gebeurd. 'Ik raakte gisteren totaal geblokkeerd. Ontberingen en dodelijke ongevallen. Ik heb niet helemaal de waarheid verteld toen je me naar mijn belangstelling voor de dood in de bergen vroeg.'

'Je hoeft het me niet te zeggen,' zei ze.

'O ja, ik moet het je zeker zeggen,' zei Erlendur. 'Is er een kans om dit nog eens te herhalen?'

'Nee...' Ze hield in. 'Neem dit niet al te ernstig. Het was heel fijn. Laten we het vergeten. Goed?'

'Goed, als jij dat zo wilt,' zei Erlendur, al was het bepaald niet wat hij wilde.

'Waar vind ik die Wapshott?'

Erlendur ging met haar mee naar de receptie, waar ze het kamernummer kreeg. Ze gaven elkaar een hand en ze liep naar de liften. Hij keek haar na. Ze wachtte op de lift zonder om te kijken. Hij overwoog of hij nog een poging zou doen en was bijna zover, toen de deur opengіng en zij de lift in verdween. Op het moment dat de deur dichtging, keek ze naar hem met een bijna onzichtbare glimlach.

Erlendur bleef even staan en zag de lift op Wapshotts verdieping stoppen. Toen drukte hij op de knop en haalde hem terug. Op weg naar zijn eigen verdieping rook hij Valgerðurs parfum.

Hij legde een plaat met de koorknaap Guðlaugur Egilsson op de grammofoon en lette erop dat hij op 45 toeren was ingesteld. Toen ging hij languit op bed liggen. De plaat was als nieuw. Leek nooit afgespeeld te zijn. Geen kras of stofje. Er was alleen wat ruis aan het begin, maar daarna begon het voorspel en toen eindelijk begon een heldere en uitzonderlijk mooie jongensstem het *Ave Maria* te zingen.

Hij stond alleen op de gang, deed voorzichtig de deur naar de kamer van zijn vader open en zag hem op de rand van zijn bed zitten, in stil verdriet voor zich uit starend. Zijn vader deed niet mee aan het zoeken. Hij was er met moeite in geslaagd om weer thuis op de boerderij te komen nadat hij zijn twee zonen op het hoogland uit het oog had verloren in het noodweer dat plotseling was losgebarsten. Hij had rondgezworven door de sneeuwstorm en hen geroepen, maar hij kon geen hand voor ogen zien en het lawaai van de storm had zijn schreeuwen gesmoord. Zijn wanhoop was groter dan in woorden viel uit te drukken. Hij had de jongens meegenomen om hem bij het schapen drijven te helpen. Hij had wat schapen en een paar daarvan waren naar het hoogland ontsnapt. Hij wilde ze weer onder dak krijgen. Het was al winter, maar de weersverwachting was goed en toen ze op pad gingen waren de vooruitzichten uitstekend. Maar het was niet meer dan een verwachting en het waren niet meer dan vooruitzichten. Het noodweer had zich niet van tevoren gemeld.

Erlendur ging bij zijn vader naar binnen en kwam naast hem staan. Hij begreep niet waarom hij op zijn bed zat en niet samen met de mannen op het hoogland aan het zoeken was. Zijn broertje was nog steeds niet gevonden. Hij zou nog in leven kunnen zijn, ook al was dat onwaarschijnlijk. Erlendur zag het aan de gezichtsuitdrukking van de mannen die uitgeput terug naar huis kwamen om uit te rusten en te eten voor ze weer naar buiten gingen. Ze kwamen uit de plaatsjes en van de boerderijen in de buurt; iedereen die sterk genoeg was; ze hadden honden bij zich en lange stokken, die ze in de sneeuw staken. Zo hadden ze Erlendur gevonden. Zo wilden ze zijn broertje vinden.

Ze gingen in groepen van acht tot tien man het hoogland op, staken de stokken in de sneeuw en riepen de naam van zijn broer. Het was twee dagen geleden dat ze Erlendur hadden gevonden en drie dagen sinds het noodweer hen drieën uit elkaar had gedreven. De broertjes wisten een hele tijd bij elkaar te blijven. Ze schreeuwden tegen de storm in en probeerden hun vader te horen. Erlendur, twee jaar ouder, hield zijn broertje bij de hand, maar hun handen werden gevoelloos van de kou en toen Erlendur zijn greep verloor, voelde hij het niet. Hij dacht dat hij de hand van zijn broertje nog steeds vasthield toen hij zich omdraaide en hem niet meer zag. Veel later dacht hij dat hij zich herinnerde dat het handje uit zijn hand weggleed, maar dat was iets dat hij zichzelf wijsmaakte. Hij had het helemaal niet voelen gebeuren.

Hij was ervan overtuigd dat hij op zijn tiende ging sterven in die sneeuwstorm die maar niet in kracht leek af te nemen. Die hem van alle kanten aanviel en aan hem rukte en trok en hem het zicht benam, hard en koud en zonder erbarmen. Uiteindelijk viel hij in de sneeuw en probeerde zich in te graven.

Lag daar en dacht aan zijn broertje dat ook op het hoogland lag dood te gaan.

Hij werd wakker door een harde prik in zijn schouder en plotseling verscheen er een gezicht dat hij niet kende. Hij hoorde niet wat de man zei. Hij wilde verder slapen. Hij werd uit de sneeuw opgepakt en mannen droegen hem om de beurt naar beneden, maar hij herinnerde zich weinig van de tocht naar huis. Hij hoorde stemmen. Hij hoorde zijn moeder, die hem probeerde warm te krijgen. Een dokter onderzocht hem. Bevroren voeten en handen, maar niet heel ernstig. Hij keek de kamer van zijn vader in. Zag hem alleen op de rand van zijn bed zitten alsof niets van wat er gebeurde ook maar enige invloed op hem had.

Twee dagen later was Erlendur weer op de been. Hij stond hulpeloos en angstig naast zijn vader. Toen hij begon te herstellen en zijn krachten weer toenamen, begon zijn geweten op een wonderlijke manier tot hem te spreken. Waarom hij? Waarom hij en niet zijn broer? En als ze hem niet hadden gevonden, hadden ze dan misschien zijn broer in plaats van hem gevonden? Hij wilde dit dolgraag aan zijn vader vragen en hij wilde hem ook vragen waarom hij niet aan het zoeken had meegedaan. Maar hij vroeg niets. Keek alleen maar naar hem, naar de diepe lijnen in zijn gezicht, zijn baardstoppels en zijn ogen, donker van verdriet.

Zo verliep er een hele tijd en zijn vader schonk geen enkele aandacht aan hem. Erlendur legde zijn hand op de hand van zijn vader en vroeg of het zijn schuld was dat zijn broertje vermist werd. Omdat hij hem niet stevig genoeg had vastgehouden en beter op hem had moeten passen en hem bij zich had moeten hebben toen ze hem vonden. Hij vroeg het met zachte en aarzelende stem, maar toen werd het hem te veel en hij begon te snikken. Zijn vader liet het hoofd hangen. Zijn ogen vulden zich met tranen en hij trok Erlendur naar zich toe en begon ook te huilen, totdat dat grote, machtige lichaam beefde en trilde in de armen van zijn zoon.

Dit alles kwam Erlendur voor de geest, totdat de plaat weer begon te ruisen. Hij had zichzelf dit soort gedachten al heel lang niet meer toegestaan, maar plotseling overvielen de herinneringen hem weer en hij voelde opnieuw het diepe verdriet, dat naar hij wist nooit volkomen vergeten en begraven zou zijn.

Dat vermogen bezat de stem van de koorknaap.

13

Op het nachtkastje rinkelde de telefoon van het hotel. Hij stond op, tilde de naald van de plaat en zette de grammofoon af. Valgerður was aan de lijn. Ze zei dat Henry Wapshott niet op zijn kamer was. Toen ze hem liet oproepen en in het hotel naar hem liet zoeken, was hij nergens te vinden.

'Hij zou hierop wachten,' zei Erlendur. 'Heeft hij zich misschien uitgeschreven uit het hotel? Ik had van hem begrepen dat hij een vlucht voor vanavond heeft geboekt.'

'Daar heb ik niet op gelet,' zei Valgerður. 'Ik kan hier niet veel langer wachten en...'

'Nee, natuurlijk niet, neem me niet kwalijk,' zei Erlendur. 'Ik stuur hem naar je toe als ik hem vind. Het spijt me.'

'Goed, dan ga ik nu.'

Erlendur aarzelde. Hij wist niet wat hij moest zeggen, maar hij wilde het gesprek ook niet meteen beëindigen. De stilte bleef duren en plotseling werd er bij hem op de deur geklopt. Hij dacht dat het Eva Lind was die op bezoek kwam.

'Ik zou je zo graag nog eens ontmoeten,' zei hij, 'maar ik kan het begrijpen als je er geen zin in hebt.'

Er werd weer op de deur geklopt, ditmaal wat harder.

'Ik zou je de waarheid willen vertellen over die ontberingen en die dodelijke ongevallen,' zei Erlendur. 'Als je ernaar zou willen luisteren.'

'Wat bedoel je?'

'Voel je ervoor?'

Hij wist zelf niet precies wat hij eigenlijk bedoelde. Waarom wilde hij deze vrouw vertellen wat hij nooit eerder aan iemand had verteld, behalve aan zijn dochter. Waarom liet hij het niet gewoon op zijn beloop en ging door met zijn leven en liet dat door niets verstoren, nu niet en nooit niet.

Valgerður antwoordde niet meteen en er werd voor de derde maal op de deur geklopt. Erlendur legde de telefoon neer en deed de deur open zonder erop te letten wie hem kwam bezoeken, nam aan dat het niemand anders dan Eva kon zijn. Toen hij de telefoon weer oppakte, had Valgerður neergelegd.

'Hallo,' zei hij. 'Hallo.' Hij kreeg geen antwoord.

Hij legde de telefoon neer en draaide zich om. In de kamer stond een man die hij nooit eerder had gezien. Hij was klein, gekleed in een dikke donkerblauwe winterjas, met een das om en een blauwe pet met een klep op zijn hoofd. Druppels gesmolten sneeuw glinsterden op zijn pet en zijn jas. Hij had een tamelijk bol gezicht met dikke lippen en geweldig grote, bloedrijke wallen onder kleine, vermoeide ogen. Hij deed Erlendur denken aan foto's van de dichter W.H. Auden. Een kleine druppel hing aan zijn neus.

'Ben jij Erlendur?' vroeg hij.

'Ja.'

'Er is me gezegd dat ik naar dit hotel moest gaan en met jou moest praten,' zei de man, en hij nam zijn pet af en sloeg die licht tegen zijn jas. Veegde de druppel van zijn neus.

'Wie heeft je dat gezegd?' vroeg Erlendur.

'Noemde zich Marion Briem. Ik weet niet wie het is. Zei met onderzoek in de zaak-Guðlaugur Egilsson bezig te zijn en met mensen te praten die hem vroeger of nu hebben gekend. Ik ben een van de mensen die hem in het verleden hebben gekend en die Marion zei me dat ik daar met jou over moest gaan praten.'

'Wie ben je?' Het gezicht kwam Erlendur bekend voor, maar hij kon het op geen enkele manier thuisbrengen.

'Ik heet Gabríel Hermannsson en was in het verleden dirigent van het Kinderkoor van Hafnarfjörður,' zei de man. 'Mag ik op je bed gaan zitten? Die lange gangen...'

'Gabríel? Natuurlijk. Ga je gang. Ga zitten.' De man knoopte zijn jas open en maakte zijn das los. Erlendur pakte de hoes van de tweede plaat van Guðlaugur op en bekeek de foto van het Kinderkoor van Hafnarfjörður. De koordirigent keek opgewekt in de lens. 'Ben jij dat?' vroeg hij en hij reikte de man de hoes aan.

De man keek naar de hoes en knikte.

'Waar heb je dit vandaan?' vroeg hij. 'De platen zijn al tientallen jaren niet meer te krijgen. Ik ben de mijne kwijtgeraakt door een vervloekte stommiteit. Heb ze aan iemand uitgeleend. Een mens moet nooit iets uitlenen.'

'Ze waren van hemzelf,' zei Erlendur.

'Ik was, laat eens zien, niet veel ouder dan 28 jaar toen de foto werd gemaakt,' zei Gabríel. 'Ongelofelijk, hoe snel de tijd verstrijkt.'

'Wat heeft Marion tegen je gezegd?'

'Niet veel. Ik vertelde wat ik over Guðlaugur wist en kreeg toen te horen dat ik met jou moest gaan praten. Ik had iets in Reykjavík te doen en vond het een goed idee om van de gelegenheid gebruik te maken.'

Gabríel aarzelde.

'Ik kon het niet goed uit de stem opmaken,' zei hij, 'en vroeg me af of het een man of een vrouw was. Marion? Wat voor een naam is dat? Ik vond het onbeschoft om ernaar te vragen, maar ik kon er niet uit komen. Over het algemeen hoor je het aan de stem. Is het een mannen- of een vrouwennaam? Die persoon lijkt van mijn leeftijd of iets ouder te zijn, hoewel ik er niet naar heb gevraagd. Rare naam, Marion Briem.'

Erlendur voelde de belangstelling die in zijn stem doorklonk, bijna dringend, alsof het voor de man van belang was dit te weten.

'Ik heb er gewoon nog nooit over nagedacht,' zei Erlendur. 'Over die naam, Marion Briem. Ik was naar deze plaat aan het luisteren,' zei hij en hij wees op de hoes. Dit zingen maakt diepe indruk, dat valt niet te ontkennen, zeker gezien de jeugd van de jongen.'

'Guðlaugur was misschien wel de beste koorknaap die we ooit hebben gehad,' zei Gabríel, naar de hoes kijkend. 'Achteraf bezien. Ik denk dat we pas veel later wisten wat we in handen hadden, misschien pas de laatste jaren.'

'Wanneer heb jij hem leren kennen?'

'Zijn vader kwam met hem naar me toe. Het gezin woonde in die tijd in Hafnarfjörður en woont er geloof ik nog. De moeder stierf een tijdje later en hij voedde toen zijn kinderen, Guðlaugur en een meisje dat iets ouder was, helemaal alleen op. De man wist dat ik net terug was van een muziekstudie in het buitenland. Ik gaf muzieklessen, zowel privé als op de lagere school van Hafnarfjörður en elders. Toen men erin geslaagd was een kinderkoor bij elkaar te krijgen, werd ik als koordirigent aangesteld. Zoals altijd waren het overwegend meisjes, maar we adverteerden vooral voor jongens en Guðlaugur kwam op een dag samen met zijn vader bij me thuis. Hij was toen tien jaar oud en had die verrukkelijke stem. Die verrukkelijke stem! En hij kon zingen. Ik zag meteen dat zijn vader veel van hem eiste en hem hard aanpakte. Hij zei dat hij hem alles had bijgebracht wat hij op het gebied van zingen wist. Later kwam ik erachter dat hij de jongen zelfs hardvochtig behandelde, hem strafte, hem binnen liet blijven als hij buiten wilde gaan spelen. Ik denk dat de jongen in zoverre geen goede opvoeding heeft gehad dat hij misschien aan onredelijk hoge eisen moest voldoen en slechts in beperkte mate met zijn vrienden mocht omgaan. Hij was het klassieke voorbeeld van wat er gebeurt als ouders hun kinderen niet vrijlaten en hen naar hun eigen inzichten willen vormen. Ik denk dat de jeugd van Guðlaugur niet erg gelukkig is geweest.'

Gabríel zweeg.

'Je hebt hier geloof ik heel wat over nagedacht, nietwaar?' zei Erlendur.

'Ik heb het gewoon zien gebeuren.'

'Wat?'

'Er is niets zo vreselijk als kinderen er met ijzeren discipline onder te houden en onredelijke eisen aan hen te stellen. En dan heb ik het niet over discipline in de zin van leiden en sturen als kinderen ongezeglijk zijn, dat is een heel andere zaak. Het is natuurlijk noodzakelijk om kinderen te disciplineren. Ik heb het over die gevallen waarin een kind geen kind mag zijn. Wanneer het niet de gelegenheid krijgt om zichzelf te zijn of te worden, maar geknakt en zelfs gebroken wordt om iets anders te zijn. Guðlaugur had die mooie jongenssopraan, en zijn vader dacht hem een belangrijke rol in het leven toe. Ik zeg niet dat hij hem slecht behandelde op een welbewuste, berekenende manier, maar hij ontnam hem een eigen leven. Beroofde hem van zijn jeugd.'

Erlendur dacht aan zijn eigen vader, die altijd alleen maar geprobeerd had hem goede manieren bij te brengen en liefde te geven. De enige eis die hij stelde, was dat hij zich goed gedroeg en beleefd was tegenover anderen. Zijn vader had nooit geprobeerd iets anders van hem te maken dan wat hij was. Hij dacht aan de vader die berecht ging worden voor een dolzinnige aanval op zijn zoon en hij zag Guðlaugur voor zich, die de hele tijd probeerde aan de verwachtingen van zijn vader te beantwoorden.

'We zien dit misschien het duidelijkst in religieuze sekten,' ging Gabríel door. 'Kinderen die in zo'n sekte geboren worden, moeten het geloof van hun ouders aannemen en zo leven ze in feite veeleer het leven van hun ouders dan hun eigen leven. Ze krijgen nooit de kans om vrij te zijn, rond te kijken buiten de grenzen van de wereld waarin ze geboren werden en zelfstandige beslissingen over hun eigen leven te nemen. Die kinderen realiseren zich dat natuurlijk pas veel later en sommige kinderen nooit. Maar het gebeurt vaak tijdens de puberteit en de volwassen jaren dat ze zeggen: ik wil dit niet langer, en dan kan het tot botsingen komen. Plotseling wil het kind niet langer het leven van zijn ouders leven en dat kan tot groot verdriet leiden. We zien het overal. De dokter wil dat zijn kind dokter wordt. De jurist. De manager. De piloot. Overal zijn mensen die onredelijke eisen aan hun kinderen stellen.'

'Is dat in het geval van Guðlaugur gebeurd? Heeft hij 'tot hier en niet verder' gezegd? Is hij in verzet gekomen?'

Gabríel zweeg een tijdje.

'Heb je de vader van Guðlaugur ontmoet?' vroeg hij toen.

'Ik heb vanmorgen met hen gepraat,' zei Erlendur. 'Met hem en zijn dochter. Ik heb iets van woede en afkeer in hen gevoeld en het is duidelijk dat ze Guðlaugur geen warme gevoelens toedroegen. Ze hebben geen traan om hem gelaten.'

'En zat hij in een rolstoel? De vader?'

'Ja.'

'Dat is een paar jaar later gebeurd,' zei Gabríel.

'Later dan wat?'

'Een paar jaar na het concert. Dat afschuwelijke concert voordat de jongen op tournee naar Scandinavië zou gaan. Het was nog nooit eerder voorgekomen dat een jongen hiervandaan vertrok om als solist met koren uit Scandinavië op te treden. Zijn vader stuurde de eerste plaat naar Noorwegen en een platenmaatschappij daar kreeg er belangstelling voor en organiseerde een concertreis met de bedoeling platen van hem in Scandinavië uit te brengen. Zijn vader heeft me eens verteld dat het een droom van hem was, een droom van hém en niet noodzakelijk van Guðlaugur zelf, wel te verstaan, dat de jongen met de Wiener Sängerknaben zou optreden. En dat zou hij gekund hebben, daar is geen twijfel over mogelijk.'

'Wat is er gebeurd?'

'Dat wat altijd vroeg of laat met een jongenssopraan gebeurt: de natuur greep in,' zei Gabríel. 'Op het ergst denkbare moment in het leven van de jongen. Het had op een repetitie kunnen gebeuren of als hij alleen thuis was, maar het gebeurde op het concert en die arme jongen...'

Gabriël keek Erlendur aan.

'Ik was achter op het toneel met hem. Het kinderkoor zou een paar liederen met hem zingen en er waren veel kinderen uit Hafnarfjörður gekomen en ook vooraanstaande musici uit Reykjavík, zelfs een paar recensenten. Er was veel reclame voor het concert gemaakt en zijn vader zat natuurlijk in het midden van de eerste rij. De jongen is later naar me toe gekomen, veel later, toen hij al uit huis was, en hij heeft me verteld hoe hij die noodlottige avond had beleefd en ik heb er sindsdien vaak over nagedacht hoe een enkele gebeurtenis mensen voor het leven kan tekenen.'

Elke stoel in de Stadsbioscoop van Hafnarfjörður was bezet en er klonk een enorm geroezemoes. Hij was tweemaal eerder in dit mooie gebouw geweest om er naar een film te kijken en was enthousiast over alles wat hij zag, de mooie verlichting in de zaal en het verhoogde podium waar toneelstukken werden opgevoerd. Zijn moeder was er met hem naartoe geweest toen Gejaagd door de wind *opnieuw werd vertoond en hij was er met zijn vader en zus geweest om een nieuwe tekenfilm van Walt Disney te zien.*

Maar nu kwamen de mensen niet om naar de helden van het witte doek te kijken, maar om naar hém te luisteren, om hem te horen zingen met die stem die op twee 45-toerenplaten te horen was.

Hij voelde zich niet langer verlegen, veeleer onzeker. Hij had al eerder op school en in de kerk van Hafnarfjörður voor veel toehoorders gezongen. Vaak was hij heel verlegen en zelfs echt bang. Later begon hij te begrijpen dat hij in de ogen van anderen iets bijzonders was en dat hielp hem zijn verlegenheid te overwinnen. Er was een goede reden voor dat de mensen kwamen om hem te horen zingen, een goede reden dat ze hem wil-

den horen en dat was niets waar hij verlegen over hoefde te zijn. Die reden was zijn stem en zijn zingen. Niets anders. Hij was de ster.

Zijn vader had hem de advertentie in de krant laten zien: DE BESTE JONGENSSOPRAAN VAN IJSLAND TREEDT VANAVOND OP. *Niemand was beter dan hij. Zijn vader was buiten zichzelf van blijdschap en wachtte de avond met veel meer spanning af dan hijzelf. Had het er al dagenlang over. Als je moeder toch eens had kunnen meemaken om jou in de stadsbioscoop te horen zingen, zei hij. Dat zou haar zoveel plezier hebben gedaan. Dat zou haar ongelofelijk veel plezier hebben gedaan.*

Ook in een ander land waren ze onder de indruk van zijn zang en daar wilden ze hem eveneens laten optreden. Ze wilden een plaat met hem uitbrengen. Ik wist het, had zijn vader keer op keer gezegd. Ik wist het. Hij had keihard aan de voorbereiding van de reis gewerkt. Het concert in de stadsbioscoop was de kroon op dit werk.

De toneelmeester liet hem zien hoe hij stiekem in de zaal kon kijken en de mensen hun plaatsen kon zien innemen. Hij luisterde naar het geroezemoes en zag veel mensen die hij helemaal niet kende en van wie hij wist dat hij ze nooit zou leren kennen. Hij zag de vrouw van de koordirigent met hun drie kinderen aan het einde van de derde rij gaan zitten. Hij zag een paar van zijn medeleerlingen met hun ouders, ook een paar die hem hadden gepest, en hij zag zijn vader plaatsnemen in het midden van de eerste rij; zijn grote zus naast hem staarde naar het plafond. De familie van moederskant was er ook, tantes die hij nauwelijks kende, mannen die hun hoed in hun handen hielden en erop wachtten dat het gordijn zou worden opengetrokken.

Hij wilde dolgraag dat zijn vader trots op hem kon zijn. Hij wist dat hij zich offers had getroost om hem het allerbeste resultaat in de zangkunst te laten bereiken en nu zouden de vruchten van zijn inspanningen zichtbaar worden. Het had eindeloos oefenen betekend. Het had geen zin gehad om tegen te stribbe-

len. Hij had het geprobeerd en er zijn vader alleen maar woedend mee gekregen.

Hij vertrouwde zijn vader volkomen en zo was het de hele tijd geweest. Ook toen hij in het openbaar moest zingen terwijl hij dat niet wilde. Zijn vader had hem achter de vodden gezeten en gestimuleerd en ten slotte zijn wil doorgezet. Hij stond duizend angsten uit toen hij de eerste maal voor onbekenden zong, angst om het podium te betreden, verlegenheid voor al die mensen. Zijn vader was niet te vermurwen, zelfs niet toen de jongen om zijn zingen werd gepest. Naarmate hij vaker in het openbaar op school en in de kerk zong, werden de jongens en ook sommige meisjes gemener tegen hem, gaven hem bijnamen, bauwden zijn zingen na, en hij begreep niet waarom ze dat deden.

Hij wilde zijn vader niet boos maken. Nadat hun moeder gestorven was, werd hij nooit meer dezelfde. Ze kreeg leukemie, waaraan ze binnen een paar maanden stierf. Hun vader zat dag en nacht aan haar ziekbed. Hij was met haar mee naar het ziekenhuis gegaan en sliep daar ook terwijl haar leven langzaam wegebde. Het laatste dat hij voor ze die avond van huis gingen had gezegd, was: denk aan je moeder, wat zou ze trots op je zijn geweest.

Het koor had zich op het podium opgesteld. Alle meisjes in dezelfde jurken, betaald door het stadsbestuur van Hafnarfjörður. De jongens net als hijzelf in witte overhemden en zwarte broeken. Ze stonden met elkaar te fluisteren, vol spanning over alle aandacht die het koor kreeg en van plan om hun uiterste best te doen. De dirigent sprak met de toneelmeester. De presentator drukte zijn sigaret op de grond uit. Alles was gereed. Nog even en het gordijn werd opengetrokken.

Gabríel riep hem bij zich.

'Alles in orde?' vroeg hij.

'Ja, de zaal is vol.'

'Ja, allemaal gekomen om jou te zien. Denk daar vooral aan. De mensen zijn gekomen om jou te zien en jou en niemand an-

ders te horen zingen en daarom moet je trots zijn en tevreden met jezelf en niet verlegen. Je bent nu misschien een beetje zenuwachtig, maar dat valt van je af zodra je begint te zingen. Dat weet je.'

'Ja.'

'Zullen we dan maar beginnen?' Hij knikte.

Gabríel pakte hem bij de schouders.

'Het zal ongetwijfeld moeilijk voor je zijn om die hele menigte voor je te zien zitten, maar je hoeft alleen maar te zingen en dan komt alles goed.'

'Ja.'

'De aankondigingen worden pas na het eerste lied gedaan. We hebben het goed geoefend. Jij begint gewoon te zingen en alles komt goed.'

Gabríel gaf de toneelmeester een teken. Hij maakte een gebaar naar het koor, dat onmiddellijk stil werd en op zijn plaats ging staan. Het was zover. Ze waren er klaar voor.

De lichten in de zaal doofden. Het geroezemoes verstomde. Het gordijn werd opengetrokken.

Denk aan je moeder.

Het laatste dat er door zijn hoofd ging voor de zaal open voor hem lag, was de laatste keer dat hij zijn moeder op haar ziekbed had gezien, en even verloor hij zijn concentratie. Hij was samen met zijn vader en ze zaten met zijn tweeën aan één kant van het bed. Ze was zo zwak dat ze haar ogen bijna niet open kon houden. Ze deed ze weer dicht en het leek of ze was ingeslapen, maar toen gingen ze langzaam open en ze keek hem aan en probeerde te glimlachen. Ze konden niet meer met elkaar praten. Toen het tijd was om te gaan, stonden ze op en hij had er nog altijd spijt van dat hij haar geen afscheidskus had gegeven, want het was de laatste maal dat ze bij elkaar waren geweest. Hij stond gewoon op en ging met zijn vader de ziekenkamer uit en de deur sloot zich achter hen.

Het gordijn werd opengetrokken en hij keek in de ogen van

zijn vader. De zaal verdween uit zijn besef en het enige dat hij zag waren de stekende ogen van zijn vader.

Iemand in de zaal begon te lachen.

Hij kwam weer tot zichzelf. Het koor was begonnen te zingen en de dirigent had hem een teken gegeven, maar hij had het niet gemerkt. De dirigent deed of er niets aan de hand was en leidde het koor nog eens door de eerste maten, en nu viel hij op het juiste moment in. Hij was net aan het lied begonnen toen er iets gebeurde.

Toen er iets met zijn stem gebeurde.

'Het was de baard in de keel,' zei Gabríel tegen Erlendur in zijn koude hotelkamer. 'Hij kreeg de baard in de keel. Meteen in het eerste lied, en daarmee was het afgelopen.'

14

Gabríel zat bewegingloos op het bed en staarde voor zich uit, weer terug op het podium in de Stadsbioscoop, waar het koor langzaamaan stilviel. Guðlaugur, die niet begreep wat er met zijn stem aan de hand was, schraapte keer op keer zijn keel en bleef proberen te zingen. Zijn vader stond op en zijn zus vloog het podium op om haar broer ertoe te brengen ermee op te houden. Aanvankelijk fluisterden de mensen met elkaar over de problemen van de jongen, maar algauw was er hier en daar in de zaal een onderdrukt lachen te horen, dat steeds luider werd, en sommige mensen floten. Gabríel ging naar Guðlaugur toe en wilde hem wegbrengen, maar de jongen stond als vastgenageld aan de grond. De toneelmeester probeerde het gordijn te sluiten. De presentator was het podium op gekomen met een sigaret in zijn hand en wist niet wat hij moest doen. Uiteindelijk lukte het Gabríel Guðlaugur in beweging te krijgen en hem voor zich uit te duwen. Inmiddels was zijn zus bij hem en had hem bij de hand genomen, en ze schreeuwde de zaal in dat dit niet om te lachen was. De vader stond nog steeds als door de bliksem getroffen op dezelfde plaats in de eerste rij.

Gabríel kwam weer tot zichzelf en keek Erlendur aan.

'Ik krijg nog de koude rillingen als ik eraan denk,' zei hij.

'De baard in de keel?' vroeg Erlendur. 'Ik ben niet zo thuis in...'

'Men spreekt ook wel over stembreuk, het breken van de stem. Wat er gebeurt, is dat de stembanden in de puberteit langer worden. Jij blijft je stem als vanouds gebruiken, maar je stem zakt een octaaf. Het resultaat is niet mooi, je jodelt als het ware de diepte in. Dat is de ondergang van alle jongenskoren. Guðlaugur had nog twee of drie jaar kunnen hebben, maar hij was seksueel vroegrijp. De hormonen begonnen vroegtijdig hun werk te doen en dat leidde tot de ellendigste avond van zijn leven.'

'Je moet een goede vriend van hem zijn geweest, als hij later naar je toegekomen is en je dit allemaal heeft verteld.'

'Dat kun je wel zeggen. Hij zag me als een vertrouwde vriend. Maar zoals het gaat, stierf dat een langzame dood. Ik probeerde hem naar beste vermogen te helpen en hij bleef zanglessen bij me nemen. Zijn vader wilde het niet opgeven. Hij moest en zou een zanger van zijn zoon maken. Sprak erover hem naar Italië of Duitsland te sturen. Naar Engeland zelfs. Daar hebben ze de meeste zorg aan de ontwikkeling van de jongenssopraan besteed en ze hebben massa's gevallen koorsterren. Geen leven is zo kortstondig als dat van een kindsterretje.'

'Maar hij is nooit zanger geworden?'

'Nee. Het was afgelopen. Hij had een redelijke volwassen stem, zij het niets bijzonders, maar zijn belangstelling was verdwenen. Alle werk dat aan het zingen was besteed, zijn hele jeugd in feite, ging die avond verloren. Zijn vader ging met hem naar andere leraren, maar het werd allemaal niets. De vonk was gedoofd. Hij gaf alleen maar toe omwille van zijn vader en toen hield hij er definitief mee op. Hij vertelde me dat hij het eigenlijk nooit had gewild, zanger en koorknaap worden, zingen en optreden. Het kwam allemaal van zijn vader.'

'Je zei daarnet dat er een paar jaar later iets was gebeurd,' zei Erlendur. 'Een paar jaar na het concert in de stadsbioscoop. Ik kreeg de indruk dat je dat in verband bracht met zijn vader en de rolstoel. Vergis ik me?'

'Van lieverlee ontstond er een diepe kloof tussen Guðlaugur en zijn vader. Je vertelde hoe hij zich gedroeg toen hij samen met zijn dochter met je kwam praten. Overigens ken ik niet het hele verhaal. Alleen een deel ervan.'

'Maar uit je woorden maak ik op dat Guðlaugur en zijn zus van elkaar hielden.'

'Daar was geen twijfel over mogelijk,' zei Gabríel. 'Ze kwam vaak met hem mee naar de koorrepetities en was er altijd bij als hij op bijeenkomsten en op school en in de kerk zong. Ze was lief voor hem, maar ook erg aan haar vader gehecht. Hij was een ongelofelijk sterke persoonlijkheid. Als hij zijn zin wilde doorzetten, was hij onbuigzaam en bikkelhard, maar hij kon ook zacht en vriendelijk zijn. Ze heeft uiteindelijk zijn kant gekozen. De jongen was fel tegen zijn vader in verzet gekomen. Ik weet niet precies waarom, maar uiteindelijk haatte hij zijn vader en gaf hem de schuld van wat er gebeurd was. Niet alleen daar op het podium, maar van letterlijk alles.'

Gabríel zweeg een tijdje.

'Een van de laatste keren dat hij met me praatte, zei hij dat zijn vader hem van zijn jeugd had beroofd. Een schertsfiguur van hem had gemaakt.'

'Een schertsfiguur?'

'Dat was het woord dat hij gebruikte en ik wist net zomin als jij wat hij ermee bedoelde. Het was kort na het ongeluk.'

'Het ongeluk?'

'Ja.'

'Wat is er gebeurd?'

'Guðlaugur liep toen waarschijnlijk tegen de twintig. Was met school opgehouden. Hij verhuisde daarna uit Hafnarfjörður. We hadden in die tijd eigenlijk nauwelijks nog contact met elkaar, maar ik kan me goed voorstellen dat het ongeluk mede veroorzaakt werd door de rebelse stemming waarin hij toen verkeerde. Door de woede die zich in hem had opgehoopt.'

'Ging hij na dat ongeluk het huis uit?'

'Ja, dat heb ik tenminste begrepen.'

'Wat is er gebeurd?'

'Er was een steile, hoge trap bij hen thuis. Ik ben er eenmaal geweest. Die trap voerde vanuit het halletje naar de bovenverdieping. Een houten trap met een nauw trapgat. Er moet weer eens een ruzie zijn ontstaan tussen Guðlaugur en zijn vader, die zijn werkkamer op de eerste verdieping had.

Ze stonden in de buurt van het trapgat en ik heb begrepen dat Guðlaugur hem een duw gegeven heeft, waardoor hij van de trap viel. Het was een zware val. Hij heeft daarna nooit meer kunnen staan, had zijn ruggengraat gebroken en was vanaf het middel verlamd geraakt.'

'Was het een ongeluk? Weet je dat?'

'Dat wisten alleen Guðlaugur en zijn vader. Vader en dochter hebben zich daarna volkomen voor hem afgesloten. Verbraken elk contact met hem en wilden niets meer met hem te maken hebben. Dat wijst er misschien op dat hij zijn vader heeft aangevallen. Dat het geen gewoon ongeluk was.'

'Hoe weet je dat als je niet langer contact met die mensen had?'

'De hele stad sprak erover dat Guðlaugur zijn vader van de trap had gegooid. Dat leidde tot een politieonderzoek.'

Erlendur keek de man aan.

'Wanneer heb je Guðlaugur voor het laatst gezien?'

'Puur bij toeval, hier in het hotel! Ik wist niet wat er van hem geworden was. Was met een paar mensen uit eten, toen ik plotseling een glimp van hem in zijn portiersuniform opving. Ik herkende hem niet meteen. Er was zo'n tijd verstreken. Het was een jaar of vijf, zes geleden. Ik ging naar hem toe en vroeg of hij nog wist wie ik was, en toen praatten we wat met elkaar.'

'Waarover?'

'Het was zo'n gesprekje over alles en niets. Ik vroeg hoe het met hem ging en zo. Hij zei er niet veel over. Leek het niet prettig te vinden om met me te praten. Het was of ik hem aan een verleden herinnerde waar hij het liefst helemaal niets meer van wilde weten. Ik kreeg sterk het gevoel dat hij zich voor zijn portiersuniform schaamde. Misschien was het iets anders. Ik weet het niet. Ik vroeg hem naar zijn familie en hij zei dat hij daar geen contact meer mee had. Toen bloedde het gesprek dood en namen we afscheid van elkaar.'

'Heb je enig idee wie Guðlaugur heeft willen doden?' vroeg Erlendur.

'Geen enkel idee,' zei Gabríel. 'Hoe werd hij aangevallen? Hoe werd hij gedood?'

Hij vroeg het omzichtig, met verdriet in zijn ogen, niet om het thuis of aan vrienden verlekkerd te kunnen doorvertellen, maar om te weten hoe het leven van de begaafde jongen die hij eens zang had onderwezen, was geëindigd.

'Daar kan ik onmogelijk op ingaan,' zei Erlendur. 'Het zijn inlichtingen die we omwille van het onderzoek geheim proberen te houden.'

'Ja, natuurlijk,' zei Gabríel. 'Dat kan ik goed begrijpen. Het politieonderzoek... zijn jullie al wat verder? Daar mag je natuurlijk ook niet over praten, stom van me. Ik kan me niet voorstellen wie hem zou hebben willen doden, maar het was natuurlijk ook al heel lang geleden dat ik contact met hem had. Ik wist alleen maar dat hij hier in het hotel werkte.'

'Hij heeft hier jarenlang gewerkt als portier en als een soort manusje-van-alles, kerstman onder andere.'

Gabríel zuchtte diep.

'Wat een lot!'

'Het enige dat we behalve deze platen in zijn kamer hebben gevonden, was een filmposter die hij aan de muur had opgehangen. Het is een film met Shirley Temple uit 1939 die *The Little Princess* heet. Heb je er enig idee van waarom hij zoiets bewaarde of waarom hij er prijs op stelde? Er was verder eigenlijk niets anders in zijn kamer.'

'Shirley Temple?'

'Het kindsterretje.'

'Er is natuurlijk een overduidelijke connectie,' zei Gabríel.

'Guðlaugur beschouwde zichzelf als een kindsterretje en dat deed zijn hele omgeving ook. Verder zie ik geen verband.'

Gabríel stond op, zette zijn pet op, knoopte zijn jas dicht en sloeg de sjaal om zijn hals. Ondertussen zwegen ze allebei. Erlendur deed de deur voor hem open en ging met hem mee de gang op.

'Bedankt voor je komst en je verhaal,' zei hij, en hij gaf hem een hand.

'Het was geen moeite,' zei Gabríel. 'Het minste dat ik voor jullie kon doen. En voor die arme jongen.'

Hij aarzelde, net of hij nog iets wilde zeggen maar niet wist hoe hij het onder woorden moest brengen.

'Er was een ongekende onschuld in hem,' zei hij ten slotte. 'Een jongen waar geen enkel kwaad in zat. Ze hadden hem wijsgemaakt dat hij bijzonder en uniek was en dat hij beroemd zou worden, dat de hele wereld aan zijn voeten zou liggen. De Wiener Sängerknaben. Kleine dingen worden hier in dit land zo vreselijk opgeblazen, tegenwoordig eigenlijk nog meer dan vroeger; dat is een of andere gewoonte van dit volk dat nooit ergens nummer een in is. Op school werd hij gepest omdat hij een beetje anders leek, en zo kreeg hij nogal wat te verduren. En toen bleek dat hij maar een gewone jongen was en zijn hele wereld stortte op één avond in elkaar. Je hebt sterke benen nodig om zoiets te kunnen dragen.'

Ze namen afscheid van elkaar en Gabríel draaide zich om en liep de gang uit. Erlendur keek hem na en het leek hem meer dan waarschijnlijk dat de geschiedenis van Guðlaugur Egilsson de oude koordirigent van al zijn krachten had beroofd.

Erlendur deed de deur dicht. Hij ging op de rand van zijn bed zitten en dacht aan de koorknaap en hoe hij hem in kerstmannenpak en met afgestroopte broek had aangetroffen. Hij vroeg zich af hoe zijn levensweg hem naar dat kleine kamertje en de dood had gevoerd, al die jaren nadat het leven hem zo diep had teleurgesteld. Hij dacht aan de verlamde vader van Guðlaugur in zijn rolstoel met zijn dikke hoornen bril en aan zijn zus met de scherpe adelaarsneus en haar vijandige houding tegenover haar broer. Hij dacht aan de dikke directeur van het hotel, die hem had ontslagen, en aan het hoofd van de receptie, dat beweerde dat hij hem niet kende. Hij dacht aan het personeel van het hotel, dat niet wist wie Guðlaugur was. Hij dacht aan Henry Wapshott, die een verre reis had gemaakt om de koorknaap te vinden, omdat dat kind met zijn mooie, lieve stem er nog steeds was en er altijd zou zijn.

En voor hij het wist, dacht hij weer aan zijn broertje.

Erlendur zette dezelfde plaat op en ging languit op bed liggen, deed zijn ogen dicht en keerde in gedachten naar huis terug.

Misschien was dit ook wel zijn lied.

15

Toen Elínborg tegen de avond uit Hafnarfjörður terugkwam, ging ze meteen Erlendur in het hotel opzoeken.

Ze ging naar zijn verdieping en klopte bij hem aan en toen ze geen reactie kreeg, nog eens en nog een derde keer. Ze stond op het punt om weg te gaan, toen de deur eindelijk openging en Erlendur haar binnenliet. Hij was al denkend in slaap gevallen en toen Elínborg hem begon te vertellen waar ze in Hafnarfjörður achter was gekomen, was hij nog wat afwezig. Ze had gepraat met een vroeger hoofd van de lagere school, een oeroude man die zich Guðlaugur goed herinnerde. Zijn vrouw, die een jaar of tien geleden was overleden, was een goede vriendin van de moeder van de jongen geweest. Met behulp van het schoolhoofd had ze drie klasgenoten van Guðlaugur gevonden die nog steeds in Hafnarfjörður woonden. Een van hen was bij het concert in de Stadsbioscoop geweest. Ze had ook met vroegere buren van het gezin in Hafnarfjörður gepraat en met mensen die vroeger met het gezin waren omgegaan.

'In dit dwergenrijk mag niemand uitmunten,' zei Elínborg, en ze ging op het bed zitten. 'Niemand mag ook maar een beetje anders zijn.'

Iedereen wist dat Guðlaugur iets bijzonders in het leven moest worden. Zelf praatte hij er nooit over, hij praatte eigenlijk nooit over zichzelf, maar iedereen wist het. Hij kreeg pianoles en leerde zingen, eerst bij zijn vader en toen bij de dirigent die het kinderkoor zou gaan leiden en ten slotte bij een bekende zanger, die in Duitsland had gewoond maar nu naar IJsland was teruggekomen. De mensen prezen hem de hemel in. Klapten voor hem en dan boog hij als een keurige heer in zijn witte overhemd en zwarte broek. 'Zo'n mooi kind, die Guðlaugur,' zeiden de mensen. En er werden platen met zijn zang uitgebracht. Binnenkort zou hij beroemd zijn in het buitenland.

Hij was niet in Hafnarfjörður geboren. Het gezin kwam uit het noorden en had een tijdje in Reykjavík gewoond. De mensen zeiden dat zijn vader de zoon van een organist was en zelf in zijn jonge jaren in het buitenland zang had gestudeerd. Het gerucht ging dat hij het huis in Hafnarfjörður gekocht had met geld dat hij van zijn vader had geërfd, die na de oorlog goed verdiend had aan het Amerikaanse leger. Er werd gezegd dat hij zoveel had geërfd dat hij zijn leven lang niet meer hoefde te werken. Er bleek echter nooit iets van die rijkdom van hem. Hij speelde geen opvallende rol in de gemeente. Nam zijn hoed af als hij met zijn vrouw aan het wandelen was en groette de mensen beleefd. Men zei dat zij de dochter van een reder was; waar, dat wist niemand. Ze maakten weinig vrienden in het stadje. Als ze al vrienden hadden, zaten die vooral in Reykjavík. Ze leken maar weinig bezoek te krijgen.

Als de jongens uit de buurt of medeleerlingen van Guðlaugur naar hem kwamen vragen, werd hun meestal gezegd dat hij thuis moest blijven om te studeren: huiswerk, zang of piano. Soms mocht hij met hen meekomen en dan merkten ze dat hij niet zulke slechte manieren had als zijzelf en dat hij ongewoon gevoelig was. Zijn kleren werden nooit vuil, hij sprong nooit in modderplassen, was nogal een sulletje bij het voetballen en hij praatte heel erg netjes. Had het soms over mensen met buitenlandse namen. Over een zekere Schubert. En als ze hem over de nieuwste bijzonderheden vertelden uit de spannende boeken die ze lazen of uit de films die ze in de bioscoop zagen, dan vertelde hij hun dat hij gedichten las. Misschien niet omdat hij dat zo graag wilde, maar omdat zijn vader zei dat het goed voor hem was om gedichten te lezen. Ze begrepen van hem dat zijn vader hem dit opdroeg en er streng de hand aan hield. Eén gedicht per avond.

Zijn zus was anders dan hij. Harder. Leek meer op haar vader. De vader leek aan haar niet dezelfde eisen te stellen als hij aan de jongen stelde. Ze had pianoles en toen het kinderkoor was opgericht, ging ze daar evenals haar broer in zingen. Haar vriendinnen vertelden dat ze haar broer soms benijdde als haar vader hem lof toezwaaide en de moeder leek meer van haar zoon dan van haar dochter te houden. De mensen dachten dat Guðlaugur en zijn moeder meer met elkaar gemeen hadden. Het leek of zij hem beschermde.

Op een keer was een medeleerling van Guðlaugur in de hal gelaten terwijl er in huis een aanvaring plaatsvond over de vraag of de jongen buiten mocht gaan spelen. De vader met zijn dikke brillenglazen stond op de steile trap, Guðlaugur stond onder aan de trap en zijn moeder in de deur van het halletje. Ze zei dat het niet zo erg was als de jongen ook eens buiten ging spelen. Hij had niet zoveel vrienden en zo vaak kwamen ze niet naar hem vragen. Hij kon zijn oefeningen later wel afmaken.

'Ga door met je oefeningen!' schreeuwde de vader. 'Denk je dat dit iets is waarvan je naar believen kunt weglopen? Je begrijpt niet waar het hier om gaat, hè? Je zult het nooit begrijpen.'

'Het is nog maar een kind,' zei zijn moeder, 'en hij heeft niet zoveel vrienden. Je kunt hem niet de hele dag binnen opsluiten. Hij moet ook kind kunnen zijn.'

'Het is al goed,' zei Guðlaugur, en hij ging naar de jongen toe.

'Misschien kom ik later buiten. Ga maar, dan kom ik later wel.' De jongen ging naar buiten en voor de deur achter hem dichtging, hoorde hij de vader van Guðlaugur naar beneden roepen: 'Dat lever je me niet nog een keer, ruzie met me maken in het bijzijn van onbekenden.'

Mettertijd raakte Guðlaugur geïsoleerd op school en de jongens uit de hogere klassen begonnen hem te plagen. Aanvankelijk was het heel onschuldig. Iedereen plaagde iedereen en er werden net als op elke school gevechten op het schoolplein geleverd en streken uitgehaald, maar na twee jaar, toen Guðlaugur elf jaar oud was, waren de plagerijen en de streken meer en meer op hem gericht. Naar moderne maatstaven was het geen grote school en iedereen wist dat Guðlaugur anders was. Hij studeerde muziek en zong met het nieuwe kinderkoor en hij mocht nooit buiten spelen. Hij was altijd bleek en ziekelijk. Een huismusje. De jongens uit zijn klas en die uit de straat kwamen niet langer naar hem vragen en begonnen hem op school te pesten. Zijn schooltas verdween of er zat niets in als hij hem openmaakte. Ze gooiden hem op de grond. Ze scheurden zijn kleren. Hij werd geslagen. Ze gaven hem bijnamen. Hij werd nooit op een verjaardagsfeestje gevraagd.

Guðlaugur wist niet hoe hij zich moest verweren. Hij begreep niet wat er aan de hand was. Zijn vader klaagde tegen het hoofd van de school en die beloofde dat hij er een eind aan zou maken, maar daar slaagde hij niet in en Guðlaugur kwam net als tevoren vol schrammen uit school en met een schooltas waaruit alle spullen verdwenen waren. Zijn vader dacht erover om hem van school te halen, zelfs om uit de stad te verhuizen, maar hij was koppig en wilde niet toegeven. Hij was medeoprichter van het kinderkoor geweest en in zijn nopjes met de jonge man die het koor dirigeerde, en hij wist dat Guðlaugur bij het koor een goede plek had om te oefenen en mettertijd de aandacht op zich te vestigen, en dat eeuwige griepen – een woord dat toen nog niet in het IJslands bestond, voegde Elínborg eraan toe – moest hij maar verdragen.

Guðlaugur reageerde door het er helemaal bij te laten zitten. Hij werd teruggetrokken en in zichzelf gekeerd, maar concentreerde zich op het zingen en de piano en leek op die manier wat zielenrust te vinden. En op dat terrein ging alles hem goed af. Daar zag hij waartoe hij in staat was. Maar de meeste dagen voelde hij zich ongelukkig en toen zijn moeder stierf was het of er niets van hem overbleef.

Als je hem zag was hij altijd alleen en hij probeerde te glimlachen als hij kinderen van school tegenkwam. Hij zong op een grammofoonplaat waarover in de kranten werd geschreven. Het was of zijn vader de hele tijd gelijk had gehad. Guðlaugur zou iets bijzonders in het leven worden.

Zijn klasgenootje was met haar ouders in de Stadsbioscoop, en toen veel andere mensen zaten te lachen toen de zus van Guðlaugur en de koordirigent hem van het podium weg brachten, begon zij te huilen.

En algauw daarna, om iets waar maar een paar mensen het fijne van wisten, had hij in de buurt een nieuwe bijnaam gekregen.

'Hoe werd hij genoemd?' vroeg Erlendur.

'Het hoofd van de school wist het niet,' zei Elínborg, 'en zijn klasgenoten zeiden dat ze het zich niet konden herinneren of ze wilden het niet zeggen. Maar het had een ingrijpende invloed op de jongen. Daar waren ze het allemaal over eens.'

'Hoe laat is het eigenlijk?' vroeg Erlendur plotseling als geschrokken.

'Het zal wel over zevenen zijn,' zei Elínborg. 'Is er iets mis?'

'Wel verdomme, ik heb de hele dag geslapen,' zei Erlendur en hij sprong overeind. 'Ik moet Henry zien te vinden. Ze hadden rond het middaguur een speekselproef van hem moeten nemen, maar toen was hij niet hier in huis.'

Elínborg keek naar de grammofoon, de speakers en de platen.

'Stelt hij wel iets voor?' vroeg ze.

'Hij is iets heel bijzonders,' zei Erlendur. 'Je zou hem moeten horen.'

'Ik wil nu naar huis,' zei Elínborg, die ook was opgestaan. 'Ben je van plan de kerstdagen hier in het hotel door te brengen?'

'Dat weet ik niet,' zei Erlendur. 'Ik zie wel.'

'Je bent van harte welkom bij ons. Dat weet je. Ik heb koude ham. En tong.'

'Maak je geen zorgen over mij,' zei Erlendur en hij deed de deur open. 'Ga jij maar naar huis, ik ga kijken wat er met Henry is.'

'Waar is Sigurður Óli de hele dag geweest?' vroeg Elínborg.

'Hij ging proberen of hij bij de Britse politie iets over Henry te weten kon komen. Waarschijnlijk is hij inmiddels thuis.'

'Waarom is het hierbinnen bij jou zo koud?'

'De radiator is kapot,' zei Erlendur, en hij deed de deur achter hen dicht.

Toen ze beneden in de hal kwamen, nam hij afscheid van Elínborg en zocht het hoofd van de receptie in zijn kantoor op. Het bleek dat Henry de hele dag niet in het hotel was gezien. De sleutel van zijn kamer hing niet in zijn vakje en hij had zich niet uit het hotel uitgeschreven. Hij moest de rekening nog betalen. Erlendur wist dat hij met de avondvlucht naar Londen wilde, maar hij had niets in handen om hem te beletten het land te verlaten. Hij had niets van Sigurður Óli gehoord. Hij stond in de foyer te aarzelen.

'Kun je me in zijn kamer laten?' vroeg hij de receptionist. De receptionist schudde het hoofd.

'Hij zou gevlucht kunnen zijn,' zei Erlendur. 'Weet je hoe laat zijn vliegtuig vanavond naar Londen gaat?'

'Het middagvliegtuig had een flinke vertraging,' zei de receptionist. Het behoorde tot zijn taak om alles over vluchten te weten. 'Het zal vanavond rond negen uur vertrekken, denken ze.'

Erlendur pleegde een paar telefoontjes. Hij kwam erachter dat Henry een ticket had geboekt voor het vliegtuig naar Londen, maar zich nog niet aan de balie had gemeld. Erlendur trof wat maatregelen om hem bij de pascontrole op het vliegveld tegen te houden en naar Reykjavík terug te sturen. Hij moest voor de politie in Keflavík een reden bedenken om de man aan te houden en hij aarzelde eventjes terwijl hij zich afvroeg of hij iets zou verzinnen. Hij wist dat de media zich in hun handen zouden wrijven als hij de waarheid zei, maar hem viel op dat moment geen enkele leugen in en ten slotte zei hij rechtuit dat er in de moordzaak verdenking op Henry was gevallen.

'Kun je me niet even in zijn kamer laten?' vroeg Erlendur weer aan de receptionist. 'Ik zal niets aanraken. Ik hoef alleen maar te weten of hij ertussenuit is geknepen. Het kost me uren om een huiszoekingsbevel te krijgen. Ik hoef alleen mijn neus maar om de hoek te steken.'

'Het is mogelijk dat hij zich nog komt uitschrijven,' zei de receptionist, en er was een zekere onverzettelijkheid in zijn stem te horen. 'Het duurt nog ruim een uur voor er wordt gevlogen en er is dus tijd genoeg voor hem om terug te komen naar het hotel, zijn spullen te pakken, de rekening te betalen, zich uit te schrijven en de bus naar het vliegveld van Keflavík te nemen. Wil je niet nog wat wachten?'

Erlendur dacht even na.

'Kun je niet iemand naar boven sturen om zijn kamer te doen en dan loop ik voorbij de open deur? Is dat een probleem?'

'Je moet begrip hebben voor mijn positie,' zei het hoofd van de receptie. 'De belangen van onze gasten staan hier voorop. Ze hebben recht op een privé-leven, net als thuis. Als ik die regel breek en dat bekend wordt of in een rechtszaak naar voren komt, kunnen onze gasten ons niet langer vertrouwen. Zo simpel is het. Dat moet je begrijpen.'

'We onderzoeken een moord, die hier in het hotel werd gepleegd,' zei Erlendur. 'Is de goede naam van het hotel niet toch al naar de maan?'

'Kom met een huiszoekingsbevel en dan is het geen enkel punt.'

Erlendur zuchtte en wendde zich van de balie af. Hij pakte zijn mobiele telefoon en belde Sigurður Óli. De telefoon ging een hele tijd over en toen eindelijk antwoordde Sigurður. Erlendur hoorde stemmen op de achtergrond.

'Waar bevind jij je momenteel?' vroeg Erlendur.

'We zijn bezig met de kerstkoeken,' zei Sigurður Óli.

'Die gefrituurde, versierde koeken?'

'Ja, we zijn de versieringen aan het uitsnijden. Met de familie van Bergþóra. Een vast programmaonderdeel bij elk kerstfeest. Ben jij inmiddels thuis?'

'Wat ben je bij de Britten over Henry Wapshott te weten gekomen?'

'Ik wacht nog op de informatie. Krijg die morgenochtend. Is er iets met hem?'

'Ik denk dat hij probeert aan de speekselproef te ontsnappen,' zei Erlendur. Hij zag de receptionist met een papier in de hand naar zich toekomen. 'Ik denk dat hij probeert het land uit te komen zonder afscheid van ons te nemen. Praat morgenochtend met je. Snij je niet in je vingers.'

Erlendur stak de telefoon in zijn zak. De receptionist stond nu bij hem.

'Ik bedacht dat ik Henry Wapshott wel eens onder de loep kon nemen,' zei hij, en hij overhandigde Erlendur het blad. 'Om je toch een beetje te helpen. Ik zou dit niet moeten doen, maar...'

'Wat is dit?' vroeg Erlendur en hij liet zijn ogen over het papier gaan. Zag de naam van Henry Wapshott en enkele data.

'Hij heeft hier de laatste drie jaar elke kerst gelogeerd,' zei de receptionist. 'Misschien helpt het wat.' Erlendur staarde naar de data.

'Hij zei dat hij nooit eerder op IJsland was geweest.'

'Daar weet ik niets van,' zei de receptionist. 'Maar hij is al eerder in dit hotel geweest.'

'Herinner je je hem dan niet? Als hij hier toch regelmatig te gast was?'

'Ik kan me niet herinneren dat ik hem heb ingeschreven. Er zijn meer dan tweehonderd kamers in dit hotel en rond Kerstmis is er altijd meer dan genoeg te doen, zodat hij gemakkelijk in de menigte kan opgaan; daarbij blijft hij maar kort, slechts een paar dagen. Ik heb hem ditmaal helemaal niet gezien, maar ik herinnerde me hem toen ik zijn vertrekregistratie bekeek. Hij is in een bepaald opzicht net als jij. Met dezelfde speciale wensen.'

'Wat bedoel je met "net als ik"? "Speciale wensen"?' Erlendur kon zich niet voorstellen wat hij met Henry Wapshott gemeen zou kunnen hebben.

'Hij leek belangstelling voor muziek te hebben.'

'Waar heb je het over?'

'Dat kun je hier zien,' zei de receptionist, en hij wees naar het blad papier. 'We registreren speciale wensen van onze gasten. In de meeste gevallen.'

Erlendur las het papier door.

'Hij wilde een muziekinstallatie op zijn kamer hebben,' zei de receptionist. 'Geen mooie cd-speler, maar die oude troep, net als jij.'

'Die vuile leugenaar,' siste Erlendur, en hij haalde de telefoon weer uit zijn zak.

16

Later die avond werd er een arrestatiebevel tegen Henry Wapshott uitgevaardigd. Hij werd opgepakt toen hij het vliegtuig naar Londen wilde nemen. Wapshott werd overgebracht naar de politiecellen aan de Hverfisgata en Erlendur kreeg officieel toestemming om zijn kamer te doorzoeken. Rond middernacht waren de rechercheurs van de Technische Recherche in het hotel gearriveerd. Ze doorzochten de kamer zorgvuldig, op zoek naar het moordwapen, maar hun inspanningen leverden geen enkel resultaat op. Het enige dat ze vonden was een koffer, die Wapshott duidelijk had willen achterlaten, scheergerei in de badkamer, een oude grammofoon met speakers die leken op wat Erlendur van het hotel te leen had gekregen, een televisietoestel en een video, een paar Engelse kranten en tijdschriften, waaronder de *Record Collector*.

Een vingerafdrukkenexpert zocht naar aanwijzingen dat Guðlaugur in de kamer was geweest. Onderzocht de tafelranden en de deurposten. Erlendur stond op de gang naar het werk van de rechercheurs te kijken. Hij verlangde naar een sigaret en zelfs naar een glas chartreuse omdat het kerstfeest eraan kwam, naar zijn stoel en zijn boeken. Hij zou zorgen dat hij thuiskwam. Wist niet precies waarom hij in dit hotel van de dood logeerde. Wist niet precies wat hij met zichzelf moest beginnen.

Het witte poeder van de vingerafdrukkenexperts dwarrelde naar de grond.

Erlendur zag de directeur van het hotel door de gang komen aanwaggelen. Hij had zijn zakdoek in de hand en zuchtte en steunde. Hij keek de kamer binnen waar de technisch rechercheurs aan het werk waren en glimlachte breed.

'Ik heb gehoord dat je hem te pakken hebt,' zei hij, en hij veegde zijn hals met zijn zakdoek af. 'En dat het een buitenlander is.'

'Waar heb je dat vernomen?' vroeg Erlendur.

'Nou, op de radio,' zei de directeur, en hij kon zijn vreugde niet verbergen. De redenen om zich te verheugen waren er dan ook vele. De man was gevonden, de misdaad was niet door een IJslander begaan en de misdadiger was geen personeelslid van het hotel. De directeur snoof: 'Op het nieuws zeiden ze dat hij op weg naar Londen op het vliegveld van Keflavík was opgepakt. Een Brit?'

De mobiele telefoon van Erlendur ging over.

'We weten helemaal niet zeker of hij wel degene is die we zoeken,' zei hij, en hij pakte zijn telefoon.

'Je hoeft niet naar het bureau te komen,' zei Sigurður Óli toen Erlendur antwoordde. 'Momenteel niet.'

'Moet jij geen kerstkoeken versieren?' vroeg Erlendur, en hij liep met zijn telefoon een stukje bij de directeur vandaan.

'Hij is dronken,' zei Sigurður Óli. 'Henry Wapshott. Het heeft geen zin om met hem te praten. Is het niet het beste hem zijn roes uit te laten slapen en morgenochtend met hem te praten?'

'Heeft hij problemen gemaakt?'

'Nee, helemaal niet. Ze zeiden dat hij zwijgend en stilletjes met hen was meegekomen. Ze hebben hem meteen bij de pascontrole aangehouden en vastgehouden in een fouilleerruimte. En toen de politie kwam, is hij zo de politiewagen ingegaan en naar Reykjavík overgebracht. Geen problemen. Hij moet heel stil zijn geweest en op weg naar de stad is hij in de auto in slaap gevallen. Slaapt nu in zijn cel.'

'Voorzover ik begrepen heb, is de arrestatie op het nieuws geweest,' zei Erlendur. Hij keek naar de directeur. 'Ze hopen dat we de juiste man te pakken hebben.'

'Hij had alleen handbagage bij zich. Een grote documentenkoffer.'

‘Zit er wat in?’

‘Grammofoonplaten. Oude. Dezelfde vinyltroep als we daar in de kamer in het souterrain hebben gevonden.’

‘Bedoel je platen met Guðlaugur?’

‘Dat leek me zo. Niet veel. Maar hij had ook andere platen. Je kunt het morgen allemaal bekijken.’

‘Hij is op zoek naar platen van Guðlaugur.’

‘Misschien heeft hij zijn verzameling wat kunnen aanvullen,’ zei Sigurður Óli. ‘Zullen we elkaar hier morgenochtend op het bureau treffen?’

‘We moeten een speekselproef van hem hebben,’ zei Erlendur.

‘Ik zal ervoor zorgen,’ zei Sigurður Óli, en ze braken het gesprek af.

Erlendur stak zijn mobiele telefoon weer in zijn zak.

‘Heeft hij bekend?’ vroeg de directeur. ‘Heeft hij al bekend?’

‘Kun je je herinneren dat hij hier al eerder in het hotel was? Henry Wapshott. Uit Engeland. Ongeveer zestig jaar. Hij zei me dat dit zijn eerste bezoek aan IJsland was, maar toen kwam aan het licht dat hij al eerder in dit hotel heeft gelogeerd.’

‘Ik herinner me niemand met die naam. Heb je een foto van hem?’

‘Daar moet ik voor gaan zorgen. Ik moet erachter zien te komen of iemand van het personeel hem kent. Het is mogelijk dat iemand zich de man vaag herinnert. Het maakt niet uit hoe onbetekenend het lijkt.’

‘Hopelijk kun je deze zaak dan afsluiten,’ zei de directeur met een diepe zucht. ‘We hebben al afzeggingen gehad vanwege de moord. De meeste van IJslanders. De buitenlanders hebben er nog niet zoveel over gehoord. Maar er is minder drukte bij het buffet en er zijn ook minder reserveringen. Ik had hem nooit moeten toestaan om daar in het souterrain te wonen. Zo gaat het als een mens goed probeert te zijn. Altijd weer die verdomde goedheid.'

'Ja, je bent werkelijk al te goed,' zei Erlendur.

De directeur keek hem aan, niet zeker of hij voor de gek werd gehouden, maar Erlendur vertrok geen spier. Het hoofd van de Technische Recherche kwam de gang op, groette de directeur en trok Erlendur wat opzij.

'Het ziet er allemaal uit als bij de standaardreiziger in een kleine tweepersoonshotelkamer in Reykjavík,' zei het hoofd. 'Het moordwapen ligt niet op zijn nachtkastje, als je dat soms gehoopt had, en er zitten geen bebloede kleren in zijn koffer; er is in feite helemaal niets dat hem met de man in het souterrain in verband brengt. Het stikt daarbinnen van de vingerafdrukken. Maar het is duidelijk dat de man op de vlucht is geslagen. Hij heeft zijn kamer achtergelaten alsof hij even naar de bar wilde. Zijn elektrische scheerapparaat zit nog in het stopcontact. Een extra paar schoenen staat op de grond, ook een paar pantoffels. Dit is om je de waarheid te zeggen het enige dat we je op dit moment kunnen vertellen. De man had grote haast. Hij was op de vlucht.'

De man ging terug de kamer in en Erlendur liep naar de directeur van het hotel.

'Wie is er verantwoordelijk voor het schoonhouden van deze gang?' vroeg hij. 'Wie gaat hier de kamers in? Hebben de vrouwen of mannen die verantwoordelijk zijn voor het schoonmaken, de verdiepingen onderling verdeeld?'

'Ik weet precies welke vrouwen deze gang doen,' zei de directeur. 'Er zijn geen mannen die dit werk doen. Om wat voor reden dan ook.'

Hij zei dit op hatelijke toon, alsof schoonmaken overduidelijk vrouwenwerk was.

'En welke vrouwen doen het?' vroeg Erlendur.

'Wel, bijvoorbeeld het meisje met wie je hebt gepraat.'

'Het meisje met wie ik heb gepraat?'

'Het meisje uit het souterrain,' zei de directeur. 'Dat het lijk heeft gevonden. Het meisje dat de kerstman dood aantrof. Dit is haar gang.'

Toen Erlendur twee verdiepingen hoger bij zijn kamer kwam, wachtte Eva Lind hem in de gang op. Ze zat op de grond met haar knieën opgetrokken tot aan haar kin en leek te slapen. Ze keek op toen hij dichterbij kwam en strekte haar benen.

'Wat vind ik het toch verduiveld leuk om in dit hotel te komen,' zei ze. 'Zou je nou niet eens naar huis gaan?'

'Dat was de bedoeling,' zei Erlendur. 'Ik begin ook genoeg te krijgen van dit gebouw.'

Hij trok een kaart door een gleuf in het deurslot en de deur ging open. Eva Lind stond op en ging achter hem aan de kamer in. Erlendur deed de deur weer dicht en Eva gooide zich languit op zijn bed. Hij ging naast het bureautje zitten.

'Gaat het een beetje met de case?' vroeg Eva. Ze lag op haar buik op het bed met gesloten ogen alsof ze probeerde in slaap te vallen.

'Er zit beweging in,' zei Erlendur, 'en hou ermee op woorden als "case" te gebruiken. Wat is erop tegen om te zeggen: 'Gaat het een beetje met de zaak?"'

'Hou je mond toch, beste man,' zei Eva Lind, nog steeds met gesloten ogen. Erlendur glimlachte. Hij keek naar zijn dochter op het bed en vroeg zich af wat voor opvoeder hij geweest zou zijn. Zou hij haar hoge eisen hebben gesteld? Zou hij haar voor balletlessen hebben ingeschreven? Haar ertoe hebben aangezet om piano te leren spelen? Gehoopt hebben dat ze een klein genie zou worden? Zou hij haar geslagen hebben als ze zijn fles likeur op de grond had laten vallen?

'Ben je er nog?' vroeg ze, nog steeds met gesloten ogen.

'Ja, ik ben hier,' zei Erlendur vermoeid.

'Waarom zeg je niets?'

'Wat moet ik zeggen? Moet een mens dan altijd iets zeggen?'

'Nou, bijvoorbeeld wat je hier in dit hotel doet. In ernst!'

'Ik weet het niet. Ik had er weer eens een keer geen zin in om naar huis te gaan. Dit is weer eens wat anders.'

'Wat anders? Wat is het verschil tussen in je eentje op deze kamer rondhangen en alleen bij je thuis rondhangen?'

'Wil je wat muziek horen?' vroeg Erlendur. Hij probeerde een eind aan dit gesprek over zichzelf te maken. Hij begon de zaak punt voor punt aan zijn dochter uiteen te zetten om er op die manier zelf wat meer zicht op te krijgen. Hij vertelde haar over het meisje dat de kerstman met de messteken had gevonden en dat die man in het verleden beschouwd was als een ongewoon begaafde koorknaap en dat zijn twee platen bij verzamelaars zeer gezocht waren. Zijn stem was uniek.

Hij strekte zijn hand uit naar de plaat die hij nog niet had beluisterd. Er stonden twee geestelijke liederen op en de plaat was duidelijk voor Kerstmis uitgebracht. Op de hoes stond Guðlaugur met een kerstmannenmuts op en een brede glimlach die zijn grotemensentanden liet zien, en Erlendur moest denken aan de meedogenloosheid van het lot. Hij zette de plaat op de grammofoon en de stem van de koorknaap klonk door de kamer in een mooi, droefgeestig lied. Eva Lind opende haar ogen en kwam op het bed overeind.

'Dit is toch geen flauwe grap van je?' vroeg ze.

'Vind je het niet prachtig?'

'Ik heb nog nooit een kind zo mooi horen zingen,' zei Eva. 'Ik denk dat ik nog nooit iemand zo mooi heb horen zingen.' Ze zaten het lied stil uit te luisteren. Erlendur reikte naar de platenspeler, draaide de plaat om en zette het lied op dat op de andere kant stond. Ze luisterden ernaar en toen het uit was, vroeg Eva hem het nog eens af te spelen.

Erlendur vertelde haar over de familieleden van Guðlaugur, over het concert in de Stadsbioscoop, dat zijn vader en zus al meer dan dertig jaar geen contact meer met hem hadden, en over de Britse verzamelaar die het land wilde ontvluchten en alleen maar belangstelling voor koorknapen had. Hij vertelde haar dat de platen van Guðlaugur vandaag de dag misschien wel heel kostbaar geworden waren.

'Denk je dat ze hem daarom koud hebben gemaakt?' vroeg Eva Lind. 'Om de platen? Omdat ze tegenwoordig geld waard zijn?'

'Dat weet ik niet.'

'Is er nog iets van die platen over?'

'Ik denk het niet,' zei Erlendur, 'en daarom zijn ze waarschijnlijk zo gezocht. Volgens Elínborg zoeken verzamelaars naar wat uniek is in de wereld. Maar dat hoeft hier geen rol te spelen. Misschien heeft iemand van het hotel hem wel aangevallen. Iemand die niets van de koorknaap wist.'

Erlendur besloot dat hij zijn dochter zou vertellen hoe Guðlaugur was gevonden. Hij wist dat ze als hoer had gewerkt toen ze aan de drugs was en dus goed op de hoogte was van wat er in Reykjavík op dat gebied te koop was. Niet dat hij dit onderwerp graag met haar besprak. Zij leefde haar eigen leven en deed wat ze wilde zonder dat hij daar ooit enige invloed op had gehad. Hij dacht echter dat de mogelijkheid bestond dat Guðlaugur hier in het hotel tegen betaling aan zijn gerief was gekomen en vroeg haar of ze wist of er hoeren in het hotel werkten.

Eva Lind keek haar vader aan.

'Arme man,' zei ze, en ze gaf hem geen antwoord. Ze was in haar gedachten nog bij de koorknaap. 'Er zat zo'n meisje bij mij op school. Op de lagere school. Er zijn een paar platen van haar opgenomen. Ze heette Vala Dögg. Kun je je haar nog herinneren? Er werd enorm veel werk van haar gemaakt. Zong kerstliedjes. Een klein meisje, lief en blond.'

Erlendur schudde zijn hoofd.

'Zij was zo'n kindsterretje, zong ook tijdens kinderuurtjes en programma's op de televisie en ze zong heel goed, een poppetje. Haar vader was een mindere godheid in de popmuziek, maar het was haar moeder die niet goed snik was en een popster van haar wilde maken. Het kind werd werkelijk eindeloos gepest. Ze was echt lief, geen spoortje trots of opschepperij, maar ze zaten haar altijd te treiteren. De weg naar afgunst en irritatie is hier altijd verdomde kort. Ze werd zonder ophouden gepest en toen ging ze van school en begon te werken. Ik heb haar vaak ontmoet toen ik aan de drugs was en toen was ze een vreselijk zielig geval geworden. Erger dan ik. Opgebrand en vergeten. Ze vertelde me dat dit het ergste was dat haar was overkomen.'

'Om een kindsterretje te worden?'

'Het heeft haar volkomen kapotgemaakt. Ze is er nooit van hersteld. Kreeg nooit de kans gewoon zichzelf te zijn. Haar moeder was een enorme doordouwster. Haar werd nooit gevraagd of ze dit wel wilde. Ze vond het leuk om te zingen en leuk om in de schijnwerpers te staan en alles eromheen, maar ze begreep helemaal niet wat er eigenlijk gebeurde. Ze kon nooit iets anders zijn dan het poppetje in de kinderuurtjes. Mocht maar één dimensie hebben. Ze was de kleine, lieve Vala Dögg. En daar werd ze om gepest en ze begreep pas waarom toen ze ouder werd en besefte dat ze nooit iets anders zou worden dan een klein, lief poppetje dat in een kleinemeisjesjurk zong. Dat ze nooit een wereldberoemde popster zou worden zoals haar moeder haar altijd had verzekerd.'

Eva Lind zweeg en keek haar vader aan.

'Ze ging volkomen naar de haaien. Ze zei dat het eeuwige pesten het ergst was, dat het een stakker van je maakte. Je krijgt precies hetzelfde beeld van jezelf als het beeld dat je kwelgeesten van je hebben.'

'Guðlaugur is waarschijnlijk in een soortgelijke situatie beland,' zei Erlendur. 'Hij is op jonge leeftijd het huis uit gegaan. Het moet een zware belasting voor kinderen zijn om zoiets door te maken.'

Ze zwegen.

'Natuurlijk zijn er hoeren in dit hotel,' zei Eva Lind plotseling, en ze gooide zich weer op het bed. 'Heb je een gaatje in je hoofd?'

'Wat weet je erover? Is het iets waarmee je me kunt helpen?'

'Hoeren zijn overal. Je kunt een bepaald nummer bellen en dan wachten ze je in het hotel op. De chique hoeren. Die noemen zich niet zo; ze verlenen 'escortservice'.'

'Ken jij er een paar die iets met dit hotel te maken hebben? Meisjes of vrouwen die dit beroep uitoefenen?'

'Ze hoeven niet per se IJslands te zijn. Kunnen ook uit het buitenland komen. Ze komen bijvoorbeeld voor een paar weken als toerist, want dan heb je geen vergunningen nodig. Na een halfjaar komen ze dan weer terug.'

Eva Lind keek haar vader aan.

'Je kunt met Stína praten. Ze is een vriendin van me. Zij kent dit. Denk je dat hij door een hoer is vermoord?'

'Ik heb er geen idee van.'

Ze zwegen. Buiten in het donker glinsterden de sneeuwvlokken die naar beneden vielen. Erlendur herinnerde zich dat er in de bijbel iets over sneeuw werd gezegd, over zonden en sneeuw, en hij probeerde het zich te herinneren: *Al waren uw zonden als scharlaken, zij zullen wit worden als sneeuw.*

'Ik kan het niet meer houden,' zei Eva Lind. Er klonk geen spanning in haar stem, geen heftigheid.

'Misschien kun je dit in je eentje ook niet aan,' zei Erlendur, die zijn dochter had aangespoord om hulp te zoeken. 'Misschien moet een ander dan ik proberen om je te helpen.'

'Kom nou niet met psychologische prietpraat aan,' zei Eva.

'Je hebt je nog niet echt hersteld en je voelt je duidelijk ellendig en binnenkort ga je de pijn op de oude manier verzachten en dan zit je in dezelfde rotsituatie als vroeger.'

Erlendur was er bijna aan toe iets onder woorden te brengen dat hij nog niet eerder hardop tegen zijn dochter had durven zeggen.

'Altijd dezelfde dominee!' zei Eva Lind, die meteen razend was geworden. Ze stond op.

Hij besloot om het eruit te gooien.

'En dan zou je het kind dat gestorven is in de steek hebben gelaten.'

Eva Lind staarde haar vader aan, haar ogen zwart van woede.

'De andere mogelijkheid die je hebt is dat verdomde leven, zoals je het noemt, op je te nemen en het lijden dat erbij hoort te dragen. Het lijden dragen dat we allemaal moeten dragen, altijd, om hierdoorheen te komen en dan ook de vreugde en het geluk te vinden en te genieten van wat dit leven ons ondanks alles geeft.'

'En dat zeg jij! Jij kunt niet eens met Kerstmis de weg naar huis vinden, omdat daar niets is! Helemaal niets en je kunt er niet naartoe, omdat je weet dat het alleen maar een hol is met niets erin, en jij hebt er geen zin meer in om daarin weg te kruipen.'

'Ik ben altijd thuis met Kerstmis,' zei Erlendur. Eva Lind aarzelde. Begreep niet wat hij bedoelde.

'Waar heb je het over?'

'Dat is het ergste van Kerstmis,' zei Erlendur. 'Ik ga altijd naar huis.'

'Ik begrijp je niet,' zei Eva Lind, en ze deed de deur open. 'Ik zal je wel nooit begrijpen.'

Ze sloeg de deur achter zich dicht. Erlendur stond op, wilde haar achternagaan, maar besloot het niet te doen. Hij wist dat ze terug zou komen. Hij liep naar het venster en keek naar zijn spiegelbeeld in de ruit, totdat hij door zijn spiegelbeeld heen het duister en de glinsterende sneeuwvlokken in keek.

Hij was vergeten dat hij naar huis wilde, naar dat hol waar niets was, zoals Eva Lind zei. Hij wendde zich af van het raam en legde Guðlaugurs plaat met de geestelijke liederen op de grammofoon, ging opnieuw op bed liggen en luisterde naar de jongen die, door iedereen vergeten, jaren later vermoord in een hotelkamertje werd gevonden, en hij dacht aan zonden, wit als sneeuw.

De vierde dag

17

Hij werd de volgende ochtend vroeg wakker en lag nog steeds met zijn kleren aan op bed, boven op het dekbed. Hij had een hele tijd nodig om echt wakker te worden. Hij had over zijn vader gedroomd en de droom was hem de donkere ochtend in gevolgd. Hij deed verwoede pogingen om zich die droom te herinneren, maar haalde slechts wat flarden terug: zijn vader, op de een of andere manier jonger, krachtiger, glimlachte naar hem in een wild en eenzaam woud.

De hotelkamer was donker en koud. Het duurde nog een paar uur voor de zon opkwam. Hij lag aan de droom, aan zijn vader en aan het verlies van zijn broertje te denken. Hoe dat ondraaglijke verlies een gat in zijn wereld had geslagen. En hoe dat gat steeds groter werd en hij terugdeinsde van de rand en omlaagkeek in een leegte die hem zou opslokken als hij uiteindelijk viel.

Hij schudde zijn ochtendmuizenissen van zich af en dacht na over de taken van de dag. Wat had Henry Wapshott te verbergen? Waarom loog hij en sloeg hij in paniek op de vlucht, dronken en zonder bagage? Zijn gedrag was Erlendur een raadsel. En voor hij het wist bleven zijn gedachten stilstaan bij de jongen in het ziekenhuisbed en zijn vader; de zaak van Elínborg, die ze tot in details voor hem uit de doeken had gedaan.

Elínborg had het vermoeden dat de jongen al eerder was mishandeld en er waren sterke aanwijzingen dat het bij hem thuis was gebeurd. De vader stond onder verdenking. Ze eiste dat hij in voorlopige hechtenis zou worden genomen zolang de zaak in onderzoek was. Besloten werd tot een week voorlopige hechtenis, waartegen zowel de vader als zijn advocaat heftig protesteerde. Toen dit besluit gevallen was, haalde Elínborg hem met vier geüniformeerde agenten op en ze kwam mee naar het politiebureau aan de Hverfisgata. Ze voerde hem door de gang van het cellenblok en deed persoonlijk de deur van zijn cel op slot. Ze maakte het luikje in de deur open en keek naar de man. Hij stond nog steeds op dezelfde plaats, met zijn rug naar haar toe, bedroefd en op de een of andere manier hulpeloos, zoals alle mensen die uit de gemeenschap worden verwijderd en als dieren in een kooi worden vastgehouden.

Hij draaide zich langzaam om en keek haar aan door het luikje in de stalen deur, waarop zij het voor zijn neus dichtsloeg.

De volgende ochtend vroeg begon ze hem te verhoren. Erlendur nam deel aan het verhoor, maar Elínborg had de leiding. Ze zaten met zijn tweeën tegenover hem in de verhoorkamer. Op de tafel tussen hen in stond een asbak die aan het tafelblad was vastgeschroefd. De vader was ongeschoren, droeg een gekreukeld pak en zijn smoezelige witte overhemd was tot boven aan toe dichtgeknoopt. Zijn das was onberispelijk gestrikt, alsof zijn laatste restje zelfrespect daarvan afhing.

Elínborg zette de bandrecorder aan en registreerde het gesprek, wie erbij aanwezig waren en het nummer dat de zaak had gekregen. Ze had zich goed voorbereid. Ze had de klassenleraar van de jongen ontmoet, die over leesblindheid, gebrek aan doorzettingsvermogen en slechte schoolresultaten had gesproken; ook had ze met een psychiater, een vriendin van haar, gepraat, en die had haar geïnformeerd over zaken als teleurstellingen, onder druk staan en ontkenning; en ze had met vrienden van de jongen, buren en verwanten gesproken, iedereen die ze maar had kunnen bedenken om over de jongen en zijn vader te spreken.

De man liet zich er niet onder krijgen. Hij zei dat hij zich door hen achtervolgd voelde en verklaarde dat hij hen voor het gerecht zou dagen en hij weigerde hun vragen te beantwoorden. Elínborg keek Erlendur aan. Een cipier verscheen, die de man weer terug naar zijn cel bracht.

Twee dagen later werd hij opnieuw verhoord. Zijn advocaat had gemakkelijker kleding van thuis voor hem meegebracht en hij had nu jeans aan en een shirt met korte mouwen met op zijn borst een merkje, dat hij droeg als was het een medaille die hem voor een schandelijk dure aankoop verleend was. Hij gedroeg zich nu heel anders. Zoals dat wel vaker gebeurt, hadden drie dagen in de cel zijn arrogantie afgezwakt, en hij had ingezien dat het van hemzelf afhing of hij in de cel moest blijven zitten of niet.

Elínborg had geregeld dat hij op blote voeten naar het verhoor kwam. Zijn schoenen en sokken waren hem zonder enige verklaring afgenomen. Toen hij voor hen kwam zitten, probeerde hij zijn voeten onder zijn stoel te steken.

Elínborg en Erlendur zaten net als de vorige keer onwrikbaar tegenover hem. De bandrecorder ruiste zacht.

'Ik heb met de onderwijzeres van je zoon gepraat,' zei Elínborg. 'En hoewel alles wat zich tussen jullie afspeelt en gezegd wordt vertrouwelijk is, en ze daar ook streng de hand aan heeft gehouden, wilde ze de jongen helpen, helpen bij een criminele zaak. Ze vertelde me dat je hem een keer in haar bijzijn hebt aangevallen.'

'Hem aangevallen! Ik heb hem een lichte tik gegeven. Dat kun je toch moeilijk een aanval noemen. Hij was gewoon vervelend. Geen seconde rustig. Hij is moeilijk. Jullie weten niet wat het betekent, zo'n aanslag op je zenuwen.'

'En dan is het juist hem te straffen?'

'Mijn jongen en ik zijn goede vrienden,' zei de vader. 'Ik houd van hem. Ik moet de hele verantwoordelijkheid voor hem alleen dragen. Zijn moeder...'

'Ik weet wat er met zijn moeder is,' zei Elínborg. 'En het kan natuurlijk moeilijk zijn om een kind alleen op te moeten voeden. Maar wat jij gedaan hebt en wat jij hem aandoet... dat is onbeschrijfelijk.'

De vader zweeg even.

'Ik heb helemaal niets gedaan,' zei hij toen.

Elínborg had schoenen aan met harde zolen en scherpe randen, en toen ze haar voeten onder de tafel verplaatste, stootte ze tegen de voeten van de vader, die kreunde van de pijn.

'Neem me niet kwalijk,' zei Elínborg.

Hij keek haar aan met een uitdrukking van pijn op zijn gezicht en wist niet of ze het met opzet had gedaan.

'De onderwijzeres zei dat je onrealistische eisen aan de jongen stelde,' zei ze alsof er niets gebeurd was. 'Klopt dat?'

'Wat is onrealistisch? Ik wil dat hij goed leert, zodat hij het tot iets brengt.'

'Dat is te begrijpen,' zei Elínborg. 'Maar hij is acht jaar oud, leesblind en nog net niet gediagnosticeerd als een ADHD-kind. Zelf heb je het gymnasium ook niet afgemaakt.'

'Ik bezit en leid een bedrijf.'

'Dat failliet is. Je gaat je huis verliezen, de jeep, de rijkdom die je een zekere positie in het leven heeft verschaft. Men kijkt tegen je op. Bij een treffen van oude klasgenoten ben jij ongetwijfeld de grote man. En op golfreisjes met je vrienden. Dat ga je allemaal verliezen. Ergerlijk, zeker als je ook nog bedenkt dat je vrouw in een psychiatrisch ziekenhuis is opgenomen en je zoontje achter is op school. Allemaal samen wordt dat één grote ellende en uiteindelijk barst de bom als je zoontje, dat ongetwijfeld zijn hele leven lang met melk heeft geknoeid en borden op de grond heeft laten vallen, de fles drambuie op het marmer in de woonkamer laat vallen.'

De vader keek haar aan. Zijn gezicht bleef onbewogen.

'Mijn vrouw staat hier helemaal buiten,' zei hij.

Elínborg had haar in het ziekenhuis opgezocht. De vrouw leed aan schizofrenie en soms moest ze worden opgenomen als ze begon te hallucineren en de stemmen in haar hoofd te luid werden. Toen Elínborg haar zag zat ze zo zwaar onder de medicijnen dat ze nauwelijks met haar kon praten. Ze zat maar heen en weer te wiegen en vroeg of Elínborg een sigaret voor haar had. Had er geen idee van waarom Elínborg op bezoek was gekomen.

'Ik probeer hem naar beste vermogen op te voeden,' zei de vader in de verhoorkamer.

'Door naalden in de rug van zijn hand te steken.'

'Hou je mond dicht.'

Elínborg had ook met de zus van de man gepraat. Zij zei dat ze de opvoeding van de jongen soms wat hard had gevonden. Als voorbeeld noemde ze iets dat gebeurd was toen ze een keer bij hen op bezoek kwam. De jongen was toen vier jaar oud en klaagde dat hij zich niet lekker voelde, hij huilde een beetje en zij dacht dat hij misschien griep had. Toen de jongen een tijdje tegen zijn vader had staan zeuren, verloor haar broer zijn geduld, pakte hem op en hield hem vast.

'Is er wat?' vroeg hij de jongen onvriendelijk.

'Nee,' antwoordde de jongen zacht en aarzelend, alsof hij alles wat hij gezegd had meteen terugnam.

'Dan moet je ook niet huilen.'

'Nee,' zei de jongen.

'Als er niets is, dan houd je nu op met huilen.'

'Ja.'

'Is er dus iets met je?'

'Nee.'

'Is alles dus in orde?'

'Ja.'

'Goed. Je hoort niet voor niets te huilen.'

Elínborg vertelde dit verhaal aan de vader, maar deze toonde geen enkele reactie.

'De verhouding met mijn zus is niet zo best,' zei hij. 'Ik kan me dit niet herinneren.'

'Heb je je zoon zo te grazen genomen, dat hij naar het ziekenhuis moest worden gebracht?' vroeg Elínborg.

De vader keek haar aan. Elínborg herhaalde de vraag.

'Nee,' zei hij. 'Dat heb ik niet gedaan. Denk je dat een vader iets dergelijks kan doen? Hij is op school aangevallen.'

De jongen was uit het ziekenhuis ontslagen. De kinderbescherming had een pleeggezin voor hem gevonden en na het verhoor ging Elínborg naar hem toe. Ze kwam bij hem zitten en vroeg hoe het met hem ging. Hij had vanaf het eerste moment dat ze elkaar ontmoet hadden geen woord tegen haar gezegd, maar nu keek hij haar aan alsof hij iets wilde zeggen.

Hij schraapte wat onzeker zijn keel.

'Ik mis papa,' zei hij met een brok in zijn keel.

Erlendur zat te ontbijten toen hij Sigurður Óli aan zag komen met Henry Wapshott achter zich aan. Twee rechercheurs gingen achter hen aan een tafel zitten. De Britse platenverzamelaar zag er nog verfomfaaider uit dan eerst, met zijn ongekamde haren die alle kanten uit stonden en een uitdrukking van lijden op zijn gezicht, dat de sporen van diepe vernedering en een verloren strijd tegen de naweeën van dronkenschap en gevangenis droeg.

'Wat krijgen we nou?' vroeg Erlendur terwijl hij opstond. 'Waarom heb je hem hiernaartoe gebracht? En waarom is hij niet geboeid?'

'Geboeid?'

'Met handboeien?'

'Vind je dat noodzakelijk?'

Erlendur keek naar Wapshott.

'Ik had er geen zin in om op je te wachten,' zei Sigurður Óli. 'We kunnen hem maar tot vanavond vasthouden, zodat je zo snel mogelijk zult moeten besluiten of je hem aanklaagt. En hij wilde je hier ontmoeten. Weigerde met mij te spreken. Wilde alleen met jou spreken. Alsof jullie jeugdvrienden waren. Hij heeft niet geëist om uit hechtenis ontslagen te worden, niet om bijstand van een advocaat gevraagd en niet om hulp van zijn ambassade. We hebben hem gezegd dat hij zich tot zijn ambassade kon wenden, maar hij schudt alleen maar zijn hoofd.'

'Heb je in Engeland iets over hem kunnen vinden?' vroeg Erlendur met een blik op Wapshott, die met hangend hoofd achter Sigurður Óli stond.

'Daar zal ik me mee gaan bezighouden als jij hem van me hebt overgenomen,' zei Sigurður Óli, die nog niets in die zaak had ondernomen. 'Als ze iets over hem hebben, laat ik het je weten.' Sigurður Óli groette Wapshott, bleef even bij de twee rechercheurs staan en verdween toen. Erlendur vroeg de Brit om te gaan zitten. Wapshott deed dit met hangend hoofd.

'Ik heb hem niet vermoord,' zei hij met zachte stem. 'Ik zou hem nooit hebben kunnen vermoorden. Ik heb nog nooit iets kunnen doodmaken, zelfs geen vlieg. Laat staan die verrukkelijke koorknaap.'

Erlendur keek naar Wapshott.

'Heb je het nu over Guðlaugur?'

'Ja,' zei Wapshott. 'Natuurlijk.'

'Je kon hem nu nauwelijks nog een koorknaap noemen,' zei Erlendur. 'Guðlaugur was bijna vijftig en speelde op kinderfeestjes voor kerstman.'

'Je begrijpt het niet,' zei Wapshott.

'Nee,' zei Erlendur. 'Maar misschien kun je het me uitleggen.'

'Ik was niet in het hotel toen hij werd aangevallen,' zei Wapshott.

'Waar was je dan?'

'Ik was op zoek naar platen.' Wapshott keek op en er verscheen een flauwe glimlach op zijn gezicht. 'Ik was die dingen aan het bekijken die jullie weggooien. Op de vlooienmarkt. Bekeek wat er uit de containers van dat recyclingbedrijf komt. Ze vertelden me dat er een nalatenschap was ingebracht. Waaronder platen die weggegooid moesten worden.'

'Wie?'

'Wie, wat?'

'Wie lieten je dat van die nalatenschap weten?'

'Het personeel. Ik geef hun een kleinigheid als ze me waarschuwen. Ze hebben mijn kaartje. Dat had ik je al verteld. Je gaat naar antiquariaten, ontmoet andere verzamelaars en gaat naar de markten. Heet het niet Kolaport? Ik doe wat alle verzamelaars doen, probeer iets te vinden dat de moeite van het bezitten waard is.'

'Was er iemand bij je op het tijdstip dat Guðlaugur werd aangevallen? Iemand met wie we kunnen praten?'

'Nee,' zei Wapshott.

'Maar op die plaatsen moeten ze zich jou kunnen herinneren.'

'Natuurlijk.'

'En heb je iets gevonden dat de moeite waard was? Koorknapen?'

'Niets. Ik heb op deze reis helemaal niets gevonden.'

'Waarom ben je voor ons weggelopen?' vroeg Erlendur.

'Ik wilde naar huis.'

'Met achterlating van al je bezittingen in het hotel?'

'Ja.'

'Op een paar platen met Guðlaugur na.'

'Ja.'

'Waarom heb je me verteld dat je hier nooit eerder was geweest?'

'Ik weet het niet. Ik wilde niet onnodig aandacht trekken. Met de moord heb ik niets te maken.'

'Het is erg gemakkelijk om het tegendeel aan te tonen. Dat moet je hebben geweten toen je loog. Je moet hebben geweten dat ik iets anders zou ontdekken. Dat ik erachter zou komen dat je al eerder in dit hotel bent geweest.'

'Ik heb niets met de moord van doen.'

'Maar nu is het je gelukt mij ervan te overtuigen dat je er wel degelijk iets mee van doen hebt. Je had de aandacht niet duidelijker op je kunnen vestigen.'

'Ik heb hem niet vermoord.'

'Hoe zat het met het contact tussen jou en Guðlaugur?'

'Dat heb ik je verteld en daar was geen woord van gelogen. Ik kreeg belangstelling voor zijn zang, belangstelling voor de oude platen van de koorknaap, en toen ik hoorde dat hij nog in leven was, heb ik contact met hem opgenomen.'

'Waarom heb je gelogen? Je bent al eerder in dit land geweest, je hebt al eerder in dit hotel gelogeerd en je hebt Guðlaugur dus zeker al eerder ontmoet.'

Wapshott dacht even na.

'Ik heb er helemaal niets mee van doen, met de moord. Toen ik daarover hoorde, vreesde ik dat jullie erachter zouden komen dat ik hem kende. Mijn angst nam met de minuut toe en ik moest mezelf enorm beheersen om niet meteen op de vlucht te slaan en zo de aandacht op me te vestigen. Ik moest een paar dagen voorbij laten gaan, maar toen kon ik het niet langer uithouden en maakte ik dat ik wegkwam. Mijn zenuwen hielden het niet langer uit. Maar ik heb hem niet gedood.'

'Hoe goed ken je de levensgeschiedenis van Guðlaugur?' vroeg Erlendur.

'Niet goed.'

'Was het bij dat platen verzamelen nou niet juist van belang om inlichtingen op te graven over de personen die je verzamelt? Heb je dat gedaan?'

'Ik weet niet erg veel,' zei Wapshott. 'Ik weet dat hij zijn stem op een concert verloor, er zijn maar twee platen uitgekomen waarop hij zingt, hij werd boos op zijn vader...'

'Wacht eens even, hoe heb je eigenlijk gehoord hoe hij stierf?'

'Wat bedoel je?'

'De gasten van het hotel is niets over een moord gezegd, maar er werd over een ongeluk of een hartaanval gesproken. Hoe ben je erachter gekomen dat hij vermoord was?'

'Hoe ik daarachter ben gekomen? Dat heb je me zelf verteld.'

'Ja, ik heb het je verteld en ik herinner me dat je vreselijk verbaasd was, maar nu zeg je dat je toen je over de moord hoorde, vreesde dat we jullie met elkaar in verband zouden brengen. Maar dat was voor we elkaar ontmoetten, voor we jullie met elkaar in verband brachten.'

Wapshott staarde hem aan. Erlendur wist precies wanneer mensen tijd probeerden te winnen en hij liet Wapshott alle tijd winnen die hij nodig had. De twee rechercheurs zaten rustig op gepaste afstand. Erlendur was laat gaan ontbijten en er waren maar weinig mensen in de eetzaal. Hij ving een flits van de man met de hoge koksmuts op, die zo vreselijk boos was geworden toen men een speekselproef van hem wilde nemen. Erlendur moest aan Valgerður denken, de analiste. Wat zou ze nu doen? Zou ze naalden steken in kinderen die met hun tranen vochten of probeerden haar te trappen?

'Is er nog iets anders dat jullie met elkaar verbindt dan die belangstelling voor platen?' vroeg hij.

'Ik wilde hier niet bij betrokken raken,' zei Wapshott.

'Wat verberg je eigenlijk? Waarom wil je niet praten met de Britse ambassade? Waarom wil je geen advocaat?'

'Ik heb mensen er hier beneden over horen praten. Gasten van het hotel. Ze hadden het erover dat hij vermoord was. Een paar Amerikanen. Zo heb ik het gehoord. En ik maakte me er zorgen over dat jullie ons met elkaar in verband zouden brengen en dat ik dan precies in de positie zou belanden waarin ik nu verkeer. Daarom ben ik gevlucht. Ingewikkelder is het niet.'

Erlendur moest denken aan de Amerikaan Henry Bartlet en zijn vrouw. 'Cindy,' had ze glimlachend tegen Sigurður Óli gezegd.

'Hoeveel zijn de platen van Guðlaugur waard?'

'Wat bedoel je?'

'Ze moeten wel veel waard zijn als je midden in de koude winter hiernaartoe reist om ze te pakken te krijgen. Hoeveel zijn ze waard? Eén plaat? Hoeveel kost die?'

'Als je er een wilt verkopen, dan stuur je hem naar een veiling of je biedt hem aan op internet, en het is onmogelijk te zeggen wat je er uiteindelijk voor krijgt.'

'Maar zo bij benadering? Voor hoeveel denk je dat hij weg zou gaan?'

Wapshott dacht even na.

'Ik kan er niets over zeggen.'

'Heb je Guðlaugur ontmoet voor hij stierf?' Henry Wapshott aarzelde.

'Ja,' zei hij uiteindelijk.

'Het briefje dat we gevonden hebben, 18.30 uur, was dat de tijd waarop jullie elkaar getroffen hebben?'

'Het was de dag voor hij dood gevonden werd. We gingen in zijn kamer zitten en voerden een kort gesprek.'

'Waarover?'

'Over zijn platen.'

'Wat was daarmee?'

'Ik wilde weten, en dat wilde ik al heel lang, of hij er nog meer had. Of die paar platen die voorzover ik weet ikzelf en een paar andere verzamelaars bezitten, de enige exemplaren op de wereld zijn. Om de een of andere reden heeft hij daar geen antwoord op willen geven. Ik heb hem er de eerste keer naar gevraagd in een brief die ik hem een paar jaar geleden heb geschreven, en het was ook ongeveer het eerste waar ik hem naar gevraagd heb toen ik hem drie jaar geleden voor de eerste keer ontmoette.'

'En had hij platen voor je?'

'Hij wilde er niets over loslaten.'

'Wist hij hoeveel zijn platen waard waren?'

'Ik heb hem daar een vrij duidelijk idee van gegeven.'

'Hoeveel zijn die platen nou eigenlijk waard?' Henry antwoordde niet meteen.

'Toen ik hem ditmaal ontmoette, ongeveer twee, drie dagen geleden, gaf hij toe,' zei hij toen. 'Hij wilde over zijn platen praten. Ik...'

Henry aarzelde weer. Hij keek om naar de twee agenten die hem bewaakten.

'Ik heb hem een half miljoen gegeven.'

'Een half miljoen?'

'Kronen. Als aanbetaling of...'

'Je hebt gezegd dat we het niet over echt hoge bedragen hadden.'

Wapshott haalde zijn schouders op en het leek Erlendur dat hij glimlachte.

'Dat was dus een leugen,' zei Erlendur.

'Ja.'

'Aanbetaling waarop?'

'Op de platen die hij bezat. Als hij er al had.'

'En je gaf hem dat geld toen jullie elkaar de laatste keer hebben ontmoet, ook al was je er niet zeker van of hij wel platen had?'

'Ja.'

'En toen?'

'Toen werd hij vermoord.'

'We hebben geen geld bij hem gevonden.'

'Daar weet ik niets van. Ik overhandigde hem de dag voor hij stierf in zijn kamer een half miljoen kronen.'

Erlendur moest er plotseling aan denken dat hij Sigurður Óli gevraagd had om na te gaan wat Guðlaugur op de bank had staan. Hij moest eraan denken hem te vragen of dat iets had opgeleverd.

'Heb je de platen bij hem gezien?'

'Nee.'

'Waarom zou ik dat moeten geloven? Over al het andere heb je gelogen. Waarom zou ik eigenlijk iets van wat je zegt moeten geloven?'

Wapshott haalde zijn schouders op.

'Hij had dus een half miljoen in zijn zak toen hij werd aangevallen?'

'Daar weet ik niets van. Ik weet alleen dat ik hem een half miljoen heb overhandigd en dat hij toen vermoord is.'

'Waarom heb je me niet meteen over dat geld verteld?'

'Ik wilde met rust gelaten worden,' zei Wapshott. 'Ik wilde niet dat je zou denken dat ik hem om dat geld had vermoord.'

'En heb je dat gedaan?'

'Nee.'

Ze zwegen.

'Ga je een aanklacht tegen me indienen?' vroeg Wapshott.

'Ik denk dat je nog steeds iets verbergt,' zei Erlendur. 'Ik mag je tot vanavond vasthouden. Dan zien we verder.'

'Ik zou de koorknaap nooit vermoord kunnen hebben. Ik vereerde hem en ik vereer hem nog steeds. Ik heb nooit een jongen met een mooiere stem gehoord.'

Erlendur keek Henry Wapshott aan.

'Vreemd, dat je hier op de een of andere manier zo alleen in bent,' zei hij voor hij het wist.

'Wat bedoel je?'

'Je staat op de een of andere manier zo alleen op de wereld.'

'Ik heb hem niet vermoord,' zei Wapshott. 'Ik heb hem niet vermoord.'

18

Wapshott verliet het hotel onder begeleiding van de twee rechercheurs en Erlendur kreeg te horen dat het meisje Ösp, dat de dode had gevonden, op de derde verdieping aan het werk was.

Hij nam de lift naar boven en toen hij op de derde verdieping was, zag hij haar een karretje met vuile was uit een van de kamers duwen. Ze was druk bezig met haar werk en schonk geen enkele aandacht aan hem voor hij naar haar toe liep en haar aansprak. Ze wierp een blik op hem en herkende hem meteen.

'O, ben jij het?' zei ze onverschillig.

Ze leek zelfs nog vermoeider en depressiever dan toen hij haar een paar dagen geleden in de personeelskantine had gesproken, en Erlendur dacht bij zichzelf dat het kerstfeest waarschijnlijk ook in haar leven geen erg blijde tijd was. En voor hij het wist, had hij haar ernaar gevraagd.

'Heb je een hekel aan Kerstmis?' vroeg hij.

Ze gaf hem geen antwoord, maar duwde de kar naar de volgende deur, klopte aan en wachtte even voor ze haar sleutels pakte, de deur opendeed en de kamer binnenging. Ze riep voor de zekerheid iets naar binnen, voor het geval dat er toch iemand aanwezig was die haar kloppen niet had gehoord, en begon toen de kamer te doen. Ze maakte het bed op, raapte de handdoeken van de vloer van de badcel op, spoot een reinigingsmiddel op de spiegels. Erlendur slenterde achter haar aan naar binnen en keek toe bij haar werk, en na een hele tijd leek ze opeens te merken dat hij er nog steeds was.

'Je mag de kamer niet in,' zei ze. 'Dat is privé.'

'Jij doet kamer 312 op de verdieping hieronder,' zei Erlendur.

‘Daar zat een wat zonderlinge Brit in, Henry Wapshott. Is je iets ongewoons in zijn kamer opgevallen?’

Ze keek hem aan alsof ze niet helemaal begreep wat hij bedoelde.

‘Zoals bijvoorbeeld een bloedig mes?’ zei hij en hij probeerde te glimlachen.

‘Nee,’ zei Ösp, ‘niets.’ Ze dacht even na. ‘Wat voor mes? Heeft hij de kerstman vermoord?’ vroeg ze toen.

‘Ik herinner me niet precies meer hoe je je hebt uitgedrukt toen we laatst met elkaar praatten, maar toen zei je dat sommige gasten jullie lastigvielen. Ik had de indruk dat je het in seksuele zin bedoelde. Was hij er zo een?’

‘Nee, ik heb hem maar eenmaal gezien.’

‘En was er niets dat...’

‘Hij werd razend toen ik de kamer in kwam,’ zei ze.

‘Razend?’

‘Ik stoorde hem en hij gooide me eruit. Ik ben gaan uitzoeken wat er aan de hand was, en toen bleek dat hij bij de receptie nadrukkelijk had aangegeven dat hij niet wilde dat iemand zijn kamer deed. Niemand heeft mij er iets over gezegd. Niemand van die verdomde lui praat ooit met je. Daarom ging ik bij hem naar binnen, en toen hij me zag verloor hij zijn zelfbeheersing. Viel me aan, de gek! Alsof ik hier in dit hotel iets voorstel. Hij had de directeur moeten aanvallen.’

‘Hij is een beetje een raadsel.’

‘Een engerd!’

‘Ik bedoel Wapshott.’

‘Ja, allebei.’

‘Je hebt dus niets ongewoons in zijn kamer opgemerkt?’

‘Het was er een grote bende, maar dat is niets ongewoons.’

Ösp onderbrak haar werkzaamheden, bleef even staan en keek Erlendur nadenkend aan.

‘Ben je al wat verder? Met de kerstman?’

‘Niet erg veel,’ zei Erlendur. ‘Waarom?’

‘Dit is een vreemd hotel,’ zei Ösp. Ze ging zachter praten en spiedde de gang af.

‘Vreemd?’ Erlendur had opeens het gevoel dat ze wat minder zelfverzekerd was. ‘Ben je ergens bang voor? Voor iets hier in het hotel?’

Ösp gaf hem geen antwoord.

‘Ben je bang dat je je baan kunt verliezen?’ Ze keek Erlendur aan.

‘Precies, dit is het soort baantje dat je niet graag kwijtraakt.’

‘Wat is het dan?’

Ösp aarzelde nog steeds en toen leek ze plotseling een besluit te nemen. Alsof wat ze wilde gaan vertellen niet de moeite waard was om er zich nog langer het hoofd over te breken.

‘Ze stelen in de keuken,’ zei ze. ‘Zoveel ze kunnen. Ik denk dat ze al jaren geen boodschappen meer voor zichzelf hebben hoeven te doen.’

‘Ze stelen?’

‘Alles wat niet aan de grond zit vastgeschroefd.’

‘Welke ze?’

‘Niet zeggen dat ik het heb gezegd. De chef-kok. Die in elk geval.’

‘Hoe weet je dat?’

‘Gulli heeft het me verteld. Hij wist alles wat er in het hotel gebeurde.’

Erlendur dacht terug aan de keer dat hij tong van het buffet had gestolen en de chef-kok het hem zag doen en hem op zijn vingers tikte. Herinnerde zich zijn berispende toon.

‘Wanneer vertelde hij je dit?’

‘Een maand of twee geleden.’

‘En verder? Maakte hij zich er zorgen over? Wilde hij het gaan vertellen? Waarom heeft hij het aan jou verteld? Ik dacht dat je hem helemaal niet kende.’

‘Ik kende hem ook niet.’ Ösp zweeg. ‘Ze waren me in de keuken aan het stangen,' zei ze toen. 'Gebruikten vuile taal. "Hoe doe jij het met haar?" en zo. Al die stomme dingen die zulke idioten kunnen bedenken. Gulli hoorde het en praatte met me. Zei me dat ik me er geen zorgen over moest maken. Hij zei dat het allemaal dieven waren en dat hij ze zou kunnen aangeven als hij dat wilde.'

'Dreigde hij dat hij hen zou aangeven?'

'Hij dreigde helemaal niet,' zei Ösp. 'Zei het alleen maar om me een beetje op te beuren.'

'Wat stelen ze?' vroeg Erlendur. 'Heeft hij een voorbeeld gegeven?'

'Hij zei dat de directeur van het hotel ervan wist, maar er niets aan deed; hij steelt zelf. Hij koopt smokkelwaar. Voor de bars. Dat vertelde Gulli ook. Hij doet het samen met de gerant.'

'Heeft Guðlaugur dat gezegd?'

'En het verschil delen ze.'

'Waarom heb je me dit niet verteld toen ik de eerste keer met je sprak?'

'Is het belangrijk?'

'Dat zou het best eens kunnen zijn.' Ösp haalde haar schouders op.

'Dat wist ik niet en ik was ook niet helemaal mezelf nadat ik hem gevonden had. Guðlaugur. Met dat condoom. En die messteken.'

'Heb je geld in zijn kamer gezien?'

'Geld?'

'Kort tevoren was hem een zeker bedrag betaald en ik weet niet of hij dat nog had toen hij werd aangevallen.'

'Ik heb geen kroon gezien.'

'Nee,' zei Erlendur. 'Jij hebt het geld niet ingepikt toen je hem vond?'

Ösp hield op met haar werk en liet haar armen langs haar zij vallen.

'Bedoel je dat ik het gestolen zou hebben?'
'Zoiets is al eerder voorgekomen.'
'Je denkt dat...'
'Heb je het ingepikt?'
'Nee.'
'Je had de kans.'
'Degene die hem vermoordde ook.'
'Dat klopt,' zei Erlendur.
'Ik heb geen kroon gezien.'
'Nee? In orde dan.'
Ösp begon weer te poetsen. Spoot een reinigingsmiddel in de toiletpot en borstelde hem stevig schoon. Ze deed of Erlendur er niet was. Hij bleef een tijdje naar haar werk staan kijken en bedankte haar toen.
'Wat bedoelde je toen je zei dat je hem stoorde?' vroeg hij, en hij bleef in de deuropening staan. 'Henry Wapshott. Je kunt zijn kamer toch niet ver ingekomen zijn als je net als zoeven een waarschuwing hebt geroepen?'
'Hij hoorde me niet.'
'Wat was hij aan het doen?'
'Ik weet niet of ik dat mag...'
'Het komt niet verder.'
'Hij was televisie aan het kijken,' zei Ösp.
'Hij zou niet willen dat dat algemeen bekend werd,' fluisterde Erlendur op een samenzweerderstoon.
'Nou ja, het was een video,' zei Ösp. 'Een pornofilm. Smerig.'
'Vertonen jullie hier in het hotel pornofilms?'
'Niet zulke films, die zijn overal verboden.'
'Wat voor films?'
'Het was kinderporno. Ik heb het tegen de directeur gezegd.'
'Kinderporno? Wat voor kinderporno?'
'Wat voor? Moet ik het beschrijven?'
'Op welke dag was dat?'
'Die verdomde smeerlap!'

'Wanneer was dat?'

'Op de dag dat ik Gulli heb gevonden.'

'Wat deed de directeur?'

'Niets,' zei Ösp. 'Zei me dat ik mijn kop stijf dicht moest houden.'

'Weet je wie Guðlaugur was?'

'Wat bedoel je, de portier? Hij was de portier. Was hij nog wat anders?'

'Ja, toen hij klein was. Toen was hij koorknaap en had een heel mooie stem. Ik heb hem op een plaat horen zingen.'

'Een koorknaap?'

'Eigenlijk een kindsterretje. En toen liep alles in zijn leven op de een of andere manier in het honderd. Hij kwam in de puberteit en daarmee was het afgelopen.'

'Dat wist ik niet.'

'Nee, niemand wist nog iets over Guðlaugur,' zei Erlendur.

Ze zwegen en stonden allebei een tijdje na te denken.

'Heb je een hekel aan Kerstmis?' vroeg Erlendur nogmaals.

Het was net of hij een zielsverwant had gevonden.

Ze draaide zich naar hem om.

'Kerstmis is voor gelukkige mensen.'

Erlendur keek Ösp aan en een heel zwakke glimlach verscheen op zijn gezicht.

'Je zou mijn dochter eens moeten leren kennen,' zei hij, en hij pakte zijn mobiele telefoon.

Sigurður Óli was stomverbaasd toen hij van Erlendur hoorde dat Guðlaugur hoogstwaarschijnlijk een boel geld in zijn kamertje had gehad. Ze waren van mening dat het nodig was om na te gaan of Wapshott de waarheid had gesproken toen hij zei dat hij op het tijdstip van de moord op de platenmarkten rondzwierf.

Toen Erlendur belde, stond Sigurður Óli voor de cel van Wapshott en hij beschreef Erlendur onder welke omstandigheden de speekselproef van de Brit was afgenomen.

De cel waarin hij zat had al heel wat ongelukkigen gezien, van zielige drinkebroers tot geweldplegers en moordenaars, en velen hadden op de muren geschreven of opmerkingen over hun ellendig verblijf in voorlopige hechtenis in het schilderwerk gekrast. In de cel stonden een toiletpot en een bed dat aan de vloer was vastgeschroefd. Op het bed lagen een dunne matras en een hard kussen. De cel had geen raam en hoog boven de gevangene bevond zich een sterke tl-buis, die nooit uitging, zodat de gevangene moeite had om dag en nacht van elkaar te onderscheiden.

Henry Wapshott stond stokstijf tegen de muur tegenover de zware stalen deur. Twee cipiers hielden hem vast. Elínborg en Sigurður Óli waren eveneens in de cel aanwezig, met een gerechtelijk bevel tot de afname van het speeksel, en verder was Valgerður er met haar wattenstaafje, klaar om het speeksel af te nemen.

Wapshott staarde haar aan alsof ze de duivel zelf was, gekomen om hem met zich mee te voeren naar het eeuwige vuur. Zijn ogen rolden bijna uit zijn hoofd en hij trok zich zo ver mogelijk van haar terug, en wat ze ook probeerden, hij was er niet toe te bewegen zijn mond te openen.

Uiteindelijk werkten ze hem tegen de grond en hielden zijn neus dicht tot hij het niet langer kon houden en naar adem hapte. Valgenður maakte van de gelegenheid gebruik en stak het wattenstaatje in zijn open mond, bewoog het heen en weer tot hij begon te kokhalzen en haalde het staafje er toen weer bliksemsnel uit.

19

Toen Erlendur op weg naar de keuken weer in de foyer van het hotel kwam, zag hij Marion Briem bij de receptie staan in een armoedige mantel, met een hoed op en haar vingers continu in beweging. Erlendur groette Marion en nam haar mee de eetzaal in. Het viel hem op dat zijn vroegere chef sterk verouderd was in de jaren die sinds hun laatste ontmoeting waren verlopen, maar haar ogen waren nog steeds waakzaam en nieuwsgierig, en net als de vorige dag werd er geen tijd aan onnodig gepraat verdaan.

'Je ziet er verschrikkelijk uit,' zei Marion terwijl ze ging zitten. 'Wat knaagt er zo vreselijk aan je?' Ergens uit haar jas doken een klein sigaartje en een doosje lucifers op.

'Het is vast verboden om hier te roken,' zei Erlendur.

'Je mag nergens meer roken,' zei Marion, en ze stak de sigaar aan. Er lag een uitdrukking van pijn op haar gezicht. De huid grauw, slap en gerimpeld. Bloedeloze lippen spanden zich om de sigaar. De nagels aan de knokige vingers, die zich naar de sigaar strekten zodra de longen hun deel hadden gekregen, waren bloedeloos.

Hoewel ze elkaar al heel lang kenden en heel wat met elkaar hadden meegemaakt, was hun verhouding nooit echt goed geweest. Marion was jarenlang Erlendurs chef geweest en had geprobeerd hem het vak te leren. Erlendur was moeilijk geweest en dwars als het om het opvolgen van aanwijzingen ging. Hij kon toentertijd niemand boven zich velen en kon dat nog steeds niet. Dit was Marion op de zenuwen gaan werken en er waren regelmatig botsingen tussen hen geweest, maar Marion wist dat er moeilijk een betere kracht te vinden was, ook al omdat Erlendur niet gebonden was aan een gezin en de tijdrovende plichten die daarbij hoorden. Hij werkte alleen maar. En zo ongeveer was het ook met Marion gesteld, die haar hele leven alleen was geweest.

'Wat heb je over jezelf te melden?' vroeg Marion, haar sigaar paffend.

'Niets,' zei Erlendur.

'Heb je moeite met Kerstmis?'

'Ik heb nooit iets van het kerstfeest begrepen,' zei Erlendur afwezig. Hij wierp een blik in de keuken om te zien of hij de koksmuts zag.

'Nee,' zei Marion. 'Te veel vreugde en geluk, zou ik zo denken. Waarom probeer je geen vrouw te krijgen? Zo oud ben je niet. Er zijn vrouwen genoeg die het wel zien zitten om voor zo'n vervelende kerel als jij te zorgen. Laat het me weten.'

'Ik heb het geprobeerd,' zei Erlendur. 'Wat heb je kunnen vinden over...?'

'Bedoel je je vrouw?'

Erlendur dacht er niet aan een gesprek over zijn privé-leven te gaan voeren.

'Hou hier alsjeblieft over op,' zei hij.

'Ik hoorde dat...'

'Ik zei dat je op moest houden,' zei Erlendur boos.

'Al goed,' zei Marion. 'Het gaat me ook niet aan hoe jij je leven leeft. Het enige dat ik weet is dat de eenzaamheid iemand langzaam verstikt.' Marion zweeg. 'Maar jij hebt natuurlijk je kinderen. Of?'

'Kunnen we hier niet gewoon over ophouden?' zei Erlendur. 'Je bent...' Verder kwam hij niet.

'Wat ben ik?'

'Wat doe je hier eigenlijk? Had je niet kunnen bellen?' Marion keek Erlendur aan en het leek of er een spoor van een glimlach op het oude gezicht verscheen.

'Ze vertellen me dat je hier in het hotel slaapt. Dat je niet naar huis gaat voor het kerstfeest. Wat is er met je aan de hand? Waarom ga je niet gewoon naar huis?'

Erlendur gaf geen antwoord.

'Heb je zo genoeg van jezelf gekregen?'

'Kunnen we ergens anders over praten?'

'Ik ken dat gevoel, dat je genoeg van jezelf krijgt. Van dat wezen dat je zelf bent en dat je niet uit je hoofd kunt verjagen. Je kunt het een tijdje kwijtraken, maar het komt telkens terug en begint dan opnieuw het oude liedje te zingen. Je kunt proberen het dood te drinken. Van omgeving veranderen. In een hotel gaan logeren als het heel erg wordt.'

'Marion,' smeekte Erlendur, 'laat me met rust.'

'Wie platen van Guðlaugur Egilsson bezit,' zei Marion Briem, plotseling tot de zaak komend, 'die zit op rozen.'

'Waarom zeg je dat?'

'Ze zijn vandaag de dag een vermogen waard. Er zijn weliswaar niet veel mensen die ze bezitten of weten dat ze bestaan, maar de lui die ervan weten, zijn bereid er ongelofelijke bedragen voor neer te tellen. De platen van Guðlaugur zijn een absoluut curiosum in de wereld van de verzamelaars en zeer gewild.'

'Wat voor ongelofelijke bedragen? Tienduizenden?'

'Het zouden honderdduizenden kunnen zijn,' zei Marion Briem, 'voor elk exemplaar.'

'Honderdduizenden? Dat lieg je.' Erlendur kwam overeind op zijn stoel. Hij moest aan Henry Wapshott denken. Wist waarom hij op zoek naar Guðlaugur naar IJsland was gekomen. Op zoek naar zijn platen. Het was niet alleen verering voor de koorknaap waarom hij zo'n belangstelling voor hem had, zoals Wapshott hem wilde laten geloven. Erlendur begreep nu waarom hij Guðlaugur op goed geluk een half miljoen had gegeven.

'Voorzover ik heb kunnen achterhalen zijn alleen deze twee platen met de jongen uitgebracht,' zei Marion Briem. 'En wat ze zo kostbaar maakt, nog afgezien van het feit dat de jongen ongelofelijk mooi zingt, is dat het een kleine oplage was, waarvan bijna niets werd verkocht. Er zijn niet veel mensen die deze platen vandaag de dag bezitten.'

'Is het zingen zelf niet van belang?'

'Ik geloof het wel, maar toch is de kwaliteit van de muziek op de platen in de regel van minder belang dan de staat waarin de platen verkeren. De muziek kan slecht zijn, maar als de juiste solist met het juiste lied bij de juiste producent op het juiste moment geweest is, kan de waarde buitengewoon hoog zijn. Er wordt niet in de eerste plaats naar de artistieke waarde gevraagd.'

'Wat is er van de oplage geworden? Weet je dat?'

'Die kunnen ze niet vinden, is in de loop van de tijd verloren gegaan of gewoon weggegooid. Zulke dingen gebeuren. Waarschijnlijk is het geen grote oplage geweest, misschien een paar honderd platen. De reden dat ze zo duur zijn is allereerst dat het ernaar uitziet dat er maar een paar exemplaren op de hele wereld zijn. Daar komt nog bij dat de carrière van de jongen heel kort was, er zijn alleen deze twee platen, uitgebracht in hetzelfde jaar. En toen verloor hij, naar ik begrepen heb, zijn stem en heeft hij nooit meer gezongen.'

'Dat is die arme jongen op een concert overkomen,' zei Erlendur. 'Hij kreeg de baard in de keel. Zijn stem brak.'

'En dan wordt hij vele decennia later vermoord gevonden.'

'Als de waarde van die platen in de honderdduizenden loopt...?'

'Ja?'

'Zou dat dan niet voldoende aanleiding zijn om hem te vermoorden? In zijn kamertje vonden we van elke plaat één exemplaar. Verder was er eigenlijk niets daarbinnen.'

'Dan heeft degene die hem doodstak zich nauwelijks gerealiseerd wat ze waard waren,' zei Marion Briem.

'Want dan zou hij die platen gestolen hebben, bedoel je dat?'

‘Wat voor exemplaren waren het?’

‘Ze waren als nieuw,’ zei Erlendur. ‘De hoezen waren niet gevlekt of gekreukt en voorzover ik het kan zien zijn ze nooit afgespeeld...’

Hij keek naar Marion Briem.

‘Is het denkbaar dat Guðlaugur de oplage in zijn bezit heeft gekregen?’ zei hij.

‘Waarom niet,’ zei Marion.

‘We hebben sleutels bij hem gevonden die we niet kunnen thuisbrengen. Waar zou hij zoiets kunnen bewaren?’

‘Het hoeft niet de hele oplage te zijn,’ zei Marion. ‘Misschien een deel ervan. Wie anders zou zoiets moeten bezitten dan de koorknaap zelf?’

‘Ik weet het niet. We hebben hier een verzamelaar in hechtenis, die uit Engeland gekomen is om Guðlaugur te ontmoeten. Een raadselachtige kerel, die geprobeerd heeft ons te ontglippen en die de koorknaap van weleer vereerde. Hij is de enige van wie mij bekend is dat hij heel goed weet wat de platen van Guðlaugur waard zijn. Hij verzamelt platen met koorknapen.’

‘Is er een steekje aan hem los?’ vroeg Marion Briem.

‘Dat is Sigurður Óli aan het uitzoeken,’ zei Erlendur. ‘Guðlaugur was kerstman hier in het hotel,’ voegde hij eraan toe, alsof ze daar een kerstman in vaste dienst hadden.

Op Marions oude, grauwe gezicht verscheen een glimlachje.

‘We vonden een briefje bij Guðlaugur waarop HENRY stond en een tijd, 18.30 UUR, alsof hij iemand op die tijd ontmoet had of zou gaan ontmoeten. Henry Wapshott zegt dat hij hem de dag voor de moord om 18.30 uur heeft ontmoet.’

Erlendur zweeg, diep in gedachten.

‘Waar denk je aan?’ vroeg Marion.

‘Wapshott heeft me verteld dat hij Guðlaugur een half miljoen kronen heeft betaald om hem te laten zien dat het hem ernst was met het kopen van de platen. Hij zou dat geld in zijn kamertje gehad kunnen hebben toen hij werd aangevallen.'

'Bedoel je dat iemand van Wapshott en zijn contacten met Guðlaugur geweten heeft?'

'Dat zou kunnen.'

'Een andere verzamelaar?'

'Misschien. Dat weet ik niet. Wapshott is een vreemde vogel. Ik weet dat hij iets voor ons verborgen houdt. Of dat iets over hemzelf of over Guðlaugur is, weet ik niet.'

'En het geld was natuurlijk verdwenen toen jullie hem vonden.'

'Ja.'

'Ik moet gaan,' zei Marion, terwijl ze opstond. Erlendur stond eveneens op. 'Ik hou het met moeite een halve dag vol,' zei Marion. 'De vermoeidheid breekt me. Hoe gaat het met je dochter?'

'Eva? Ik weet het niet. Ik denk dat het niet goed met haar gaat.'

'Je zou met Kerstmis misschien samen met haar thuis moeten zijn.'

'Ja, misschien wel.'

'En de vrouwen?'

'Hou op met dat gepraat over vrouwen,' zei Erlendur, en hij moest aan Valgerður denken. Hij wilde haar graag opbellen, maar durfde het niet. Wat moest hij zeggen? Wat ging zijn verleden haar aan? Wat ging zijn leven iemand aan? Onzinnig om haar zomaar uit te vragen. Hij wist niet wat er over hem gekomen was.

'Ik heb begrepen dat je hier samen met een vrouw gegeten hebt,' zei Marion. 'Voorzover men weet is dat al in jaren niet gebeurd.'

'Wie heeft je dat verteld?' vroeg Erlendur, als door de donder getroffen.

‘Wat was het voor een vrouw?’ vroeg Marion zonder hem te antwoorden. ‘Ze hebben me verteld dat ze knap was.’

‘Er is geen vrouw,’ stootte Erlendur uit en hij stormde weg. Marion Briem keek hem na en liep toen langzaam het hotel uit, met een flauwe glimlach op haar gezicht.

Op weg naar de hal had Erlendur zich staan afvragen hoe hij het moest aanpakken om de chef-kok op beleefde wijze van diefstal te beschuldigen, maar Marion had hem in een bijzonder slecht humeur gebracht. Toen hij de man in de keuken wat apart had genomen was elke behoedzaamheid verdwenen.

‘Ben je een dief?’ vroeg hij zonder omwegen. ‘En jullie allemaal, hier in de keuken? Stelen jullie hier alles wat niet aan de vloer is vastgeschroefd?’

De chef-kok keek hem aan.

‘Wat bedoel je?’

‘Ik bedoel dat de kerstman misschien werd doodgestoken omdat hij wist dat er in het hotel in grote stijl werd gestolen. Misschien werd hij neergestoken omdat hij wist wie erachter zat. Misschien sloop jij wel naar zijn kamertje in het souterrain en heb je hem doodgestoken om te verhinderen dat hij dat aan Jan en alleman zou doorkletsen. Wat denk je van deze theorie? En toen heb je hem ook nog beroofd.’

De kok staarde Erlendur aan. ‘Je bent niet goed snik!’ bracht hij ten slotte met moeite uit.

‘Steel je uit de keuken?’

‘Met wie heb jij gesproken?’ vroeg de kok doodernstig. ‘Wie heeft er zo vreselijk tegen je staan liegen? Was dat iemand hier in het hotel?’

‘Hebben ze je de speekselproef al afgenomen?’

‘Wie heeft je dat verteld?’

‘Waarom wilde je die proef niet laten afnemen?’

‘Uiteindelijk is het gebeurd. Ik denk dat je niet goed snik

bent. Een speekselproef afnemen van iedereen die in het hotel werkt. Waarom? Om ons allemaal voor gek te zetten! En dan kom je me hier ook nog een dief noemen. Ik heb nog nooit zelfs maar één kooltje hier uit de keuken gestolen. Nooit! Wie vertelt je zulke leugenverhalen?'

'Als onze kerstman zo het een en ander over jou heeft geweten omdat je een dief bent, zou het dan kunnen zijn dat hij je onder druk heeft gezet om het een en ander voor hem te doen? Bijvoorbeeld...'

'Hou je kop dicht!' schreeuwde de chef-kok. 'Was het die pooier die dit bij elkaar heeft gelogen?'

Erlendur dacht dat de kok hem naar de keel zou vliegen. Hij was zo dicht boven op hem komen te staan, dat hun gezichten elkaar bijna raakten. De hoge koksmuts helde voorover en Erlendur keek erlangs naar boven.

'Was het die verdomde pooier?' siste de kok.

'Wie is dat?'

'Die vervloekte dikke vetzak van een directeur,' siste de kok tussen opeengeklemde kiezen door.

De mobiele telefoon in Erlendurs zak ging over. Ze keken elkaar aan, geen van hen bereid om toe te geven. Uiteindelijk nam Erlendur op. De kok wendde zich van hem af, dol van woede.

Het hoofd van de Technische Recherche was aan de lijn.

'Het gaat over het speeksel op het condoom,' zei hij na zijn naam genoemd te hebben.

'Ja,' zei Erlendur. 'Hebben jullie de bijbehorende persoon gevonden?'

'Nee, zo ver zijn we bij lange na nog niet,' zei het hoofd.

'Maar we hebben de samenstelling van het speeksel nader bekeken en we hebben onder meer een beetje tabak gevonden.'

'Tabak? Je bedoelt rookwaar?'

'Ja, maar dit is meer kauwwaar,' zei de stem op de lijn.

'Kauwwaar? Ik snap je niet.'

'De samenstelling. Ooit was dit spul in tabakswinkels te krijgen, maar of het nog bestaat, weet ik eigenlijk niet. Misschien kun je het nog in kiosken vinden, maar ik ben er niet zeker van of het nog wel verkocht mag worden. Dat moeten we onderzoeken. Mensen stoppen het achter hun kiezen, los of in een zakje, je kent het vast wel.'

De kok trapte tegen een kastdeur en er bleef een stroom van scheldwoorden uit hem opborrelen.

'Je hebt het over pruimtabak,' zei Erlendur. 'Zijn er sporen van pruimtabak in het speeksel op het condoom?'

'Klopt,' zei het hoofd.

'Wat betekent dat?'

'Dat de persoon die bij de kerstman was, pruimtabak gebruikt.'

'Wat winnen we daarmee?'

'Niets. Nog niet. Ik dacht alleen maar dat je het zou willen weten. En dan is er nog wat anders. Je hebt naar het cortisol in het speeksel gevraagd.'

'Ja.'

'De waarden waren niet erg hoog, in feite heel normaal.'

'En wat vertelt dat ons? Was er dus geen opwinding?'

'Als er veel cortisol wordt gevonden is de bloeddruk door spanning of pressie verhoogd. De persoon die bij de kerstman was, was de hele tijd doodkalm. Geen pressie. Geen spanning. Hij dacht dat hij niets te vrezen had.'

'Totdat er iets gebeurde,' zei Erlendur.

'Ja,' zei het hoofd, 'totdat er iets gebeurde.'

Ze groetten en Erlendur stopte de telefoon weer in zijn zak. De chef-kok stond hem aan te staren.

'Ken jij hier in het hotel iemand die pruimtabak gebruikt?' vroeg Erlendur.

'Hou je kop dicht!' schreeuwde de kok.

Erlendur haalde diep adem, sloeg zijn handen voor zijn gezicht en begon het vermoeid te masseren. Toen zag hij plotseling de door tabak verkleurde tanden van Henry Wapshott voor zich.

20

Erlendur vroeg bij de receptie naar de directeur van het hotel en kreeg te horen dat hij even weg was. De chef-kok had geweigerd hem uit te leggen waarom hij die vervloekte dikke vetzak van een directeur een pooier noemde. Erlendur had zelden zo'n heetgebakerde man ontmoet en realiseerde zich dat de man in zijn opwinding iets had gezegd dat hij niet van plan was geweest te zeggen. Maar momenteel kon Erlendur niet verder met hem komen. Iets anders dan geraas en getier viel er niet uit hem te krijgen, en daarbij was hij daar in de keuken op eigen terrein. Als tegenwicht, en vooral om de kok nog wat bozer te krijgen, fantaseerde Erlendur dat hij vier geuniformeerde politieagenten naar het hotel zou laten komen, die de man in een politiewagen zouden zetten en voor verhoor mee zouden nemen naar het bureau aan de Hverfisgata.

Hij amuseerde zich een tijdje met deze gedachte, maar besloot toch om dit voorlopig nog maar even uit te stellen.

In plaats daarvan ging hij naar boven, naar de hotelkamer van Henry Wapshott. Hij verbrak het zegel van de politie op de deur. De mensen van de Technische Recherche hadden erop gelet dat ze niets verplaatsten. Erlendur stond een hele tijd doodstil in het rond te kijken. Hij was op zoek naar iets dat een verpakking van pruimtabak zou kunnen zijn.

Het was een tweepersoonskamer met twee bedden en beide bedden waren onopgemaakt, alsof Wapshott in allebei had geslapen of 's nachts iemand bij zich had gehad. Op een tafel stond een oude grammofoon, die verbonden was met een versterker en twee kleine speakers. Op een andere tafel stonden een 14" televisietoestel en een videospeler. Er lagen twee videobanden naast. Erlendur stak een ervan in het apparaat en zette de televisie aan, maar deed hem weer uit zodra het beeld verscheen.

Ösp had gelijk gehad wat de porno betrof.

Hij opende de laatjes van het nachtkastje en onderzocht Wapshotts koffer nauwkeurig, keek in de klerenkast en ging de badcel in, maar hij vond nergens pruimtabak. Hij keek ook in een prullenmand, maar die was leeg.

'Elínborg had gelijk,' zei Sigurður Óli, die plotseling in de kamer opdook.

Erlendur draaide zich om. 'Wat bedoel je?' vroeg hij.

'De Britten hebben eindelijk inlichtingen over hem gestuurd,' zei Sigurður Óli, om zich heen kijkend.

'Ik ben op zoek naar pruimtabak,' zei Erlendur. 'Op het condoom hebben ze iets van dien aard gevonden.'

'Ik denk dat ik weet waarom hij geen contact met zijn ambassade of een advocaat wil hebben en hoopt dat dit alles gewoon voorbijgaat,' zei Sigurður Óli, en hij begon de inlichtingen die de Britse politie hem over de platenverzamelaar gestuurd had op te sommen.

Henry Wapshott, ongehuwd en kinderloos, werd kort voor het uitbreken van de Tweede Wereldoorlog in 1938 in Londen geboren. Zijn familie van vaderskant bezat enig kostbaar onroerend goed in de omgeving van het centrum. Een aantal van die gebouwen werd tijdens de oorlog verwoest en later herbouwd als solide kantoren en flatgebouwen, die een rijk inkomen garandeerden. Wapshott had nooit hoeven te werken. Hij was enig kind en ging naar de beste scholen, Eton en Oxford, maar zijn universitaire studie maakte hij niet af. Toen zijn vader overleed, nam hij de leiding van het familiebedrijf over, maar in tegenstelling tot de oude man had hij weinig belangstelling voor het beheer van onroerend goed en hij verscheen al spoedig slechts op de allerbelangrijkste vergaderingen, totdat hij ook daarmee ophield en het beheer voorgoed aan zijn zaakwaarnemers overliet.

Hij woonde aanvankelijk in het huis van zijn ouders en zijn buren vonden hem een zonderling individu, beminnelijk en beleefd, maar eigenaardig, een man van weinig woorden en niet erg sociaal. Zijn enige interesse lag in het verzamelen van platen en hij vulde zijn huis met grammofoonplaten die hij uit nalatenschappen of op platenmarkten kocht. Door zijn hartstocht voor het verzamelen reisde hij veel en er werd gezegd dat zijn platenverzameling een van de grootste in privé-bezit in Engeland was.

Hij was tweemaal in aanvaring met de wet gekomen en behoorde tot een groep zedendelinquenten die speciaal in de gaten gehouden werden door de Britse politie. De eerste maal was hij aangeklaagd en tot gevangenisstraf veroordeeld voor het verkrachten van een twaalfjarige jongen. Het was een buurjongen van Wapshott en ze hadden elkaar leren kennen omdat ze allebei geïnteresseerd waren in het verzamelen van platen. Het delict vond plaats in het ouderlijk huis van Wapshott en toen zijn moeder hoorde wat haar zoon had gedaan, kreeg ze een hartaanval. In de media werd de zaak enorm opgeblazen, vooral in de Britse schandaalpers. Daarin werd Wapshott, geboren in een bevoorrechte stand, voorgesteld als een monster. Bij het onderzoek van de zaak kwam aan het licht dat hij jongens en jonge mannen rijkelijk voor verschillende seksuele handelingen had betaald.

Toen hij zijn straf had uitgezeten, was zijn moeder gestorven. Hij verkocht het huis van zijn ouders en verhuisde naar een andere buurt. Een paar jaar later kwam hij opnieuw in het nieuws toen twee jongens van een jaar of veertien vertelden dat Henry Wapshott hun betaling had aangeboden als ze zich bij hem thuis uitkleedden, ook werd hij opnieuw wegens verkrachting aangeklaagd. Toen de zaak bekend werd, zat Wapshott in het Duitse Baden, en hij werd gearresteerd in Brenner's Hotel & Spa.

Het lukte niet om de laatste verkrachting te bewijzen en

Wapshott verliet het land. Hij verhuisde naar Thailand, maar hij behield zijn Britse nationaliteit en zijn platenverzameling bleef in Engeland, waar hij regelmatig op zijn verzameltochten kwam. Dan gebruikte hij de naam van zijn moeder, Wapshott, maar zijn echte naam was Henry Wilson. Sinds hij uit Engeland was vertrokken, was hij niet met de wet in botsing geweest, maar over zijn verblijf in Thailand wist men zo goed als niets.

'Geen wonder dat hij zijn identiteit geheim wilde houden,' zei Erlendur toen Sigurður Óli aan het einde van zijn verhaal was gekomen.

'Hij lijkt me een flikker van de ergste soort,' zei Sigurður Óli. 'Je kunt je wel voorstellen waarom zijn keus op Thailand viel.'

'Hebben ze momenteel niets tegen hem in handen?' vroeg Erlendur. 'De Britse politie?'

'Nee, ze zijn natuurlijk dolgelukkig dat ze hem kwijt zijn,' zei Sigurður Óli. 'Elínborg had dus gelijk.'

'Hoe zat dat ook alweer?'

'Dat Henry's belangstelling voor Guðlaugur, dat wil zeggen voor de koorknaap Guðlaugur en niet voor de kerstman, seksueel getint was. Ze noemde ons monniken omdat wij niet over haar verbeeldingskracht beschikken.'

'Henry zou dus beneden bij hem in zijn kamertje geweest zijn en hem vermoord hebben? De koorknaap die hij vereert? Is dat niet tamelijk krom gedacht?'

'Ik snap hier niets van,' zei Sigurður Óli. 'Snap niets van de mannen die zoiets doen, weet alleen maar dat ze het ergste uitschot zijn dat je je maar kunt voorstellen.'

'Het was hem zo bij de eerste kennismaking niet aan te zien,' zei Erlendur, en hij nam een slokje van zijn groene chartreuse.

'Je kunt nooit iets aan die verdomde verknipte lui zien,' zei Sigurður Óli.

Ze waren inmiddels weer op de begane grond aangeland en zaten nu in de kleine bar die zich daar bevond. Het was enorm druk aan de tapkast. De buitenlandse hotelgasten waren opgewekt en lawaaiig, met rode wangen boven hun IJslandse truien, en het was hun aan te zien dat ze tevreden waren met alles wat ze hadden gezien en beleefd.

'Heb je al bankrekeningen op naam van Guðlaugur gevonden?' vroeg Erlendur. Hij stak een sigaret op, keek om zich heen en zag dat hij de enige in de bar was die rookte.

'Ik ben ermee bezig,' zei Sigurður Óli, en hij nam een slok bier.

Elínborg verscheen in de deur en Sigurður Óli wuifde naar haar. Ze knikte hen toe en wist tot de tapkast door te dringen, kocht een groot glas bier en kwam bij hen zitten. Sigurður Óli stelde Elínborg kort op de hoogte van de inlichtingen van de Engelse politie en zij stond zichzelf een glimlach toe.

'Ik wist het wel!' zei ze.

'Wat?'

'Dat zijn belangstelling voor koorknapen seksueel getint was. Zijn belangstelling voor Guðlaugur ongetwijfeld ook.'

'Bedoel je dat Guðlaugur en hij daar beneden seksueel contact met elkaar hebben gehad?' vroeg Sigurður Óli.

'Misschien werd Guðlaugur wel gedwongen om eraan mee te doen,' zei Erlendur. 'Er was tenslotte iemand met een mes.'

'Het is toch godgeklaagd dat we ons uitgerekend nu, vlak voor Kerstmis, de hersens over dit geval moeten breken,' zuchtte Elínborg.

'Niet echt aantrekkelijk,' zei Erlendur, en hij dronk zijn glas chartreuse leeg. Hij had zin in een tweede glas. Keek op de klok. Als hij nu op het bureau zou zijn, zou hij al vrij zijn. Er was op dat moment minder aan de tapkast te doen en hij wenkte de ober.

'Er moeten dus ten minste twee personen bij hem binnen zijn geweest, want je bedreigt niemand terwijl je op je knieën voor hem zit.' Sigurður Óli keek Elínborg aan en vreesde dat hij misschien te ver was gegaan.

'Het wordt steeds beter,' zei Elínborg.

'De smaak gaat er wel wat af,' zei Erlendur.

'Oké, maar waarom steekt hij Guðlaugur?' zei Sigurður Óli. 'Niet eenmaal, maar vele malen. Alsof hij zijn zelfbeheersing heeft verloren. Als we ervan uitgaan dat Henry hem heeft aangevallen, dan moet er iets in dat kamertje zijn gezegd of gedaan waardoor die Britse flikker door het lint ging.'

Erlendur wilde nog een rondje bestellen, maar de twee anderen bedankten en keken allebei op hun horloge; het kerstfeest kwam eraan en de druk nam toe.

'Ik denk dat hij daar een vrouw bij zich heeft gehad,' zei Sigurður Óli.

'Ze hebben het cortisolgehalte in het speeksel op het condoom gemeten,' zei Erlendur. 'Dat was heel normaal. De vrouw die bij Guðlaugur was, kan al weggeweest zijn toen hij werd vermoord.'

'Dat vind ik niet erg waarschijnlijk, gezien de toestand waarin we hem aantroffen,' zei Elínborg.

'Degene die bij hem was, wie dan ook, werd nergens toe gedwongen,' zei Erlendur. 'Ik denk dat dat wel zeker is. Als de cortisolspiegel heel hoog was geweest, zou dat op toenemende opwinding of spanning in het lichaam gewezen hebben.'

'Dan was het een hoer die haar beroep uitoefende,' zei Sigurður Óli.

'Kunnen we niet over iets leukers praten?' vroeg Elínborg.

'De mogelijkheid bestaat dat er uit het hotel gestolen is en dat de kerstman daarvan op de hoogte was,' zei Erlendur.

'En zou hij daarom zijn vermoord?' vroeg Sigurður Óli.

'Dat weet ik niet. Ook is het mogelijk dat de directeur toestaat dat er prostituees in het hotel werken. Ik ben er nog niet helemaal achter hoe het in elkaar zit, maar misschien moet dit eens nader onderzocht worden.'

'Heeft Guðlaugur daar iets mee te maken?' vroeg Elínborg.

'Als de toestand waarin we hem gevonden hebben iets te betekenen heeft, is dat natuurlijk niet onwaarschijnlijk,' zei Sigurður Óli.

'Hoe gaat het met jouw 'klant'?' vroeg Erlendur.

'Hij hield zich kalm bij de rechtszitting,' zei Elínborg en ze nam een slok van haar bier.

'De jongen heeft nog niet tegen zijn vader getuigd, of wel?' vroeg Sigurður Óli, die ook van de zaak op de hoogte was.

'Zwijgt als het graf, die arme jongen,' zei Elínborg. 'En die naarling blijft bij zijn verklaring. Ontkent in alle toonaarden dat hij de jongen heeft aangevallen. Hij heeft ook een paar goede advocaten.'

'Zou hij de jongen terugkrijgen?'

'Dat is heel goed mogelijk.'

'En de jongen?' vroeg Erlendur. 'Wil hij wel terug naar zijn vader?'

'Dat is het verbazingwekkendste in deze hele zaak,' zei Elínborg. 'Hij is nog steeds gehecht aan zijn vader. Het is net of hij vindt dat hij dit heeft verdiend.'

Ze zwegen.

'Ben je van plan de kerstdagen hier in het hotel door te brengen, Erlendur?' vroeg Elínborg. Er klonk een verwijtende toon in haar stem door.

'Nee. Ik denk wel dat ik op huis aan ga,' zei Erlendur, 'dat ik Eva bij me zal hebben en gerookt schapenvlees ga koken.'

'Hoe gaat het met haar?' vroeg Elínborg.

'Zozo,' zei Erlendur. 'Heel goed, neem ik aan.' Hij dacht dat ze konden zien dat hij zat te liegen. Ze waren goed op de hoogte van de problemen die zijn dochter had, maar hadden het er zelden over. Ze wisten dat hij er zo min mogelijk over wilde praten en vroegen nooit naar details.

'Morgen is het de drieëntwintigste,' zei Sigurður Óli. 'Ben je met alles klaar, Elínborg?'

'Nergens mee,' zuchtte ze.

'Ik zit te denken aan dat platen verzamelen,' zei Erlendur.

'Wat is daarmee?' vroeg Elínborg.

'Is het niet iets waarmee je in je jeugd begint?' zei Erlendur. 'Niet dat ik dat weet. Ik heb nooit iets verzameld. Maar is het niet een belangstelling die ontstaat als je een kind bent, als je plaatjes van acteurs verzamelt en vliegtuigmodellen en natuurlijk postzegels en bioscoopprogramma's en platen? Bij de meesten gaat die belangstelling ook weer over, maar sommigen gaan door en verzamelen boeken en platen tot aan hun einde.'

'Wat probeer je ons te zeggen?'

'In het geval van platenverzamelaars als Wapshott, al zijn ze natuurlijk niet allemaal net als hij van de verkeerde kant, vraag ik me af of hun verzamelwoede niet samenhangt met een intens verlangen naar de verloren jeugd. Verbonden is met de behoefte om vast te houden aan iets dat anders uit hun leven zou verdwijnen, terwijl zij er zo lang mogelijk aan vast willen houden. Is het verzamelen geen poging om iets uit je jeugd te bewaren? Iets dat met iemands herinneringen verbonden is, dat men niet los wil laten, maar met deze passie blijft cultiveren en voeden.'

'Dan zou het platen verzamelen van Wapshott, de koorknapen, een soort ziekelijk verlangen naar zijn jeugd uitdrukken?' zei Elínborg.

'En als dan zijn jeugdvisioen hier springlevend in het hotel verschijnt, draait hij door?' zei Sigurður Óli. 'De jongen is een kerel van middelbare leeftijd geworden. Bedoel je iets van dien aard?'

'Ik weet het niet.'

Erlendur zat wat afwezig naar de toeristen in de bar te kijken toen hem een man met een Aziatisch uiterlijk opviel, die Engels sprak als een Amerikaan. Hij had een nieuwe videocamera en was zijn vrienden aan het opnemen. Plotseling drong het tot Erlendur door dat er misschien bewakingsvideo's in het hotel waren. Hij had dat niet onderzocht. De directeur had er niets over gezegd en het hoofd van de receptie evenmin. Hij keek naar Sigurður Óli en Elínborg.

'Hebben jullie al gevraagd of er bewakingscamera's in het hotel zijn?' vroeg hij.

De twee keken elkaar aan.

'Zou jij dat niet doen?' vroeg Sigurður Óli.

'Ik ben het gewoon vergeten,' zei Elínborg. 'Kerstmis en zo. Ben het gewoon helemaal vergeten.'

Het hoofd van de receptie keek Erlendur aan en schudde zijn hoofd. Zei dat het hotel wat betreft dat soort zaken een zeer duidelijke lijn volgde. Er waren geen bewakingscamera's in het gebouw, niet in de hal of de receptie, niet in de liften of op de gangen. En natuurlijk zeker niet in de kamers.

'Dan zouden hier geen gasten zijn,' zei de receptionist ernstig.

'Ja, dat had ik al gedacht,' zei Erlendur teleurgesteld. Hij had heel even een beetje hoop gehad dat bewakingscamera's iets op de band zouden hebben vastgelegd dat van nut zou kunnen zijn, dat niet in overeenstemming was met verhalen en getuigenissen, iets dat niet klopte of raar leek als je het vergeleek met wat de politie in handen had.

Hij wendde zich van de balie af en wilde de bar weer ingaan, toen de receptionist hem riep.

'Er is hier aan de zuidkant een bankfiliaal, aan de andere kant van het gebouw. Daar zitten een paar souvenirwinkels en die bank, en je kunt van daaruit het hotel in. Er zijn niet heel veel mensen die die ingang gebruiken. De bank heeft ongetwijfeld camera's. Maar daarop zie je waarschijnlijk voornamelijk bezoekers van de bank.'

Erlendur had de bank en de souvenirwinkels al gezien en ging er regelrecht op af. Hij zag dat het filiaal gesloten was. Hij keek omhoog en vond het bijna onzichtbare oog van de camera boven de deur. Binnen was er niemand te zien. Hij klopte zo hard op het glas van de deur dat deze rammelde en trilde, maar er gebeurde niets. Uiteindelijk pakte hij zijn telefoon en gaf opdracht de filiaalhouder te gaan halen.

Terwijl hij wachtte, bekeek hij de artikelen in de souvenirwinkels, die tegen sterk verhoogde prijzen werden verkocht: borden waarop Gullfoss en Geysir waren geschilderd, kleine beeldjes van Thor, een sleutelbos met vossenharen, een wandbord waarop de verschillende soorten walvissen rondom IJsland stonden afgebeeld, jacks van zeehondenleer die een heel maandloon kostten. Hij bedacht dat hij iets zou willen kopen ter herinnering aan dit wonderlijke toeristen-IJsland, dat slechts in de geest van rijke buitenlanders bestond, maar hij vond niets dat goedkoop genoeg was.

De filiaalhoudster, een vrouw van rond de veertig, was op weg naar een kerstdiner en verre van gelukkig dat ze werd gestoord. Haar eerste gedachte was geweest dat er in de bank was ingebroken. Toen er twee geüniformeerde agenten bij haar thuis aanklopten en haar vroegen met hen mee te komen, was haar niet verteld waar het om ging. Ze keek met boze ogen naar Erlendur toen hij haar voor de deur van het filiaal uitlegde dat hij haar bewakingsvideo's wilde bekijken. Ze stak een nieuwe sigaret aan de peuk van de vorige aan en Erlendur bedacht dat hij al maandenlang geen echt serieuze roker meer had ontmoet.

'Had dit niet tot morgen kunnen wachten?' vroeg ze ijzig, en hij hoorde de ijsnaalden als het ware van haar afvallen. Hij dacht bij zichzelf dat hij deze vrouw niet graag iets schuldig zou willen zijn.

'Dat zal je dood worden,' zei Erlendur, op de sigaret wijzend.

'Nog niet,' zei ze. 'Waarom sleep je me hiernaartoe?'

'Vanwege de moord,' zei Erlendur. 'Hier in het hotel.'

'En?' zei ze. Over een moord kon ze zich niet opwinden.

'We proberen wat meer vaart achter het onderzoek te zetten.' Hij probeerde naar haar te glimlachen, maar dat was vergeefse moeite.

'Wat een verdomde nonsens!' zei ze, en ze gaf Erlendur een teken dat hij haar moest volgen. De twee agenten waren vertrokken, duidelijk blij om van de vrouw af te zijn. Ze had hen onderweg aan een stuk door zitten uitschelden. Ze liep met hem naar de personeelsingang van de bank, tikte een code in, deed de deur open en commandeerde hem op te schieten.

Het filiaal was klein en in het kantoor van de vrouw stonden vier kleine televisieschermen, die verbonden waren met bewakingscamera's achter de twee kassiers van de bank, in de ruimte voor de klanten en boven de ingang. Ze zette de schermen aan en legde Erlendur uit dat de camera's vierentwintig uur per dag draaiden en dat alles werd opgenomen op videobanden, die drie weken lang werden bewaard en dan opnieuw werden gebruikt. De opnameapparatuur stond in een kleine kelder onder de bank.

De vrouw ging met haar derde sigaret met hem naar beneden en wees hem op de banden, waarop de datum en de plaatsing van de camera's zorgvuldig stond aangegeven. De banden werden in een afgesloten kast bewaard.

'Er komt hier dagelijks een bewakingsbeambte van de bank naartoe, die voor dit alles zorgdraagt. Ik heb hier helemaal geen verstand van en ik wil je vragen niet aan iets te komen wat je niet aangaat.'

'Dank je wel,' zei Erlendur nederig. 'Ik zou graag willen beginnen met de dag waarop de moord is gepleegd.'

'Ga je gang,' zei ze. Ze liet haar opgerookte sigaret op de grond vallen en zette er stevig haar voet op.

Hij vond de juiste datum op een band waarop INGANG stond en stak de band in een videospeler die verbonden was met een klein tv-toestel. Hij dacht niet dat hij de video's uit de camera's van de kassiers hoefde te bekijken.

De filiaalhoudster keek op haar gouden horloge.

'Elke video is een hele dag,' zuchtte ze.

'Hoe doe je dat in je werk?' vroeg Erlendur.

'Wat bedoel je met "hoe doe je dat"?'

'Met het roken. Wat doe je dan?'

'Gaat jou dat wat aan?'

'Helemaal niets,' haastte Erlendur zich te zeggen.

'Kun je de video's niet gewoon meenemen?' vroeg ze. 'Ik heb hier geen tijd voor. Ik had er allang moeten zijn en ik heb er geen zin in om hier rond te hangen terwijl jij die banden bekijkt.'

'Nee, je hebt helemaal gelijk,' zei Erlendur. Hij keek naar de video's in de kast. 'Ik neem een halve maand voorafgaand aan de moord. Dat zijn veertien banden.'

'Weten jullie wie de man vermoord heeft?'

'Nog niet,' zei Erlendur.

'Ik kan me die man goed herinneren,' zei ze. 'De portier. Ik heb hier zeven jaar als filiaalhouder gewerkt,' voegde ze er ter verklaring aan toe. 'Een doodgoeie kerel, leek me.'

'Heb je de laatste tijd wel eens met hem gepraat?'

'Ik heb nooit met hem gepraat. Geen woord.'

'Was hij hier klant?' vroeg Erlendur.

'Nee, hij had hier geen rekening. Niet voorzover ik weet. Ik heb hem hierbinnen nooit gezien. Had hij wat geld?'

Erlendur nam de veertien banden mee naar zijn kamer en liet daar een tv-toestel en een video brengen. Hij was tegen de avond begonnen de eerste band te bekijken, toen zijn mobiele telefoon ging. Het was Sigurður Óli.

'We moeten hem aanklagen of laten gaan,' zei hij. 'En we hebben in feite niets tegen hem in handen.'

'Beklaagt hij zich?'

'Hij heeft geen woord gezegd.'

'Heeft hij om een advocaat gevraagd?'

'Nee.'

'Klaag hem aan wegens kinderporno.'

'Kinderporno?'

'Hij had videobanden in zijn kamer met kinderporno erop. Het is verboden zoiets in bezit te hebben. We hebben een getuige die hem naar die rotzooi zag kijken. We pakken hem voor de porno en dan zien we verder. Ik wil niet dat hij meteen al naar Thailand ontsnapt. We moeten weten of zijn alibi klopt, of hij werkelijk in de stad onderweg was op de dag dat Guðlaugur vermoord werd. Laat hem maar lekker een beetje zweten in de cel en dan zien we wel wat er gebeurt.'

21

Erlendur bekeek de banden bijna de hele nacht.

Hij leerde algauw snel door te spoelen als er niemand voor de camera te zien was. Zoals te verwachten kwamen de meeste mensen tussen negen uur 's morgens en vier uur 's middags langs de bank en daarna werden het er opvallend veel minder en nog minder als de twee souvenirwinkels om zes uur dichtgingen. De toegang tot het hotel was het gehele etmaal geopend en daar was een geldautomaat, waar in het holst van de nacht bijna niemand kwam.

Hij zag niets bijzonders op de dag dat Guðlaugur vermoord werd aangetroffen. Je kon de mensen die de ingang namen tamelijk duidelijk zien, maar Erlendur herkende er geen van. Toen hij de nachtopnamen snel doorspoelde, schoten de mensen bliksemsnel naar binnen, stopten bij de automaat en vlogen weer naar buiten. Een enkeling ging het hotel in. Hij bekeek die mensen, maar kon ze niet met Guðlaugur in verband brengen.

Hij zag dat personeelsleden van het hotel deze ingang gebruikten. Hij zag de receptionist en de vette directeur en Ösp in snelle vaart voorbijkomen en dacht dat Ösp waarschijnlijk blij was om na haar werkdag naar huis te kunnen gaan. Eénmaal zag hij Guðlaugur binnenkomen, en hij zette de video stil. Het was drie dagen voor de moord. Hij was alleen en liep langzaam langs de camera, wierp een blik in de bank, draaide zijn hoofd en keek in de richting van de souvenirwinkel, verdween toen het hotel in. Erlendur spoelde terug en keek weer naar Guðlaugur, en nog eens en toen nog een vierde keer. Hij vond het een vreemde ervaring om hem in leven te zien. Hij zette de film stil toen Guðlaugur de bank in keek en bestudeerde zijn bevroren gezicht op het scherm. Daar was de koorknaap in levenden lijve. De man die eens die warme, droevige jongensstem had gehad. De jongen die Erlendur ertoe had gebracht zijn droefste herinneringen opnieuw te beleven terwijl hij naar hem luisterde.

Er werd op de deur van zijn kamer geklopt. Hij zette de video en de tv uit en deed de deur open voor Eva Lind.

'Sliep je al?' vroeg ze, en ze wrong zich langs hem naar binnen. 'Wat zijn dat voor banden?' vroeg ze toen ze de stapels video's zag liggen.

'Ze hebben met de zaak te maken,' zei Erlendur.

'Ben je al wat dichter bij een oplossing?'

'Nee, helemaal niet.'

'Heb je met Stína gepraat?'

'Stína?'

'Stína, naar wie ik je verwezen heb toen je naar de hoeren en de hotels vroeg.'

'Nee, ik heb niet met haar gepraat. Iets anders, ken je soms een meisje van jouw leeftijd dat Ösp heet en hier in het hotel werkt? Jullie hebben eenzelfde soort houding tegenover het leven.'

'Hoe bedoel je?' Eva Lind bood haar vader een sigaret aan, stak die voor hem op en liet zich op het bed vallen. Erlendur ging bij het bureau zitten en keek door het raam de pikdonkere nacht in. Nog twee dagen tot Kerstmis, dacht hij. Dan worden we weer normaal.

'Een nogal negatieve houding,' zei hij.

'Vind je dat ik vreselijk negatief ben?' vroeg Eva Lind. Erlendur zweeg en Eva snoof, waarbij de sigarettenrook in wolken uit haar neus kwam.

'En wat dan nog?' zei ze. 'Ben jij zo'n toonbeeld van geluk?' Erlendur glimlachte.

'Ik ken geen enkele Ösp,' zei Eva. 'Wat heeft zij met de zaak te maken?'

'Ze heeft niets met de zaak te maken,' zei Erlendur. 'Dat denk ik tenminste niet. Ze heeft het lijk gevonden en lijkt het een en ander te weten over wat er hier in het hotel zoal gaande is. Beslist geen dom meisje. Weet zich te redden en is niet op haar mondje gevallen. Ze doet me een beetje aan jou denken.'

'Ken haar niet,' zei Eva. Toen zweeg ze en staarde voor zich uit in het niets, en hij keek naar haar en zweeg en zo gleed de tijd voorbij, de nacht in. Soms hadden ze elkaar niets te zeggen. Soms maakten ze heftig ruzie. Ze spraken nooit over iets dat voor hen niet van belang was. Ze spraken nooit over het weer of de prijzen in de winkels of over politiek, sport, kleren of wat dan ook waar andere mensen het graag urenlang over hadden. In hun ogen verdeden ze daarmee hun tijd. Alleen zij tweeën, hun verleden en hun heden, het gezin dat nooit een gezin werd omdat Erlendur het in de steek had gelaten, het droeve lot van Eva en haar broer Sindri, de boosheid van hun moeder op Erlendur, alleen dat was voor hen van belang, was hun onderwerp van gesprek en kleurde hun hele omgang.

'Wat wil je voor kerstcadeautje?' vroeg Erlendur ten slotte, de stilte verbrekend.

'Kerstcadeautje?' vroeg Eva.

'Ja.'

'Ik heb niets nodig.'

'Er is vast wel iets dat je kunt gebruiken.'

'Wat kreeg jij met Kerstmis? Toen je klein was?' Erlendur dacht erover na. Herinnerde zich wanten.

'Een kleinigheid,' zei hij.

'Ik vond altijd dat mama Sindri mooiere cadeautjes gaf dan mij,' zei Eva Lind. 'En toen gaf ze me helemaal geen cadeautjes meer. Zei dat ik ze voor drugs verkocht. Ze heeft me een keer een ring gegeven, die ik verkocht heb. Kreeg jouw broertje mooiere cadeautjes dan jij?'

Erlendur voelde hoe ze zich voorzichtig een weg bij hem naar binnen zocht. Meestal kwam ze zonder omwegen tot de zaak en bracht hem met haar eerlijkheid van zijn stuk. Bij andere gelegenheden, maar die kwamen heel wat minder vaak voor, leek het of ze terughoudendheid wilde tonen.

Toen Eva haar kind had verloren en in een diepe coma op de intensive care lag, had haar dokter tegen Erlendur gezegd dat hij moest proberen zo veel mogelijk bij haar te zijn en tegen haar te praten, omdat het heel goed mogelijk was dat ze zijn stem hoorde en zijn nabijheid voelde, ook al was het niet zeker dat ze dat wat hij tegen haar zei, ook in zich opnam. Een van de dingen waarover Erlendur toen met Eva had gepraat, was de verdwijning van zijn broertje geweest, en hoe hijzelf op het hoogland uit de sneeuw was gered. Toen Eva uit haar coma was ontwaakt en bij hem was komen wonen, vroeg hij haar of ze wist wat hij haar in het ziekenhuis had verteld, maar ze herinnerde zich niets. Haar nieuwsgierigheid was echter gewekt en ze bleef hem net zo lang met vragen bestoken totdat hij herhaalde wat hij haar in het ziekenhuis had verteld. Daar had hij nooit eerder iemand over verteld en niemand wist er iets van. Hij had niet eerder met haar over zijn verleden gesproken en Eva, die het nooit moe werd om hem ter verantwoording te roepen, had het gevoel dat ze iets nader tot hem kwam, had het gevoel dat ze haar vader een heel klein beetje beter kende, al wist ze ook dat ze er nog ver van verwijderd was om hem helemaal te kennen. Nog steeds was de vraag onbeantwoord gebleven die de hele tijd aan Eva knaagde en haar boos en prikkelbaar tegenover hem maakte en hun verhouding meer dan al het andere bepaalde. Scheidingen kwamen veel voor, dat realiseerde ze zich. Mensen deden niet anders dan scheiden en sommige scheidingen waren erger dan andere in die zin dat mensen nooit meer met elkaar praatten. Dat realiseerde ze zich en daar had ze geen moeite mee. Maar ze kon absoluut niet begrijpen waarom Erlendur ook van zijn kinderen was gescheiden. Waarom hij hun geen enkele aandacht had geschonken nadat hij vertrokken was. Waarom hij hen al die tijd verwaarloosd had, totdat Eva hem zelf was gaan zoeken en hem alleen in een donker appartement aantrof. Over dit alles had ze met haar vader gesproken, maar tot nu toe had hij nooit een antwoord op haar vragen gehad.

'Mooiere cadeautjes?' zei hij. 'Het was altijd weer hetzelfde. Eigenlijk net als in het gedicht. In elk geval een kaars en kaarten. Soms had je wel eens iets spannenders willen zien, maar we waren arm. Iedereen was arm in die tijd.'

'En nadat je broertje gestorven was?'

Erlendur zweeg.

'Erlendur?' zei Eva.

'Toen hij verdwenen was, was er geen kerstfeest meer,' zei Erlendur.

De geboorte van de Verlosser werd niet feestelijk herdacht nadat zijn broertje was omgekomen.

Sinds zijn verdwijning was er ruim een maand verstreken en er was geen vreugde in huis, geen geschenken en geen gasten. De familie van Erlendurs moeder was altijd op kerstavond op bezoek gekomen en dan werden er kerstliederen gezongen. Het huis was klein en de mensen zaten dicht op elkaar gepakt en straalden warmte en licht uit. Deze kerst wilde zijn moeder absoluut geen bezoek hebben. Zijn vader was in een diepe depressie geraakt en lag de meeste dagen op bed. Hij had niet meegedaan aan het zoeken naar zijn zoon, alsof hij wist dat het geen zin had, alsof hij wist dat hij tekortgeschoten was. Zijn zoon was dood en daar kon hij noch iemand anders ooit iets aan veranderen. Het was zijn schuld en zijn schuld alleen.

Zijn moeder was onvermoeibaar. Ze zag erop toe dat Erlendur de allerbeste zorg kreeg. Ze vuurde de zoekploegen aan en zocht zelf mee. Als het stikdonker was en het zoeken zinloos was geworden, kwam ze aan het einde van haar krachten van het hoogland naar beneden, en ze trok als eerste van allen weer de bergen in zodra het weer een beetje licht begon te worden. Ook toen het duidelijk was dat haar jongen dood moest zijn, bleef ze nog steeds vasthoudend verder zoeken.

Pas toen de winter in volle sterkte was aangebroken, er dikke pakken sneeuw waren gevallen en de weersomstandigheden onbetrouwbaar waren geworden, moest ze het opgeven, moest ze onder ogen zien dat haar jongen op het hoogland was omgekomen en dat ze tot de lente zou moeten wachten om naar zijn aardse resten te gaan zoeken. Ze keek elke dag op naar de bergen en soms uitte ze een verwensing. De duivel hale jullie, die me mijn jongen hebt ontstolen!

Het was ondraaglijk te weten dat hij daar dood op het hoogland lag en Erlendur begon nachtmerries te krijgen, waaruit hij schreeuwend en huilend wakker werd, waarin hij hem voor zich zag, vechtend tegen de sneeuwstorm, half weggezakt in de sneeuw, zijn kleine rug naar de storm toe gekeerd en de dood aan zijn zijde.

Erlendur kon niet begrijpen hoe zijn vader rustig thuis kon blijven terwijl anderen zich enorm inspanden. Het gebeurde leek hem totaal gebroken en tot een wrak gemaakt te hebben en

Erlendur dacht na over de macht van het verdriet, want zijn vader was een sterke en krachtige man. Het verlies van zijn zoon ontnam hem gaandeweg alle levenskracht en hij werd nooit meer helemaal de oude.

Later, toen alles voorbij was, kwam het voor de eerste en enige maal tot een botsing tussen zijn ouders over hoe alles gegaan was. Erlendur kwam erachter dat hun moeder niet gewild had dat zijn vader die dag de bergen in ging, maar hij had niet naar haar geluisterd. Maar, had ze gezegd, als je dan zo nodig moet gaan, laat dan tenminste de kinderen thuis. Hij trok zich niets van haar aan.

En het kerstfeest werd nooit meer hetzelfde. In de loop van de tijd kwam het tot een soort verzoening tussen zijn ouders.

Zij sprak er nooit over dat hij niet gedaan had wat zij wenste. Hij sprak er nooit over dat hij zich dwars was gaan voelen toen zij hem verbood te gaan en verbood de kinderen mee te nemen. Er was niets mis met het weer en ze had zich er niet mee te bemoeien. Ze kozen ervoor om nooit te praten over wat er zich tussen hen had afgespeeld voor de ramp hen trof, alsof er niets meer zou zijn dat hen met elkaar verbond als het zwijgen verbroken werd. En in dit zwijgen moest Erlendur zien om te gaan met het schuldgevoel dat hem overviel, omdat hij het overleefd had.

'Waarom is het hierbinnen zo koud?' vroeg Eva Lind, en ze trok haar jas wat steviger om zich heen.

'De radiator wordt niet warm,' zei Erlendur. 'En wat heb jij te melden?'

'Niets. Mama heeft iets met een of andere kerel. Ze heeft hem op een dansavond met accordeonmuziek ontmoet. Je kunt je niet voorstellen wat voor een vreselijke freak het is. Ik denk dat hij nog brillantine gebruikt en hij kamt zijn haar in zo'n kuif en dan draagt hij van die hemden met een enorme kraag en begint met zijn vingers te knippen zodra hij een oude schlager op de radio hoort. *Trots zeilt mijn brave schuit...*'

Erlendur glimlachte. Eva was over niemand zo venijnig als over de 'kerels' in het leven van haar moeder, die van jaar tot jaar lamlendiger leken te worden.

Toen zwegen ze.

'Ik probeer me te herinneren hoe ik was toen ik acht jaar was,' zei Eva opeens. 'Ik herinner me er eigenlijk niets van, behalve mijn verjaardag. Ik kan me het partijtje niet herinneren, alleen de dag waarop ik jarig was. Ik stond op de parkeerplaats voor de flat en wist dat ik die dag jarig was en acht jaar was geworden, en op de een of andere manier is die herinnering, die verder van geen enkel belang is, me altijd bijgebleven. Alleen dat ik wist dat het mijn verjaardag was en dat ik acht jaar was geworden.'

Ze keek Erlendur aan.

'Je zei dat hij acht jaar oud was toen hij omkwam.'

'Hij was in de zomer jarig.'

'Waarom hebben ze hem nooit gevonden?'

'Dat weet ik niet.'

'Maar hij is daar boven in de bergen.'

'Ja.'

'Zijn botten.'

'Ja.'

'Acht jaar oud.'

'Ja.'

'Was het jouw schuld? Dat hij omkwam?'

'Ik was tien jaar.'

'Ja, maar...'

'Het was niemands schuld.'

'Maar je moet gedacht hebben...'

'Waar wil je naartoe, Eva? Wat wil je weten?'

'Waarom heb je geen contact met Sindri en mij gehouden, nadat je bij ons was weggegaan?' vroeg Eva Lind. 'Waarom heb je niet geprobeerd om bij ons te zijn?'

'Eva...'

'We telden niet echt mee, was het dat?'

Erlendur zweeg en keek uit het raam. Het was opnieuw gaan sneeuwen.

'Ben je alles met elkaar in verband aan het brengen?' zei hij eindelijk.

'Ik heb er nooit een verklaring voor gekregen. Ik dacht...'

'Dat het iets met mijn broertje van doen had? Met hoe hij omkwam? Wil je dat met elkaar in verband brengen?'

'Ik weet het niet,' zei Eva. 'Ik ken je helemaal niet. Het is pas een paar jaar geleden dat ik je voor de eerste keer ontmoette en ik was het die jou gezocht en gevonden heeft. Dat met je broer is het enige dat ik over je weet, behalve dan dat je een politieman bent. Ik heb nooit kunnen begrijpen hoe je van Sindri en mij kon weggaan, van je kinderen.'

'Ik heb de beslissing aan je moeder overgelaten. Misschien had ik harder op een omgangsregeling moeten aandringen, maar...'

'Daar had je geen belangstelling voor,' maakte Eva de zin af.

'Dat is niet waar.'

'Vast wel! Waarom? Waarom keek je niet naar je kinderen om zoals je had horen te doen?'

Erlendur zweeg en keek naar de grond. Eva doofde haar derde sigaret. Toen stond ze op, ging naar de deur en deed hem open.

'Stína komt je morgen hier in het hotel opzoeken. Rond het middaguur. Met haar nieuwe borsten kan ze niet aan je aandacht ontsnappen.'

'Dank je wel dat je met haar hebt willen praten.'

'Niets te danken,' zei Eva.

Ze aarzelde in de deuropening.

'Wat wil je?' vroeg Erlendur.

'Dat weet ik niet.'

'Nee, ik bedoel als kerstcadeautje.' Eva keek naar haar vader.

'Ik zou willen dat ik mijn kindje terug kon krijgen,' zei ze, en ze deed de deur zachtjes achter zich dicht.

Erlendur zuchtte diep en zat een hele tijd stil op de rand van zijn bed voor hij weer verderging met het bekijken van de video's. Mensen die voor kerst nog van alles te doen hadden, schoten over het scherm, velen beladen met pakjes en kerstgeschenken.

Hij was op de vijfde dag voor de moord op Guðlaugur aangeland, toen hij haar zag. Aanvankelijk ontsnapte ze aan zijn aandacht, maar ergens in zijn hoofd rinkelde een belletje en hij zette het apparaat stil, spoelde terug en bekeek het bewuste gedeelte opnieuw. Het was niet haar gezicht dat Erlendur was opgevallen, maar haar houding, haar loop en haar arrogantie. Hij drukte weer op 'play' en zag haar nu duidelijker, ze ging het hotel binnen. Hij spoelde weer snel door. Ongeveer een halfuur later verscheen ze weer op het scherm toen ze het hotel uit kwam en snel langs het bankfiliaal en de souvenirwinkels liep, zonder naar rechts of naar links te kijken.

Hij stond op van het bed en staarde naar het scherm. Het was de zus van Guðlaugur.

Die haar broer al decennialang niet meer had gezien.

De vijfde dag

22

Het geluid wekte Erlendur laat de volgende ochtend. Hij had een hele tijd nodig om wakker te worden na een droomloze nacht en realiseerde zich aanvankelijk niet wat voor een vreselijk lawaai door het kleine kamertje galmde. Hij had bijna de hele nacht opgezeten en de ene videoband na de andere bekeken, maar had de zus van Guðlaugur na die ene dag niet meer gezien. Het kwam niet in het hoofd van Erlendur op dat ze puur toevallig in het hotel kon zijn, dat ze daar iets anders te doen zou kunnen hebben dan de broer opzoeken over wie ze had gezegd dat ze al tientallen jaren geen contact meer met hem had gehad.

Erlendur had een leugen gevonden en hij wist dat niets voor een politieonderzoek belangrijker was dan het vinden van een leugen.

Het lawaai wilde maar niet ophouden en langzamerhand realiseerde Erlendur zich dat het de telefoon was. Hij nam op en hoorde de stem van de directeur.

'Je moet naar de keuken komen,' zei de directeur. 'Er is hier een man met wie je zou moeten praten.'

'Wie is het?' vroeg Erlendur.

'Een jongen die ziek naar huis ging op de dag dat we Guðlaugur hebben gevonden,' zei de directeur. 'Je moest maar even komen.' Erlendur kwam uit bed. Hij had al zijn kleren nog aan.

Hij ging de badcel binnen, keek in de spiegel en zag baardstoppels van een paar dagen oud. Hij streek eroverheen en het klonk als schuurpapier waarmee grof timmerhout werd bewerkt. Zijn baardgroei was dicht en grof als die van zijn vader.

Voor hij naar beneden ging, belde hij Sigurður Óli en vroeg hem met Elínborg naar Hafnarfjörður te gaan en de zus van Guðlaugur voor verhoor naar het politiebureau aan de Hverfisgata over te brengen. Hij zou hen daar dan later op de dag treffen. Hij legde niet uit waarom hij met haar wilde praten, wilde niet dat ze het per ongeluk zouden zeggen. Wilde haar gezicht zien als het tot haar doordrong dat hij wist dat ze had gelogen.

Toen Erlendur in de keuken kwam, zag hij de directeur bij een uitzonderlijk magere man van een jaar of dertig staan. Erlendur vroeg zich af of het gezichtsbedrog was: iedereen die naast de directeur stond moest wel broodmager lijken.

'Daar ben je dan eindelijk,' zei de directeur. 'Het lijkt wel of ik dat onderzoek van jou ben gaan leiden, door getuigen op te sporen en nog zo wat.'

Hij wierp een blik op zijn personeelslid.

'Vertel hem wat je weet.'

De man begon te vertellen. Hij was zeer gedetailleerd in zijn verslag en beschreef hoe hij zich op de dag dat Guðlaugur in zijn kamertje werd gevonden rond het middaguur niet lekker was gaan voelen. Dat liep erop uit dat hij moest overgeven en nog net de vuilniszak in de keuken kon halen.

De man keek met een beschaamd gezicht naar de directeur. Hij kreeg toestemming om naar huis te gaan, waar hij naar bed ging met een nare kou met koorts en pijn in de botten. Hij woonde alleen en volgde het nieuws niet en daarom had hij met niemand gesproken over wat hij wist, voordat hij deze morgen weer aan het werk ging en alles te horen had gekregen over de dood van Guðlaugur. En dat was een hele schok voor hem geweest, want ook al had hij de man niet erg goed gekend – hij was hier pas een jaar in dienst – toch had hij zo nu en dan met hem gepraat; hij was zelfs in zijn kamertje op bezoek geweest en...

'Ja ja ja,' zei de directeur ongeduldig. 'Daar hebben we geen belangstelling voor, beste Denni. Ga maar gewoon door.'

'Voordat ik die ochtend naar huis ging, kwam Gulli naar de keuken en vroeg of ik hem aan een mes kon helpen.'

'Vroeg hij of hij een mes uit de keuken mocht lenen?' zei Erlendur.

'Ja. Eerst wilde hij een schaar, maar ik kon er geen vinden en daarom gaf ik hem een mes mee.'

'Waar had hij een schaar of mes voor nodig, heeft hij je dat verteld?'

'Het had iets met zijn kerstmannenpak te maken.'

'Zijn kerstmannenpak?'

'Hij heeft geen nadere verklaring gegeven, een paar naden die hij los moest tornen.'

'Heeft hij het mes weer teruggebracht?'

'Nee, niet zolang ik hier was, maar ik ben rond het middaguur vertrokken en meer weet ik niet.'

'Wat voor soort mes was het?'

'Hij zei dat het scherp moest zijn,' zei Denni.

'Het was net zo'n mes als dit hier,' zei de directeur, greep in een lade en pakte een klein vleesmes met een houten heft en een fijngekarteld blad. 'Dit zijn de messen die we op tafel leggen voor de mensen die onze T-bonesteaks bestellen. Heb je ze wel eens geproefd? Iets verrukkelijks. De messen gaan er doorheen alsof het boter is.'

Erlendur pakte het mes aan, bekeek het en vroeg zich af of het mogelijk was dat Guðlaugur zijn moordenaar zelf het wapen had verschaft dat zijn dood werd. Vroeg zich af of het verhaal over de naad in het kerstmannenpak een voorwendsel was geweest. Of Guðlaugur iemand op zijn kamer had verwacht en het mes bij de hand had willen hebben. Of lag het mes bij hem op tafel omdat hij het nodig had voor zijn pak en was de aanval onverhoeds en niet gepland geweest, een gevolg van iets dat zich daar in het kamertje had afgespeeld? In dat geval zou de aanvaller ongewapend naar Guðlaugur gekomen zijn, was hij niet naar hem toe gekomen met de bedoeling hem te doden.

'Ik moet dit mes hebben,' zei hij. 'We moeten weten of de grootte en de vorm van het lemmet bij de wonden passen. Is dat in orde?'

De directeur knikte.

'Is het de Brit niet?' vroeg hij. 'Hebben jullie iemand anders?'

'Ik zou graag nog even met Denni hier willen praten,' zei Erlendur zonder hem antwoord te geven.

De directeur knikte weer en bleef staan waar hij stond, maar toen viel het kwartje en hij keek Erlendur beledigd aan. Hij was eraan gewend dat alles altijd om hem draaide en had niet meteen begrepen wat Erlendur bedoelde. Toen hem eindelijk een licht opging, deed hij of hij nog iets te doen had en verdween met veel misbaar naar zijn kantoor. Het leek of Denni wat opgeluchter ademhaalde toen zijn baas niet langer in de buurt was, maar zijn opluchting was van korte duur.

'Ben jij het souterrain in gegaan en heb je hem doodgestoken?' vroeg Erlendur.

Denni keek hem aan alsof hij al veroordeeld was.

'Nee,' zei hij aarzelend, alsof hij toch niet helemaal zeker van zijn zaak was. De volgende vraag maakte zijn onzekerheid alleen maar groter.

'Gebruik je pruimtabak?' vroeg Erlendur.

'Nee,' zei hij. 'Pruimtabak? Wat...?'

'Hebben ze een speekselproef van je genomen?'

'Wat?'

'Gebruik je condooms?'

'Condooms?' zei Denni. Hij snapte er helemaal niets van.

'Geen vriendin in het spel?'

'Vriendin?'

'Waarbij je op moet passen dat je geen kind bij haar maakt?'

Denni zweeg.

'Ik heb geen vriendin,' zei hij toen, en Erlendur kreeg sterk het gevoel dat hem dat speet. 'Waarom vraag je me dit allemaal?'

'Breek je daar het hoofd maar niet over,' zei Erlendur. 'Je hebt Guðlaugur gekend. Wat voor iemand was het?'

'Het was gewoon een goeie kerel.'

Denni vertelde Erlendur dat Guðlaugur zich prettig had gevoeld in het hotel en niet had willen vertrekken. Hij had er echt tegen opgezien om daar weg te moeten nadat hem zijn ontslag was aangezegd. Hij maakte gebruik van alle diensten van het hotel en was het enige personeelslid dat dit jarenlang ongestraft had gedaan. Hij at voor weinig geld in het hotel, liet zijn kleren met de was van het hotel meewassen en betaalde geen cent voor zijn verblijf in het kamertje. Het ontslag was een klap voor hem geweest, maar hij had gezegd dat hij een mogelijkheid zag om te overleven en zelfs om niet langer te hoeven werken.

'Wat bedoelde hij daarmee?' vroeg Erlendur.

Denni haalde zijn schouders op.

'Ik weet het niet. Hij kon soms heel geheimzinnig doen. Zei van alles wat je niet kon snappen.'

'Als wat?'

'Ik weet niet, iets over muziek. Soms. Als hij dronk. Meestal was hij gewoon normaal.'

'Dronk hij veel?'

'Nee, helemaal niet. Soms in het weekeinde. Hij verzuimde nooit op het werk. Nooit. Hij was er trots op, ook al is het misschien niet zulk bijzonder werk. Portier en zo.'

'Wat heeft hij over muziek tegen je gezegd?'

'Hij hield veel van mooie muziek. Ik herinner me niet precies wat hij gezegd heeft.'

'Waarom denk je dat hij gezegd heeft dat hij niet meer zou hoeven te werken?'

'Het leek wel of hij wat geld had. Maar hij betaalde dan ook nergens voor en kon dus eindeloos oppotten. Ik denk dat hij zoiets bedoelde. Dat hij genoeg had gespaard.'

Erlendur herinnerde zich dat hij Sigurður Óli gevraagd had om de bankrekeningen van Guðlaugur te bekijken en besloot er wat druk achter te zetten. Hij nam afscheid van Denni, die een beetje verward in de keuken achterbleef, denkend aan pruimtabak, condooms en vriendinnen, en liep langs de foyer toen hij een jonge vrouw in het oog kreeg die enorm ruzie met het hoofd van de receptie stond te maken. Het zag ernaar uit dat de receptionist haar het hotel uit wilde zetten, maar dat zij daar niets voor leek te voelen. Erlendur dacht dat het misschien de vrouw was die de receptionist voor zijn liefdesnacht wilde laten betalen en wilde zich juist afwenden, toen de jonge vrouw hem zag en hem aanstaarde.

'Ben jij de politieman?' riep ze.

'Scheer je weg!' zei de receptionist ongewoon bars.

'Eva Lind heeft je werkelijk precies goed beschreven,' zei ze, en ze bekeek Erlendur van onder tot boven. 'Ik heet Stína. Ze zei me dat ik met je moest gaan praten.'

Ze gingen in de bar zitten. Erlendur kocht koffie voor hen beiden. Hij probeerde geen aandacht aan haar borsten te schenken, maar dat kostte hem veel moeite. Hij had nog nooit in zijn leven zo'n slank en fijngebouwd lichaam met zulke grote borsten gezien. Ze droeg een enkellange beige mantel met een bontkraag en toen ze de jas op een stoel bij de tafel legde, kwam er een zeer nauw rood truitje tevoorschijn, dat haar buik maar nauwelijks bedekte, en een zwarte broek met wijde pijpen, die net tot boven haar bilspleet reikte. Ze was zwaar opgemaakt, had dikke, donkere lippenstift op en als ze glimlachte was een stel mooie tanden te zien.

'Driehonderdduizend,' zei ze, en ze wreef voorzichtig een beetje onder haar rechterborst, alsof ze er jeuk had. 'Zat je mijn borsten te bestuderen?'

'Is het daar wel in orde?'

'Het zijn de hechtingen,' zei ze, en haar gezicht vertrok. 'Ik mag er niet te veel aan krabben. Moet oppassen.'

'Wat...?'

'Nieuwe siliconen,' onderbrak Stína hem. 'Ik ben drie dagen geleden geopereerd.'

Erlendur lette erop dat hij niet te veel naar de nieuwe borsten staarde.

'Hoe ken je Eva Lind?' vroeg hij.

'Ze zei me dat je daarnaar zou vragen en ze zei dat ik tegen je moest zeggen dat je dat niet zou willen weten. Daar heeft ze gelijk in. Geloof me. Ze zei me ook dat je mij met een klein probleem zou helpen en dan zou ik jou op mijn beurt kunnen helpen, snap je?'

'Nee,' zei Erlendur. 'Ik weet niet waar je op doelt.'

'Eva zei dat je het zou doen.'

'Eva heeft tegen je gelogen. Waar heb je het over? Een klein probleem, wat is dat?'

Stína zuchtte.

'Mijn vriend is in Keflavík met hasj gepakt. Helemaal niet zoveel, maar wel genoeg om hem drie jaar in Litla-Hraun te kunnen vastzetten. Ze beoordelen deze zaken alsof het moordzaken zijn. Vervloekte idioten! Een beetje hasj en een paar pillen, wat is dat nou helemaal. Hij zegt dat hij drie jaar krijgt. Drie jaar! Kinderverkrachters krijgen drie maanden, voorwaardelijk. Verdomde klootzakken!'

Erlendur begreep niet hoe hij haar zou kunnen helpen. Ze was net een klein kind dat zich niet helemaal realiseerde hoe groot en ingewikkeld de wereld is en hoe hard.

'Werd hij op de luchthaven gearresteerd?'

'Ja.'

'Ik kan niets doen,' zei Erlendur. 'En ik heb er ook geen zin in. Je verkeert in nogal slecht gezelschap. Drugssmokkel en prostitutie. Waarom geen eenvoudige kantoorbaan?'

'Wil je alsjeblieft proberen om met iemand te praten?' zei Stína. 'Hij mag geen drie jaar krijgen!'

'Om een en ander helemaal duidelijk te hebben,' zei Erlendur, en knikte, 'je bent een prostituee?'

'Ja en nee,' zei Stína. Ze haalde een sigaret uit een klein zwart tasje dat ze over haar schouder droeg. 'Ik dans in een nachtclub.' Ze boog zich voorover naar Erlendur en alsof ze samen een geheimpje hadden, fluisterde ze hem toe: 'Maar het andere brengt meer op.'

'En heb je klanten hier in het hotel gehad?'

'Ja, massa's,' zei Stína.

'Heb je dan hier in het hotel gewerkt?'

'Ik heb hier nog nooit gewerkt.'

'Wat ik bedoel is of je je klanten hier hebt opgepikt of dat je met hen uit de stad hiernaartoe kwam?'

'Gewoon, al naar het me uitkwam. Ik mocht hier ook altijd zijn, maar toen heeft Vetzak me eruit gegooid.'

'Waarom?'

Stína begon weer jeuk onder haar borsten te krijgen en wreef er voorzichtig onder. Haar gezicht vertrok en ze probeerde naar Erlendur te glimlachen, maar het was duidelijk dat ze zich niet erg goed voelde.

'Een meisje dat ik ken heeft ook zo'n ingreep ondergaan, maar die mislukte,' zei ze. 'Haar borsten zien eruit als lege plastic zakken.'

'Moet je echt zulke enorme borsten hebben?' Erlendur kon het niet laten ernaar te vragen.

'Vind je ze niet mooi?' zei ze, en ze stak ze naar voren, maar tegelijkertijd vertrok haar gezicht weer. 'Die hechtingen maken me gek,' kreunde ze.

'Ja, ze zijn... groot,' zei Erlendur.

'En gloednieuw,' zei Stína trots.

Erlendur zag de directeur van het hotel samen met het hoofd van de receptie de bar inkomen en in al zijn heerlijkheid op hen af marcheren. Hij keek om zich heen, zag dat er verder niemand in de bar was en beet Stína vanaf een paar meter afstand toe: 'Eruit! Eruit met je, meisje! Meteen! Scheer je weg!'

Stína keek om naar de directeur en toen naar Erlendur en verdraaide haar ogen.

'Christenmezielen,' zei ze.

'We willen geen hoeren zoals jij hier in het hotel zien!' schreeuwde de directeur.

Hij pakte haar vast alsof hij haar er persoonlijk uit wilde gooien.

'Laat me met rust,' zei Stína, opstaande. 'Ik ben in gesprek met deze man hier.'

'Voorzichtig met je borsten!' riep Erlendur, die niet wist wat hij verder moest zeggen. De directeur keek hem stomverbaasd aan. 'Ze zijn nieuw,' zei Erlendur ter verklaring.

Hij kwam tussenbeide en probeerde de directeur opzij te duwen, maar met weinig succes. Stína probeerde haar borsten zo goed mogelijk te beschermen en de receptionist stond erbij en keek ernaar. Uiteindelijk kwam hij Erlendur te hulp en het lukte hun de pisnijdige directeur van Stína weg te trekken.

'Alles wat... ze... over me... zegt... zijn... verdomde leugens!'

'Ze heeft helemaal niets over je gezegd,' zei Erlendur om hem tot kalmte te brengen.

'Ik wil... dat... ze... hier... verdwijnt.' De directeur liet zich op een stoel vallen, pakte een zakdoek en begon zijn gezicht af te drogen.

'Ontspan je, Vetzak,' zei Stína. 'Hij is een pooier, dat weet je toch?'

'Een pooier?' De betekenis hiervan drong niet meteen tot Erlendur door.

'Hij neemt een percentage van de meisjes die hier in het hotel werken,' zei Stína.

'Een percentage?' vroeg Erlendur.

'Een percentage! Procenten! Hij pikt een deel van onze inkomsten in.'

'Dat is een leugen!' riep de directeur. 'Eruit met jou, verdomde hoer die je er bent!'

'Hij en de eerste kelner wilden meer dan de helft hebben,' zei Stína, en ze schikte haar borsten voorzichtig, 'maar toen ik weigerde, zei hij dat ik moest ophoepelen en nooit meer terug mocht komen.'

'Dat liegt ze,' zei de directeur, die wat tot bedaren was gekomen. 'Ik heb die meisjes er altijd uit gegooid en haar ook. We willen geen hoeren in dit hotel.'

'De eerste kelner?' vroeg Erlendur en hij zag het zeer smalle snorretje voor zich. Rósant was de naam, herinnerde hij zich.

'Hen eruit gesmeten,' brieste Stína, die zich tot Erlendur wendde. 'Hij is de man die ons opbelt. Als hij weet dat er gasten zijn die voor zoiets te vinden zijn of geld hebben, dan belt hij om het ons te laten weten en zet ons hier in de bar. Hij zegt dat zoiets het hotel populairder maakt. Het zijn congresgangers en zo. Buitenlanders. Eenzame kerels. Als er grote congressen zijn, belt hij ons op.'

'Zijn jullie met velen?' vroeg Erlendur.

'Er zijn er hier een paar die een dergelijke escortservice bieden,' zei Stína. 'Echt hoge klasse.'

Het leek wel of Stína nergens trotser op was dan op haar status als prostituee, tenzij misschien op haar nieuwe borsten.

'Ze hebben helemaal niet zo'n vervloekte escortservice,' zei de directeur, die weer normaal was gaan ademen. 'Ze hangen rond in het hotel, vooral hier in de bar, proberen gasten aan de haak te slaan en gaan met hen mee naar hun kamer. Dat ik hen zou bellen, dat liegt ze. Verdomde rothoer die je er bent!'

Erlendur achtte het niet raadzaam om zijn gesprek met Stína in de bar voort te zetten en zei dat hij het kantoortje van de receptionist een tijdje zou moeten lenen. Ze konden natuurlijk ook met zijn allen naar het bureau gaan en het onderhoud daar voortzetten. De directeur zuchtte diep en wierp een giftige blik op Stína. Erlendur ging met haar de bar uit en het kantoor in. De directeur bleef zitten. Het leek wel of hij alle moed kwijt was en hij wuifde de receptionist weg toen deze hem wilde helpen.

'Ze liegt, Erlendur,' riep hij hen na. 'Alles wat ze zegt, is gelogen.'

Erlendur ging aan het bureau van de receptionist zitten, maar Stína bleef staan en stak een sigaret op alsof het haar niets aanging dat roken in het hele hotel verboden was, behalve misschien in de bar.

'Heb je de portier van het hotel gekend?' vroeg Erlendur. 'Guðlaugur?'

'Hij was ontzettend aardig. Hij incasseerde bij ons voor Vetzak. En toen werd hij vermoord.'

'Hij was...'

'Denk je dat Vetzak hem heeft vermoord?' onderbrak Stína hem. 'Hij is de grootste engerd die ik ken. Weet je waarom ik niet langer in dat stomme hotel van hem mag komen?'

'Nee.'

'Hij wilde niet alleen procenten van ons meisjes, maar ook, nou ja, je weet wel...'

'Wat?'

'Dat we zo het een en ander voor hem deden, persoonlijk, je weet wel...'

'En toen?'

'Ik weigerde, in alle toonaarden. Die zweetplekken op dat mormel. Hij is afstotelijk. Hij zou Guðlaugur best vermoord kunnen hebben, daar zie ik hem wel voor aan. Hij heeft hem het leven vast en zeker zuur gemaakt.'

'En hoe was jouw verhouding tot Guðlaugur? Heb jij zo het een en ander voor hem gedaan?'

'Helemaal niet. Hij was er niet in geïnteresseerd.'

'Toch wel,' zei Erlendur, en hij zag het lijk van Guðlaugur met zijn broek omlaag in het kamertje voor zich. 'Ik vrees dat hij niet helemaal ongeïnteresseerd was.'

'Voor mij heeft hij in elk geval nooit enige belangstelling getoond,' zei Stína, en ze duwde haar borsten voorzichtig een beetje op. 'En voor geen van de andere meisjes.'

'Is de eerste kelner hier samen met de directeur bij betrokken?'

'Rósant? Ja.'

'En hoe zit het met de receptionist?'

'Hij wil ons hier niet hebben. Wil hier geen prostitutie, maar de andere twee maken de dienst uit. De receptionist wilde Rósant laten ontslaan, maar Vetzak verdient te veel aan hem.'

'Iets anders. Gebruik je wel eens pruimtabak? In van die kleine buideltjes, als theezakjes. Je bewaart het onder je lippen of tegen je gehemelte.'

'Oei! Nee!' zei Stína. 'Ben je niet goed snik? Ik zorg heel erg goed voor mijn tanden.'

'Is er iemand onder je kennissen die het gebruikt?'

'Nee.'

Ze zwegen tot Erlendur het niet laten kon om een beetje moralistisch te worden. Hij had Eva Lind in gedachten. Hoe zij aan de drugs was geraakt en ongetwijfeld in de prostitutie was beland om dat te kunnen bekostigen, al had dat zich waarschijnlijk niet afgespeeld in een van de duurdere hotels in de stad. Hij dacht eraan wat een armzalig lot het was voor vrouwen om hun lichaam te moeten verkopen aan welke oude kerel dan ook, waar dan ook en wanneer dan ook.

'Waarom doe je dit eigenlijk?' vroeg hij, en hij probeerde geen verwijtende toon in zijn stem te laten doorklinken. 'Siliconen in je borsten? In hotelkamers onder congresgangers liggen. Waarom?'

'Eva Lind zei me dat je ook hiernaar zou vragen. Probeer het maar niet te begrijpen,' zei Stína en ze trapte haar sigaret op de grond uit. 'Probeer het vooral niet.'

Ze keek door de open deur van het kantoortje de hal in. Op dat moment kwam Ösp voorbij.

'Werkt Ösp nog steeds hier?' vroeg ze.

'Ösp? Ken je die?' Het mobieltje van Erlendur ging over in zijn zak.

'Ik dacht dat ze opgehouden was. Toen ik nog hier was, praatte ik soms met haar.'

'Hoe ken je haar?'

'Gewoon, we zaten samen op...'

'Ze was toch niet samen met jou in de prostitutie?' Erlendur haalde zijn telefoon tevoorschijn en wilde antwoorden.

'Nee,' zei Stína. 'Ze is niet als haar kleine broer.'

'Broer?' zei Erlendur. 'Heeft ze een broer?'

'Hij is een grotere hoer dan ik.'

23

Erlendur staarde Stína aan terwijl hij probeerde te bevatten wat ze over de broer van Ösp had gezegd. Stína stond wat aarzelend voor hem.

'Nou?' zei ze. 'Is er iets? Moet je de telefoon niet beantwoorden?'

'Waarom dacht je dat Ösp was opgehouden?'

'Gewoon, een rotbaantje.'

Erlendur zette wat afwezig zijn mobiel aan.

'Eindelijk,' zei Elínborg aan de telefoon.

Sigurður Óli en zij waren naar Hafnarfjörður gegaan met de bedoeling de zus van Guðlaugur voor verhoor naar het politiebureau in Reykjavík over te brengen, maar zij weigerde om mee te komen. Ze vroeg om een verklaring, die ze haar niet wilden geven, en ten slotte zei ze dat ze haar vader in zijn rolstoel niet alleen kon laten. Ze boden aan om ervoor te zorgen dat er iemand bij hem zou zijn en stelden haar ook voor om een advocaat te nemen die bij het verhoor aanwezig zou mogen zijn, maar het was net of ze zich de ernst van de zaak niet realiseerde. Ze kon zich niet voorstellen dat ze naar het bureau moest en Elínborg stelde een tussenoplossing voor, zeer tegen de zin van Sigurður Óli. Ze zouden met haar naar Erlendur in het hotel kunnen gaan en als hij daar met haar had gepraat, zou besloten worden hoe het verder zou gaan.

Ze dacht erover na. Sigurður Óli stond op het punt zijn geduld te verliezen en was er na aan toe haar met geweld mee te sleuren, toen ze zei dat ze het hiermee eens kon zijn. Ze belde een buurvrouw, die er meteen aankwam, duidelijk gewend om voor de oude man te zorgen als dat nodig was. Maar toen begon ze opnieuw tegen te stribbelen en dat zette kwaad bloed bij Sigurður Óli.

'Hij is nu met haar op weg naar jou toe,' zei Elínborg. 'Hij had haar liever in het gevang gestopt. Ze heeft ons keer op keer gevraagd waarom we met haar wilden praten en geloofde ons niet toen we zeiden dat we dat niet wisten. Waarom wil je eigenlijk met haar praten?'

'Ze is een paar dagen voor haar broer werd vermoord naar het hotel gekomen, maar ons heeft ze verteld dat ze hem al jarenlang niet had gezien. Ik wil weten waarom ze ons dit niet heeft verteld, waarom ze liegt. En ik wil haar gezicht erbij zien.'

'Ze zou wat lastig kunnen zijn,' zei Elínborg. 'Sigurður Óli was niet echt gelukkig met de manier waarop ze zich gedroeg.'

'Wat is er gebeurd?'

'Dat zal hij je zelf wel vertellen.' Erlendur deed de telefoon uit.

'Wat bedoel je als je zegt dat die man een grotere hoer is dan jijzelf?' zei hij tegen Stína, die in haar tasje keek en zich afvroeg of ze nog de moeite zou nemen om een nieuwe sigaret op te steken. 'De broer van Ösp? Waar heb je het dan over?'

'Hè?'

'De broer van Ösp. Je zei dat hij een grotere hoer was dan jij.'

'Vraag het maar aan haar,' zei Stína.

'Dat zal ik doen, maar ik bedoel... Zei je dat hij haar kleine broertje is?'

'Ja, en hij is bi.'

'Bi? Je bedoelt...?'

'Biseksueel.'

'En prostitueert hij zich?' vroeg Erlendur. 'Net als jij?'

'En hoe! Hij is ook aan de drugs. Er zitten altijd lui achter hem aan die hem in elkaar willen slaan omdat hij schulden bij hen heeft.'

'En hoe zit het met Ösp? Hoe ken je haar?'

'We hebben samen op school gezeten. Hij ook. Hij is maar

een jaar jonger dan zij. Wij zijn even oud. Zaten in dezelfde klas. Ze is niet erg slim.' Stína wees op haar hoofd. 'Er zit helemaal niets in,' zei ze. 'Hield ermee op na de middenschool. Zakte voor verplichte examens. Ik heb alles gehaald. Heb het gymnasium afgemaakt.'

Stína glimlachte breed.

Erlendur bekeek haar kritisch.

'Ik weet dat je een vriendin van mijn dochter bent en je hebt me goed geholpen,' zei hij, 'maar je zou jezelf niet met Ösp moeten vergelijken. Om te beginnen heeft zij geen hechtingen die jeuken.'

Stína keek hem met een scheve glimlach aan. Liep toen zwijgend het kantoortje uit en de hal door. Onderweg sloeg ze haar mantel met de bontkraag om, maar haar bewegingen hadden hun zwier verloren. Ze passeerde Sigurður Óli en de zus van Guðlaugur, die net de hal in kwamen, en Erlendur zag hoe de ogen van Sigurður Óli zich aan Stína's boezem hechtten. Hij dacht bij zichzelf dat ze kennelijk waar voor haar geld had gekregen.

De directeur van het hotel stond op een afstandje alsof hij erop had staan wachten dat het gesprek tussen haar en Erlendur was afgelopen. Ösp stond bij de liften en keek Stína na bij het verlaten van het hotel. Je kon aan haar zien dat ze Stína kende. Toen Stína langs de balie van de receptionist liep, keek hij op en volgde haar met de ogen tot ze de deur uitliep. Hij wierp een blik op de directeur, die nu in de richting van de keuken waggelde. Ösp verdween in een lift, die zich achter haar sloot.

'Zou ik mogen vragen wat deze nonsens te betekenen heeft?' hoorde Erlendur de zus van Guðlaugur zeggen terwijl ze naar hem toeliep. 'Wat heeft deze brutale en hondse behandeling van mij te betekenen?'

'Brutale en hondse behandeling?' zei Erlendur vragend. 'Daar is mij niets van bekend.'

'Deze man hier,' zei de zus, die duidelijk nog steeds niet wist hoe Sigurður Óli heette, 'deze man heeft me honds behandeld en ik wil dat hij zijn excuses aanbiedt.'

'Geen sprake van,' zei Sigurður Óli.

'Hij heeft me een duw gegeven en me als een ordinaire misdadiger uit mijn huis meegenomen.'

'Ik heb haar in de boeien geslagen,' zei Sigurður Óli, 'en ik ga haar niet om excuus vragen. Dat kan ze vergeten. Ze heeft mij en ook Elínborg op allerlei manieren uitgescholden en ze heeft tegenstand geboden. Ik wil haar in de gevangenis gooien. Ze heeft de politie bij haar werkzaamheden gehinderd.'

De zus keek Erlendur zwijgend aan. Hij wist dat ze Stefanía heette en vroeg zich af hoe ze haar als klein meisje hadden genoemd.

'Ik ben dit soort behandeling niet gewend,' zei ze ten slotte.

'Ga met haar naar het bureau,' zei Erlendur tegen Sigurður Óli, 'en zet haar in een cel naast Henry Wapshott. Morgen praten we met haar.' Hij keek de zus van Guðlaugur aan. 'Of overmorgen.'

'Dat kun je niet maken,' zei Stefanía, en Erlendur zag dat ze enorm was geschrokken. 'Je hebt geen enkel recht om me zo te behandelen. Waarom denk je dat je mij in de gevangenis kunt stoppen? Wat heb ik gedaan?'

'Je hebt gelogen,' zei Erlendur. 'Gegroet! Wij spreken nog met elkaar,' zei hij tegen Sigurður Óli.

Hij draaide zich om en liep in de richting die de directeur had ingeslagen. Sigurður Óli nam Stefanía bij haar arm en wilde haar meenemen, maar ze bleef doodstil staan en keek Erlendur na.

'Goed dan,' riep ze hem na. Ze probeerde zich van Sigurður Óli los te rukken. 'Dit is nergens voor nodig,' zei ze. 'Laten we gaan zitten en er als volwassen mensen over praten!'

Erlendur bleef staan en draaide zich om.

'Waarover?' vroeg hij.

'Mijn broer,' zei ze. 'Aangezien je dat zo graag wilt zullen we dan maar over mijn broer praten. Maar ik weet niet wat je daar wijzer van denkt te worden.'

Ze gingen in het kamertje van Guðlaugur zitten. De zus zei dat ze daarheen wilde gaan. Toen Erlendur haar vroeg of ze er al eerder was geweest, ontkende ze het. Toen hij vroeg of ze haar broer in al die jaren nooit had ontmoet, herhaalde ze wat ze al eerder had gezegd, dat ze geen enkel contact met haar broer had gehad. Erlendur was ervan overtuigd dat ze tegen hem zat te liegen. Dat haar bezoek aan het hotel vijf dagen voor de moord op Guðlaugur op de een of andere manier iets met hem te maken had gehad en niet puur toevallig was geweest.

Ze keek naar de poster van Shirley Temple in de rol van de kleine prinses zonder haar gezicht te vertrekken of een woord te zeggen. Ze deed de kast open en zag het portiersuniform. Ten slotte ging ze op de enige stoel in het kamertje zitten. Erlendur bleef staan en leunde tegen de kast. Sigurður Óli had in Hafnarfjörður een afspraak met een aantal klasgenoten van Guðlaugur en verdween zodra ze beneden in het souterrain waren aangekomen.

'Hier is hij dus gestorven,' zei de zus. Er klonk geen spoortje droefheid door in haar stem en Erlendur vroeg zich net als bij hun eerste ontmoeting af waarom deze vrouw geen enkel gevoel voor haar broer leek te hebben.

'In het hart gestoken,' zei Erlendur. 'Hoogstwaarschijnlijk met een mes uit de keuken,' voegde hij eraan toe. De bloedsporen waren nog steeds op het bed te zien.

'Wat is het ontzettend armoedig,' zei ze, om zich heen kijkend. 'Dat hij hier al die jaren heeft gewoond. Wat heeft hij zich daar eigenlijk bij gedacht?'

'Ik hoopte dat jij me daarmee zou kunnen helpen.'

Ze keek hem zwijgend aan.

'Ik weet het niet,' vervolgde Erlendur. 'Hij vond kennelijk

dat hij hier genoeg aan had. Andere mensen kunnen alleen maar wonen in villa's met een oppervlakte van vijfhonderd vierkante meter. Voorzover ik begrepen heb heeft hij er voordeel van gehad dat hij hier in het hotel woonde en werkte. Er was zo het een en ander dat hij er gratis bij kreeg.'

'Hebben jullie het moordwapen gevonden?' vroeg ze.

'Nee, maar misschien wel iets dat erop lijkt,' zei Erlendur. Toen zweeg hij en wachtte totdat zij iets zou zeggen, maar zij zweeg ook, en zo verstreek een hele tijd voor ze de stilte verbrak.

'Waarom zeg je dat ik tegen je zit te liegen?'

'Ik weet niet hoeveel van wat je zegt een leugen is, maar ik weet wel dat je me niet alles vertelt wat je weet. Je vertelt me de waarheid niet. En om te beginnen vertel je me in feite helemaal niets, en ik verbaas me over de reactie van jou en je vader op de dood van Guðlaugur. Het lijkt wel of hij een vreemde voor jullie was.'

Ze keek Erlendur een hele tijd aan en toen leek het of ze een besluit had genomen.

'Er zat drie jaar tussen ons,' zei ze plotseling, 'en hoewel ik toen nog zo klein was, herinner ik me de dag nog goed dat ze hem mee naar huis brachten. Een van mijn eerste herinneringen in dit leven, neem ik aan. Vanaf de eerste dag was hij mijn vaders oogappel. Hij was altijd enorm trots op hem en ik denk dat hij hem van het begin af aan een belangrijke rol in het leven heeft toegedacht. Dat is niet later gekomen en ook niet vanzelf gegroeid, zoals misschien normaal zou zijn geweest, maar onze vader had voor Guðlaugur altijd al een grootse toekomst voor ogen.'

'En hoe zat het met jou?' vroeg Erlendur. 'Zag hij geen speciale begaafdheid in jou?'

'Hij was altijd lief voor me,' zei ze, 'maar Guðlaugur verafgoodde hij.'

'En hij joeg hem op tot hij brak.'

'Jij wilt de dingen eenvoudig hebben,' zei ze. 'Dat zijn ze zelden of nooit en ik zou denken dat een politieman als jij zich dat wel realiseerde.'

'Ik dacht niet dat dit over mij ging,' zei Erlendur.

'Nee,' zei ze. 'Natuurlijk niet.'

'Hoe kon het dat Guðlaugur alleen en verlaten in dit hok aan zijn einde kwam? Waarom zijn jullie hem zo gaan haten? Ik kan de houding van je vader misschien nog begrijpen, als hij zijn gezondheid door toedoen van Guðlaugur heeft verloren, maar waarom jij zo'n harde houding tegenover hem aanneemt, begrijp ik niet.'

'Zijn gezondheid heeft verloren?' zei ze met een verbaasde blik op Erlendur.

'Toen Guðlaugur hem van de trap duwde,' zei Erlendur. 'Ik heb het verhaal gehoord.'

'Van wie?'

'Dat is niet van belang. Is het waar? Heeft hij schuld aan de invaliditeit van jullie vader?'

'Ik denk dat jou dat niets aangaat.'

'Zeker niet,' zei Erlendur. 'Behalve als het met het onderzoek te maken heeft. Dan, vrees ik, gaat het meer mensen aan dan jullie alleen.'

Stefanía zweeg en keek naar het bloed op het bed, en Erlendur vroeg zich af waarom ze met hem wilde praten in het kamertje waarin haar broer was vermoord. Hij dacht erover om het haar te vragen, maar kon zich er niet toe brengen.

'Het kan toch niet altijd zo zijn geweest,' zei hij in plaats daarvan. 'Toen je broer zijn stem verloor, schoot jij hem op het toneel in de Stadsbioscoop te hulp. Eens zijn jullie vrienden geweest. Eens was hij je broer.'

'Hoe weet jij wat er in de Stadsbioscoop is gebeurd? Waarom graaf je dit op? Met wie heb je gepraat?'

'We zijn inlichtingen aan het verzamelen. Er zijn mensen in Hafnarfjörður die zich dit alles heel goed kunnen herinneren.

Toen stond je niet onverschillig tegenover hem. Toen jullie kinderen waren.'

Stefanía zweeg.

'Het was één grote nachtmerrie,' zei ze. 'Een werkelijk afschuwelijke nachtmerrie.'

Die hele dag dat hij in de Stadsbioscoop moest zingen, heersten voorpret en spanning in hun huis in Hafnarfjörður. Ze werd vroeg wakker en maakte het ontbijt klaar. Ze moest aan haar moeder denken en had het gevoel of ze haar rol in huis had overgenomen, en daar was ze trots op. Haar vader sprak erover hoe goed ze voor hen tweeën zorgde sinds haar moeder was gestorven, hoe volwassen en verantwoordelijk ze was in alles wat ze deed. Verder zei hij nooit iets over haar. Bemoeide zich niet met haar. Had dat nooit gedaan.

Ze miste haar moeder. Ongeveer het laatste wat zij tegen haar had gezegd toen ze in het ziekenhuis lag, was dat zij nu voor haar vader en haar broer moest zorgen. Ze mocht hen niet in de steek laten. Beloof het me, had haar moeder gezegd. Het zal niet altijd gemakkelijk zijn. Het is niet altijd gemakkelijk geweest. Je vader is zo streng en zo onverzettelijk en ik weet niet of Guðlaugur daartegen opkan. Als het nodig is moet je Guðlaugur steunen, beloof me dat ook, zei haar moeder toen, en ze had ja geknikt en ook dat beloofd. En ze hielden elkaars hand vast totdat haar moeder in slaap viel. Ze streek haar over haar haren en kuste haar voorhoofd.

Twee dagen later was ze dood.

We zullen Guðlaugur wat langer laten slapen, zei haar vader toen hij in de keuken kwam. Dit is een belangrijke dag voor hem.

Een belangrijke dag voor hem.

Ze kon zich niet herinneren dat er ooit voor haar een dag belangrijk was geweest. Alles draaide om hem. Om zijn zang. De opnamen. De twee platen die verschenen waren. De reis naar de Scandinavische landen. De concerten in Hafnarfjörður. Het concert van vanavond in de Stadsbioscoop. Zijn stem. Zijn zangoefeningen, als ze door het huis moest sluipen om de twee in de kamer niet te storen, waar Guðlaugur bij de piano stond en hun vader hem begeleidde, hem aanwijzingen gaf en stimuleerde. Hij toonde hem liefde en begrip als hij vond dat hij zijn best deed, maar beslistheid en onverbiddelijkheid als hij vond dat Guðlaugur zich niet voldoende concentreerde. Soms verloor hij zijn zelfbeheersing en schold hem uit. En soms omhelsde hij hem met de woorden dat hij een wonder was.

Als ze nu toch eens een heel klein beetje van al die aandacht die op hem gericht werd zou kunnen krijgen en iets van de aanmoediging die hem elke dag weer gegeven werd omdat hij die mooie stem had. Ze voelde dat zij niet van belang was, want ze had geen enkel talent dat de aandacht van haar vader wekte. Hij zei soms dat het vervelend was dat zij geen goede stem had. Hij beschouwde het als verloren tijd om haar te leren zingen, maar ze wist dat dat niet de ware reden was. Ze wist dat hij er geen zin in had om zijn krachten hieraan te verspillen, omdat ze geen bijzondere stem had. Ze had niet de gaven van haar broer. Ze kon in een koor zingen en op de piano rammelen, maar zowel haar vader als de pianoleraar waar haar vader haar naartoe stuurde omdat hijzelf geen tijd had om zich met haar te bemoeien, was van mening dat het haar aan gevoel voor muziek ontbrak.

Haar broer daarentegen had een stem als van een engel en een diep muzikaal gevoel, maar toch was hij maar een doodgewone jongen, zoals zij een doodgewoon meisje was. Ze wist niet waardoor ze zo van elkaar verschilden. Hij was helemaal niet anders dan zij. Ze voedde hem tot op zekere hoogte op, vooral nadat hun moeder ziek was geworden. Hij gehoorzaamde haar en deed wat ze zei en respecteerde haar. Zij hield in dezelfde mate van hem, maar als men hem weer eens enorm in het zon-

netje zette, voelde ze ook jaloezie. Ze vreesde dat gevoel en sprak er met niemand over.

Ze hoorde Guðlaugur de trap af komen, en toen verscheen hij in de keuken en ging bij zijn vader zitten.

'Net als mama,' zei hij toen hij zijn zus de koffie voor zijn vader zag inschenken.

Hij had het vaak over hun moeder en ze wist dat hij haar vreselijk miste. Hij had altijd zijn toevlucht bij haar gezocht als hij zich niet goed voelde, als hij gepest werd of als hun vader zijn geduld verloor of gewoon als hij iemand nodig had die zijn armen om hem heen sloeg zonder dat het een speciale beloning voor een goede prestatie was.

Die hele dag heerste een gespannen verwachting in huis, die tegen de avond, toen ze hun zondagse kleren aantrokken en naar de Stadsbioscoop liepen, bijna ondraaglijk was geworden. Ze kwamen met Guðlaugur mee achter de coulissen en hun vader groette de koordirigent. Toen de zaal vol toeschouwers begon te lopen, gingen ze naar hun plaatsen. Het werd donker in de zaal. Het gordijn werd opengetrokken. Guðlaugur, tamelijk groot voor zijn leeftijd, stond knap en wonderlijk beheerst op het toneel, en eindelijk begon hij te zingen met zijn gevoelige, droeve jongensstem.

Ze hield haar adem in en sloot haar ogen.

Ze kwam pas tot zichzelf toen haar vader haar arm zo stevig beetpakte dat het haar pijn deed, en ze hoorde hem kreunen: 'Lieve God in de hemel!'

Ze opende haar ogen en zag het lijkbleke gezicht van haar vader, en toen ze naar het podium keek zag ze dat Guðlaugur probeerde te zingen, maar er was iets met zijn stem gebeurd. Het leek wel of hij jodelde. Ze stond op en keek naar de zaal achter haar en ze zag dat de mensen waren gaan glimlachen, en sommigen lachten zelfs hardop. Ze vloog het podium op en probeerde haar broer weg te brengen. De dirigent kwam haar helpen, en eindelijk lukte het hun hem mee naar achteren te nemen. Ze zag haar vader stokstijf op zijn plaats bij de eerste bank staan en naar haar staren als een dondergod.

Toen ze die avond op het punt stond om in te slapen en terugdacht aan dat afgrijselijke uur, sloeg haar hart een slag over, niet van vrees of ontzetting over wat er gebeurd was of over hoe haar broer zich moest voelen, maar door een eigenaardig gevoel van vreugde, dat ze helemaal niet kon verklaren en onderdrukte als was het een gemeen misdrijf.

'Hebben die gedachten je een slecht geweten bezorgd?' vroeg Erlendur.

'Ze waren me volkomen vreemd,' zei Stefanía. 'Ik had nooit eerder iets dergelijks gedacht.'

'Ik geloof niet dat het onnatuurlijk is om ons over het ongeluk van anderen te verheugen,' zei Erlendur, 'zelfs als ze ons na staan. Het kan een onwillekeurige reactie zijn, een soort verdedigingsreactie als we een grote schok krijgen.'

'Ik zou je dit misschien niet zo gedetailleerd moeten vertellen,' zei Stefanía. 'Je krijgt zo geen erg aantrekkelijk beeld van me. En misschien heb je ook wel gelijk. We kregen allemaal een schok. Een enorme schok, zoals je je wel zult kunnen voorstellen.'

'Hoe was de verhouding tussen Guðlaugur en je vader nadat dit gebeurd was?' vroeg Erlendur.

Stefanía gaf hem geen antwoord. In plaats daarvan vroeg ze:

'Weet je hoe het voelt om helemaal niet gezien te worden? Hoe het is om een doodgewoon persoontje te zijn en nooit enige bijzondere aandacht te krijgen? Het is net of je niet bestaat. Je wordt als iets vanzelfsprekends gezien zonder dat jij ooit eens in het middelpunt staat of een beetje extra aandacht krijgt. En de hele tijd wordt iemand die je als je gelijke beschouwt op handen gedragen alsof hij de uitverkorene is, op de wereld gekomen om zijn ouders en alle anderen eindeloos gelukkig te maken. Je ziet dat aan, dag na dag, week na week en jaar na jaar, en er komt nooit een einde aan, integendeel, met de jaren neemt de bewondering toe; die wordt bijna... bijna verering.'

Ze keek op naar Erlendur. 'Zo moet wel jaloezie ontstaan,' zei ze. 'Dat is niet meer dan menselijk. En je onderdrukt die jaloezie niet, maar voor je het weet ben je erop gaan leven, omdat je je er op de een of andere wonderlijke manier beter door gaat voelen.'

'Is dit de verklaring die je voor dat gevoel van vreugde over het ongeluk van je broer hebt gevonden?'

'Dat weet ik niet,' zei Stefanía. 'Ik stond machteloos tegenover dat gevoel. Het stortte zich over me uit als een koude waterstraal en ik beefde en klappertandde en probeerde het van me af te zetten, maar het wilde niet verdwijnen. Ik had niet gedacht dat zoiets kon gebeuren.'

Ze zwegen.

'Je hebt je broer benijd,' zei Erlendur.

'Misschien heb ik dat een tijdlang gedaan. Later begon ik medelijden met hem te krijgen.'

'En ten slotte ging je hem haten.'

Ze keek Erlendur aan. 'Wat weet jij van haat?' vroeg ze.

'Niet veel,' zei Erlendur, 'maar ik weet dat haat gevaarlijk kan zijn. Waarom heb je tegen ons gezegd dat je bijna dertig jaar lang geen contact meer met je broer hebt gehad?'

'Omdat het de waarheid is,' zei Stefanía.

'Maar het is niet waar,' zei Erlendur. 'Je zit te liegen. Waarom lieg je hierover?'

'Wil je me voor een leugen in de gevangenis zetten?'

'Als het nodig is, zal ik dat zeker doen,' zei Erlendur. 'We weten dat je vijf dagen voor hij vermoord werd hier naar het hotel bent gekomen. Je hebt tegen ons gezegd dat je je broer al tientallen jaren niet had gezien of contact met hem had gehad. En dan ontdekken wij dat je een paar dagen voor zijn dood hier naar het hotel kwam. Wat wilde je met hem bespreken? En waarom heb je tegen ons gelogen?'

'Ik kon toch ook naar het hotel komen zonder hem te willen ontmoeten. Het is een groot hotel. Heb je daar ook aan gedacht?'

'Ik betwijfel het. Ik denk dat het geen toeval was dat je kort voor hij stierf naar het hotel kwam.'

Hij zag haar aarzelen. Zag dat ze zich het hoofd brak over de vraag of ze de volgende stap zou zetten. Ze had zich er duidelijk op voorbereid dat ze een gedetailleerder verklaring zou moeten geven dan ze bij hun eerste ontmoeting had gedaan en op dit moment was het een kwestie van nu of nooit.

'Hij had een sleutel,' zei ze zo zacht dat Erlendur het bijna niet kon verstaan. 'De sleutel die je aan mijn vader en mij hebt laten zien.'

Erlendur herinnerde zich de sleutelring die in Guðlaugurs kamer was gevonden en het kleine roze zakmes met het plaatje van de piraat, dat eraan hing. Een van de twee sleutels was volgens hem een huissleutel, de ander hoorde waarschijnlijk bij een kluisje, kast of kist.

'Wat is er met die sleutel?' vroeg Erlendur. 'Weet je waar hij op past?'

Stefanía glimlachte koud.

'Ik heb net zo'n sleutel,' zei ze.

'Wat is het voor een sleutel?'

'Hij is van ons huis in Hafnarfjörður.'

'Je bedoelt van jouw thuis?'

'Ja,' zei Stefanía, 'van mij en mijn vader. Het is de sleutel van de kelderdeur aan de achterkant. Vanuit de kelder voert een smalle trap naar boven in de hal op de begane grond en van daaruit kom je in de woonkamer en de keuken.'

'Bedoel je...?' Erlendur probeerde zich voor te stellen wat haar woorden betekenden. 'Bedoel je dat hij binnen kon komen?'

'Ja.'

'En is hij binnen geweest?'

'Ja.'

'Maar ik dacht dat er geen enkel contact tussen jullie was. Je zei dat je vader en jij zich al tientallen jaren niet meer met hem hadden bemoeid. Dat jullie geen enkel contact met hem hadden gehad. Waarom heb je daarover gelogen?'

'Omdat mijn vader het niet wist.'

'Wat niet wist?'

'Dat hij soms kwam. Hij moet ons gemist hebben. Ik heb hem er niet naar gevraagd, maar aangezien hij dit deed, moet het dat wel zijn geweest.'

'Wat precies wist jullie vader niet?'

'Dat Guðlaugur soms 's nachts bij ons binnenkwam zonder dat we dat merkten, een tijdje doodstil in de kamer zat en er weer vandoor ging voor we wakker werden. Hij heeft dit jarenlang gedaan zonder dat wij er iets van wisten.'

Ze keek naar de bloedvlekken op het bed.

'Totdat ik een keer 's nachts wakker werd en hem zag.'

24

Erlendur keek naar Stefanía terwijl hij haar woorden tot zich door liet dringen. Ze was niet zo arrogant als ze tijdens hun eerste ontmoeting was geweest, toen Erlendur zo kwaad op haar was geworden vanwege haar gevoelloosheid tegenover haar broer, en hij dacht bij zichzelf dat hij misschien iets te snel met zijn oordeel over haar was geweest. Hij kende noch haar, noch haar geschiedenis goed genoeg om zich een oordeel aan te matigen, en plotseling had hij spijt van wat hij tegen haar over haar gewetenloosheid had gezegd. Het was niet aan hem om over anderen te oordelen, maar hij liep regelmatig in die val. Hij wist in feite niets over deze vrouw, die plotseling onder zijn ogen zo deerniswekkend was geworden en zo verschrikkelijk eenzaam. Hij realiseerde zich dat haar leven beslist niet over rozen was gegaan, eerst een kind in de schaduw van haar broer, toen een moederloze tiener en ten slotte een vrouw die niet van de zijde van haar vader week en zich waarschijnlijk voor hem had opgeofferd.

Zo verging een hele tijd waarin ieder het zijne dacht. De deur naar het kamertje stond open en Erlendur liep de gang in. Hij wilde zich er plotseling van vergewissen dat er daar niemand was, dat niemand hen zat af te luisteren. Hij keek de slecht verlichte gang af, maar zag niemand. Hij draaide zich om en keek naar het einde van de gang, waar het pikdonker was. Hij bedacht dat je om daar te komen langs de deur van het kamertje had moeten lopen en dat zou hij zeker gemerkt hebben. Er was niemand in de gang. Toch had hij toen hij het kamertje weer binnenging, sterk het gevoel dat ze daarbeneden niet alleen waren. Er hing dezelfde lucht in de gang als toen hij er de eerste keer was gekomen, een brandlucht die hij niet thuis kon brengen. Hij voelde zich hier niet prettig. Ergens in zijn hoofd zat het beeld van hoe ze het lijk gevonden hadden, en naarmate hij de geschiedenis van de man in het kerstmannenpak beter leerde kennen, werd het beeld dat hij in zijn hoofd had meelijwekkender, en hij wist dat hij het nooit zou kunnen loslaten.

'Is er iets niet in orde?' vroeg Stefanía, die stil op haar stoel zat.

'Alles is in orde,' zei Erlendur. 'Een domme gedachte van me, ik had het gevoel dat er iemand op de gang was. Zullen we niet ergens anders gaan zitten? Een kop koffie drinken, misschien?'

Ze keek het kamertje rond, knikte en stond op. Ze liepen zwijgend door de gang en de trap op en gingen via de foyer naar de eetzaal, waar Erlendur om twee koppen koffie vroeg. Ze gingen wat apart zitten en probeerden zich niet door de buitenlanders te laten storen.

'Mijn vader zou nu niet gelukkig met me zijn,' zei Stefanía. 'Hij heeft me altijd verboden om over ons gezin te praten. Een dergelijke inmenging in zijn privé-leven duldt hij niet.'

'Is hij goed gezond?'

'Gezien zijn leeftijd gaat het goed met hem. Maar ik weet niet...'

Haar woorden ebden weg.

'Er bestaat geen privé-leven als het om een politieonderzoek gaat,' zei Erlendur. 'En al helemaal niet als het een moord betreft.'

'Ik begin me dat steeds beter te realiseren. We waren van plan om deze hele zaak van ons af te schudden alsof hij ons niet aanging, maar ik denk niet dat iemand zich onder deze verschrikkelijke omstandigheden afzijdig kan houden. Denk eigenlijk niet dat je zoiets kunt maken.'

'Als ik je goed begrijp,' zei Erlendur, 'hadden je vader en jij elk contact met Guðlaugur verbroken, maar sloop hij 's nachts het huis in zonder dat jullie iets van hem merkten. Wat wilde hij daarmee bereiken? Wat deed hij? Waarom deed hij het?'

'Hij heeft me er geen bevredigend antwoord op gegeven. Hij zat gewoon een of twee uur in de kamer en liet zich niet horen. Anders had ik hem al veel eerder opgemerkt. Hij deed dit een paar keer per jaar, jarenlang. Het is niet zo dat hij elke nacht kwam. En toen was er een nacht, ongeveer twee jaar geleden, dat ik om de een of andere reden niet kon slapen en wat lag te doezelen. Om een uur of vier dacht ik dat ik beneden in de kamer iets hoorde kraken en ik schrok natuurlijk. De kamer van mijn vader is beneden; zijn deur staat 's nachts altijd open en ik dacht dat hij misschien mijn aandacht probeerde te trekken. Ik hoorde weer iets kraken en vroeg me af of het misschien een dief was en ik sloop de trap af. Ik zag dat de deur van mijn vaders kamer nog net zo stond als toen ik hem had opengezet, maar toen ik in het halletje kwam, zag ik een menselijk wezen de trap af vliegen en ik riep ernaar. Tot mijn grote schrik stopte die persoon, draaide zich om en kwam de trap weer op.'

Stefanía zweeg en keek voor zich uit alsof tijd en plaats niet langer voor haar bestonden.

'Ik dacht dat hij me aan wilde vallen,' zei ze toen. 'Ik stond in de deuropening van de keuken en deed het licht aan en daar stond hij voor me. Ik had hem al jaren niet meer gezien, niet meer sinds hij een jonge man was, en ik had wat tijd nodig om me te realiseren dat het mijn broer was.'

'Hoe reageerde je toen?' vroeg Erlendur.

'Ik was helemaal van mijn stuk, maar ik was ook vreselijk bang. Ik had natuurlijk niet zo moeten reageren, stel dat het een inbreker was geweest, dan had ik meteen de politie moeten bellen. Maar ik beefde en trilde van angst en toen ik het licht aandeed en hem zag, gaf ik een gil. Het moet nogal grappig geweest zijn om mij zo angstig en nerveus te zien, want hij begon te lachen.'

'Papa niet wakker maken,' zei hij, en hij hield zijn vinger voor zijn lippen en maande haar zachtjes tot kalmte.

Ze kon haar ogen niet geloven.

'Ben jij het?' zuchtte ze.

Hij leek zo weinig op het beeld dat ze van hem als jonge man bewaard had en ze zag dat hij niet mooi oud was geworden. Hij had wallen onder zijn ogen en dunne, kleurloze lippen. Plukken haar stonden alle kanten op en hij keek haar met oneindig droeve ogen aan. Ze begon zich onwillekeurig af te vragen hoe oud hij nu was. Hij leek zoveel ouder dan hij in werkelijkheid was.

'Wat doe je hier?' fluisterde ze.

'Niets,' zei hij. 'Ik doe niets. Ik verlang soms gewoon naar huis.'

'Dat was de enige verklaring die hij me gaf voor het feit dat hij soms 's nachts in de kamer kwam zitten en niemand liet weten dat hij er was,' zei Stefanía. 'Hij verlangde soms naar huis. Ik weet niet wat hij daarmee bedoelde. Of het samenhing met zijn kindertijd, toen mama nog leefde, of dat hij de jaren bedoelde voor hij mijn vader van de trap gooide. Ik weet het niet. Misschien had het huis zelf betekenis voor hem, want een ander thuis heeft hij nooit gehad. Alleen dat smerige hok in het souterrain van dit hotel.'

'Je moest nu maar gaan,' zei ze. 'Hij zou wel eens wakker kunnen worden.'

'Ja, ik weet het,' zei hij. 'Hoe is het met hem? Gaat alles goed met hem?'

'Hij houdt zich heel goed, maar hij heeft wel voortdurend zorg nodig. Ik moet hem te eten geven, wassen en aankleden en met hem naar buiten gaan en hem voor de tv zetten. Hij vindt tekenfilms leuk.'

'Je hebt er geen idee van hoe ellendig ik me door dit alles heb gevoeld,' zei hij. 'Al die jaren. Ik wilde niet dat het zo zou lopen. Het was allemaal één grote vergissing.'

'Juist, ja,' zei ze.

'Ik heb nooit beroemd willen worden. Dat was zíjn droom. Het enige dat ik moest doen was die droom in vervulling laten gaan.'

Ze zwegen.

'Vraagt hij wel eens naar me?'

'Nee,' zei ze, 'nooit. Ik heb geprobeerd hem ertoe te brengen om over je te praten, maar hij wil niets over je horen.'

'Hij haat me nog steeds.'

'Ik denk dat hij je altijd zal blijven haten.'

'Omdat ik ben zoals ik ben. Hij kan me niet verdragen, omdat ik ben zoals ik ben.'

'Dat is iets tussen jullie dat...'

'Ik wilde alles voor hem doen, dat weet je.'

'Ja.'

'Altijd.'

'Ja.'

'Al die eisen die hij me stelde. Eindeloze oefeningen, concerten, opnamen. Het was allemaal iets waarvan hij droomde, ik niet. Als hij tevreden was, was alles goed.'

'Ik weet het.'

'Waarom kan hij me dan niet vergeven? Waarom kan hij zich niet met me verzoenen? Ik mis hem. Wil je hem dat zeggen? Ik mis de tijd dat we bij elkaar waren, de tijd dat ik voor hem zong. Jullie zijn mijn familie.'

'Ik zal proberen om met hem te praten.'

'Wil je dat doen? Wil je hem zeggen dat ik hem mis?'

'Dat zal ik doen.'

'Hij kan me niet verdragen, omdat ik ben zoals ik ben.' Stefanía zweeg.

'Misschien was het verzet tegen hem. Ik weet het niet. Ik heb geprobeerd het te verbergen, maar ik kan niet anders zijn dan ik ben.'

'Je moest nu maar gaan,' zei ze.

'Ja.'

Hij aarzelde.

'En hoe zit het met jou?' vroeg hij.

'Hoe zit het met mij?'

'Haat jij me ook?'

'Je moest nu maar gaan. Hij zou wakker kunnen worden.'

'Omdat dit alles mijn schuld is. De positie waarin je verkeert, dat je altijd en eeuwig voor hem moet zorgen. Je moet...'

'Ga nu,' zei ze.

'Vergeef me.'

'Wat gebeurde er nadat hij na het ongeluk uit huis was gegaan?' vroeg Erlendur. 'Werd hij gewoon doodgezwegen alsof hij nooit had bestaan?'

'Min of meer. Ik weet dat mijn vader soms naar zijn platen luisterde. Hij wilde niet dat ik dat wist, maar ik zag het soms als ik thuiskwam van mijn werk. Dan was hij vergeten om de hoes weer om de plaat te doen of de plaat van de grammofoon te halen. Soms hoorden we iets over hem en jaren geleden lazen we eens een interview met hem in een of ander tijdschrift. Ze hadden het daarin over kindsterretjes van vroeger. De kop luidde WAAR ZIJN ZE GEBLEVEN? of zoiets vreselijks. Het tijdschrift had hem opgespoord en hij leek bereid om over zijn vroegere roem te vertellen. Ik weet niet waarom hij zich zo kwetsbaar opstelde. Hij zei eigenlijk helemaal niets in dit gesprek, behalve dat het een leuke tijd was geweest toen hij alle aandacht kreeg.'

'Iemand heeft zich hem dan toch herinnerd. Hij was niet totaal vergeten.'

'Er zijn altijd mensen die zich iets herinneren.'

'Hij heeft in dit tijdschrift dus niet over het pesten op school gesproken, niet over de eisen die je vader aan hem gesteld heeft of over het verlies van zijn moeder, en niet hoe zijn verwachtingen, die zijn vader naar ik aanneem heeft gevoed, in rook opgingen en hoe hij uit huis verdreven werd?'

'Wat weet jij van het pesten op school?'

'We weten dat hij gepest werd omdat hij als iets bijzonders werd gezien. Klopt dat niet?'

'Ik denk niet dat mijn vader ooit verwachtingen heeft aangewakkerd. Hij is een heel realistische man, die met beide benen op de grond staat. Ik weet niet waarom je op deze toon spreekt. Het zag er een tijdje naar uit dat mijn broer het ver zou brengen in zijn zangcarrière, dat hij in het buitenland zou zingen en daar heel wat meer opzien zou baren dan hier in onze kleine samenleving mogelijk is. Mijn vader maakte hem dat duidelijk, maar ik denk ook dat hij hem heeft gezegd dat daarvoor hard werken, volledige inzet en talent nodig waren en dat hij zich er desondanks niet al te veel van moest voorstellen. Mijn vader is geen dwaas. Dat moet je niet denken.'

'Ik denk helemaal niets,' zei Erlendur.

'Goed.'

'Heeft Guðlaugur nooit geprobeerd contact met jullie te krijgen? Of jullie met hem? In al die tijd?'

'Nee. Volgens mij heb ik die vraag al eerder beantwoord. Alleen maar dat hij soms bij ons naar binnen sloop zonder dat wij het merkten. Hij vertelde me dat hij dat jarenlang had gedaan.'

'Hebben jullie niet geprobeerd hem te vinden?'

'Nee, dat hebben we niet gedaan.'

'Bestond er een liefdevolle verhouding tussen hem en jullie moeder?' vroeg Erlendur.

'Hij verafgoodde haar,' zei Stefanía.

'Haar dood was dus een groot verdriet voor hem.'

'Haar dood was een groot verdriet voor ons allemaal.' Stefanía zuchtte diep.

'Ik neem aan dat er bij ons allemaal vanbinnen iets gestorven is toen zij van ons wegging. Dat wat ons tot gezin maakte. Ik denk dat ik me pas heel veel later heb gerealiseerd dat zij het was die ons bond, die evenwicht schiep. Mijn ouders waren het niet met elkaar eens over Guðlaugur en ruzieden over zijn opvoeding, als je het tenminste ruzie kunt noemen. Zij wilde dat hij de kans kreeg zichzelf te zijn, dat hij dan wel mooi kon zingen, maar dat je daar niet noodzakelijk zo'n drukte over hoefde te maken.'

Ze keek Erlendur aan.

'Ik denk dat onze vader hem nooit als een kind heeft gezien, maar veeleer als een opdracht. Iets dat alleen hij kon maken en vormen.'

'En jij, wat vond jij ervan?'

'Ik? Daar werd nooit naar gevraagd.'

Ze zwegen en luisterden naar het geroezemoes in de zaal en keken naar de buitenlanders, die samen zaten te praten en te lachen. Erlendur keek naar Stefanía, die zich in zichzelf leek te hebben teruggetrokken met haar herinneringen aan een gebroken gezinsleven.

'Had je iets van doen met de moord op je broer?' vroeg Erlendur voorzichtig.

Het was of ze niet hoorde wat hij zei en hij herhaalde zijn vraag. Ze keek op.

'Helemaal niet,' zei ze. 'Ik zou zo graag willen dat hij nog leefde, dan zou ik...' Stefanía zweeg.

'Dan zou je wat?' vroeg Erlendur.

'Ik weet het niet, misschien zou ik het goed kunnen maken...'

Ze zweeg weer.

'Het was allemaal zo akelig. Alles. Het begint met wat kleinigheden en dan wordt het steeds serieuzer en gecompliceerder, tot het onbeheersbaar is geworden. Ik probeer het feit dat Guðlaugur zijn vader van de trap heeft gegooid niet te bagatelliseren. Maar je kiest voor een bepaalde houding en doet niets om die te veranderen. Omdat je dat niet wilt, neem ik aan. En de tijd glijdt voorbij en de jaren glijden voorbij, totdat je in feite het oorspronkelijke gevoel bent vergeten, de aanleiding waardoor alles op gang kwam. En ook ben je, opzettelijk of niet, alle gelegenheden vergeten die je gehad hebt om goed te maken wat er verkeerd ging, en dan is het plotseling te laat om nog iets in orde te maken. Al die jaren zijn voorbijgegaan en...'

Ze zuchtte diep.

'Wat gebeurde er nadat je hem daar in jullie keuken tegen het lijf was gelopen?'

'Ik heb met mijn vader gesproken. Hij wilde niets van Gulli weten en daarmee was het uit. Ik heb hem niet over Gulli's nachtelijke bezoeken verteld. Ik heb een paar keer geprobeerd met hem over een verzoening te praten, zei dat ik mijn broer toevallig op straat was tegengekomen en dat hij zijn vader graag wilde ontmoeten, maar vader was niet te vermurwen.'

'Is je broer nooit meer in het huis geweest?'

'Voorzover ik weet niet.' Ze keek Erlendur aan.

'Dit gebeurde twee jaar geleden en dat was de laatste keer dat ik hem gezien heb.'

25

Stefanía stond op en maakte aanstalten om te vertrekken. Het was of ze alles gezegd had wat ze te zeggen had. Erlendur kreeg sterk het gevoel dat ze ervoor gekozen had om hem slechts te vertellen wat ze kwijt wilde en dat ze een aantal andere dingen voor zich had gehouden. Hij stond eveneens op en vroeg zich af of hij hiermee voor nu genoegen zou nemen of dat hij haar nog wat meer aan de tand zou voelen. Hij besloot haar toe te staan haar eigen koers te varen. Ze was heel wat meegaander dan tevoren en voorlopig was hij daar tevreden mee. Hij kon het echter niet laten om haar te vragen naar een raadsel waarvan hij de oplossing niet kon vinden en waarvoor zij geen verklaring had gegeven.

'Als het vanwege het ongeluk was, kan ik begrijpen waarom jullie vader zijn leven lang boos op hem is geweest,' zei Erlendur, 'zeker als hij hem er de schuld van heeft gegeven dat hij sindsdien in een rolstoel heeft moeten zitten. Maar ik weet niet helemaal wat ik van jou moet denken, waarom jij net zo hebt gereageerd, waarom je dezelfde houding als je vader hebt aangenomen, waarom je je op deze manier tegen je broer hebt gekeerd en al die jaren geen contact met hem hebt gehad.'

'Ik denk dat ik je voldoende hulp heb geboden,' zei Stefanía. 'Zijn dood gaat mijn vader en mij niets aan. Die dood hangt samen met een ander leven dat mijn broer leidde, en dat mijn vader noch ik hebben gekend. Ik hoop dat je het kunt waarderen dat ik geprobeerd heb oprecht en behulpzaam te zijn en dat je ons in het vervolg niet meer zult storen. Dat je me niet in mijn eigen huis in de boeien slaat.'

Ze stak haar hand uit alsof ze een soort overeenkomst tussen hen beiden wilde bekrachtigen dat zij en haar vader met rust gelaten zouden worden. Erlendur gaf haar een hand en probeerde te glimlachen. Hij wist dat die overeenkomst vroeg of laat verbroken zou worden. Te veel vragen, dacht hij bij zichzelf. En te weinig echte antwoorden. Hij was niet bereid haar meteen te laten gaan en dacht zeker te weten dat ze nog steeds tegen hem loog, of in elk geval in een boog om de waarheid heen liep.

'Je bent dus niet een paar dagen voor de dood van je broer in het hotel geweest om hem te ontmoeten?'

'Nee, ik had hier in deze zaal een afspraak met mijn vriendin. We hebben samen koffiegedronken. Je kunt contact met haar opnemen en haar vragen of ik de waarheid spreek. Ik was helemaal vergeten dat hij hier werkte, en toen ik hier was, heb ik hem niet gezien.'

'Dat zal ik misschien nagaan,' zei Erlendur, en hij noteerde de naam van de vrouw. 'Iets anders: ken je een man die Henry Wapshott heet? Het is een Brit en hij stond in contact met je broer.'

'Wapshott?'

'Het is een platenverzamelaar. Heeft belangstelling voor de platen van je broer. Toevalligerwijze verzamelt hij platen met koorzang en heeft hij zich in koorknapen gespecialiseerd.'

'Ik heb nog nooit van die man gehoord,' zei Stefanía. 'Heeft hij zich in koorknapen gespecialiseerd?'

'Er zijn ongetwijfeld zonderlinger verzamelaars dan hij,' zei Erlendur, maar hij waagde zich niet aan verhalen over de kotszakjes van vliegmaatschappijen. 'Wapshott is van mening dat de platen van je broer vandaag de dag heel veel waard zijn. Weet jij daar iets van?'

'Nee, geen idee,' zei Stefanía. 'Wat bedoelde hij daarmee? Wat heeft het te betekenen?'

'Dat weet ik nog niet precies,' zei Erlendur, 'maar ze zijn in elk geval zoveel waard dat Wapshott hier naar het noorden kwam om Guðlaugur te ontmoeten. Had hij platen in zijn bezit?'

'Dat geloof ik niet.'

'Weet je wat er geworden is van de oplage van de platen waarop hij zong?'

'Ik geloof dat die gewoon verkocht is,' zei Stefanía. 'Zou die oplage iets waard zijn als hij nog bestond?'

Erlendur hoorde een zekere opwinding in haar stem en vroeg zich af of ze hem voor de gek zat te houden, of ze dit alles niet veel beter wist dan hijzelf en nu probeerde uit te vinden wat hij wist.

'Dat zou heel goed mogelijk kunnen zijn,' zei Erlendur.

'Is die Brit nu hier in het land?' vroeg ze.

'Hij zit bij ons in een cel,' zei Erlendur. 'Het is mogelijk dat hij meer over je broer en zijn dood weet dan hij aan ons kwijt wil.'

'Denken jullie dat hij hem heeft vermoord?'

'Heb je niet naar het nieuws geluisterd?'

'Nee.'

'Hij komt in aanmerking, dat is alles.'

'Wat is het voor een man?'

Erlendur wilde haar gaan vertellen over de inlichtingen van de Engelse politie en over de kinderporno die in Wapshotts hotelkamer was aangetroffen, maar zag ervan af. Herhaalde zijn woorden dat Wapshott een platenverzamelaar was met belangstelling voor koorknapen, dat hij in het hotel had gelogeerd en in verbinding met Guðlaugur had gestaan en dat er voldoende verdenking op hem was gevallen om hem in voorlopige hechtenis te houden.

Ze namen vriendschappelijk afscheid van elkaar en Erlendur keek haar na toen ze door de eetzaal naar de foyer liep. Tegelijkertijd ging de telefoon in zijn zak over. Hij pakte hem en zette hem aan. Tot zijn verbazing was Valgerður aan de lijn.

'Kan ik je vanavond misschien ontmoeten?' vroeg ze, met

de deur in huis vallend. 'Ben je dan nog in het hotel?'

'Ik kan er zijn,' zei Erlendur, en deed geen poging om de toon van verbazing in zijn stem te verbergen. 'Ik dacht dat...'

'Zullen we zeggen, zo rond acht uur? In de bar?'

'In orde,' zei Erlendur. 'Afgesproken. Wat...?'

Hij wilde Valgerður gaan vragen wat ze op haar hart had, maar ze had al neergelegd en het enige dat zijn oor opving was stilte. Hij deed de telefoon uit en vroeg zich af wat ze wilde. Hij had de mogelijkheid om deze vrouw nader te leren kennen afgeschreven en bij zichzelf gedacht dat hij waarschijnlijk inzake vrouwen een hopeloos geval was. Maar nu kwam onverwacht dit telefoontje en hij wist niet precies wat hij ervan moest denken.

Het middaguur was allang voorbij en Erlendur voelde zich uitgehongerd. Hij ging echter niet in de eetzaal van het hotel eten, maar nam de lift naar boven en liet zich een laat middagmaal op zijn kamer bezorgen. Hij moest nog een paar video's bekijken, zette er één in het apparaat en draaide hem af terwijl hij op de maaltijd wachtte.

Hij verloor zijn concentratie al snel, zijn geest dwaalde af van het scherm en hij begon Stefanía's woorden te overdenken. Waarom was Guðlaugur 's nachts bij hen het huis binnengeslopen? Hij had zijn zus gezegd dat hij naar huis verlangde. *Ik verlang soms gewoon naar huis.* Wat hadden die woorden te beduiden? Wist zijn zus dat? Wat betekende 'naar huis' voor Guðlaugur? Wat miste hij? Hij maakte niet langer deel uit van het gezin en degene die hem het naast had gestaan, zijn moeder, was allang dood. Hij stoorde zijn vader en zijn zus niet als hij hen bezocht. Hij kwam niet overdag, zoals ieder normaal mens zou doen, als er tenminste zoiets als een normaal mens bestond, om de dingen recht te zetten, om het op te nemen tegen de onmin en de woede en zelfs de haat die er tussen hem en zijn familie waren ontstaan. Hij kwam in het holst van de nacht, zorgde ervoor dat hij niemand stoorde en sloop weer naar buiten zonder dat iemand iets van hem merkte. Hij leek niet op zoek te zijn naar verzoening of vergeving, maar naar iets dat misschien van meer belang voor hem was, iets dat alleen hij begreep, dat nooit verklaard zou worden en in die twee woorden verborgen lag.

Naar huis. Wat was dat?

Misschien de gedachte aan een jeugd in het huis van zijn ouders voordat het leven hem met onbegrijpelijke verwikkelingen en noodlottige gebeurtenissen overviel, die verwoesting en ellende aanrichtten. Toen hij in dit huis rondliep in de wetenschap dat hij een vader, moeder en zus had die hem lief en dierbaar waren. Hij moest wel naar het huis komen om er herinneringen terug te vinden die hij niet kwijt wilde raken en die hem kracht gaven als het leven hem zwaar viel.

Misschien kwam hij het huis in om het op te nemen tegen het lot dat hem daar ten deel was gevallen. De al te hoge eisen die zijn vader aan hem stelde, het gepest dat het gevolg was van het feit dat hij als anders werd gezien, de liefde van zijn moeder, die hem meer waard was dan wat ook, en zijn grote zus die ook op hem paste; de enorme schok na zijn thuiskomst uit het concert in de Stadsbioscoop, toen zijn wereld in elkaar stortte en de verwachtingen van zijn vader vervlogen. Wat kan er erger zijn voor een jongen als hij dan niet te beantwoorden aan de verwachtingen van zijn vader? Na alles wat hij er zelf voor over had gehad, alles wat zijn vader ervoor over had gehad, alles wat het hele gezin ervoor over had gehad. Hij had zijn jeugd opgeofferd om iets te worden dat hij niet echt kon begrijpen of beïnvloeden – en dat toen niets bleek te zijn. Zijn vader had zijn jeugd op het spel gezet en hem die in feite ontnomen.

Erlendur zuchtte.

Wie verlangt er soms niet naar huis?

Hij lag op zijn bed toen hij plotseling een zacht geluidje in de kamer hoorde. Hij kon niet meteen uitmaken waar het vandaan kwam. Dacht dat de platenspeler was gaan lopen, maar dat de naald nog boven de plaat hing.

Hij kwam overeind om naar de platenspeler te kijken en zag dat hij niet aanstond. Weer hoorde hij hetzelfde geluid en hij keek om zich heen. Het was donker in de kamer en hij kon niet veel zien. Er viel een beetje licht binnen van de lantarens aan de overkant van de straat. Hij wilde het licht op het nachtkastje aandoen, toen hij het geluid weer hoorde, en nu wat harder dan tevoren. Hij durfde zich niet te bewegen. Hij herinnerde zich plotseling waar hij het eerder had gehoord.

Hij ging rechtop in bed zitten en keek naar de deur. In het zwakke licht zag hij een kleine gedaante ineengedoken in de nis naast de deur liggen. Blauw van de kou keek hij naar hem en hij beefde en klappertandde zo hevig dat zijn hoofd ervan schudde en hij haalde zijn neus op.

Dat was het geluid dat Erlendur kende.

Hij staarde naar de gedaante, die naar hem terugkeek en probeerde te glimlachen, maar het door de koude rillingen niet kon.

'Ben jij het?' zuchtte Erlendur.

Tegelijkertijd verdween de gedaante uit de nis en schrok Erlendur, die al half uit zijn bed was, wakker. Hij staarde naar de deur.

'Was jij dat?' vroeg hij, en hij zag flarden uit zijn droom voor zich: de wollen handschoenen, de muts, het warme jack en de das, de kleren die ze hadden gedragen toen ze van huis gingen.

De kleren van zijn broertje.

Die in zijn koude kamer zat te bibberen.

26

Hij stond een hele tijd stil voor het raam naar het vallen van de sneeuw te kijken.

Ten slotte begon hij de video's weer te bekijken. De zus van Guðlaugur verscheen niet meer op het scherm en niemand anders die hij kende, op een paar personeelsleden van het hotel na, die zich ofwel naar hun werk of naar huis haastten.

De hoteltelefoon rinkelde en Erlendur antwoordde.

'Ik denk dat Wapshott de waarheid zegt,' zei Elínborg. 'Ze kennen hem goed in de antiquariaten en op de vlooienmarkt.'

'Was hij daar aanwezig op de tijd die hij heeft opgegeven?'

'Ik heb foto's van hem laten zien en naar de tijden gevraagd en volgens hen klopten die zo ongeveer. Voldoende om hem ten tijde van de aanval op Guðlaugur niet in het hotel te kunnen situeren.'

'Hij maakt op mij ook niet de indruk een moordenaar te zijn.'

'Hij is een kinderverkrachter, maar misschien geen moordenaar. Wat ga je met hem doen?'

'Ik denk dat we hem maar gewoon naar Engeland sturen.'

Ze verbraken het gesprek en Erlendur zat over de moord op Guðlaugur na te denken zonder tot enige conclusie te kunnen komen. Hij dacht ook aan Elínborg en algauw draaiden zijn gedachten nogmaals om de zaak van de jongen die door zijn vader mishandeld was. Elínborg haatte die vader.

'Je bent niet de enige die zoiets doet,' had Elínborg tegen de vader gezegd. Ze probeerde absoluut niet hem hiermee te troosten. Haar toon was beschuldigend, alsof ze wilde dat hij wist dat hij gewoon maar een van de vele sadisten was die hun kinderen mishandelden. Ze wilde hem laten weten van wat voor gezelschap hij deel uitmaakte. Waar hij statistisch gezien stond.

Ze had de statistieken bestudeerd. In de jaren tussen 1980 en 1999 waren meer dan driehonderd kinderen op de kinderafdeling van het ziekenhuis onderzocht omdat er een vermoeden van mishandeling bestond. In 232 gevallen ging het om een vermoeden van seksueel misbruik en in 43 zaken om lichamelijke mishandeling en gebruik van geweld. Medicijnvergiftiging, en Elínborg herhaalde het woord, medicijnvergiftiging en verwaarlozing waren meegerekend. Ze las de woorden koud en beheerst voor van een blad papier: hoofdwonden, beenbreuken, brandwonden, schrammen, beten. Ze herhaalde deze opsomming, waarbij ze de vader aanstaarde.

'Het vermoeden bestaat dat er twee kinderen in deze twintig jaar aan de gevolgen van lichamelijk geweld zijn gestorven,' zei ze. 'Geen van die zaken is voor de rechter geweest.'

Ze vertelde hem dat deskundigen van mening waren dat het hier om een onzichtbaar probleem ging, wat in gewone mensentaal betekende dat er waarschijnlijk veel meer van zulke gevallen waren.

'In Engeland,' zei ze, 'sterven wekelijks vier kinderen door mishandeling. Vier kinderen,' herhaalde ze, 'elke week.'

'Wil je weten wat voor redenen ervoor worden aangegeven?' vervolgde ze.

Erlendur zat ook in de verhoorkamer, maar hij hield zich stil. Hij zou Elínborg alleen steunen als ze een beroep op zijn hulp zou doen en voorzover hij het kon zien had ze geen enkele hulp nodig.

De vader keek niet op. Hij keek naar de bandrecorder. Ze hadden hem niet aangezet. Het was geen formeel verhoor. De advocaat van de man was niet gewaarschuwd en hij had nog niet geprotesteerd of geklaagd. Hij had niet om clementie gevraagd.

'Ik zal er een paar noemen,' zei Elínborg, en ze begon aan een opsomming van de oorzaken die ouders ertoe brachten geweld tegen hun kinderen te gebruiken. 'Stress,' zei ze. 'Financiële problemen, ziekte en werkloosheid, isolement en een gebrek aan steun van de partner of een plotselinge driftbui.'

Elínborg keek de vader aan.

'Denk je dat iets hiervan van toepassing op jou zou kunnen zijn? Een plotselinge driftbui, bijvoorbeeld?'

Hij gaf haar geen antwoord.

'Sommige mensen hebben zichzelf niet in de hand en er zijn gevallen opgetekend van ouders die zo gekweld worden door schuldgevoelens over wat ze gedaan hebben, dat ze willen dat het aan het licht komt. Is dat iets dat je bekend voorkomt?'

Hij zweeg.

'Ze gaan met het kind naar de dokter, misschien de huisarts, zogenaamd omdat het kind een hardnekkige verkoudheid heeft. Maar ze komen niet vanwege die verkoudheid, ze willen dat de dokter aandacht schenkt aan de verwondingen of blauwe plekken van het kind. Ze willen dat hun daden aan het licht komen. Weet je waarom?'

Hij bleef nog steeds zwijgen.

'Omdat ze willen dat het ophoudt. Dat iemand ingrijpt. Ingrijpt in een proces dat ze niet langer in de hand hebben. Ze zijn niet in staat om het zelf te doen en hopen dat de dokter ziet dat er iets mis is.'

Ze keek de vader aan. Erlendur zat zwijgend te luisteren. Hij maakte zich er zorgen over dat Elínborg te ver zou gaan. Ze leek al haar krachten in te spannen om haar vakmanschap te tonen, om te tonen dat de zaak haar niet persoonlijk raakte. Het leek een hopeloze strijd en het zag ernaar uit dat ze zich dit zelf realiseerde. Ze was veel te emotioneel geworden.

'Ik heb met je huisarts gepraat,' zei Elínborg. 'Hij zei dat hij de Kinderbescherming tweemaal een notitie over verwondingen van de jongen had gestuurd. De Kinderbescherming heeft de zaak beide malen onderzocht, maar kon niet tot een besluit komen. Het hielp ook niet dat de jongen niets zei en jij niets toegaf. Het is niet hetzelfde om geweld te willen melden en dan als het zover is ook de verantwoordelijkheid ervoor te willen dragen. Ik heb de rapporten gelezen. In het laatste rapport wordt je zoon gevraagd hoe de verhouding tussen jullie beiden is, maar het is net of hij de vraag niet begrijpt. Ze vragen het hem opnieuw: wie vertrouw je het meest? En hij antwoordt: mijn papa. Ik vertrouw mijn papa het meest van allemaal.'

Elínborg zweeg.

'Vind je dat niet ongehoord?' vroeg ze.

Ze wierp een blik op Erlendur en toen weer op de vader.

'Vind je dat niet ongehoord?'

Erlendur bedacht dat er een tijd was geweest dat hij hetzelfde antwoord als de jongen gegeven zou hebben. Hij zou zijn vader hebben genoemd.

Toen het lente werd en de sneeuw begon te smelten, trok Erlendurs vader de bergen in, op zoek naar zijn zoon, en uitgaande van de plek waar Erlendur was gevonden probeerde hij uit te rekenen waar de jongen in het noodweer naartoe gelopen kon zijn. Hij leek tot op zekere hoogte over het dode punt heen te zijn, maar werd door schuldgevoelens gekweld.

Hij liep over het hoogland en verder de bergen in, veel verder dan zijn zoon ooit gekomen kon zijn, maar hij vond geen enkel spoor. Hij zette zijn tent daarboven op en Erlendur kwam met hem mee. Ook zijn moeder nam deel aan de zoektocht. Soms kwamen mensen uit de omgeving om hen te helpen zoeken, maar de jongen werd nooit gevonden. En het was zo belangrijk om het lijkje te vinden, want zolang hij niet gevonden was, was hij in feite niet echt gestorven, alleen maar verdwenen. De wond bleef open en er bleef voortdurend een grenzeloos verdriet uit sijpelen.

Erlendur vocht er op zijn eigen manier tegen. Hij voelde zich ellendig en niet alleen door het verlies van zijn broertje. Hij zag het als puur geluk dat hijzelf gevonden was, maar hij werd steeds vaker door een vreemd gevoel van schuld bekropen omdat hij wel en zijn jongere broer niet was gered. Niet omdat hij zijn broertje in de storm had losgelaten, maar hij werd gekweld door de gedachte dat hijzelf eigenlijk had moeten sterven. Hij was de oudste en had de verantwoordelijkheid voor zijn broertje. Zo was het altijd geweest. Hij had op hem gepast. Bij al hun spelletjes, als ze alleen thuis waren, als ze om een boodschap werden uitgestuurd. Hij had de verantwoording gedragen en aanvaard. Ditmaal echter was hij tekortgeschoten en misschien had hij het niet verdiend om gered te worden, omdat zijn broertje gestorven was. Hij wist niet waarom hij leefde. Maar soms dacht hij dat het misschien beter was geweest als hij daar ergens verloren in het hoogland lag.

Tegenover zijn ouders verwoordde hij deze gedachten nooit en in zijn eenzaamheid had hij soms het gevoel dat zij net zo over hem dachten. Zijn vader had zich in zijn eigen schuldgevoelens ingekapseld en wilde zich daar niet van af laten brengen. Zijn moeder was zelf gebroken van verdriet. Beiden gaven zichzelf tot op zekere hoogte de schuld van wat er gebeurd was. Tussen hen heerste een wonderlijke stilte, die luider was dan welke schreeuw ook, en Erlendur vocht zijn gevecht helemaal alleen en woog voor zichzelf verantwoordelijkheid, schuld en geluk tegen elkaar af.

Als ze hem niet hadden gevonden, hadden ze dan misschien zijn broertje gevonden?

Bij het raam overpeinsde hij welke invloed het verlies van zijn broertje op zijn leven had gehad en of die invloed misschien ingrijpender was dan hij zich bewust was. Hij had vaak over deze gebeurtenissen nagedacht sinds Eva Lind hem met vragen was gaan bestoken. Hij had geen eenvoudige antwoorden op die vragen, maar wist diep in zijn hart waar hij die antwoorden moest zoeken. Hij had zichzelf meer dan eens de vragen gesteld die Eva het hoogst zaten, de vragen die ze stelde als ze hem ertoe wilde brengen zich te rechtvaardigen.

Erlendur hoorde iemand aankloppen en draaide zich om van het raam.

'Kom binnen,' riep hij, 'de deur is open.'

Sigurður Óli opende de deur en kwam de kamer in.

Hij was de hele dag in Hafnarfjörður geweest, waar hij gepraat had met mensen die Guðlaugur gekend hadden.

'Heb je nog iets nieuws?' vroeg Erlendur.

'Ik ben erachter gekomen wat zijn bijnaam was. Je weet wel, die nieuwe bijnaam die hij kreeg nadat alles mis was gegaan.'

'Ja, wie heeft je dat verteld?'

Sigurður Óli zuchtte en kwam naast hem op het bed zitten. Bergþóra had erover geklaagd dat hij niet genoeg thuis was nu het kerstfeest eraan kwam; alle voorbereidingen kwamen alleen op haar schouders terecht. Hij had eigenlijk al thuis willen zijn om de kerstboom met haar te gaan kopen, maar hij moest eerst nog met Erlendur spreken. Hij had haar dat op weg naar het hotel door de telefoon medegedeeld en gezegd dat hij zich zou haasten, maar zij had dat verhaal al te vaak gehoord om het nog te geloven en toen ze het gesprek beëindigden klonk ze chagrijnig.

'Ben je van plan de hele kersttijd in deze kamer door te brengen?' vroeg Sigurður Óli.

'Nee,' zei Erlendur. 'Wat heb je daar in Hafnarfjörður ontdekt?'

'Waarom is het hierbinnen zo koud?'

'De radiator,' zei Erlendur. 'Hij wordt niet warm. Zou je alsjeblieft terzake willen komen?'

Sigurður Óli glimlachte.

'Koop je een kerstboom? Voor Kerstmis?'

'Als ik er een zou kopen, dan zou ik dat voor Kerstmis doen.'

'Na wat gezoek heb ik een man gevonden die zei dat hij Guðlaugur vroeger goed gekend had,' zei Sigurður Óli. Hij wist dat hij inlichtingen had die de loop van het onderzoek konden veranderen en had er plezier in Erlendur nog een beetje te laten bungelen.

Sigurður Óli en Elínborg hadden zich voorgenomen om met iedereen te praten die met Guðlaugur op school had gezeten of hem van vroeger kende. De meesten wisten nog wie hij was en hadden vage herinneringen aan een veelbelovende zangcarrière en aan de pesterijen die het gevolg waren van zijn bekendheid. Een enkeling herinnerde zich hem goed en wist wat er gebeurd was toen hij zijn vader invalide had gemaakt. Eén persoon had hem nader gekend dan Sigurður Óli zich zelfs maar had kunnen voorstellen.

Een klasgenote van Guðlaugur had hem op de man gewezen. Ze woonde in een villa in het nieuwste deel van Hafnarfjörður. Sigurður Óli had haar die ochtend opgebeld en ze verwachtte hem. Ze gaven elkaar een hand en zij inviteerde hem in de zitkamer. Ze was getrouwd met een piloot en werkte halve dagen in een boekhandel. De kinderen waren volwassen.

Ze vertelde hem alles wat ze over Guðlaugur wist en dat was niet erg veel. Ze herinnerde zich ook zijn zus, maar wist eigenlijk alleen maar dat ze ouder was dan hij. Het stond haar vaag bij dat hij zijn stem had verloren juist toen alles naar wens leek te gaan, maar ze wist niet wat er van hem geworden was sinds ze van school af waren, en ze was erg geschrokken toen ze via de media had vernomen dat hij de man was die vermoord was aangetroffen in een kamertje in het souterrain van het hotel.

Sigurður Óli luisterde wat afwezig naar dit alles. Het meeste had hij ook al van andere klasgenoten van Guðlaugur gehoord. Toen ze aan het eind van haar verhaal was gekomen, vroeg hij haar of ze misschien een bijnaam kende waarmee Guðlaugur als kind was gepest. Ze kon zich niets van dien aard herinneren, maar toen ze zag dat Sigurður Óli wilde vertrekken, voegde ze eraan toe dat ze lang geleden iets over Guðlaugur had gehoord dat de politie misschien zou interesseren, als ze het tenminste niet al wisten.

'Wat is dat dan?' vroeg Sigurður Óli, die was opgestaan.

Ze vertelde het hem en het verheugde haar te zien dat het haar gelukt was de belangstelling van de rechercheur te wekken.

'En is die man nog in leven?' vroeg Sigurður Óli de vrouw.

Ze zei dat hij dat was, tenminste voorzover zij wist, en ze gaf hem zijn naam. Ze stond op en haalde de telefoongids, en Sigurður Óli vond naam en adres. De man woonde in Reykjavík en zijn naam was Baldur.

'Is het deze man? Geen twijfel mogelijk?' vroeg Sigurður Óli.

'Voorzover ik weet wel,' zei de vrouw en ze glimlachte alsof ze hoopte dat ze enigszins van dienst geweest was. 'Iedereen had het erover,' voegde ze eraan toe.

Sigurður Óli besloot er meteen op af te gaan, in de hoop dat de man thuis zou zijn. Het was inmiddels laat in de middag. Het verkeer naar Reykjavík was druk en onderweg belde hij Bergþóra, die...

'Wil je alsjeblieft terzake komen,' zei Erlendur ongeduldig, en onderbrak het verhaal van Sigurður Óli.

'Nee, want dit gaat jou aan,' zei Sigurður Óli, en hij grijnsde plagerig. 'Bergþóra wilde weten of ik je op kerstavond bij ons thuis had uitgenodigd en ik zei haar dat ik dat had gedaan, maar nog geen antwoord van je had gekregen.'

'Ik ben van plan om kerstavond samen met Eva Lind thuis door te brengen,' zei Erlendur. 'Dat is het antwoord. En wil je nu alsjeblieft terzake komen?'

'Oké,' zei Sigurður Óli.
'En hou op met dat ge-oké.'
'Oké.'

Baldur woonde in een mooi houten huis in de wijk Þingholt en hij was net thuis van zijn werk. Hij was architect. Sigurður Óli belde bij hem aan, stelde zich voor als rechercheur en zei dat hij in verband met de moord op Guðlaugur Egilsson langskwam. De man toonde geen enkele verbazing. Hij keek Sigurður Óli kritisch aan, glimlachte toen en nodigde hem uit binnen te komen.

'Om de waarheid te zeggen verwachtte ik je al, of iemand anders van de politie,' zei hij. 'Ik heb erover gedacht om zelf contact op te nemen, maar dat heb ik steeds voor me uit geschoven. Het is nooit prettig om met de politie te praten.' Hij glimlachte weer en hing de jas van Sigurður Óli voor hem op.

Binnen was alles buitengewoon netjes. In de kamer brandden kaarsen en de kerstboom was al opgetuigd. De man bood Sigurður Óli een likeurtje aan, maar deze bedankte. De man was van gemiddelde lengte, slank en met een opgewekt gezicht; zijn haar begon dun te worden, maar de rode kleur was duidelijk wat aangezet en er was geprobeerd het haar dat er nog was zo voordelig mogelijk te doen uitkomen. In de stem die uit kleine speakers in de kamer klonk, dacht Sigurður Óli die van Frank Sinatra te herkennen.

'Waarom verwachtte je mij of een van ons?' vroeg hij terwijl hij plaatsnam op een grote, rode bank.

'Vanwege Gulli,' zei de man, en hij kwam tegenover hem zitten. 'Ik wist dat jullie dit op zouden graven.'

'Wat?' vroeg Sigurður Óli.

'Dat ik in het verleden met Gulli was,' zei de man.

'Wat bedoel je met dat hij in het verleden met Guðlaugur was?' vroeg Erlendur, en hij onderbrak het verhaal al weer. 'Wat bedoelde hij daarmee?'

'Hij bracht het zo onder woorden,' zei Sigurður Óli.

'Dat hij met Guðlaugur was?'

'Ja.'

'Wat betekent dat?'

'Dat ze samen waren.'

'Bedoel je dat Guðlaugur...?' Talloze gedachten schoten als bliksems door Erlendurs hoofd en ze bleven allemaal steken bij de strenge gelaatsuitdrukking van Guðlaugurs zus en die van zijn vader in de rolstoel.

'Dat is wat die Baldur zegt,' herhaalde Sigurður Óli. 'Maar Guðlaugur wilde niet dat iemand het wist.'

'Wilde hij niet dat iemand van deze verhouding wist?'

'Hij wilde verborgen houden dat hij homoseksueel was.'

27

De man uit Þingholt vertelde Sigurður Óli dat de verhouding tussen hem en Guðlaugur begonnen was toen ze ongeveer vijfentwintig jaar oud waren. Het was in de discotijd en de man huurde toen een souterrainwoning in de wijk Vogar. Geen van beiden was al uit de kast gekomen. 'In die tijd keek men anders tegen homoseksualiteit aan dan nu,' zei de man glimlachend.

'Maar het begon te veranderen.'

'En je kon ook niet zeggen dat we samenwoonden,' voegde Baldur eraan toe. 'In die tijd woonden mannen niet samen zoals ze dat vandaag doen zonder dat iemand er zich aan stoort. In die jaren kon een homo eigenlijk niet op IJsland wonen. De meesten ontvluchtten het land dan ook, zoals je misschien wel weet. Laten we zeggen dat Gulli me vaak bezocht. Bij me logeerde. Zelf had hij een kamer in het westen van de stad en daar ben ik een paar keer op bezoek geweest, maar naar mijn smaak was hij niet netjes genoeg en ik hield ermee op hem daar te bezoeken. Meestal waren we bij mij thuis.'

'Hoe hebben jullie elkaar leren kennen?' vroeg Sigurður Óli.

'Er waren in die tijd een paar plaatsen in de stad waar wij homo's elkaar ontmoetten. Een ervan was vlak bij het centrum, in feite niet ver hier van Þingholt vandaan. Geen bar of zo, maar een ontmoetingsplek in een privé-woning. In bars en disco's moest je op alles voorbereid zijn en je werd er soms uitgegooid omdat je met andere mannen danste. Dat huis was een soort mengeling van alles: koffiehuis, pension, nachtclub, adviesbureau en toevluchtsoord. Hij kwam er op een avond met een van zijn kennissen naartoe. Toen zag ik hem voor het eerst. Neem me niet kwalijk, wat ben ik onbeleefd, wil je koffie?'

Sigurður Óli keek op de klok.

'Je hebt misschien heel veel haast,' zei de man, en hij bracht voorzichtig zijn dunne, geverfde haren in model.

'Nee, dat is het niet. Ik zou wel wat thee willen, als je die hebt,' zei Sigurður Óli en hij dacht aan Bergþóra. Ze kon heel boos worden als hij zich niet aan tijdsafspraken hield. Op het gebied van punctualiteit was ze een Pietje Precies en als hij heel laat kwam, kon ze hem urenlang het leven zuur maken.

De man ging naar de keuken om thee voor hem te zetten.

'Hij was ontzettend geremd,' zei de man vanuit de keuken, wat luider sprekend zodat Sigurður Óli hem beter kon horen. 'Ik had soms het gevoel dat hij zijn homoseksuele geaardheid haatte, net of hij die nog niet volledig had geaccepteerd. Ik denk dat hij de verhouding met mij onder andere gebruikt heeft om erachter te komen wie hij was. Hij was nog steeds zoekende, ook al was hij helemaal niet zo jong meer. Maar dat is natuurlijk niets nieuws. Mensen zijn soms al in de veertig als ze uit de kast komen, zijn misschien al die tijd getrouwd geweest en hebben vier kinderen.'

'Ja, je kunt er weinig over zeggen,' zei Sigurður Óli, die absoluut niet wist waar hij het over had.

'Dat mag je wel zeggen, vriend. Je wilt je thee zeker sterk hebben?'

'Zijn jullie lang bij elkaar geweest?' vroeg Sigurður Óli, en hij bevestigde dat hij zijn thee graag sterk dronk.

'Ongeveer drie jaar, maar de laatste tijd ontmoetten we elkaar nog maar sporadisch.'

'En heb je sindsdien geen enkel contact meer met hem gehad?'

'Nee. Ik wist van hem af, zou je kunnen zeggen,' zei de man, en hij kwam de kamer weer in. 'De homowereld hier in het land is niet zo groot.'

'Hoe uitte die geremdheid van hem zich?' vroeg Sigurður

Óli, terwijl de man kopjes op de tafel zette. Hij had een schaal koekjes meegebracht, die Sigurður Óli goed kende omdat Bergþóra ze voor elke kerst bakte. Hij probeerde zich te herinneren hoe ze heetten, maar dat lukte hem niet.

'Hij was heel gesloten en praatte maar zelden over zichzelf, eigenlijk vooral als we aan de drank gingen. Het had iets met zijn vader te maken. Hij had geen enkel contact met hem en evenmin met zijn oudere zus, die zich tegen hem had gekeerd. Toen ik hem leerde kennen was zijn moeder al jaren dood en hij sprak het meest over haar. Hij kon het eindeloos over zijn moeder hebben en om je de waarheid te zeggen was dat heel vermoeiend.'

'Waarom heeft zijn zus zich tegen hem gekeerd?'

'Het is nu allemaal lang geleden en hij is er nooit precies op ingegaan. Het enige dat ik weet, is dat hij zich verzette tegen wat hij was. Begrijp je wat ik bedoel? Alsof hij iets anders had moeten zijn.'

Sigurður Óli schudde zijn hoofd.

'Hij vond het iets vies, iets onnatuurlijks om homo te zijn.'

'En daar vocht hij tegen?'

'Ja en nee. Hij was er heel dubbel in. Ik denk dat hij gewoon niet geweten heeft waar hij voor moest kiezen. De arme ziel. Hij had geen erg hoge dunk van zichzelf. Soms denk ik dat hij zichzelf heeft gehaat.'

'Wist je iets van zijn verleden als kindsterretje?'

'Ja,' zei de man, ging naar de keuken, kwam terug met een gloeiend hete theepot en schonk in. Hij bracht de pot weer naar de keuken en ze dronken van hun thee.

'Denk je dat je dit ook wat sneller zou kunnen vertellen?' zei Erlendur tegen Sigurður Óli. Hij zat aan het bureau in zijn kamer naar het verhaal te luisteren en stak zijn ongeduld niet onder stoelen of banken.

'Ik wil proberen alles zo nauwkeurig mogelijk over te brengen,' zei Sigurður Óli, en hij keek weer op zijn horloge. Hij was nu al drie kwartier te laat.

'Ja, ja, verder dan maar...'

'Heeft hij er ooit over gepraat?' vroeg Sigurður Óli. Hij zette zijn kopje neer en pakte een koekje. 'Over de tijd dat hij een kindsterretje was?'

'Hij vertelde dat hij zijn stem had verloren,' zei Baldur.

'En was hij daar verbitterd over?'

'Heel erg. Het gebeurde op een werkelijk vreselijk moment, maar daar wilde hij me niets over vertellen. Hij zei dat hij op school gepest werd omdat hij beroemd was, en dat hij zich daar beroerd onder voelde. Hij gebruikte trouwens het woord 'beroemd' niet, want hij zag zichzelf helemaal niet als beroemd. Het was zijn vader die wilde dat hij beroemd werd, en het heeft, geloof ik, ook maar weinig gescheeld. Maar hij voelde zich ellendig, en toen begonnen al die vreemde gevoelens zich aan te dienen, kwam de homo in hem op. Maar daar wilde hij niet graag over vertellen. Wilde zo min mogelijk over zijn familie zeggen. Neem nog een koekje.'

'Nee, dankjewel,' zei Sigurður Óli. 'Heb je wel eens gehoord dat iemand hem zou willen vermoorden? Iemand die hem slecht gezind was?'

'Lieve god, nee! Hij was een buitengewoon bescheiden mens en deed voorzover ik weet geen vlieg kwaad. Arme kerel, zo aan je eind te moeten komen. Weten jullie al iets meer?'

'Nee,' zei Sigurður Óli. 'Heb je naar zijn platen geluisterd of bezit je ze misschien?'

'Ja zeker,' zei de man. 'Hij is werkelijk iets bijzonders. Hij zingt verrukkelijk. Ik denk niet dat ik ooit een kind mooier heb horen zingen.'

'Was hij zelf trots op zijn zang toen hij ouder werd? In de tijd dat jij met hem omging?'

'Hij luisterde nooit naar zichzelf. Wilde zijn platen niet horen. Nooit, wat ik ook probeerde.'

'Waarom niet?'

'Het was gewoon onmogelijk hem daartoe te brengen. Hij gaf er geen verklaring voor, luisterde gewoon niet naar zijn platen.' Baldur stond op en liep naar een kast in de kamer, pakte de twee platen met Guðlaugur en legde ze bij Sigurður Óli op tafel neer.

'Hij gaf me die platen nadat ik hem met verhuizen had geholpen.'

'Verhuizen?'

'Hij raakte zijn kamer in het westen kwijt en vroeg me hem te helpen met verhuizen. Het lukte hem een andere kamer te vinden en daar zette hij al zijn spullen in. Eigenlijk bezat hij niets behalve de platen.'

'Had hij veel platen?'

'Ja, een heleboel.'

'Was er iets bijzonders waar hij naar luisterde?' vroeg Sigurður Óli op goed geluk.

'Nee,' zei Baldur. 'Het waren allemaal dezelfde platen, begrijp je. Deze hier,' zei hij, en hij wees op de twee platen van Guðlaugur. 'Hij had er een heleboel van, zei dat hij de hele oplage van beide platen in zijn bezit had gekregen.'

'Had hij dozen vol van deze platen?' vroeg Sigurður Óli. Hij verborg zijn opwinding niet.

'Ja, in elk geval twee.'

'Weet je waar die gebleven kunnen zijn?'

'Ik? Nee, ik heb geen idee. Zijn die platen vandaag de dag van enig belang?'

'Ik ken een Brit die er een moord voor zou doen,' zei Sigurður Óli, en het gezicht van Baldur werd één groot vraagteken.

'Wat bedoel je?'

'Niets,' zei Sigurður Óli, en hij keek op zijn horloge. 'Ik moet gaan,' zei hij. 'Misschien dat ik nog eens contact met je opneem als ik nog een of ander detail nodig heb. Het zou ook goed zijn als jij me belde als je je nog iets herinnert, hoe klein en onbelangrijk het ook lijkt.'

'Er was om de waarheid te zeggen niet zo heel veel keus in die tijd,' zei de man. 'Heel anders dan tegenwoordig, nu een op de twee mannen homo is of het zou willen zijn.'

Hij glimlachte naar Sigurður Óli, die zich in zijn thee verslikte.

'Neem me niet kwalijk,' zei Sigurður Óli.

'De thee is nogal sterk.'

Sigurður Óli stond op en Baldur stond eveneens op en bracht hem naar de deur.

'We weten dat Guðlaugur op school werd gepest en dat hij een bijnaam had,' zei Sigurður Óli bij het afscheid. 'Kun je je herinneren of hij het daar ooit met je over heeft gehad?'

'Het was duidelijk dat hij gepest werd, omdat hij in een koor zat en mooi kon zingen, geen voetbal speelde en natuurlijk in vele opzichten net een meisje was. Ik heb uit zijn woorden opgemaakt dat hij niet erg zelfverzekerd was in de omgang met anderen. Hij praatte er met mij over alsof hij begrijpen kon waarom hij gepest werd. Maar ik kan me niet herinneren dat hij ooit een bepaalde bijnaam heeft genoemd...'

Baldur aarzelde.

'Ja,' zei Sigurður Óli.

'Als we samen waren, je weet wel...'

Sigurður Óli schudde niet-begrijpend het hoofd.

'In bed...'

'Ja?'

'Dan wilde hij soms dat ik hem 'mijn kleine prinses' noemde,' zei Baldur, en er speelde een glimlachje om zijn lippen.

Erlendur staarde Sigurður Óli aan.

'Zijn kleine prinses?'

'Dat zei hij.' Sigurður Óli stond op van Erlendurs bed. 'En nu moet ik gaan. Bergþóra zal door het dolle heen zijn. Jij bent dus thuis met kerst?'

'En hoe zit het met de platen in de dozen?' vroeg Erlendur. 'Waar zouden die gebleven kunnen zijn?'

'Daar had die man geen idee van.'

'*De kleine prinses*? De film met Shirley Temple? Hoe past dat bij elkaar? Heeft die man daar nog een verklaring voor gegeven?'

'Nee, hij wist niet wat het betekende.'

'Het hoeft natuurlijk ook niets bijzonders te betekenen,' zei Erlendur als tegen zichzelf. 'Een of ander homotaaltje dat niemand begrijpt. Misschien niet gekker dan veel andere dingen. En hij zou zichzelf dus gehaat hebben?'

'Hij had een lage dunk van zichzelf, zei die vriend van hem. Een twijfelaar.'

'Vanwege die homoseksuele gevoelens of om iets anders?'

'Dat weet ik niet.'

'Je hebt er niet naar gevraagd?'

'We kunnen altijd opnieuw met hem praten, maar hij leek niet echt heel veel van Guðlaugur af te weten.'

'En wij evenmin,' zei Erlendur somber. 'Als hij twintig of dertig jaar geleden heeft willen verbergen dat hij homo was, zou hij dat verstoppertje spelen dan ook later hebben volgehouden?'

'Dat is de vraag.'

'Ik heb nog niemand ontmoet die gezegd heeft dat hij homo was.'

'Ja, goed, ik ga er nu in elk geval vandoor,' zei Sigurður Óli, en hij stond op. 'Is er nog meer voor vandaag?'

'Nee,' zei Erlendur. 'Dit is uitstekend. Bedankt voor de uitnodiging, doe Bergþóra de groeten en probeer een beetje aardig voor haar te zijn.'

'Dat ben ik altijd,' zei Sigurður Óli, zich weghaastend. Erlendur keek op zijn horloge en zag dat het inmiddels tijd was om Valgerður te ontmoeten. Hij haalde de laatste video van de bank uit het apparaat en legde hem boven op de stapel. Tegelijkertijd ging zijn mobiele telefoon over.

Het was Elínborg. Ze zei dat ze met de mensen op het bureau van de officier van justitie had gepraat over de vader die zijn zoon had aangevallen.

'Hoe lang denken ze dat hij krijgt?' vroeg Erlendur.

'Ze denken dat hij misschien wel vrijuit gaat,' zei Elínborg. 'Als hij bij zijn verklaring blijft, wordt hij niet veroordeeld. Als hij gewoon blijft ontkennen. Dan hoeft hij zelfs geen minuut te zitten.'

'Maar de bewijsstukken? De voetsporen op de trap? De fles drambuie? Dat wijst toch allemaal...'

'Ik weet niet waarom een mens dit werk eigenlijk nog doet. Gisteren werd het oordeel in een andere geweldszaak uitgesproken. Een man werd meerdere malen met een mes gestoken. De aanvaller werd tot acht maanden veroordeeld, waarvan vier voorwaardelijk. Dat betekent dat hij nu nog maar twee maanden hoeft te zitten. Wie snapt zoiets nog?'

'Krijgt hij zijn jongen dus weer terug?'

'Ongetwijfeld. Het enige positieve punt is, als je het tenminste positief kunt noemen, dat de jongen zijn vader werkelijk lijkt te missen. Dat is wat ik niet kan begrijpen. Hoe kan hij gehecht zijn aan zijn vader als de man hem keer op keer bont en blauw slaat? Ik begrijp deze zaak niet. Er moet iets ontbreken, iets dat we niet hebben gezien. Het klopt gewoon helemaal niet.'

'Straks praten we verder,' zei Erlendur, en hij keek op zijn horloge. Hij was al te laat voor zijn afspraak met Valgerður. 'Zou je iets voor me kunnen doen? Stefanía zegt dat ze een paar dagen geleden met haar vriendin hier in het hotel was. Zou je met die vrouw willen praten om het bevestigd te krijgen?' Erlendur gaf haar de naam van de vrouw.

‘Wordt het geen tijd dat je dit hotel verlaat en naar huis gaat?’ vroeg Elínborg.

‘Hou nou toch eens op met dat gezeur,’ zei Erlendur en hij beëindigde het gesprek.

28

Toen Erlendur beneden in de hal kwam, zag hij Rósant, de eerste kelner. Hij aarzelde, niet zeker of hij de gelegenheid zou aangrijpen. Valgerður was ongetwijfeld al in het hotel. Erlendur keek op zijn horloge, trok een lelijk gezicht en liep naar de man toe. Het hoefde niet zoveel tijd te kosten.

'Vertel me eens over de hoeren,' viel hij met de deur in huis tegen Rósant, die uiterst beleefd met twee hotelgasten stond te praten. De gasten waren duidelijk IJslanders, want ze keken vol verbazing naar Erlendur en daarna met enige spanning naar Rósant.

Rósant glimlachte, waardoor zijn dunne snorretje opwipte. Hij verontschuldigde zich beleefd tegenover de gasten, maakte een buiging en ging een stukje opzij met Erlendur.

'Een hotel, dat zijn gewoon mensen en wij moeten ervoor zorgen dat ze zich plezierig voelen, was het niet dat soort nonsens?' zei Erlendur.

'Dat is geen nonsens. Het wordt ons op de hotelschool geleerd.'

'Hebben ze jullie geleerd hoe eerste kelners als pooiers kunnen optreden?'

'Ik weet absoluut niet waar je het over hebt.'

'Nee, maar ik wil het je graag vertellen. Je exploiteert hier in het hotel een kleine hoerenkast.'

Rósant glimlachte.

'Een hoerenkast?' zei hij.

'Heeft dat gedoe van jou met die hoeren iets met de moord op Guðlaugur van doen?'

Rósant schudde het hoofd.

'Wie was er bij Guðlaugur toen hij vermoord werd?'

Ze bleven elkaar aankijken tot Rósant zijn blik afwendde en op de grond richtte.

'Het was niet iemand die ik kende,' zei hij ten slotte.

'Niet jijzelf?'

'Een van jullie heeft een verklaring van me opgenomen. Ik was er niet en ik heb een alibi.'

'Had Guðlaugur iets met de hoeren?'

'Nee. En er zijn geen hoeren die voor mij werken. Ik weet niet waar je die inlichtingen over diefstallen uit de keuken en hoeren vandaan hebt. Dat is allemaal onzin. Ik ben geen pooier.'

'Maar...'

'We hebben bepaalde inlichtingen voor onze mannelijke gasten. Buitenlanders op congressen, maar ook IJslanders. Ze vragen om gezelschap en wij proberen hen te helpen. Als ze hier in de bar mooie vrouwen ontmoeten en er zich prettig bij voelen...'

'Dan is iedereen tevreden. Zijn het dankbare klanten?'

'Buitengewoon!'

'Daarom doe je zo goed je best om hoeren te bemiddelen,' zei Erlendur.

'Ik...'

'En je kunt het ook nog zo romantisch voorstellen. De directeur van het hotel is hier samen met jou bij betrokken. Hoe zit het met het hoofd van de receptie?'

Rósant aarzelde.

'Het hoofd van de receptie?' herhaalde Erlendur.

'Hij heeft niet hetzelfde verlangen als wij om aan de verschillende behoeften van onze gasten tegemoet te komen.'

'De verschillende behoeften van onze gasten,' bauwde Erlendur hem na. 'Waar leert een mens zo te praten?'

'Op de hotelschool.'

Erlendur keek op zijn horloge.

'En hoe verhouden zich de opvattingen van het hoofd van de receptie tot die van jou?'

'We botsen wel eens.'

Erlendur herinnerde zich dat de receptionist ontkend had dat er hoeren in het hotel waren en dacht bij zichzelf dat hij waarschijnlijk de enige van de leiding was die de goede naam van het hotel hoog probeerde te houden.

'Maar jij probeert kennelijk om een einde aan die botsingen te maken, waar of niet?'

'Ik weet niet waar je het over hebt.'

'Maakt hij het jullie erg moeilijk?' Rósant gaf geen antwoord.

'Jij hebt die hoer op hem afgestuurd, nietwaar? Een kleine waarschuwing voor het geval hij zijn mond zou opentrekken. Je was een avondje uit, zag hem en stuurde een van je hoeren op hem af.'

Rósant aarzelde.

'Ik weet niet waar je het over hebt,' herhaalde hij.

'Nee, vast niet.'

'Hij is ook zo vreselijk braaf,' zei Rósant, en het snorretje rees in een bijna onzichtbaar hatelijk glimlachje. 'Hij wil maar niet begrijpen dat het beter is als we de zaak zelf in de hand houden.'

Valgerður wachtte in de bar op Erlendur. Ze was net als bij hun laatste ontmoeting discreet opgemaakt, waardoor haar gelaatstrekken beter uitkwamen, en onder haar zwarte leren jas droeg ze een witte zijden blouse. Ze gaven elkaar een hand en ze schonk hem een aarzelende glimlach. Hij vroeg zich af of deze ontmoeting een nieuw begin van hun omgang zou kunnen zijn. Hij had er geen idee van wat ze van hem wilde, want het leek of ze haar laatste woord over hun omgang had gezegd toen ze elkaar in de foyer van het hotel hadden ontmoet. Ze glimlachte en vroeg of ze hem iets te drinken mocht aanbieden, of was hij nog in dienst?

'In films mogen agenten in dienst nooit drinken,' zei ze.

'Ik kijk niet naar films,' zei Erlendur glimlachend.

'Nee,' zei ze, 'jij leest boeken over dood en ellende.'

Ze gingen in een hoek van de bar zitten en zaten zwijgend naar de drukte te kijken. Erlendur kreeg de indruk dat de gasten lawaaiiger werden naarmate het kerstfeest dichterbij kwam; uit de luidsprekers kwam een onophoudelijke stroom kerstliederen, de buitenlanders brachten mooi uitziende pakjes mee en ze dronken bier alsof ze niet wisten dat het nergens in Europa, misschien zelfs wel op de hele wereld, zo duur was.

'Het is jullie toch nog gelukt om een speekselproef van Wapshott te krijgen,' zei hij.

'Wat is dat eigenlijk voor een kerel? Ze moesten hem tegen de grond werken en zijn mond met geweld openmaken. Het was niet leuk om te zien hoe hij zich gedroeg, hoe hij zich daar in die cel tegen hen verzette.'

'Ik weet niet precies wat voor man het is,' zei Erlendur. 'Ik weet niet precies wat hij hier aan het doen is en ook niet wat hij probeert te verbergen.'

Hij wilde niet nader op Wapshott ingaan, niet over de kinderporno spreken of over de veroordelingen voor seksuele misdrijven waarover hij informatie uit Engeland had gekregen. Hij vond dat het geen pas gaf daar met Valgerður over te praten en daar kwam nog bij dat Wapshott er ondanks alles recht op had dat Erlendur niet met iedereen die op zijn weg kwam over zijn privé-leven sprak.

'Ik neem aan dat jij dit heel wat vaker doet dan ik,' zei Valgerður.

'Ik heb nog nooit een speekselproef van iemand afgenomen die tegen de grond was gewerkt en daar lag te schreeuwen en te krijsen.'

Valgerður moest lachen.

'Dat bedoelde ik niet,' zei ze. 'Ik heb, behalve met mijn man, in ik denk wel dertig jaar niet meer ergens alleen met iemand gezeten. Daarom moet je het me niet kwalijk nemen als ik wat... stuntelig lijk.'

'Dan zijn we even onhandig,' zei Erlendur. 'Ik heb ook niet zoveel ervaring. Het is bijna vijfentwintig jaar geleden dat ik van mijn vrouw gescheiden ben. De vrouwen in mijn leven kun je op ongeveer drie vingers tellen.'

'Ik denk dat ik van hem ga scheiden,' zei Valgerður moeizaam, en Erlendur keek haar aan.

'Wat bedoel je?' vroeg hij. 'Scheiden van je man?'

'Ik denk dat alles tussen ons voorbij is, en ik wilde jou om excuus vragen.'

'Mij?'

'Ja, jou,' zei Valgerður. 'Ik lijk wel niet goed wijs,' zuchtte ze toen. 'Ik wilde je gebruiken om me te wreken.'

'Ik snap niet waar je naartoe wilt,' zei Erlendur.

'Dat weet ik zelf eigenlijk ook niet. Alles was één grote ellende sinds ik erachter kwam.'

'Waarachter?'

'Dat hij een ander heeft.'

Ze zei het alsof het gewoon een van die feiten was waarmee ze moest leven en Erlendur kon er niet achter komen hoe ze zich voelde, voelde slechts afstandelijkheid in haar woorden.

'Ik weet niet wanneer of waarom het begon,' zei ze.

Ze zweeg, en Erlendur wist niet wat hij moest zeggen en deed er eveneens het zwijgen toe.

'Heb jij je vrouw bedrogen?' vroeg ze plotseling.

'Nee,' zei Erlendur. 'Dat was het niet. We waren jong en we pasten niet bij elkaar.'

'Pasten niet bij elkaar,' herhaalde Valgerður wat afwezig. 'Wat is dat eigenlijk?'

'En ben je van plan om van hem te scheiden?'

'Ik ben aan het proberen dit alles te begrijpen,' zei ze. 'Het hangt misschien ook af van wat hij doet.'

'Wat voor soort bedrog is het?'

'Hè? Is bedrog niet gewoon bedrog?'

'Is het al jaren aan de gang of is hij er net mee begonnen? Heeft hij er misschien meer dan één op na gehouden?'

'Hij zegt dat hij nu twee jaar met dezelfde vrouw samen is geweest. Ik heb mezelf er niet toe kunnen brengen hem naar het verleden te vragen, of er soms meer geweest zijn. Vrouwen van wie ik nooit iets heb geweten. Een mens weet ook nooit iets. Je vertrouwt je familie, je man, en dan begint die man plotseling op een dag over je huwelijk te praten en vertelt dan over die vrouw en dat hij al twee jaar een verhouding met haar heeft, en je voelt je een idioot. Je weet absoluut niet waar hij het over heeft, en dan blijkt dat ze elkaar in hotels zoals dit hier getroffen hebben...'

Valgerður zweeg.

'Is het een getrouwde vrouw?' vroeg Erlendur.

'Gescheiden. Ze is vijf jaar jonger dan hij.'

'Heeft hij een verklaring voor zijn bedrog gegeven? Waarom hij...'

'Bedoel je of het mijn schuld is?' viel Valgerður hem in de rede.

'Nee, dat bedoelde ik nie...'

'Misschien is het mijn schuld wel,' zei ze, 'ik weet het niet. Er zijn geen verklaringen gegeven, er waren alleen woede en onbegrip, denk ik.'

'En jullie twee zonen?'

'Die hebben we het niet verteld. Ze zijn allebei het huis uit. Misschien is dat wel de verklaring. Te weinig tijd voor onszelf toen ze nog thuis woonden, en te veel tijd toen ze het huis uit waren. Misschien kenden we elkaar niet meer. Twee onbekenden, na al die jaren.'

Ze zwegen allebei.

'Je hoeft je niet bij me te verontschuldigen,' zei Erlendur ten slotte, en hij keek haar aan. 'Verre van dat. Ik ben het die jou mijn verontschuldigingen aan zou moeten bieden omdat ik niet oprecht tegen je ben geweest, omdat ik tegen je heb gelogen.'

'Tegen me hebt gelogen?'

'Je vroeg me waarom ik zoveel belangstelling had voor ongelukken in de bergen, ontberingen en bergpaden, en ik heb je de waarheid niet verteld. Dat was omdat ik er bijna nooit over heb gepraat en het moeilijk vind, denk ik zo. Ik vind dat het geen mens iets aangaat. Ook mijn kinderen niet. Pas toen mijn dochter in levensgevaar verkeerde en ik dacht dat ze zou gaan sterven, voelde ik een zekere behoefte om er met haar over te praten, om het haar te vertellen.'

'Praten over wat?' vroeg Valgerður behoedzaam. 'Iets dat vroeger gebeurd is?'

'Mijn broertje is in de bergen omgekomen toen hij acht jaar oud was,' zei Erlendur. 'Ze konden hem niet vinden en hij is nog steeds niet gevonden.'

Hij had hardop in de bar van een hotel tegen een volkomen onbekende vrouw gezegd wat hem bijna zo lang hij zich kon herinneren als een steen op het hart had gelegen. Misschien was het iets dat hij allang had willen doen. Misschien wilde hij niet langer alleen in deze sneeuwstorm staan.

'In een van die boeken over omzwervingen in ontij die ik altijd zit te lezen staat een verhaal over ons,' zei hij. 'Een verhaal over wat er gebeurde toen mijn broertje omkwam, over de zoektochten en het diepe verdriet waarin ons gezin gedompeld werd. Een verbazend nauwkeurige beschrijving door een paar vooraanstaande mannen in onze streek en opgetekend door een vriend van mijn vader. Onze namen en onze huiselijke omstandigheden worden genoemd en de reactie van mijn vader, die men eigenaardig vond, omdat hij door diepe wanhoop en zelfverwijten werd overweldigd en in zijn kamer onbeweeglijk voor zich uit zat te staren, terwijl anderen met inspanning van al hun krachten verder zochten. Ons was niet om toestemming gevraagd toen dit verhaal werd gepubliceerd, en mijn ouders hebben er vreselijk onder geleden. Ik kan je het verhaal wel eens laten zien als je dat wilt.'

Valgerður knikte.

Erlendur begon te vertellen en zij zat te luisteren en toen hij zijn verhaal beëindigd had, liet ze zich met een zucht achterover in haar stoel vallen.

'Jullie hebben hem dus nooit gevonden?' vroeg ze.

Erlendur schudde het hoofd.

'Lang nadat dit gebeurd was en zelfs soms vandaag de dag nog stel ik me voor dat hij niet dood is. Dat hij erin geslaagd is om uit de bergen te komen, uitgeput en zonder nog te weten wie hij was, en dat ik hem nog eens ergens zal tegenkomen. Ik zoek hem soms in een mensenmassa en probeer me voor te stellen hoe hij eruitziet. Dit is geen ongewone reactie als de lichamelijke resten niet worden gevonden. Ik ken het uit mijn werk als politieman. Als er niets meer is, is er altijd nog de hoop.'

'Jij en je broertje hebben veel van elkaar gehouden,' zei Valgerður.

'We waren goede vrienden,' zei Erlendur.

Ze waren diep in gedachten verzonken, ieder in zijn eigen wereld, en keken naar de drukte in het hotel. De glazen waren leeg, maar geen van beiden had de energie om nog iets te halen. Zo verliep een hele tijd, tot Erlendur zijn keel schraapte, zich naar haar toe boog en aarzelend de vraag uitsprak die hem vanaf het moment dat ze over het bedrog van haar echtgenoot was gaan vertellen, op de lippen lag.

'Wil je je nog steeds op hem wreken?' Valgerður keek hem aan en knikte.

'Maar niet meteen,' zei ze. 'Ik kan niet...'

'Nee,' zei Erlendur. 'Je hebt gelijk. Natuurlijk.'

'Vertel me liever over een van al die verdwijningen waar je zo'n grote belangstelling voor hebt. Waar je altijd over zit te lezen.'

Erlendur glimlachte, dacht even na en begon toen te vertellen over een verdwijning die voor ieders ogen had plaatsgevonden, het verhaal over de verdwijning van de dief Jón Bergþórsson uit de Skagafjord.

Hij liep bij Skagi het pakijs op om een haai te gaan halen die de dag ervoor uit een wak was opgevist. Plotseling stak een harde zuidenwind op en begon het te regenen, waardoor het ijs brak en naar het noorden wegdreef. Door het noodweer leek het ondoenlijk om Jón met een boot op te halen en in de zuiderstorm dreef het ijs de fjord uit.

Door een verrekijker kon men Jón aan de noordelijke horizon over een ijsschots heen en weer zien rennen en dat was het laatste dat van hem werd gezien.

29

De rustige muziek in de bar had een slaapverwekkende invloed op hen en ze bleven zwijgend zitten tot Valgerður zich naar Erlendur toe boog en zijn hand pakte.

'Het is het beste als ik nu ga,' zei ze.

Erlendur knikte en ze stonden op. Ze kuste hem op zijn wang en stond even dicht tegen hem aan.

Geen van beiden merkte dat Eva Lind de bar in kwam en hen in het oog kreeg. Ze zag hen opstaan, zag hoe Valgerður hem kuste en zich tegen hem aan leek te vlijen. Eva zette zich met een ruk in beweging en liep met snelle pas op hen af.

'En wat voor een wijf mag jij verdomme wel zijn?' zei Eva, hen aanstarend.

'Eva,' zei Erlendur op scherpe toon, geschrokken toen hij zijn dochter zo plotseling in de bar zag, 'gedraag je alsjeblieft een beetje.'

Valgerður stak haar hand uit en Eva Lind keek ernaar, keek toen Valgerður aan en daarna weer naar de uitgestoken hand. Erlendur keek van de een naar de ander en wierp toen een woedende blik op Eva.

'Ze heet Valgerður en ze is een goede vriendin van me,' zei hij.

Eva Lind keek naar haar vader en toen weer naar Valgerður, maar ze drukte de haar toegestoken hand niet. Valgerður glimlachte wat gegeneerd en draaide zich om. Erlendur liep met haar mee de bar uit en keek haar na toen ze door de foyer liep. Eva Lind kwam naar hem toe.

'Wat moest dat voorstellen?' zei ze. 'Ben je hier in de bar vrouwen gaan versieren?'

'Wat een godvergeten onbeschaamdheid van je,' zei Erlendur. 'Hoe haal je het in je hoofd om je zo te gedragen! Dit gaat je helemaal niets aan. Laat me verdomme met rust!'

'Zo! Jij kunt je wel vierentwintig klote-uren lang met mij bemoeien, maar ik mag niet weten wie je hier in het hotel neukt.'

'Hou op met die smerige taal! Wie denk je wel dat je bent, om zo tegen me te praten?'

Eva Lind zweeg en keek haar vader woedend aan. Hij staarde spinnijdig terug.

'Wat wil je verdomme eigenlijk, kind?!' schreeuwde hij tegen haar, en toen rende hij achter Valgerður aan. Ze was al buiten en door het glas van de deur zag hij haar in een taxi stappen. Toen hij op het trottoir voor het hotel kwam, zag hij de rode achterlichten van de taxi in de verte verdwijnen en uiteindelijk een hoek om gaan.

Erlendur keek de taxi na en vloekte in stilte. Hij had er geen zin in de bar in te gaan, waar Eva Lind op hem wachtte, en hij liep diep in gedachten naar binnen en de trap naar het souterrain af. Voor hij het wist bevond hij zich in de gang waar het kamertje van Guðlaugur was. Hij vond een schakelaar en deed het licht aan; de paar peertjes die het nog deden, wierpen een spookachtig licht in de gang. Hij zocht voorzichtig zijn weg tot hij bij het kamertje kwam, de deur opende en het licht aandeed. Zijn oog viel op de poster met Shirley Temple.

De kleine prinses.

Hij hoorde iemand met lichte pas de gang in komen en wist wie het was, nog voor Eva Lind in de deuropening verscheen.

'Die van boven zei me dat ze je naar het souterrain had zien gaan,' zei Eva, en ze keek de kamer in.

Haar ogen bleven op de bloedvlekken op het bed rusten. 'Is het hier gebeurd?' vroeg ze.

'Ja,' zei Erlendur.

'Wat is dat voor een plakkaat?'

'Dat weet ik niet,' zei Erlendur. 'Ik begrijp niet hoe je je zo kunt gedragen. Je had het recht niet haar een wijf te noemen en haar geen hand te geven. Ze heeft je niets gedaan.'

Eva Lind zweeg.

'Je moest je doodschamen,' zei Erlendur.

'Het spijt me,' zei Eva.

Erlendur antwoordde haar niet. Hij stond naar de poster te staren. Shirley Temple in een mooie zomerjurk en met een strik in haar haar, in kleur glimlachend. *The Little Princess.* Een film uit 1939 naar een verhaal van Frances Hodgson Burnett. Temple speelde een pittig meisje dat naar een kostschool in Londen werd gestuurd toen haar vader naar het buitenland ging. Hij liet haar achter in de handen van een harde en koude directrice.

Sigurður Óli had de film op internet opgezocht. De inlichtingen daar gaven geen enkel antwoord op de vraag waarom Guðlaugur de poster aan zijn muur had gehangen.

De kleine prinses, dacht Erlendur bij zichzelf.

'Ik moest meteen aan mama denken,' zei Eva Lind achter hem. 'Toen ik je met haar in de bar zag. En aan Sindri en mij, voor wie je nooit enige belangstelling hebt getoond. Ging aan ons allemaal denken. Aan ons als gezin, want hoe je het ook bekijkt, dat zijn we nog steeds. In elk geval in mijn beleving.'

Ze zweeg.

Erlendur draaide zich naar haar om.

'Ik snap die onverschilligheid niet,' vervolgde ze. 'Vooral niet tegenover Sindri en mij. Snap het gewoon niet. En erg behulpzaam ben je ook niet. Je wilt nooit praten over iets dat jou betreft. Praat nooit over iets. Zegt nooit iets. Het is net of ik het tegen een muur heb.'

'Waarom wil je voor alles een verklaring hebben?' vroeg Erlendur. 'Sommige dingen kun je niet verklaren. En sommige dingen hebben geen verklaring nodig.'

'Zegt de politieman!'

'Mensen praten te veel,' zei Erlendur. 'Ze zouden wat meer moeten zwijgen, dan zouden ze zich ook niet zo blootgeven.'

'Je hebt het over misdadigers. Je zit altijd aan criminelen te denken. Wij zijn je familie!'

Ze zwegen.

'Naar het zich laat aanzien heb ik een fout gemaakt,' zei Erlendur uiteindelijk. 'Niet wat jullie moeder betreft, denk ik. Mogelijk ook wel, ik weet het niet. Mensen scheiden alle dagen en ik kon het samenleven met haar niet langer uithouden. Maar jou en Sindri heb ik zeker tekortgedaan. En ik heb me dat misschien niet gerealiseerd tot jij me had opgespoord en me begon te bezoeken en daarbij soms je broer meesleepte. Heb me niet gerealiseerd dat ik twee kinderen had met wie ik gedurende hun gehele jeugd geen contact had gehad, kinderen die al zo jong ontspoord waren. En natuurlijk begon ik me af te vragen of mijn afzijdigheid daar mede schuld aan was. Ik heb er veel over nagedacht waarom het ging zoals het gegaan is. Net als jij. Waarom ik niet naar de rechter ben gestapt om een omgangsrecht te krijgen en als een leeuw heb gevochten om jullie bij me te mogen hebben of geprobeerd heb jullie moeder op andere gedachten te brengen en tot een compromis te komen. Of zelfs domweg voor jullie school heb rondgehangen en jullie heb ontvoerd.'

'Je had gewoon geen enkele belangstelling voor ons,' zei Eva Lind. 'Is het dat niet?' Erlendur zweeg.

'Is het dat niet?' herhaalde Eva Lind. Erlendur schudde het hoofd.

'Nee,' zei hij. 'Ik wou dat het zo simpel was.'

'Simpel? Wat bedoel je?'

'Ik denk...'

'Wat?'

'Ik weet niet precies hoe ik het moet zeggen. Ik denk...'

'Ja.'

'Ik denk dat ikzelf ook op het hoogland ben omgekomen.'

'Toen je broer omkwam?'

'Het is moeilijk uit te leggen, misschien zelfs wel onmogelijk. Misschien is het niet mogelijk alles uit te leggen en misschien kunnen sommige dingen ook maar beter onverklaard blijven.'

'Wat bedoel je als je zegt dat jij ook bent omgekomen?'

'Ik ben niet... er was iets in mij dat stierf.'

'Wil je...'

'Ik werd gevonden en gered, maar ik ben ook gestorven. Iets in mij. Iets dat ik vroeger bezeten had. Ik weet niet precies wat dat geweest is. Mijn broertje kwam om en ik denk dat er toen ook iets in mij is gestorven. Ik vond altijd al dat ik het was die verantwoordelijk voor hem was en ik had hem in de steek gelaten. Zo heb ik me sindsdien altijd gevoeld. Ik heb altijd een schuldgevoel gehad omdat ik het overleefd had en hij niet. Sindsdien heb ik mij ervoor gehoed ergens verantwoordelijkheid voor te nemen. En hoewel ik misschien niet regelrecht verwaarloosd ben, zoals ik jou en Sindri heb verwaarloosd, leek het wel of ik niet langer van belang was. Ik weet niet of ik daar gelijk in heb en zal dat ook nooit te weten komen, maar ik voelde het zodra ik uit de bergen kwam en heb het sindsdien altijd gevoeld.'

'Al die jaren?'

'Gevoelens worden niet in tijd afgemeten.'

'Omdat jij degene was die het overleefde en niet hij?'

'In plaats van te proberen uit de catastrofe iets nieuws op te bouwen, wat ik, denk ik, geprobeerd heb toen ik jullie moeder ontmoette, groef ik me steeds dieper in omdat dat gemakkelijker is en je denkt dat je daar beschut bent. Zoals wanneer jij je drugs neemt. Dat is gemakkelijker. Dat is jouw geborgenheid. En zoals je weet is de mens zichzelf het naast, zelfs als hij zich realiseert dat hij andere mensen kwaad berokkent. Daarom ga jij door met de drugs. Daarom graaf ik me keer op keer in in die sneeuwhoop op het hoogland.'

Eva Lind staarde haar vader aan en hoewel ze niet helemaal begreep wat hij vertelde, begreep ze wel dat hij in volle oprechtheid probeerde haar te verklaren wat haar altijd een raadsel was geweest en wat er de reden van was geweest waarom zij hem indertijd wilde opsporen. Ze begreep dat zij tot een plek in hem was doorgedrongen waar niemand ooit tevoren geslaagd was te komen, niet eens hijzelf, tenzij om ervoor te zorgen dat alles daar onaangeroerd bleef.

'En die vrouw? Waar past zij in dit verhaal?'

Erlendur haalde zijn schouders op, was alweer begonnen de kier die zich geopend had, te sluiten.

'Ik weet het niet,' zei hij.

Ze zwegen een hele tijd, totdat Eva zei dat ze moest gaan en de gang in liep. Ze wist niet precies welke kant ze op moest en keek het donker aan het eind van de gang in. Plotseling merkte Erlendur dat ze als een hond was gaan snuffelen.

'Ruik je dat luchtje?' zei ze, en ze stak haar neus in de lucht.

'Wat voor luchtje?' vroeg Erlendur, die er helemaal niets van begreep.

'Een hasjluchtje,' zei Eva.

'Hasjluchtje?' zei Erlendur. 'Waar heb je het over?'

'Hasj,' zei Eva Lind. 'Ik heb het over hasj. Probeer je me te vertellen dat je nog nooit hasj hebt geroken?'

'Hasj?'

'Ruik je dat luchtje niet?'

Erlendur kwam de gang in en begon ook te snuiven.

'Is dit hasjiesj?' vroeg hij.

'Dat zou ik toch moeten weten,' zei Eva Lind. Ze stond de lucht nog steeds op te snuiven.

'Iemand heeft hier een stickie gerookt, en dat is niet zo lang geleden,' zei ze.

Erlendur wist dat het eind van de gang verlicht was geweest toen de plaats van de misdaad was onderzocht, maar hij wist niet hoe grondig het onderzoek was geweest.

Hij keek Eva Lind aan.

'Hasjiesj?'

'Dezelfde stank,' zei ze.

Hij ging de kamer weer in, pakte een stoel, zette die onder een van de lampen in de gang die het nog deed en draaide hem los. De lamp was kokend heet, zodat hij zijn mouw moest gebruiken om hem vast te pakken. In het donker aan het einde van de gang vond hij een kapotte lamp, die hij verwisselde. Het werd er plotseling licht en Erlendur sprong van de stoel af.

Aanvankelijk zagen ze niets opmerkelijks, totdat Eva Lind haar vader erop wees hoe buitengewoon goed die uithoek was schoongemaakt vergeleken bij de rest van de gang. Erlendur knikte. Het leek wel of iemand elk vlekje van de vloer had weggepoetst en alle muren had schoongeschrobd.

Erlendur ging op zijn hurken zitten en liet zijn ogen over de vloer gaan. Beneden bij de vloer lagen langs alle wanden verwarmingsbuizen; hij liet zich op handen en voeten zakken, keek onder de buizen en kroop erlangs.

Eva Lind zag hoe hij inhield, zijn hand onder de buizen stak en iets pakte dat zijn aandacht had getrokken. Hij kwam overeind, liep naar haar toe en liet haar zien wat hij had gevonden.

'Ik dacht eerst dat het een grote rattenkeutel was,' zei hij. Tussen zijn vingers hield hij een klein, bruin ding.

'Wat is het?' vroeg Eva Lind.

'Een klein zakje,' zei Erlendur.

'Zakje?'

'Ja, een zakje met pruimtabak dat je achter je lip stopt. Iemand heeft hier in de gang zijn pruimtabak weggegooid of uitgespuugd.'

'Wie? Wie is hier in de gang geweest?'

Erlendur keek Eva Lind aan.

'Iemand die een grotere hoer is dan ik,' zei hij.

De dag voor kerstmis

30

Hij kreeg te horen dat Ösp op de verdieping boven hem aan het werk was en nadat hij ontbeten had met brood en koffie van het ontbijtbuffet, liep hij de trappen op.

Hij nam contact op met Sigurður Óli om hem wat inlichtingen te laten verzamelen en belde Elínborg om te horen of ze eraan gedacht had met de vrouw te spreken die Stefanía naar haar zeggen in het hotel had getroffen op de dag dat ze op de bewakingscamera was gezien. Elínborg was al weg en antwoordde niet op haar mobieltje.

Erlendur had in het stikdonker tot de volgende ochtend in zijn bed wakker gelegen. Toen hij eindelijk opstond, keek hij door het hotelraam naar buiten. Het zou dit jaar geen groene kerst worden. Het was nu echt hard gaan sneeuwen. Dat zag hij in het licht van de lantarens. De dichte sneeuw viel in hun lichtbaan en vormde een soort coulisse voor de dag voor Kerstmis.

Eva Lind had in de gang van het souterrain afscheid van hem genomen. Ze zou die avond, kerstavond, bij hem thuis zijn, en ze zouden gerookt schapenvlees koken. Toen hij wakker werd, had hij zich afgevraagd wat hij haar als kerstcadeautje zou kunnen geven. Sinds ze de kerstdagen bij hem kwam doorbrengen had hij haar allerlei kleinigheden gegeven en zij had hem sokken gegeven die ze had gestolen, wat ze ook toegaf, en eenmaal een paar handschoenen die ze naar eigen zeggen had gekocht, maar die hij al snel verloren had. Ze vroeg er nooit naar. Misschien stelde hij het wel het meest op prijs in zijn dochter dat ze nooit naar iets vroeg, tenzij het van belang was.

Sigurður Óli belde terug met de gevraagde inlichtingen. Het was niet veel, maar voldoende voor hem. Erlendur wist niet precies waarnaar hij op zoek was, maar vond het de moeite waard een vermoeden na te gaan.

Net als de vorige maal observeerde hij Ösp bij haar werk op de verdieping tot ze hem in de gaten kreeg. Hij kon niet zien dat ze er bijzonder van schrok hem te zien.

'Ben je op?' vroeg ze, alsof hij de luiste gast van het hele hotel was.

'Ik kon niet slapen,' zei hij. 'Ik lag eigenlijk de hele nacht over jou te denken.'

'Over mij?' zei Ösp, en ze stopte een berg handdoeken in een wasmand. 'Hopelijk niets schunnigs,' zei ze. 'Ik heb meer dan genoeg van alle schunnigheid in dit hotel.'

'Nee,' zei Erlendur. 'Niets schunnigs.'

'Vetzak vroeg me of ik je wat nonsens had doorverteld. En de kok krijste tegen me alsof ik iets van zijn buffet had gestolen. Ze wisten dat we met elkaar hadden gepraat.'

'Op de een of andere manier weet iedereen hier in dit hotel alles over iedereen,' zei Erlendur. 'Maar in feite zegt niemand hier iets over iemand. Het is erg moeilijk om met zulk soort mensen te maken te hebben. Zoals bijvoorbeeld met jou.'

'Met mij?' Ösp ging de kamer in die ze aan het schoonmaken was en Erlendur ging haar net als eerder achterna.

'Jij vertelt iemand alles wat je weet en een mens gelooft elk woord, omdat je eerlijk lijkt en de waarheid vertelt. Dan blijkt dat je maar een deel vertelt van wat je weet en dat is ook een soort leugen. Wij politiemannen zien dat als niet minder ernstig. Zo'n soort leugen. Weet je waar ik het over heb?'

Ösp antwoordde hem niet. Ze was druk bezig met het verschonen van de bedden. Erlendur observeerde haar. Hij kon niet zien wat ze dacht. Ze deed of hij niet in de kamer was, alsof ze hem van zich af zou kunnen schudden als ze gewoon deed of hij er niet was.

'Je hebt me bijvoorbeeld niet verteld dat je een broer hebt,' zei Erlendur.

'Waarom zou ik je dat moeten vertellen?'

'Omdat hij in moeilijkheden verkeert.'

'Hij verkeert helemaal niet in moeilijkheden.'

'Niet door mij,' zei Erlendur. 'Ik heb hem niet in moeilijkheden gebracht. Maar hij zit in moeilijkheden en zoekt in geval van nood zijn zus soms op.'

'Ik weet niet waar je naartoe wilt,' zei Ösp.

'Dan zal ik het je zeggen. Hij heeft tweemaal in de gevangenis gezeten, voor inbraak en diefstal. Soms werd hij betrapt, soms natuurlijk niet, zo gaat dat nu eenmaal. Het zijn typisch vergrijpen van een kleine crimineel in geldnood. Typisch vergrijpen van een drugsverslaafde met schulden. Hij gebruikt de duurste middelen en hij heeft nooit genoeg geld. Maar de dealers kennen geen pardon. Ze hebben hem meer dan eenmaal te pakken gekregen en afgetuigd. Eenmaal hebben ze gedreigd zijn knieën met een hamer te bewerken. En dus moet hij naast het stelen nog verscheidene andere dingen doen om aan zijn drugs te komen. Om zijn schulden te kunnen betalen.'

Ösp legde het beddengoed neer.

'Hij probeert van alles om zijn gebruik te financieren,' zei Erlendur. 'Dat weet je waarschijnlijk. Zoals deze jongeren doen. Jongeren die notoire drugsverslaafden zijn.'

Ösp gaf hem geen antwoord.

'Begrijp je wat ik je zeg?'

'Heeft Stína je dat verteld?' vroeg Ösp. 'Ik heb haar gisteren hier in het hotel gezien. Ik heb haar hier vaak gezien en als er iemand een hoer is, dan is zij het.'

‘Zij heeft me niets hierover gezegd,’ zei Erlendur. Hij gaf Ösp niet de kans om van gespreksonderwerp te veranderen. ‘Het is niet lang geleden dat je broer beneden in het souterrain in de gang was waar Guðlaugur woonde. Het is zelfs mogelijk dat hij er na de moord nog geweest is. Aan het einde van de gang is het donker en daar gaat niemand heen. Het is mogelijk dat hij daar heel kort geleden is geweest. Voor lui die er verstand van hebben, hasjrokers, speedgebruikers en heroïneverslaafden, ruikt het er nog naar hem.’

Ösp staarde hem aan. Erlendur had niet veel in handen toen hij met haar ging praten, alleen dat het einde van de gang zorgvuldig was schoongemaakt. Hij zag echter aan haar reactie dat zijn woorden de spijker aardig op de kop sloegen. Hij vroeg zich af of hij nog een paar stappen verder zou gaan. Hij aarzelde een tijdje en besloot toen de sprong te wagen.

‘We hebben ook pruimtabak van hem gevonden,’ zei Erlendur. ‘Gebruikt hij dat al lang?’

Ösp staarde hem aan zonder een woord te zeggen. Ten slotte sloeg ze haar ogen neer en keek naar het bed en het laken dat ze in haar hand hield. Ze keek lang naar het laken; toen leek ze het op te geven en ze liet het laken op het bed vallen.

‘Sinds zijn vijftiende,’ zei ze zo zacht dat Erlendur het nauwelijks kon verstaan.

Hij wachtte op een vervolg, maar ze zei niets meer en ze stonden zwijgend in de hotelkamer tegenover elkaar. Erlendur liet de stilte een tijdje duren. Ten slotte slaakte Ösp een diepe zucht en ging op het bed zitten.

‘Hij is altijd blut,’ zei ze zacht. ‘Heeft bij iedereen schulden. Altijd. En dan bedreigen ze hem en tuigen hem af, maar hij gaat er toch mee door en maakt nog meer schulden. Soms heeft hij geld en dan kan hij er iets van betalen. Mijn vader en moeder hebben hem allang opgegeven. Gooiden hem eruit toen hij zeventien was. Ze lieten hem ontwenningskuren doen, maar hij liep steeds weg. Hij kwam soms een hele week niet thuis en dan zochten ze hem via advertenties in de kranten. Het liet hem volkomen koud. Sindsdien heeft hij gezworven. Ik ben de enige in ons gezin die nog wat contact met hem heeft. Ik laat hem soms 's winters stiekem in het souterrain. Hij heeft daar in die donkere hoek geslapen als hij een schuilplaats nodig had. Ik heb hem verboden daar drugs te gebruiken, maar ik heb ook geen invloed op hem. Niemand heeft enige invloed op hem.'

'Heb je hem wel eens geld gegeven? Om die lui te betalen?'

'Soms, maar het is nooit genoeg. Ze zijn bij papa en mama thuis geweest, hebben hen met van alles gedreigd en de auto van papa beschadigd, en nu proberen mijn ouders zijn schulden te betalen om van hen af te komen, maar het is zo vreselijk veel. Die gasten berekenen een werkelijk schandelijke rente over die schulden en als mijn ouders met de politie gaan praten, met van die kerels als jij, zeggen ze gewoon dat ze niets kunnen doen omdat het maar om dreigementen gaat. Het is kennelijk oké om mensen te bedreigen.'

Ze keek Erlendur aan.

'Als ze mijn vader vermoorden, gaan jullie de zaak misschien onderzoeken.'

'Heeft je broer Guðlaugur gekend? Ze moeten van elkaar geweten hebben, daar in die gang.'

'Ze kenden elkaar,' zei Ösp moeizaam.

'Hoe?'

'Gulli betaalde hem voor...' Ösp hield haar mond.

'Waarvoor?'

'Het een en ander dat hij voor hem deed.'

'Seksueel?'

'Ja, seksueel.'

'Hoe weet je dat?'

'Dat heeft mijn broer me verteld.'

'Was hij die middag bij Guðlaugur?'

'Dat weet ik niet. Ik heb hem al dagen niet gezien, niet

sinds...' Ze zweeg. 'Ik heb hem niet gezien sinds Guðlaugur is neergestoken,' zei ze toen. 'Hij heeft ook geen contact opgenomen.'

'Ik denk dat hij misschien niet heel lang geleden hier in de gang is geweest. Na de moord op Guðlaugur.'

'Ik heb hem niet gezien.'

'Denk je dat hij Guðlaugur heeft aangevallen?'

'Dat weet ik niet,' zei Ösp. 'Ik weet alleen maar dat hij nog nooit iemand heeft aangevallen. En hij is continu op de loop en nu vast en zeker ook hierom, ook al heeft hij niets gedaan. Hij heeft nog nooit iemand iets aan kunnen doen.'

'En je weet niet waar hij nu is?'

'Nee, ik heb niets van hem gehoord.'

'Weet je of hij die Brit kende die ik tegenover jou heb genoemd? Henry Wapshott? Die met de kinderporno?'

'Nee, die kende hij niet. Dat denk ik tenminste. Waarom vraag je daarnaar?'

'Is hij homoseksueel? Je broer?' Ösp keek hem aan.

'Ik weet dat hij alles voor geld doet,' zei ze, 'maar ik geloof niet dat hij homo is.'

'Wil je hem zeggen dat ik graag met hem zou willen praten? Als hij daar in het souterrain iets heeft gemerkt, dan moet ik hem daarover ondervragen. Ik moet hem ook naar zijn contacten met Guðlaugur vragen. Ik moet weten of je broer hem heeft ontmoet op de dag dat hij werd vermoord. Wil je dat voor me doen? Wil je hem zeggen dat ik hem nodig moet spreken?'

'Denk je dat hij het heeft gedaan? Dat hij Guðlaugur heeft vermoord?'

'Dat weet ik niet,' zei Erlendur, 'maar als ik niet heel gauw iets van hem hoor, moet ik hem laten opsporen.'

Ösp toonde geen enkele reactie.

'Wist je dat Guðlaugur homo was?' vroeg hij. Ösp keek op.

'Als ik afga op wat mijn broer zei, moet hij dat wel zijn. En afgaande op wat hij mijn broer betaalde voor een samenzijn met hem...'

Ösp zweeg.

'Wist je dat Guðlaugur dood was toen ze je vroegen om hem te gaan halen?' vroeg Erlendur.

Ze keek hem aan.

'Nee, dat wist ik niet. Probeer niet mij hier de schuld van te geven. Probeer je dat soms? Denk je dat ik hem heb vermoord?'

'Je hebt me niet over je broer in het souterrain verteld.'

'Hij zit altijd in de problemen, maar ik weet dat hij dit niet heeft gedaan. Ik weet dat hij iets dergelijks nooit zou kunnen doen. Nooit!'

'De verhouding tussen jullie moet wel erg hecht zijn, dat je zo goed op hem past.'

'We zijn altijd goede vrienden geweest,' zei Ösp en ze stond op. 'Als hij contact opneemt, zal ik met hem praten. Hem zeggen dat je hem nodig moet spreken, mocht hij iets weten over wat er gebeurd is.'

Erlendur knikte en zei dat hij nog een groot deel van de dag in het hotel zou zijn en dat ze hem daar altijd kon bereiken.

'Het moet liefst meteen gebeuren, Ösp,' zei hij.

31

Toen Erlendur weer beneden in de foyer kwam, zag hij Elínborg bij de balie van de receptie staan en de receptionist in zijn richting wijzen, waarop Elínborg zich omdraaide. Ze was op zoek naar hem en liep met snelle pas naar hem toe met op haar gezicht een zorgelijke uitdrukking die Erlendur daar niet vaak zag.

'Is er iets mis?' vroeg hij toen ze dichterbij kwam.

'Kunnen we ergens gaan zitten?' vroeg ze. 'Is de bar al open? Godallemachtig, wat is dit een rotbaan. Ik weet niet waarom een mens het eigenlijk doet.'

'Wat is er aan de hand?' vroeg Erlendur, en hij pakte haar bij de arm en nam haar mee naar de bar. De deur was dicht maar zat niet op slot, en ze gingen naar binnen. Hoewel je de bar in kon, leek de tap gesloten. Erlendur zag op een bordje dat hij pas over een uur open zou gaan. Ze gingen in een van de zithoeken zitten.

'Mijn hele kerstfeest gaat naar de maan,' zei Elínborg. 'Ik heb nog nooit zo weinig gebakken. En mijn hele schoonfamilie komt vanavond en...'

'Vertel me wat er gebeurd is,' zei Erlendur.

'Een verdomd groot probleem,' zei ze. 'Ik begrijp hem niet, begrijp hem gewoon niet.'

'Wie?'

'De jongen!' zei Elínborg. 'Begrijp niet wat er eigenlijk in hem omgaat.'

Ze vertelde Erlendur dat ze de vorige avond niet naar huis was gegaan om te bakken, maar in plaats daarvan het psychiatrisch ziekenhuis Kleppur had bezocht. Ze wist niet precies waarom, maar ze kon de zaak van de vader en zijn zoon maar niet uit haar gedachten zetten. Toen Erlendur de opmerking maakte dat ze er misschien wel genoeg van had om koekjes voor haar schoonfamilie te bakken, kon ze er zelfs niet om glimlachen.

Ze was al eerder naar dit ziekenhuis geweest om met de moeder van de jongen te spreken, maar de vrouw was toen zo ziek geweest dat ze geen zinnig woord uit haar had kunnen krijgen. Toen ze er gisteravond kwam, was het hetzelfde liedje. De moeder zat heen en weer te wiegen en was absoluut onaanspreekbaar. Elínborg wist niet precies wat ze uit haar wilde krijgen, maar nam aan dat de moeder iets over de verhouding tussen vader en zoon zou kunnen weten dat nog niet eerder bekend was.

Ze wist dat de moeder slechts tijdelijk in het ziekenhuis was. Ze werd er zo nu en dan opgenomen als ze het in haar hoofd kreeg haar medicamenten door de wc te spoelen. Wanneer ze haar pillen innam, ging het haar doorgaans goed. Ze was een uitstekende huisvrouw. Toen Elínborg met de onderwijzer van de jongen over de moeder had gesproken, werd gezegd dat ze ook goed voor haar zoon leek te zorgen.

Elínborg zat in de zitkamer van de afdeling, waarheen een verpleegkundige de moeder had gebracht, en keek toe hoe ze keer op keer wat haren om haar wijsvinger wikkelde, waarbij ze iets mummelde dat Elínborg niet kon verstaan. Ze probeerde met haar te praten, maar het was net of ze niet aanwezig was. De vrouw toonde geen enkele reactie op haar vragen. Ze was als een slaapwandelaarster.

Elínborg zat een hele tijd bij haar, tot ze begon te denken aan alle koekjes die ze nog moest bakken. Ze stond op om iemand te zoeken die de vrouw weer naar haar kamer kon brengen en ze trof een oppasser op de gang. Hij was rond de dertig en zag eruit of hij aan gewichtheffen deed. Hij droeg een witte broek en een wit T-shirt met korte mouwen, en de krachtige spieren van zijn bovenarmen trokken zich bij elke beweging samen. Hij had kortgeknipt haar en een rond, enigszins dik gezicht met kleine, diepliggende ogen. Elínborg vroeg hem niet naar zijn naam.

Hij kwam met haar mee de zitkamer in.

'Zo, zo, daar hebben we onze Dóra,' zei de oppasser. Hij liep naar de vrouw toe en pakte haar bij haar arm. 'Je bent heel rustig vanavond.'

De vrouw stond op, even afwezig als tevoren.

'Wat zit je weer onder de medicijnen, arme ziel,' zei de oppasser. De toon van de man beviel Elínborg niet. Het leek wel of hij het tegen een vijfjarig kind had. En wat betekende het eigenlijk dat ze vanavond rustig was? Ze kon het niet laten.

'Wil je alsjeblieft niet tegen haar praten alsof ze een klein kind is?' zei ze op een onvriendelijker toon dan ze bedoelde.

De oppasser keek haar aan.

'Gaat dat jou wat aan?' vroeg hij.

'Ze heeft er recht op dat ze net als alle anderen met respect wordt behandeld,' zei Elínborg, en ze gaf niet toe aan de verleiding om te zeggen dat ze bij de politie was.

'Dat is wel zo,' zei de oppasser. 'Ik vind ook niet dat ik haar respectloos behandel. Zo, Dóra, we gaan,' zei hij toen, en hij nam de vrouw mee de gang op.

Elínborg kwam achter hen aan.

'Wat bedoelde je toen je zei dat ze vanavond rustig is?'

'Vanavond rustig?' herhaalde de oppasser haar woorden, en hij draaide zijn hoofd naar haar toe.

'Je zei dat ze vanavond heel rustig was,' zei Elínborg. 'Is ze dat anders niet?'

'Ik noem Dóra soms de *fugitive*,' zei de oppasser. 'Ze knijpt er altijd tussenuit.'

Elínborg begreep hem niet.

'Waar heb je het over?'

'Heb je die film niet gezien?'

'Loopt ze weg?' vroeg Elínborg. 'Hier uit het ziekenhuis?'

'Of als we een uitstapje naar de stad maken,' zei de oppasser. 'De laatste maal liep ze weg tijdens zo'n uitstapje. We waren bijna radeloos toen jullie haar op het busstation Hlemmur hebben gevonden en hiernaartoe hebben gebracht. Veel respect betoonden jullie haar toen niet.'

'Wij?'

'Ik weet dat je bij de politie bent. Jullie smeten haar zo ongeveer naar ons toe.'

'Wat voor dag was dat?'

Hij dacht even na. Hij was zelf met haar en twee andere patiënten onderweg geweest toen ze er op Lækjartorg stiekem tussenuit was geknepen. Hij herinnerde zich goed wanneer dat gebeurd was. Het was op dezelfde dag dat hij een persoonlijk record in opdrukken had gevestigd.

De datum klopte met die van de aanval op de jongen.

'Werd haar man niet op de hoogte gesteld van het feit dat ze de benen had genomen?' vroeg Elínborg.

'We wilden hem net gaan bellen toen jullie haar vonden. We geven ze altijd wat tijd om weer boven water te komen. Anders hingen we de hele dag aan de telefoon.'

'Weet haar man dat jullie haar de *fugitive* noemen?'

'Wíj noemen haar niet zo, dat doe ik alleen. Hij weet het niet.'

'Weet hij dat ze wegloopt?'

'Ik heb hem niets gezegd. Ze komt altijd weer terug.'

'Ongelofelijk,' zuchtte Elínborg.

'Ze moet zwaar gesedeerd worden om ervoor te zorgen dat ze niet wegloopt,' zei de oppasser.

'Dit verandert de hele zaak!'

'Kom, lieve Dóra,' zei de oppasser, en de deuren naar de afdeling sloten zich achter hen.

Elínborg staarde Erlendur aan.

'Ik was er zo zeker van dat hij het was. Dat het de vader was. Nu is het ook denkbaar dat zij naar huis is gekomen, de jongen heeft aangevallen en er weer vandoor is gegaan. 'Als die stomme knul zijn mond nou toch eens opendeed!'

'Waarom zou ze haar zoon aanvallen?'

'Geen idee,' zei Elínborg. 'Misschien hoort ze stemmen.'

'En de gebroken vingers en de blauwe plekken? Alles al jarenlang? Is zij dat dan altijd geweest?'

'Ik weet het niet.'

'Heb je met de vader gesproken?'

'Ik kom nu bij hem vandaan.'

'En?'

'Hij is natuurlijk niet mijn beste vriend. Hij heeft zijn jongen niet meer te zien gekregen sinds we bij hem binnendrongen en alles in zijn huis op zijn kop zetten. Hij maakte me uit voor alles wat mooi en lelijk is en...'

'Wat zei hij over zijn vrouw, over de moeder?' viel Erlendur haar ongeduldig in de rede. 'Hij moet haar verdacht hebben.'

'De jongen heeft niets gezegd.'

'Behalve dat hij zijn vader mist,' zei Erlendur.

'Ja, behalve dat. Zijn vader vindt hem boven in zijn kamer en denkt dat hij zich in die toestand uit school naar huis heeft gesleept.'

'Je hebt de jongen in het ziekenhuis opgezocht en je hebt hem gevraagd of het zijn vader was die hem had aangevallen, en toen kreeg je een reactie die jou ervan overtuigde dat het de vader was geweest.'

'Ik moet de jongen verkeerd begrepen hebben,' zei Elínborg terneergeslagen. 'Ik heb iets uit zijn gedrag opgemaakt...'

'Maar we hebben niets in handen dat bewijst dat het de moeder is geweest. We hebben niets dat bewijst dat het niet de vader is geweest.'

'Ik vertelde de vader dat ik naar het ziekenhuis was gegaan

om met zijn vrouw te praten en dat ze niet weten waar ze geweest is op de dag dat hun zoon werd aangevallen. Hij was stomverbaasd. Alsof de gedachte niet in hem was opgekomen dat ze uit het ziekenhuis zou kunnen weglopen. Hij denkt nog steeds dat het de jongens op het schoolplein zijn geweest. Hij zei dat de jongen het ons zou vertellen als zijn moeder hem had aangevallen. Daar is hij van overtuigd.'

'Waarom zegt de jongen dan niet dat zij het was?'

'Hij is natuurlijk de kluts kwijt, de arme ziel. Ik weet het niet.'

'Liefde?' zei Erlendur. 'Ondanks alles wat ze hem heeft aangedaan?'

'Of angst,' zei Elínborg. 'Misschien een enorme angst dat ze het nog eens doet. Misschien probeert hij zijn moeder met zijn zwijgen te beschermen. Het is onmogelijk te zeggen.'

'Wat wil je dat we doen? Moeten we de zaak tegen de vader laten vallen?'

'Ik ben van plan om met de mensen op het bureau van de officier van justitie te gaan praten en te horen wat zij zeggen.'

'Goed, begin daar maar mee. Iets anders: heb je de vrouw gebeld die een paar dagen voor de moord op Guðlaugur samen met Stefanía hier in het hotel was?'

'Ja,' zei Elínborg afwezig. 'Stefanía had haar gevraagd om voor haar te liegen, maar toen puntje bij paaltje kwam, kon ze het niet.'

'Moest ze voor Stefanía liegen?'

'Ze begon, zij het met grote aarzeling, te vertellen dat ze hier hadden gezeten, maar toen bleek dat ze een angsthaas en een slechte leugenaarster was, want toen ik zei dat ik haar moest vragen naar het bureau te komen om een verklaring af te leggen, begon ze aan de telefoon te huilen. Ze vertelde me dat Stefanía en zij oude vriendinnen uit de een of andere muziekvereniging waren. Stefanía had haar gebeld en gevraagd of ze als iemand ernaar vroeg, zou willen zeggen dat ze hier samen in het hotel waren geweest. Ze zei dat ze dat had geweigerd, maar Stefanía had haar onder druk gezet. Waarmee, wilde ze me niet zeggen.'

'Het was al meteen een leugen van niets,' zei Erlendur. We wisten het allebei zodra ze ermee kwam. Ik weet niet waarom ze ons zo ophoudt, tenzij ze weet dat ze schuld heeft.'

'Bedoel je dat ze haar broer heeft vermoord?'

'Of weet wie het heeft gedaan.'

Ze zaten nog een tijdje, dronken koffie en praatten over de jongen, zijn vader en moeder en moeilijke huiselijke omstandigheden, en dat leidde ertoe dat Elínborg Erlendur nogmaals vroeg wat hij met de kerstdagen ging doen. Hij zei dat hij ze samen met Eva Lind zou doorbrengen.

Hij vertelde Elínborg over zijn vondst in de gang van het souterrain en over zijn vermoeden dat de broer van Ösp, een probleemjongere die altijd in geldnood zat, iets met de zaak te maken had. Hij bedankte Elínborg voor haar uitnodiging en zei haar dat ze de tijd die nog tot kerstavond restte maar vrij moest nemen.

'Er rest geen tijd meer tot kerstavond,' zei Elínborg. Ze glimlachte en haalde haar schouders op, alsof het kerstfeest niet langer van belang was, het schoonmaken, de koekjes en de schoonfamilie.

'Krijg je een kerstcadeautje?' vroeg ze.

'Misschien een paar sokken,' zei Erlendur. 'Hopelijk.' Hij aarzelde.

'Trek je dat met die vader niet al te zeer aan,' zei hij toen. 'Zoiets kan altijd gebeuren. We zijn absoluut zeker en overtuigd van onze zaak en als zich dan iets nieuws voordoet, slaat de twijfel toe.'

Elínborg knikte.

Erlendur liep met haar mee naar de foyer, en daar namen ze afscheid van elkaar. Hij wilde naar zijn kamer om zijn spullen te pakken. Hij had er meer dan genoeg van om niet thuis te zijn. Hij was zijn optrekje, waar niets was, pijnlijk gaan missen: zijn boeken, zijn stoel en zelfs Eva Lind op de bank.

Hij stond bij de liften te wachten, toen Ösp plotseling naast hem opdook zonder dat hij het gemerkt had.

'Ik heb hem gevonden,' zei ze.

'Welke hem?' zei Erlendur. 'Je broer?'

'Kom mee,' zei Ösp, en ze liep naar de trap die naar het souterrain voerde. Erlendur aarzelde. De deur van de lift ging open en hij keek de lift in. Hij was nu op het spoor van de moordenaar. Misschien was de broer wel gekomen om zich op aandringen van zijn zus aan te geven, de jongen met de pruimtabak. Erlendur voelde er geen enkele opwinding over, niets van dat gevoel van verwachting of triomf dat doorgaans met de oplossing van een zaak gepaard ging. Hij was alleen maar moe en vol onlustgevoelens omdat deze zaak zoveel associaties met zijn eigen jeugd had opgeroepen, en hij wist dat er in zijn eigen leven nog zoveel onopgelost was blijven liggen, dat hij werkelijk niet wist waar hij moest beginnen. Het liefst wilde hij nu al het werk vergeten en naar huis gaan. Met Eva Lind samen zijn. Haar helpen de moeilijkheden waarin ze verkeerde te overwinnen. Hij wilde niet langer over anderen denken, maar over zichzelf en zijn eigen familie gaan nadenken.

'Kom je nog?' zei Ösp zacht. Ze stond op de trap op hem te wachten.

'Ik kom,' zei Erlendur.

Hij liep achter haar aan de trap af en de personeelskantine in, waar hij de eerste keer met haar had gepraat. Het was daarbinnen nog steeds even smerig. Ze deed de deur achter hen op slot. Haar broer zat aan een tafeltje en sprong op toen Erlendur binnenkwam.

'Ik heb hem niets gedaan,' zei hij met een zwakke stem. 'Ösp zegt dat je denkt dat ik het gedaan heb, maar ik heb niets gedaan. Ik heb hem niets gedaan!'

Hij droeg een vies blauw winterjack met een scheur in een van de schouders, waardoor de witte voering te zien was. Zijn jeans was zwart van het vuil en hij droeg zware, zwarte laarzen, die tot aan de kuiten konden worden dichtgeregen, maar veters zag Erlendur niet. In zijn lange zwarte vingers hield hij een sigaret. Hij inhaleerde de rook en blies hem meteen weer uit. Hij sprak opgewonden en liep in een hoek van de kantine heen en weer als een wild dier in een kooi, ingesloten met een politieman die op het punt stond hem gevangen te nemen.

Erlendur keek om naar Ösp, die bij de deur stond, en toen weer naar haar broer.

'Gezien het feit dat je hiernaartoe bent gekomen, moet je je zus wel erg vertrouwen.'

'Ik heb niets gedaan,' zei hij. 'Ze zei dat je oké was en alleen maar wat inlichtingen wilde.'

'Ik moet weten wat voor contact je met Guðlaugur had,' zei Erlendur. 'Ik weet absoluut niet of je hem hebt doodgestoken.'

'Ik heb hem niet gestoken,' zei hij.

Erlendur bestudeerde hem. Hij zat ergens tussen een jonge jongen en een volwassen man in, merkwaardig kinderlijk, maar ook met een zekere hardheid in zijn gezicht en woede en verbittering over iets waarvan Erlendur geen idee had wat het kon zijn.

'Niemand zegt dat jij het gedaan hebt,' zei Erlendur sussend, en hij probeerde de opwinding van de jongen wat af te zwakken. 'Hoe heb je Guðlaugur leren kennen? Wat voor contact hadden jullie?'

De jongen keek naar zijn zus, maar Ösp stond zwijgend bij de deur en zei geen woord. Hij keek weer naar Erlendur.

'Ik heb hem soms een dienst bewezen en daar betaalde hij me voor,' zei hij.

'En hoe hebben jullie elkaar leren kennen? Hoe lang heb je hem gekend?'

'Hij wist dat ik de broer van Ösp was. Net als alle anderen vond hij het een grap dat we broer en zus waren.'

'Waarom?'

'Ik heet Reynir.'

'En? Wat is daar zo leuk aan?'

'Ösp en Reynir, esp en lijsterbes, broer en zus. Een grap van onze ouders. Alsof ze bomen plantten.'

'En hoe zat het met Guðlaugur?'

'Ik heb hem voor het eerst hier in het hotel gezien, toen ik bij Ösp langskwam. Dat is ongeveer een halfjaar geleden.'

'En?'

'Hij wist wie ik was. Ösp had hem het een en ander over mij verteld. Ze liet me soms hier in het hotel slapen. Bij hem in de gang.'

Erlendur draaide zich om naar Ösp.

'Je hebt daar in die hoek grondig schoongemaakt,' zei hij.

Ösp keek hem aan alsof ze niet begreep waar hij het over had en ze antwoordde hem niet. Hij wendde zich weer tot Reynir.

'Hij wist wie je was. Je sliep vlak bij hem in de gang. En verder?'

'Hij was me geld schuldig. Zei dat hij me zou betalen.'

'Waarom was hij je geld schuldig?'

'Omdat ik hem soms pijpte en...'

'En?'

'Soms mocht hij het ook bij mij doen.'

'Wist je dat hij homo was?'

'Is dat niet duidelijk?'

'En het condoom?'

'We gebruikten altijd condooms. Daarin was hij paranoïde, zei dat hij geen enkel risico wilde nemen. Zei dat hij niet wist of ik wel of niet was geïnfecteerd, maar dat ben ik niet,' zei hij nadrukkelijk, met een blik op zijn zus.

'En je gebruikt pruimtabak.'

Hij keek Erlendur stomverbaasd aan.
'Wat heeft dat met de zaak te maken?' vroeg hij.
'Niet van belang. Pruim je?'
'Ja.'
'Was je bij hem op de dag dat hij werd doodgestoken?'
'Ja. Hij vroeg me om bij hem langs te komen omdat hij me wilde betalen.'
'Hoe kreeg hij je te pakken?'
Reynir haalde een mobieltje uit zijn zak, dat hij Erlendur liet zien.
'Toen ik kwam was hij dat kerstmannenpak aan het aantrekken,' zei hij. 'Hij zei dat hij haast had omdat hij naar een kerstfeestje moest, betaalde me wat hij me schuldig was, keek op zijn horloge en zag toen dat hij nog tijd had voor een beetje lol.'
'Lag er veel geld bij hem in zijn kamer?'
'Voorzover ik weet, niet. Ik heb alleen gezien wat hij mij betaalde. Maar hij zei dat hij een berg geld verwachtte.'
'Waarvandaan?'
'Dat weet ik niet. Hij beweerde dat hij op een goudmijn zat.'
'Wat bedoelde hij?'
'Het was iets dat hij wilde verkopen. Ik weet niet wat het was, dat heeft hij me niet verteld. Hij zei alleen maar dat hij een berg geld verwachtte, of beter, veel geld verwachtte, want hij zei nooit "een berg geld". Zo sprak hij niet. Hij sprak altijd heel deftig en gebruikte mooie woorden. Hij was buitengewoon beleefd. Een prima kerel. Deed me nooit kwaad en betaalde altijd. Ik ken er heel wat die veel erger zijn dan hij. Soms wilde hij alleen maar met me praten. Hij was eenzaam, tenminste, dat is wat hij zei. Zei dat hij geen vrienden had, alleen mij.'
'Heeft hij je iets over zijn verleden verteld?'
'Nee.'
'Geen woord erover dat hij een kindsterretje was geweest?'

'Nee. Een kindsterretje? Waarin?'

'Heb je een mes bij hem gezien dat uit de keuken van het hotel zou kunnen komen?'

'Ja, ik heb een mes bij hem gezien, maar ik weet niet waar het vandaan kwam. Toen ik bij hem kwam, zat hij ermee aan zijn kerstmannenpak te snijden. Hij zei dat hij voor de volgende kerst een nieuw pak zou moeten aanschaffen.'

'En droeg hij geen ander geld bij zich dan het geld dat hij jou betaalde?'

'Nee, dat denk ik niet.'

'Je hebt hem niet beroofd?'

'Nee.'

'Heb je hem niet het halve miljoen afgenomen dat in zijn kamer lag?'

'Een half miljoen? Had hij een half miljoen?'

'Ik heb begrepen dat je altijd in geldnood zit. Dat blijkt ook uit de manier waarop je aan geld probeert te komen. Er zitten mensen achter je aan die je geld schuldig bent. Ze hebben je familie bedreigd...'

Reynir wierp een woedende blik op zijn zus.

'Niet naar haar kijken, kijk naar mij. Guðlaugur had geld in zijn kamer. Meer dan hij je schuldig was. Hij had misschien al iets uit zijn goudmijn verkocht. Jij zag het geld. Je wilde meer. Je deed dingen voor hem waarvoor je naar jouw mening meer betaald zou moeten krijgen. Hij weigerde, jullie maakten ruzie, je pakte het mes en probeerde hem te steken, maar hij verweerde zich, tot het je lukte het mes in zijn borst te drijven en hem te doden. Je pakte het geld...'

'Vuile idioot,' siste Reynir. 'Vervloekte kletspraat!'

'...en sindsdien heb je hasj gerookt en gespoten, of wat je ook verder nog...'

'Jij verdomde, vuile smeerlap!' schreeuwde Reynir.

'Ga verder met je verhaal,' riep Ösp. 'Vertel hem wat je mij hebt verteld. Vertel hem alles!'

'Alles? Wat dan?' vroeg Erlendur.

'Hij vroeg me of ik hem wilde opvrijen voor hij naar het kerstfeestje ging,' zei Reynir. 'Hij zei dat hij niet veel tijd had, maar hij had geld en hij zou er goed voor betalen. Maar toen we net waren begonnen kwam dat mens bij ons binnenvallen.'

'Dat mens?'

'Ja.'

'Wat voor iemand?'

'Dat mens dat ons stoorde.'

'Vertel het hem,' was Ösp nu vlak achter Erlendur te horen, 'vertel hem wie het was!'

'Over wat voor vrouw heb je het eigenlijk?'

'We hadden vergeten de deur op slot te doen omdat we haast hadden, en plotseling ging de deur open en viel ze bij ons binnen.'

'Wie?'

'Ik weet echt niet wie het was. Een of andere vrouw.'

'En wat gebeurde er toen?'

'Dat weet ik niet. Ik kneep ertussenuit. Ze schreeuwde iets naar hem en ik maakte dat ik wegkwam.'

'Waarom ben je niet meteen met deze inlichtingen naar ons toe gekomen?'

'Ik probeer de politie uit de weg te gaan. Er zitten allerlei lui achter me aan en als die weten dat ik met de politie praat, denken ze dat ik ze wil verlakken, en dat wordt dan op mij verhaald.'

'Wie was die vrouw die jullie stoorde? Hoe zag ze eruit?'

'Ik heb niet erg goed op haar gelet. Ik kneep ertussenuit. Hij raakte volkomen van zijn stuk. Duwde me van zich af, riep iets en ging helemaal over de rooie. Het leek wel of hij doodsbang voor haar was. Doodsbang.'

'Wat riep hij?' vroeg Erlendur.

'Steffí.'

'Wat?'

‘Steffí. Dat was het enige dat ik hoorde. Steffí. Hij noemde haar Steffí en hij was doodsbang voor haar.’

32

Ze stond voor de deur van zijn kamer met haar rug naar hem toe. Erlendur bleef staan en keek een tijdje naar haar en zag hoezeer ze veranderd was sinds hij haar de eerste keer met haar vader het hotel had zien binnenstormen. Nu was ze slechts een vermoeid uitziende, afgematte vrouw van middelbare leeftijd, die nog steeds alleen met haar gehandicapte vader in hetzelfde huis woonde dat haar leven lang al haar thuis was geweest. Om redenen die hij niet kende, was deze vrouw naar het hotel gekomen en had haar broer vermoord.

Het was of ze voelde dat hij in de gang stond, want plotseling draaide ze zich om en keek hem aan. Hij kon niet van haar gezicht aflezen wat ze dacht. Hij wist alleen dat zij de vrouw was naar wie hij had gezocht vanaf het eerste moment dat hij in het hotel kwam en de kerstman badend in zijn bloed had zien zitten.

Ze stond stil bij de deur en zei niets voor hij vlak bij haar was.

'Ik moet je nog het een en ander vertellen,' zei ze. 'Als het tenminste nog van enig belang is.'

Erlendur dacht te weten dat ze naar hem toe was gekomen vanwege haar leugen over de vriendin en dat ze nu vond dat het tijd was geworden om de waarheid te vertellen. Hij deed de deur open en ze liep voor hem uit naar binnen en naar het raam, en keek naar de vallende sneeuw.

'Ze hadden een groene kerst voorspeld,' zei ze.

'Word je wel eens Steffí genoemd?' vroeg hij.

'Toen ik klein was,' zei ze, en ze bleef naar buiten kijken.

'Noemde je broer je Steffí?'

'Ja, dat deed hij,' zei ze. 'Altijd. En ik noemde hem altijd Gulli. Waarom vraag je dat?'

'Waarom was je vijf dagen voor de dood van je broer hier in het hotel?'

Stefanía slaakte een diepe zucht.

'Ik weet dat ik niet tegen je had moeten liegen.'

'Waarom kwam je hier?'

'Voor zijn platen. We vonden dat we er recht op hadden daar iets van te krijgen. We wisten dat hij er heel veel had, waarschijnlijk de hele restoplage die indertijd niet verkocht was, en als hij ging verkopen wilden we er ook een deel van hebben.'

'Hoe kreeg hij die oplage in zijn bezit?'

'Mijn vader kreeg hem en bewaarde hem thuis in Hafnarfjörður en toen Guðlaugur het huis verliet, nam hij de dozen mee. Hij zei dat de platen van hem waren, van hem en van niemand anders.'

'Hoe wisten jullie dat hij van plan was om ze te verkopen?'

Stefanía aarzelde.

'Ik heb ook over Henry Wapshott gelogen,' zei ze. 'Ik kende hem een beetje. Niet erg goed, maar ik had je over hem moeten vertellen. Heeft hij je niet gezegd dat hij ons had ontmoet?'

'Nee,' zei Erlendur. 'Hij heeft momenteel nogal wat problemen. Is er eigenlijk iets waar van alles wat je me tot nu toe hebt verteld?'

Ze gaf hem geen antwoord.

'Waarom zou ik moeten geloven wat je me nu vertelt?' Stefanía zweeg. Ze keek naar het vallen van de sneeuw en was ver weg met haar gedachten, alsof ze zich had teruggetrokken in een leven dat lang geleden het hare was, toen ze de leugen nog niet kende en alles waarheid was, als pasgevallen, reine sneeuw.

'Stefanía?' vroeg Erlendur.

'Ze maakten geen ruzie over het zingen,' zei ze plotseling. 'Toen vader van de trap viel. Het ging niet over het zingen. Dat was de laatste en de ergste leugen.'

'Je bedoelt de keer dat ze slaags raakten op de overloop?'

'Weet je hoe de kinderen op school hem noemden? Welke bijnaam ze hem gaven?'

'Ik denk dat ik dat weet,' zei Erlendur.

'Ze noemden hem 'de kleine prinses'.'

'Omdat hij in het koor zong en in de watten werd gelegd en...'

'Omdat ze hem in een jurk van moeder zagen,' viel Stefanía hem in de rede.

Ze draaide zich om van het raam.

'Het was na haar dood. Hij miste haar vreselijk, vooral toen hij niet langer koorknaap was, maar alleen nog maar een gewone jongen met een gewone stem. Vader wist het niet, maar ik wel. Als vader niet thuis was, tooide hij zich soms met moeders sieraden. En soms trok hij haar jurken aan, stond dan voor de spiegel en maakte zich zelfs op. En op een keer in de zomer zagen een paar jongens die voorbijkwamen hem zo. Er waren ook klasgenoten bij. Ze loerden door het raam van de zitkamer. Dat deden ze soms omdat men ons raar vond. Ze begonnen hem uit te lachen en uit te jouwen, zonder enig meegevoel. Daarna had hij op school geen leven meer. De kinderen gingen hem 'de kleine prinses' noemen.'

Stefanía zweeg.

'Ik dacht dat hij gewoon zijn moeder miste,' zei ze toen. 'Dat het een soort poging was om dichter bij haar te komen door haar kleren aan te trekken en haar sieraden te dragen. Het kwam niet in me op dat hij tegennatuurlijke neigingen had. En toen kwam iets anders aan het licht.'

'Tegennatuurlijke neigingen?' zei Erlendur. 'Kijk je daar zo tegenaan? Je broer was homoseksueel. Heb je hem dat niet kunnen vergeven? Heb je daarom al die jaren geen contact met hem gehad?'

'Hij was nog heel jong toen vader hem verraste bij handelingen met een leeftijdgenoot die niet te beschrijven zijn. Ik wist dat hij met een vriend op zijn kamer was, nam aan dat ze samen huiswerk maakten. Vader kwam onverwacht thuis en zocht ergens naar. Hij ging Gulli's kamer binnen en werd met die gruwel geconfronteerd. Hij wilde me niet vertellen wat het was. Toen ik de gang op kwam, schoot de jongen net met afgezakte broek de trap af, en papa en Gulli stonden boven aan de trap tegen elkaar te schreeuwen. Ik zag dat Gulli vader een harde duw gaf waardoor deze zijn evenwicht verloor, van de trap viel en nooit meer op zijn benen heeft kunnen staan.'

Stefanía draaide zich weer om naar het raam en keek naar de neerdwarrelende kerstsneeuw. Erlendur zweeg, en hij vroeg zich af wat er in haar omging wanneer ze zich zoals nu in zichzelf terugtrok, maar hij kon het zich niet voorstellen. Hij dacht dat hij een soort antwoord kreeg toen ze de stilte weer verbrak.

'Ik telde nooit mee,' zei ze. 'Alles wat ik deed was van ondergeschikt belang. Ik zeg dit niet omdat ik medelijden met mezelf heb, dat is allang voorbij, denk ik. Ik zeg het veeleer om te proberen te begrijpen en uit te leggen waarom ik na die dag nooit meer contact met hem heb gehad. Soms denk ik dat er iets in mij was dat zich verkneukelde over hoe alles gegaan was. Kun je je dat voorstellen?'

Erlendur schudde zijn hoofd.

'Nadat hij vertrokken was, was ik het die meetelde. Niet hij. Nooit meer hij! En ik was daar op de een of andere wonderlijke manier blij over, blij dat hij nooit die grote ster werd die hij had moeten worden. Ik neem aan dat ik hem altijd heb benijd, veel meer dan ik me realiseerde, om alle aandacht die hij kreeg en de stem die hij als kind had. Een stem als een engel. Het leek wel of al die gaven hem geschonken waren, terwijl ik er geen had. Ik kon alleen maar wat op de piano bonken, zo noemde mijn vader het als hij probeerde me les te geven. Hij zei dat ik geen enkel talent had. Toch vereerde ik hem, omdat ik dacht dat hij altijd gelijk had. Hij was vaak lief voor me en toen hij invalide werd, bleek ik in elk geval het talent te bezitten om voor hem te zorgen, en dat betekende alles voor hem. En zo verstreek het ene na het andere jaar zonder dat er iets veranderde. Gulli ging het huis uit, vader was verlamd en ik zorgde voor hem. Dacht nooit over mezelf na, over wat ik nu eigenlijk wilde. Zo kunnen de jaren voorbijgaan zonder dat je iets anders doet dan leven binnen de vaste grenzen die je jezelf hebt gesteld. Jaar na jaar na jaar.'

Ze zweeg en keek naar de sneeuw.

'Als je dan begint te voelen dat dit alles is wat je hebt, dan ga je het haten en je probeert een schuldige te vinden en ik vond dat mijn broer aan alles schuld had. In de loop van de tijd begon ik hem en zijn abnormale neigingen, die ons leven verwoest hebben, te haten.'

Erlendur wilde iets zeggen, maar ze ging door.

'Ik weet niet of ik het beter kan uitleggen. Hoe een mens zich in zijn eigen saaie leven kan opsluiten om iets waarvan tientallen jaren later blijkt dat het niet van belang is. Dat het in feite van geen enkel belang is.'

'Voorzover wij het hebben begrepen was hijzelf van mening dat hij van zijn jeugd beroofd was,' zei Erlendur. 'Had hij niet de kans gekregen te zijn wie hij wilde zijn, maar werd hij gedwongen iets heel anders te zijn, een zanger, een kindsterretje, en hij kreeg er de rekening voor gepresenteerd als hij op school werd gepest. En dan loopt alles op niets uit en komen er ook nog die tegennatuurlijke neigingen bij, zoals jij ze noemt. Ik denk dat hij zich niet erg gelukkig gevoeld kan hebben. Misschien wilde hij al die aandacht wel niet waar jij zo duidelijk naar verlangde.'

'Van zijn jeugd beroofd,' zei Stefanía. 'Dat is heel goed mogelijk.'

'Heeft je broer ooit geprobeerd om over zijn homoseksualiteit met zijn vader of met jou te praten?' vroeg Erlendur.

'Nee, maar we hadden misschien kunnen weten welke kant het op ging. Ik weet trouwens ook niet of hij zich heeft gerealiseerd wat er met hem aan de hand was. Daar weet ik niets van. Ik denk dat hij beslist niet heeft geweten waarom hij moeders jurken aantrok. Ik weet niet hoe of wanneer dat soort mensen erachter komt dat ze anders zijn.'

'Gek genoeg was hij op zijn bijnaam gesteld,' zei Erlendur. 'Hij heeft die poster en we weten dat...' Erlendur zweeg midden in de zin. Hij wist niet of hij wel moest vertellen over Guðlaugurs minnaar, die hem 'de kleine prinses' moest noemen.

'Daar weet ik niets van,' zei Stefanía, 'behalve natuurlijk dat hij die poster aan de muur heeft. Misschien heeft hij zichzelf wel gekweld met herinneringen aan alles wat er gebeurd was. Misschien waren ze verbonden met iets wat we nooit zullen kunnen begrijpen.'

'Hoe heb je Henry Wapshott leren kennen?'

'Hij kwam op een dag bij ons thuis en wilde met mijn vader en mij praten over de platen van Guðlaugur. Hij wilde weten of wij er iets van bezaten. Dat was vorig jaar Kerstmis. Hij had via de een of andere verzamelaar informatie over Guðlaugur en zijn familie gekregen en hij vertelde ons dat zijn platen overal ter wereld buitengewoon veel waard waren. Hij had met mijn broer gesproken, die gezegd had dat hij niet aan hem wilde verkopen, maar toen van mening veranderd was en bereid was de Brit te geven wat hij wilde hebben.'

'En jullie wilden een deel van de winst, of wat wilden jullie?'

'We vonden dat niet meer dan normaal. Guðlaugur had er niet meer recht op dan mijn vader. Zo keken wij er tenminste tegenaan. Onze vader heeft de oplage uit eigen middelen gefinancierd.'

'Ging het om echt hoge bedragen? Die Wapshott voor de platen bood?'

Stefanía knikte wat afwezig.

'Miljoenen.'

'Dat komt overeen met onze inlichtingen.'

'Die man Wapshott heeft geld genoeg. Als ik hem goed heb begrepen, wilde hij alle exemplaren die er nog van de platen waren in zijn bezit krijgen en zo voorkomen dat er te veel tegelijk op de markt zouden komen. Hij was heel eerlijk en bereid werkelijk ongelofelijke bedragen voor alle platen te betalen. Ik denk dat het hem gelukt was Guðlaugur tijdens dit verblijf voor zijn standpunt te winnen. Waarschijnlijk is er toen iets gebeurd dat hem ertoe bracht hem zo aan te vallen.'

'Hem zo aan te vallen? Wat bedoel je?'

'Jullie hebben hem toch in hechtenis genomen?'

'Ja,' zei Erlendur, maar we hebben niets dat erop wijst dat hij je broer heeft aangevallen. Wat bedoel je met dat "er iets is gebeurd"?'

'Wapshott kwam bij ons in Hafnarfjörður en vertelde dat hij Guðlaugur ertoe gebracht had hem de oplage te verkopen en hij was nu aan het onderzoeken, denk ik, of er niet nog meer platen waren. We zeiden hem dat dat niet het geval was. Guðlaugur had de hele oplage meegenomen toen hij het huis verliet.'

'Daarom ging je hem opzoeken in het hotel,' zei Erlendur, 'om jullie deel van de verkoop te krijgen.'

'Hij droeg zijn portiersuniform,' zei Stefanía, 'stond bij de ingang en zette de koffers van wat buitenlanders in een auto. Ik heb een tijdje naar hem staan kijken en toen zag hij me. Ik zei dat ik het met hem over de platen moest hebben. Hij vroeg naar vader...'

'Was het je vader, die je naar Guðlaugur stuurde?'

'Nee, dat zou hij nooit gedaan hebben. Sinds het ongeluk heeft hij zijn naam niet willen horen.'

'Maar hij was de eerste naar wie Guðlaugur vroeg toen hij jou in het hotel zag.'

'Ja. We gingen naar zijn kamertje en ik vroeg hem waar zijn platen waren.'

'Ze zijn op een veilige plek,' zei Guðlaugur, en hij glimlachte naar zijn zus. 'Henry zei me dat hij met jou had gesproken.'

'Hij zei ons dat je hem de platen wilde verkopen. Vader zegt dat de helft ervan van hem is en we willen de helft van het bedrag dat je ervoor krijgt.'

'Ik ben van mening veranderd,' zei Guðlaugur. 'Ik ben niet van plan om iemand ook maar iets te verkopen.'

'Wat heeft Wapshott daarover gezegd?'

'Hij was er helemaal niet gelukkig mee.'

'Hij biedt je een heel aanzienlijke som geld voor die platen.'

'Ik kan er meer voor krijgen als ik ze zelf verkoop, een voor een. Verzamelaars hebben er grote belangstelling voor. Ik denk dat Wapshott precies hetzelfde wil doen, ook al vertelt hij mij dat hij ze wil kopen om ervoor te zorgen dat ze niet op de markt komen. Ik neem aan dat hij daarover liegt. Hij wil ze verkopen en aan mij verdienen. Indertijd wilde iedereen aan mij verdienen, vader niet in de laatste plaats, en er is niets veranderd. Helemaal niets.'

Ze keken elkaar een hele tijd aan.

'Kom naar huis en praat met vader,' zei ze. 'Hij heeft niet zo lang meer.'

'Heeft Wapshott met hem gepraat?'

'Nee, hij was niet thuis toen Wapshott kwam. Ik heb vader over hem verteld.'

'En wat zei hij?'

'Niets, alleen dat hij zijn deel wilde hebben.'

'Hoe zit het met jou?'

'Hoe zit het met mij?'

'Waarom ben je nooit van hem weggegaan? Waarom ben je niet getrouwd en heb je niet je eigen gezin gesticht? Dit is niet jouw leven dat je leeft, het is zijn leven. Waar is het jouwe?'

'Zou dat zich niet in de rolstoel bevinden waar jij hem in hebt doen belanden?' stootte Stefanía woedend uit. 'En waag het niet naar mijn leven te vragen.'

'Hij heeft dezelfde macht over jou als hij indertijd over mij had.' In Stefanía kwam een enorme woede op.

'Iemand moest voor hem zorgen. Zijn lieveling, zijn ster, was een homo zonder stem die hem de trap af gooide en sindsdien niet met hem heeft durven praten. Zit liever 's nachts in zijn huis en sluipt naar buiten voor hij wakker wordt. Wat voor macht heeft hij niet over jou? Jij denkt dat je je helemaal van hem hebt losgemaakt, maar kijk eens naar jezelf. Kijk naar jezelf! Wat ben jij nou helemaal? Vertel me dat eens! Jij bent helemaal niets. Je bent een stakker!'

Ze zweeg.

'Neem me niet kwalijk,' zei hij. 'Ik had hier niet over moeten beginnen.'

Ze gaf hem geen antwoord.

'Vraagt hij naar me?'

'Nee.'

'Praat hij nooit over me?'

'Nee, nooit.'

'Hij kan niet aanvaarden hoe ik leef. Hij kan niet aanvaarden hoe ik ben. Hij kan mij niet aanvaarden. Na al die jaren.'

'Waarom heb je me dit niet meteen verteld?' vroeg Erlendur. 'Waarom dit verstoppertje spelen?'

'Verstoppertje spelen? Nou, dat kun je je wel voorstellen. Ik wilde niet over onze familieproblemen praten. Ik dacht dat ik ons zou kunnen beschermen, ons privé-leven.'

'Was dit de laatste keer dat je je broer ontmoette?'

'Ja.'

'Weet je het zeker?'

'Ja.' Stefanía keek hem aan. 'Wat probeer je te suggereren?'

'Heb je hem niet met een jonge jongen betrapt bij dezelfde handelingen als indertijd je vader en ben je toen niet door het lint gegaan? Daar had je nu het begin van alle ongeluk in je leven en je wilde er een einde aan maken.'

'Nee, wat...?'

'We hebben een getuige.'

'Een getuige?'

'De jongen die bij hem was. Een jonge man die je broer zo nu en dan tegen betaling ter wille was. Je hebt hen daar in het souterrain verrast, de jongen is ertussenuit geknepen en jij viel je broer aan. Zag een mes bij hem op tafel liggen en viel hem aan.'

'Hier klopt helemaal niets van!' zei Stefanía, en ze voelde dat Erlendur meende wat hij zei, voelde hoe het net zich om haar sloot. Ze staarde Erlendur aan alsof ze haar oren niet kon geloven.

'Er is een getuige...' begon Erlendur, maar hij kreeg geen kans zijn zin af te maken.

'Wat voor een getuige? Over wat voor getuige heb je het eigenlijk?'

'Ontken je dat je je broer hebt vermoord?'

De telefoon op zijn kamer begon te rinkelen en nog voor Erlendur kon opnemen, ging ook de mobiele telefoon in zijn zak over. Hij keek Stefanía verontschuldigend aan, zij keek terug met een paar felle ogen.

'Ik moet dit beantwoorden,' zei Erlendur.

Stefanía trok zich terug en hij zag dat ze een van de twee platen van Guðlaugur die op het bureau lagen, uit de hoes haalde. Toen Erlendur de telefoon in zijn kamer opnam, stond ze de plaat te bekijken. Sigurður Óli was aan de lijn. Erlendur zette zijn mobiele telefoon aan en vroeg de beller even te wachten.

'Er heeft zojuist een man contact met me opgenomen in verband met de moord in het hotel en ik heb hem het nummer van je mobiele telefoon gegeven,' zei Sigurður Óli. 'Heeft hij je al gebeld?'

'Er wacht momenteel iemand op mijn mobieltje,' zei Erlendur.

'Het lijkt me dat we de zaak hebben opgelost. Praat met hem en bel me dan terug. Ik stuur drie wagens. Elínborg komt mee.'

Erlendur legde de hoorn op de haak en pakte zijn mobiele telefoon op. Hij kende de stem niet, maar de man stelde zich voor en begon te vertellen. Toen hij net begonnen was, namen Erlendurs verdenkingen vaste vorm aan en plotseling zag hij hoe alles in elkaar zat. Ze praatten een hele tijd met elkaar en aan het einde van het gesprek vroeg Erlendur de man naar het bureau te gaan en een verklaring af te leggen bij Sigurður Óli. Hij belde Elínborg en gaf haar wat aanwijzingen. Toen deed hij de telefoon uit en wendde zich tot Stefanía, die de plaat van Guðlaugur op de grammofoon had gelegd en hem had opgezet.

'Als men vroeger zulke platen opnam,' zei ze, 'kwamen er soms allerlei andere geluiden mee, misschien omdat men niet zorgvuldig genoeg werkte of omdat de apparatuur niet goed was en evenmin de omstandigheden waaronder werd opgenomen. Je kunt zelfs auto's voorbij horen komen. Wist je dat?'

'Nee,' zei Erlendur. Hij had er geen idee van waar ze naartoe wilde.

'Je kunt dat bijvoorbeeld in dit lied horen als je goed luistert. Ik denk dat niemand het merkt, alleen degenen die het weten.'

Ze zette de muziek harder. Erlendur spitste zijn oren en hoorde toen midden in het lied een ander zacht geluid.

'Wat is dat?' vroeg hij.

'Het is mijn vader,' antwoordde Stefanía.

Ze speelde de passage opnieuw af en nu hoorde Erlendur het geluid duidelijker, al kon hij niet onderscheiden wat er gezegd werd.

'Is dat jullie vader?' vroeg Erlendur.

'Hij zegt hem dat hij verrukkelijk zingt,' zei Stefanía, alsof ze met haar gedachten ergens anders was. 'Hij stond dicht bij de microfoon en kon zich niet inhouden.'

Ze keek Erlendur aan.

'Mijn vader is gisteravond gestorven,' zei ze. 'Hij ging na het eten even op de bank liggen, viel als vaker in slaap en werd niet meer wakker. Meteen toen ik de kamer in kwam, voelde ik dat hij er niet meer was. Voelde het voor ik hem aanraakte. De dokter zei dat hij een hartaanval had gekregen. Daarom kwam ik je hier in het hotel opzoeken om je de hele waarheid te vertellen.

Het is niet langer van enig belang. Niet voor hem en ook niet voor mij. Niets van dit alles is nog van belang.'

Ze speelde de passage voor de derde maal en ditmaal dacht Erlendur dat hij kon onderscheiden wat er gezegd werd. Slechts één woord dat zich als een voetnoot bij het lied liet aanhoren.

Verrukkelijk.

'Op de dag dat Guðlaugur is vermoord, ging ik naar zijn kamertje beneden om hem te zeggen dat vader hem wilde zien en zich met hem wilde verzoenen. Ik had hem toen verteld dat Guðlaugur een sleutel van ons huis had bewaard en soms bij ons binnen was geslopen om in de kamer te zitten en ook weer weg was geslopen zonder dat we hem hadden opgemerkt. Ik wist niet hoe Guðlaugur zou reageren, of hij vader terug zou willen zien of dat het hopeloos zou zijn om te proberen hen te verzoenen, maar ik wilde het proberen. De deur van zijn kamer stond open...'

Haar stem trilde.

'...en daar lag hij badend, in zijn bloed...' Ze zweeg.

'...in dat pak... met zijn broek omlaag... onder het bloed...'

Erlendur ging naar haar toe.

'Lieve god!' zuchtte ze. 'Nooit in mijn leven heb ik... het was vreselijker dan woorden kunnen beschrijven. Ik weet niet wat ik dacht. Ik was zo bang. Ik denk dat ik maar aan één ding heb gedacht en dat was om de benen te nemen en dit te vergeten. Net als al het andere. Ik maakte mezelf wijs dat het me niets aanging, dat het niet uitmaakte of ik daar nu wel of niet was, het was over en uit en het had niets met mij te maken. Ik duwde het als een kind van me af. Wilde er niets van weten en heb mijn vader niet verteld wat ik gezien had. Vertelde het aan niemand.'

Ze keek Erlendur aan.

'Ik had om hulp moeten roepen. Ik had er natuurlijk de politie bij moeten halen... maar... dit... dit was zo smerig, zo onnatuurlijk... dat ik van hem wegliep. Dat was het enige waar ik aan dacht. Wegwezen! Deze afschuwelijke plaats ontvluchten en ervoor zorgen dat niemand me zag.'

Ze zweeg.

'Ik denk dat ik altijd voor hem op de vlucht ben geweest. Op de een of andere manier altijd van hem ben weggelopen. Altijd. En daar...'

Ze zat stilletjes te huilen.

'We hadden kunnen proberen dit veel eerder goed te maken. Ik had dat al lang geleden moeten doen. Dat is mijn misdaad. Uiteindelijk wilde vader het ook. Voor hij stierf.'

Ze zwegen. Erlendur keek naar buiten en zag dat het minder hard was gaan sneeuwen.

'Het vreselijkste was...'

Ze zweeg plotseling, als was de gedachte onverdraaglijk.

'Hij was nog niet dood, nietwaar?' Ze schudde haar hoofd.

'Hij zei één woord en toen stierf hij. Hij zag me in de deur staan en zuchtte mijn naam. De naam zoals hij me noemde toen we klein waren. Hij noemde me altijd Steffí.'

'En die twee hoorden hem je naam zeggen voor hij stierf. Steffí.'

Ze keek Erlendur stomverbaasd aan.

'Welke twee?'

Plotseling werd de deur van de kamer opengegooid en Eva Lind verscheen in de deuropening. Ze staarde naar Stefanía en toen naar Erlendur en toen weer naar Stefanía en schudde haar hoofd.

'Hoeveel houd je er eigenlijk op na?' vroeg ze, en ze wierp haar vader een beschuldigende blik toe.

33

Hij kon geen enkele verandering in het gedrag van Ösp bespeuren. Erlendur stond bij haar werk toe te kijken en vroeg zich af of ze ooit berouw of een slecht geweten zou tonen om wat ze had gedaan.

'Heb je die Steffí al gevonden?' vroeg ze toen ze hem op de gang zag. Ze stopte een berg handdoeken in de wasmand voor het vuile goed, pakte schone handdoeken en ging ermee de kamer in. Erlendur kwam dichterbij en bleef wat afwezig in de deur van de kamer staan.

Hij stond aan zijn dochter te denken. Het was hem gelukt haar te laten begrijpen wie Stefanía was, en toen deze was vertrokken vroeg hij Eva Lind of ze op hem wilde wachten. Hij zou niet lang wegblijven en dan zouden ze samen naar huis gaan. Eva ging op het bed zitten en hij voelde meteen dat ze veranderd was, voelde meteen dat ze terug was in het oude spoor. Ze was in alle staten en begon hem alles te verwijten wat er in haar leven mis was gegaan en hij stond naar haar te luisteren zonder een woord te zeggen, zonder haar tegen te spreken of iets te zeggen dat haar nog bozer zou maken. Hij wist waarom ze boos was. Ze was niet boos op hem, maar op zichzelf, omdat ze was teruggevallen. Ze had zichzelf niet langer in de hand gehad.

Hij wist niet wat voor spul ze gebruikte. Hij keek op zijn horloge.

'Heb je haast?' vroeg ze. 'Haast om de wereld te redden?'

'Kun je hier op me wachten?' zei hij.

'Donder maar op,' zei ze. Haar stem klonk hees en lelijk.

'Waarom doe je jezelf dit aan?'

'Kop dicht.'

'Wil je op me wachten? Ik blijf niet lang weg en dan gaan we naar huis. Voel je daarvoor?'

Ze antwoordde hem niet. Zat daar met hangend hoofd en keek door het raam naar helemaal niets.

'Ik blijf maar even weg,' zei hij.

'Niet weggaan,' zei ze, en haar stem klonk niet zo hard meer. 'Waar ga je toch altijd naartoe?'

'Wat is er aan de hand?' vroeg hij.

'Wat is er aan de hand?!' schreeuwde zij. 'Alles is er aan de hand. Alles! Dat verdomde verrotte leven. Dat is wat er aan de hand is, dit leven. Er is van alles aan de hand in dit leven. Ik weet niet waarom. Ik weet niet waarom een mens het moet leven. Waarom! Waarom??'

'Eva, het komt...'

'O god, ik mis haar zo,' zuchtte ze. Hij sloeg zijn armen om haar heen.

'Elke dag. Als ik 's ochtends wakker word en als ik 's avonds inslaap. Ik denk elke dag aan haar en aan wat ik haar heb aangedaan.'

'Dat is goed,' zei Erlendur. 'Je moet elke dag aan haar denken.'

'Maar het is zo moeilijk en je kunt het nooit loslaten. Nooit. Wat moet een mens doen? Wat kun je doen?'

'Haar niet vergeten. Denk aan haar, altijd. Zo helpt ze jou.'

'O god, ik mis haar zo. Wat ben ik toch voor een mens? Wat voor mens doet eigenlijk zoiets? Met zijn eigen kind?'

'Eva.' Hij sloeg zijn arm om haar heen en ze leunde tegen hem aan, en zo zaten ze op de rand van het bed terwijl de sneeuw zich zacht over de stad vlijde.

Toen ze zo een hele tijd samen hadden gezeten, fluisterde Erlendur haar toe dat ze in de kamer op hem moest wachten. Hij zou met haar naar huis gaan om daar het kerstfeest feestelijk met haar te vieren. Ze keken elkaar in de ogen. Eva was tot rust gekomen en knikte hem toe.

Nu stond hij in de deur van de kamer op de verdieping onder hem en observeerde Ösp bij haar werk, maar kon niet ophouden aan Eva te denken. Hij wist dat hij zich naar haar terug moest haasten, met haar naar huis moest gaan, bij haar moest zijn en Kerstmis met haar moest vieren.

'Steffí en ik hebben met elkaar gepraat,' zei hij de kamer in. 'Ze heet Stefanía en ze is de zus van Guðlaugur.'

Ösp kwam de badkamer uit.

'En vertel eens, ontkent ze alles of...?'

'Nee, ze ontkent niets,' zei Erlendur. 'Ze weet dat ze schuld heeft en denkt na over wat er fout is gelopen en wanneer dat gebeurde en waarom. Het gaat haar niet goed, maar ze is begonnen de zaken voor zichzelf op een rijtje te zetten. Dat is moeilijk voor haar, omdat het te laat is om nog goed te maken wat er mis is gegaan.'

'Heeft ze bekend?'

'Ja,' zei Erlendur, 'in feite het meeste. Ze geeft het niet regelrecht toe, maar ze weet wat haar aandeel in de zaak was.'

'Het meeste. Wat betekent dat?'

Ösp liep langs hem door de deur, haalde schoonmaakmiddelen en lappen en ging de badkamer weer in. Erlendur kwam de kamer in en observeerde haar bij het schoonmaken, zoals hij ook al eerder gedaan had toen de hele zaak nog in het duister gehuld was en hij een soort vriendinnetje in haar had gezien.

'Eigenlijk alles,' zei hij. 'Behalve de moord. Dat is het enige dat ze niet op zich zal nemen.'

Ösp spoot een reinigingsmiddel op de spiegel en gaf geen krimp.

'Maar mijn broer heeft haar gezien,' zei ze. 'Hij zag dat ze haar broer stak. Dat kan ze niet ontkennen. Ze kan niet ontkennen dat ze daar geweest is.'

'Nee,' zei Erlendur. 'Ze was daar in het souterrain toen hij stierf. Zij was het alleen niet, die hem doodstak.'

'Jawel, Reynir heeft het gezien,' zei ze. 'Dat kan ze niet ontkennen.'

'Hoeveel ben je hun schuldig?'

'Schuldig?'

'Hoeveel?'

'Schuldig aan wie? Waar heb je het over?'

Ösp wreef de spiegel alsof haar leven ervan afhing, alsof alles afgelopen zou zijn als ze ermee ophield: dan zou het masker vallen en zou ze het moeten opgeven. Dus ging ze door met spuiten en droogwrijven en wachtte zich ervoor zichzelf in de ogen te zien.

Erlendur keek naar haar en in zijn hoofd kwam een regel op uit een boek dat hij ooit had gelezen over kansloze armoedzaaiers in vroeger tijden: 'ze was een stiefkind van deze wereld'.

'De vrouw die met mij samenwerkt heet Elínborg en zij heeft nu net bij de eerstehulp een dossier over jou ingezien. Bij de eerstehulp voor slachtoffers van verkrachting. Het gebeurde ongeveer een halfjaar geleden. Ze waren met zijn drieën. In een hutje bij Rauðavatn. Meer heb je niet verteld. Je zei dat je niet wist wie het waren. Ze hebben je op vrijdagavond in het centrum ontvoerd en ze namen je mee naar die hut en hebben je daar een voor een verkracht.'

Ösp bleef de spiegel schoon staan maken en Erlendur kon niet zien dat iets van wat hij zei ook maar enige invloed op haar had.

'Uiteindelijk weigerde je om te zeggen wie ze waren en je wilde geen aanklacht indienen.'

Ösp zei geen woord.

'Je werkt hier in het hotel, maar je loon is niet toereikend voor je schulden en niet voor je gebruik. Je hebt ze van je af kunnen houden door kleine bedragen te betalen en dan geven ze je wat meer, maar ze hebben je ook bedreigd en je weet dat ze hun dreigementen uitvoeren.'

Ösp keek hem niet aan.

'Er steelt niemand hier in het hotel, waar of niet?' zei Erlendur. 'Je hebt dat gezegd om ons voor de gek te houden, op een dwaalspoor te zetten.'

Erlendur hoorde mensen op de gang en zag Elínborg met vier agenten bij de deur staan. Hij gaf haar een teken dat ze moest wachten.

'Je broer verkeert in dezelfde positie als jij. Misschien hebben jullie wel een gezamenlijke rekening bij hen, wie weet. Ze hebben hem gepakt en vreselijk afgetuigd. Hij is bedreigd, jullie ouders zijn bedreigd. Jullie durven die kerels niet aan te geven. De politie kan niets doen omdat het slechts dreigementen zijn, en als ze dan iets doen, je uit het centrum ontvoeren en je in een hut bij Rauðavatn verkrachten, dan geef je ze niet aan. En je broer ook niet.'

Erlendur zweeg en observeerde haar.

'Ik ben zojuist door een man gebeld. Hij werkt bij de politie, bij de drugsbrigade. Hij wordt soms door informanten gebeld, lieden die vertellen wat ze op straat en in de drugswereld hebben gehoord. Hij werd gisteravond laat, eigenlijk vannacht, opgebeld door een man die hem vertelde dat hij een verhaal had gehoord over een jong meisje dat een halfjaar geleden was verkracht en haar schulden bij de dealers nauwelijks kon betalen, tot ze twee dagen geleden de hele schuld had afgelost. Voor zichzelf en voor haar broer! Komt dit je bekend voor?'

Ösp schudde het hoofd.

'Komt het je niet bekend voor?' vroeg Erlendur nog eens. 'De man die de drugsbrigade belde, kende de naam van het meisje en wist dat ze werkte in het hotel waar de kerstman was vermoord.'

Ösp bleef het hoofd schudden.

'We weten dat Guðlaugur een half miljoen in zijn kamer had,' zei Erlendur.

Ze hield op met het afnemen van de spiegel, liet haar armen langzaam zakken en staarde zichzelf aan.

'Ik heb geprobeerd ermee op te houden.'

'Op te houden met de drugs?'

'Het heeft geen enkele zin. En zij kennen absoluut geen mededogen als je schulden bij hen hebt.'

'Wil je me vertellen wie die mannen zijn?'

'Ik wilde hem niet vermoorden. Hij was altijd aardig tegen me. Maar toen...'

'Zag je het geld?'

'Ik had het geld nodig.'

'Was het om het geld? Viel je hem daarom aan?' Ze gaf hem geen antwoord.

'Heb je niets van de verhouding tussen Guðlaugur en je broer geweten?'

Ösp zweeg.

'Was het om het geld? Of was het om je broer?'

'Misschien wel allebei,' zei Ösp zacht.

'Je wilde het geld.'

'Ja.'

'En hij misbruikte je broer.'

'Ja.'

Ze zag haar broer op zijn knieën, een stapel bankbiljetten op het bed en uit een ooghoek het mes. Zonder ook maar één ogenblik na te denken, pakte ze het mes en probeerde Guðlaugur te steken. Hij hield zijn handen afwerend voor zich, maar daar lette ze niet op en ze bleef maar op hem insteken, tot hij zich niet langer verweerde en tegen de muur in elkaar zakte. Bloed spoot uit een wond in zijn borst, ter hoogte van zijn hart.

Het mes was bebloed en ze had een paar bebloede handen en er was ook bloed op haar jasschort gekomen. Haar broer was van de grond opgestaan en in de richting van de trap in de gang gerend.

Guðlaugur zuchtte zwaar.

Er heerste een dodelijke stilte in het kamertje. Ze staarde naar Guðlaugur en naar het mes in haar hand. Plotseling kwam Reynir er weer aan.

'Er komt iemand de trap af,' fluisterde hij.

Hij pakte het geld en greep zijn zus beet, die nog steeds als verstijfd op dezelfde plaats stond. Hij trok haar mee de kamer uit en de donkere hoek aan het einde van de gang in. Ze durfden nauwelijks adem te halen toen de vrouw naderbij kwam. Ze keek het donker in, maar ze zag hen niet.

Toen ze in de deur van het kamertje verscheen, slaakte ze een korte kreet en toen hoorden ze Guðlaugur.

'Steffí?' zuchtte hij.

Daarna hoorden ze niets meer.

De vrouw ging de kamer in, maar ze zagen haar ook meteen weer naar buiten komen. Ze deinsde terug tot aan de muur van de gang, draaide zich snel om en haastte zich weg zonder nog eenmaal om te kijken.

'Ik gooide mijn jasschort weg en haalde een schoon. Reynir kneep ertussenuit. Ik moest wel doorgaan met mijn werk. Anders hadden jullie alles meteen doorgehad, dat denk ik tenminste. Toen vroegen ze mij om hem voor het kerstfeestje te gaan halen. Ik kon moeilijk nee zeggen. Ik kon niets doen dat de aandacht op mij gevestigd zou hebben. Ik ging naar beneden en wachtte een tijdje op de gang. De deur naar zijn kamer stond nog steeds open, maar ik ging niet naar binnen. Ik ging weer naar boven en zei dat ik hem in zijn kamertje had gevonden en dat ik dacht dat hij dood was.'

Ösp keek naar de grond.

'Het ergste is dat hij altijd alleen maar aardig voor me was. Misschien werd ik daarom wel zo boos. Omdat hij een van de weinigen hier was die me vriendelijk behandelde, en toen bleek dat hij mijn broer als hoer gebruikte. Ik draaide helemaal door. Na alles wat...'

'Na alles wat ze je hadden aangedaan?' vroeg Erlendur.

'Het heeft geen zin om die zwijnen aan te klagen. De kerels die de meest beestachtige, bloedige verkrachtingen op hun kerfstok hebben, zitten misschien één of anderhalf jaar vast. Dan staan ze weer buiten. Jullie kunnen niets doen. Je kunt nergens naartoe om hulp te vragen. Je moet betalen. Hoe dan ook. Ik heb het geld genomen en ik heb betaald. Misschien heb ik hem om het geld gedood. Misschien om Reynir. Ik weet het niet. Ik weet niet...'

Ze zweeg.

'Ik draaide helemaal door,' zei ze toen weer. 'Ik heb me nooit eerder zo gevoeld, ben nog nooit zo buiten mezelf van woede geweest. Ik zag alles wat er in die hut gebeurd was weer voor me. Zag het allemaal opnieuw gebeuren. Ik pakte het mes en probeerde hem te steken waar ik maar kon. Probeerde hem te snijden en hij probeerde zich te verweren, maar ik stak en stak en stak maar door, tot hij zich niet langer bewoog.'

Ze keek Erlendur aan.

'Ik had niet gedacht dat het zo moeilijk was. Dat het zo moeilijk was om iemand te doden.'

Elínborg verscheen in de deur van de kamer en maakte Erlendur duidelijk dat ze niet snapte wat er aan de hand was, waarom ze het meisje niet in hechtenis namen.

'Waar is het mes?' vroeg Erlendur.

'Het mes?' zei Ösp, en ze kwam op hem toe.

'Dat je gebruikt hebt?' Ze aarzelde een ogenblik.

'Ik heb het op zijn plaats teruggelegd,' zei ze toen. 'In de kantine heb ik het zo goed mogelijk schoongemaakt en ik heb het opgeruimd voor jullie kwamen.'

'En waar is het nu?'

'Ik heb het op zijn plaats teruggelegd.'

'In de keuken bij de andere messen?'

'Ja.'

'Het hotel heeft zeker vijfhonderd van die messen,' zei Er-

lendur wanhopig. 'Hoe moeten we het vinden?'
'Jullie zouden met het buffet kunnen beginnen,' zei ze.
'Met het buffet?'
'Er is vast en zeker iemand die het gebruikt.'

34

Erlendur gaf Ösp over aan Elínborg en de politiemannen en haastte zich weer naar zijn kamer, waar Eva Lind op hem wachtte. Hij zette het plastic kaartje in de gleuf van het slot, deed de deur open en zag dat Eva Lind het grote raam wijd open had gezet, op de vensterbank zat en naar de sneeuw keek die een paar verdiepingen lager op de aarde viel.

'Eva,' zei Erlendur rustig.

Eva zei iets dat hij niet kon verstaan.

'Kom, meiske,' zei hij, en hij liep behoedzaam naar haar toe.

'Het lijkt zo eenvoudig,' zei Eva Lind.

'Kom mee, Eva,' zei Erlendur zacht. 'Kom mee naar huis.' Ze draaide zich om, keek hem een tijdje aan en knikte toen.

'Ja, we gaan,' zei ze stil, en ze stapte naar binnen en deed het raam dicht.

Hij ging naar haar toe en gaf haar een kus op haar voorhoofd.

'Heb ik jou van je jeugd beroofd, Eva?' vroeg hij zacht.

'Wat?' zei ze.

'Niets,' zei hij.

Erlendur keek haar lang in de ogen. Soms zag hij er witte zwanen in.

Nu waren ze zwart.

In de lift op weg naar beneden ging zijn mobiele telefoon. Hij herkende de stem meteen.

'Ik wilde je alleen maar een gelukkig kerstfeest toewensen,' zei Valgerður, en het klonk of ze fluisterde.

'Van hetzelfde,' zei Erlendur. 'Gelukkig kerstfeest.'

Toen ze in de foyer kwamen, keek Erlendur de eetzaal binnen, die vol buitenlanders was. Ze deden zich te goed aan het feestbuffet en zaten in allerlei talen met elkaar te kletsen, zodat hun opgewekte geroezemoes over de hele parterre te horen was. Hij kon niet nalaten te denken dat een van hen het moordwapen in zijn hand hield.

Hij zei tegen het hoofd van de receptie dat het heel goed denkbaar was dat Rósant hem de vrouw op zijn dak had gestuurd met wie hij die nacht had geslapen en die daarvoor betaald had willen worden. De receptionist zei dat hij al zoiets was gaan vermoeden. Hij had de eigenaren van het hotel meteen op de hoogte gesteld van het handeltje van de directeur en de eerste kelner, maar of ze iets in die zaak zouden ondernemen, wist hij niet.

Erlendur zag de directeur vanaf een afstandje met verbaasde blik naar Eva Lind kijken. Hij was van plan om te doen of hij hem niet zag, maar de directeur reageerde snel en wist hem te onderscheppen.

'Ik wil je alleen maar bedanken, je hoeft natuurlijk niet voor je verblijf hier te betalen.'

'Ik heb mijn rekening al betaald,' zei Erlendur. 'Gegroet.'

'En Henry Wapshott?' vroeg de directeur, die nu bijna op Erlendurs tenen stond. 'Wat gaan jullie met hem doen?' Erlendur bleef staan. Hij hield Eva Lind bij de hand, die met doffe ogen naar de directeur keek.

'We sturen hem naar Engeland. Nog wat?' De directeur aarzelde.

'Ga je nog iets doen aan het leugenverhaal van het meisje over de congresgangers?'

Erlendur lachte in zijn vuistje.

'Maak je je daar zorgen over?' vroeg hij.

'Het is allemaal gelogen.'

Erlendur sloeg zijn arm om Eva heen en ze vertrokken in de richting van de deur.

'We zullen zien,' zei hij.

Toen ze door de foyer liepen, merkte Erlendur dat de mensen overal bleven staan en om zich heen keken. De sentimentele Amerikaanse liedjes waren verstomd en Erlendur glimlachte bij zichzelf toen hij hoorde dat de receptionist gedaan had wat hij hem had gevraagd en andere muziek had opgezet. Hij dacht na over de platen. Hij had Stefanía gevraagd of zij enig idee had waar ze zouden kunnen zijn, maar ze wist het niet. Had er geen flauw vermoeden van waar haar broer de platen bewaarde en dacht dat ze misschien wel nooit gevonden zouden worden.

Van lieverlee werd het stiller in de eetzaal. De gasten van het hotel keken elkaar vol verbazing aan en keken omhoog om erachter te komen waar de wonderlijk mooie zang die ze hoorden vandaan kwam. Het personeel stond doodstil te luisteren. Het was of de tijd even stilstond.

Ze gingen het hotel uit en Erlendur zong het mooie gezang zacht mee met het kind Guðlaugur en voelde weer dat intense verlangen in de stem van de jongen.

O Vader, laat me een lichtje zijn op 's levens korte baan...

'Spannend boek op hoog niveau.'
**** *VN Detective & Thrillergids*

'Zorgvuldig met taal, empathisch met de mens in het algemeen en met slachtoffers in het bijzonder, ontwikkelt Indriđason weer een verhaal dat niet alleen een intense koude verspreidt, maar ook een barmhartigheid ten opzichte van de spartelende, onvolkomen mens.'
de Volkskrant

VN THRILLER VAN HET JAAR 2011

'Met zijn sobere, maar o, zo effectieve stijl heeft Indriđason er weer een fenomenaal goed zoek van gemaakt. Vol menselijkheid en mededogen; zijn zoveelste superieure thriller.'
***** *Vrij Nederland*

'*Noorderveen* is een knap geschreven, mooi gedoseerde thriller.' *De Morgen*

'Alles is helemaal goed aan dit boek: de dialogen, de zorgvuldige plotopbouw, de laconieke humor, de diepte van de maatschappijkritiek, de uitwerking van Erlendurs privéleven, de melancholie.' ***** *VN Detective & Thrillergids*